HARUKI MURAKAMI
NAOKOS LÄCHELN
NUR EINE LIEBESGESCHICHTE
ROMAN DUMONT

HARUKI MURAKAMI
NAOKOS LÄCHELN
NUR EINE LIEBESGESCHICHTE
ROMAN DUMONT

AUS DEM JAPANISCHEN VON
URSULA GRÄFE

DIE ORIGINALAUSGABE ERSCHIEN 1987 UNTER DEM TITEL NORUWEI NO MORI,
BEI KODANSHA LTD., TOKYO

ERSTE AUFLAGE 2001

AUSSTATTUNG UND UMSCHLAG: GROOTHUIS+CONSORTEN
UMSCHLAGFOTOGRAFIE: ANDREAS WEISS
GESETZT AUS DER ELZEVIR UND DER ANTIQUE OLIVE
GEDRUCKT AUF SÄUREFREIEM UND CHLORFREI GEBLEICHTEM PAPIER
SATZ: GREINER & REICHEL, KÖLN
DRUCK UND VERARBEITUNG: CLAUSEN & BOSSE, LECK
PRINTED IN GERMANY

ISBN 3-7701-5609-9

NAOKOS LÄCHELN
NUR EINE LIEBESGESCHICHTE

1. Kapitel

Ich war siebenunddreißig Jahre alt und saß in einer Boeing 747. In ihrem Anflug auf Hamburg tauchte die riesige Maschine in eine dichte Wolkenschicht ein. Trüber, kalter Novemberregen hing über dem Land und ließ die Szenerie wie ein düsteres flämisches Landschaftsbild erscheinen: die Arbeiter in ihren Regenmänteln, die Fahnen auf dem flachen Flughafengebäude, die BMW-Reklametafeln. Ich war also wieder einmal in Deutschland.

Nach der Landung erlosch das Nicht-Rauchen-Schild, und aus den Kabinenlautsprechern ertönte leise Hintergrundmusik – eine gedämpfte Instrumentalversion des Beatles-Stückes *Norwegian Wood.* Wie immer ließ diese Melodie mich erschauern, nur diesmal heftiger denn je.

Ich mußte mich nach vorn beugen und meinen Kopf mit beiden Händen umfassen, damit er mir nicht zersprang; so blieb ich sitzen. Eine deutsche Stewardeß kam heran und fragte auf Englisch, ob mir nicht gut sei. Alles in Ordnung, antwortete ich, mir sei nur ein bißchen schwindlig.

»Sind Sie sicher?«

»Ja, wirklich, vielen Dank«, sagte ich.

Mit einem Lächeln verschwand sie. Inzwischen hatte die Musik gewechselt – ein Billy-Joel-Titel. Ich richtete mich auf, sah aus dem Fenster auf die dunklen Wolken, die von der Nordsee herüberzogen, und dachte an all die Verluste, die ich in meinem Leben schon erlitten hatte. Verlorene Zeit, Menschen, die gestorben waren oder mich verlassen hatten, Gefühle, die nie mehr wiederkehren würden.

Während die Maschine zum Stillstand kam, die Leute ihre Sicherheitsgurte lösten und ihre Taschen und Jacken aus den Gepäckfächern nahmen, stand ich im Geist mitten auf einer Wiese. Ich sog den Duft des Grases ein, spürte den Wind auf meiner Haut und hörte Vogelgezwitscher. Es war im Herbst 1969, kurz vor meinem zwanzigsten Geburtstag.

Die Stewardeß setzte sich zu mir, um sich nochmals nach meinem Befinden zu erkundigen.

»Danke, es geht mir wieder gut«, sagte ich lächelnd. »Ich kam mir nur ein bißchen verlassen vor.«

»Das geht mir manchmal auch so. Ich kenne das.« Mit einem Nicken stand sie auf und schenkte mir ein liebenswürdiges Lächeln. »Dann also auf Wiedersehen und gute Reise.«

»Auf Wiedersehen«, erwiderte ich.

Achtzehn Jahre sind inzwischen vergangen, und doch habe ich jene Wiese noch immer deutlich vor Augen. Nach mehreren Tagen mit leichtem Sommerregen leuchteten die Hügel tiefgrün und wie frisch gewaschen; die Oktoberbrise ließ die Grasähren schwanken, und dünne Wolkenschleier hafteten am eisblauen Himmel, der so unendlich hoch erschien, daß einem die Augen schmerzten, wenn man zu ihm hinaufsah. Ein Windstoß strich über die Wiese, zauste leicht Naokos Haar und floh in die Wälder. In den Baumwipfeln rauschten die Blätter, und aus der Ferne ertönte das Bellen eines Hundes – leise, erstickte Rufe wie von der Schwelle einer anderen Welt. Sonst drang kein Laut bis zu uns. Wir begegneten keinem Menschen. Nur zwei karmesinrote Vögel flatterten erschreckt aus der Wiese auf und flogen in den Wald davon. Während wir nebeneinander hergingen, erzählte mir Naoko von einem Brunnen.

Mit der Erinnerung ist es eine seltsame Sache. Als ich tatsächlich mit beiden Füßen in dieser Landschaft stand, hatte ich ihr kaum

Beachtung geschenkt. Nie hätte ich gedacht, daß sie einen solchen Eindruck hinterlassen würde, und schon gar nicht, daß ich mich nach achtzehn Jahren noch bis in jede Einzelheit an sie erinnern würde. Ehrlich gesagt, mir war die Landschaft an jenem Tag völlig egal. Ich dachte an mich, an das schöne Mädchen an meiner Seite, ich dachte an uns beide und dann wieder an mich selbst. In jenem Alter kehrte alles, was ich sah, was ich fühlte, was ich dachte, am Ende wie ein Bumerang stets zu meiner eigenen Person zurück. Noch dazu war ich verliebt. Und diese Liebe hatte mich in eine entsetzlich komplizierte Lage gebracht. Schon deshalb gab es für so etwas wie eine Landschaft keinen Platz in meinem Kopf.

Und doch kommt mir, wenn ich heute zurückdenke, als erstes die Wiese in den Sinn. Der Duft des Grases, die Brise mit ihrem Anflug von Kühle, die Hügelkette, das Hundegebell. Alles ist ganz deutlich, so deutlich, als müßte ich nur die Hand ausstrecken, um es zu berühren. Aber in dieser Szenerie gibt es keine Menschen. Niemanden. Naoko nicht und mich auch nicht. Was wohl aus uns geworden ist? Wie konnten wir einfach so verschwinden? Alles, was mir damals so wichtig schien – Naoko, ich und meine damalige Welt: Wohin sind sie nur verschwunden? Dabei kann ich mich ja kaum noch an Naokos Gesicht erinnern. Geblieben ist mir nur dieses menschenleere Bild.

Sicher, wenn ich eine Weile nachdenke, fällt mir wieder ein, wie sie aussah. Sie hatte kleine kalte Hände, schönes Haar, das sich völlig glatt anfühlte, und unter dem einen ihrer weichen, runden Ohrläppchen ein winziges Muttermal. Ich erinnere mich an den eleganten Kamelhaarmantel, den sie im Winter trug, an ihre Art, einem in die Augen zu sehen, wenn sie eine Frage stellte, an das leichte Beben, das hin und wieder in ihrer Stimme lag (als spräche sie auf einer stürmischen Bergspitze) – wenn ich diese Bilder nach und nach zusammenfüge, tauchen auch ihre Gesichtszüge wieder vor mir auf. Zunächst ihr Profil, was vielleicht daran liegt, daß Naoko und ich immer nebeneinander gingen. Sie wendet sich mir zu, lächelt, legt den Kopf ein wenig zur Seite und beginnt zu sprechen, wobei sie mir forschend in die Augen sieht. Ganz so, als beobachte sie das Tummeln winziger Fischlein auf dem Grund einer klaren Quelle.

Allerdings dauert es immer eine Weile, bis Naokos Gesicht aus den Tiefen meines Gedächtnisses auftaucht. Von Jahr zu Jahr hat es immer ein bißchen länger gedauert. Traurig, aber wahr. Zuerst brauchte ich fünf Sekunden, um die Erinnerung heraufzubeschwören, dann zehn, dann dreißig, bis eine Minute daraus geworden war. Ähnlich wie Schatten in der Dämmerung allmählich immer länger werden, bis die Dunkelheit sie ganz verschluckt, entfernte sich mein Gedächtnis tatsächlich immer weiter von Naoko, ebenso wie es sich immer weiter von meinem damaligen Ich zu entfernen schien. Allein die Landschaft, die Wiese im Oktober, spulte sich wie die Schlüsselsequenz in einem Film immer wieder vor meinem inneren Auge ab, drängte sich stets von neuem in mein Bewußtsein. Und jedesmal, wenn diese Landschaft in meinem Kopf erschien, versetzte sie mir einen Stoß. He, wach auf, ich bin noch da, wach auf, wach auf und überleg dir den Grund dafür, überleg dir, warum ich noch da bin. Es waren keine schmerzhaften Stöße. Sie taten nicht im geringsten weh. Statt dessen erzeugten sie einen gewissen hohlen Ton, der jedoch eines Tages ebenfalls völlig verschwinden würde. Wie alles andere schließlich auch verschwinden wird. Doch als ich in der Lufthansa-Maschine auf dem Hamburger Flughafen saß, bedrängten mich die Stöße anhaltender und stärker als sonst. Deswegen beschloß ich, ein Buch zu schreiben, dieses Buch. Um aufzuwachen und zu begreifen, denn ich bin nun einmal jemand, der die Dinge aufschreiben muß, um sie zu begreifen.

Worüber hatten wir damals gesprochen?

Ach ja, es ging um einen Brunnen in den Feldern. Ich weiß nicht einmal, ob es einen solchen Brunnen überhaupt gegeben hat. Oder ob er vielleicht ein Symbol oder ein Bild war, das nur in Naokos Innerem existierte – genau wie vieles andere, das sie sich in jenen düsteren Tagen zurechtspann. Doch nachdem sie mir einmal von dem Brunnen erzählt hatte, konnte ich mir die Wiese nicht mehr ohne ihn vorstellen. Die Gestalt jenes Brunnens, den ich nie mit eigenen Augen gesehen habe, ist in meinem Kopf so selbstverständlich mit dem Bild der Landschaft verschmolzen, daß ich ihn bis ins Detail beschreiben kann. Der Brunnen liegt genau an der Grenze, wo die Wiese endet und der Wald anfängt. Ein dunkles Loch in der Erde von etwa einem Meter Durchmesser, tückisch verborgen im Gras. Kein Zaun, kein erhöhter Rand aus Steinen. Nur dieses gähnende Loch, wie eine Mundöffnung. Die rundherum liegenden Steine sind von Wind und Wetter zu einem kränklichen, milchigen Weiß ausgebleicht, geborsten und voller Risse. Zwischen den Spalten huschen Eidechsen umher. Auch wenn man sich so weit wie möglich über das Loch beugt und hineinspäht, kann man nichts erkennen. Das einzige, dessen ich mir sicher bin, ist seine beängstigende, unermeßliche Tiefe. Pechschwarze Finsternis staut sich in dem Loch – als hätte sich alle Dunkelheit der Welt in ihm zu undurchdringlicher Schwärze verdichtet.

»Er ist unheimlich – unheimlich tief.« Naoko wählte ihre Worte mit Bedacht. Mitunter verlangsamte sie auf diese Weise ihre Rede, während sie nach einem bestimmten Wort suchte. »Unheimlich tief. Doch niemand weiß, wo er liegt. Nur daß es hier in der Gegend sein muß.«

Die Hände in den Taschen ihrer teuren Tweedjacke vergraben, sah sie mir wie zur Bestätigung ins Gesicht und lächelte.

»Aber ist das denn nicht zu gefährlich?« fragte ich. »Irgendwo ein tiefer Brunnen, und keiner weiß, wo. Jemand fällt rein, und weg ist er.«

»Weg, genau, aaaaaahhhhh, platsch. Schluß, aus.«

»So was passiert wirklich manchmal, oder?«

»Klar passiert das manchmal. Alle zwei, drei Jahre einmal. Jemand verschwindet plötzlich und ist trotz allen Suchens nirgends mehr aufzufinden. Von dem heißt es dann hier in der Gegend: Er ist in den Feldbrunnen gefallen.«

»Nicht gerade ein schöner Tod.«

»Ein grauenhafter Tod«, stimmte sie mir zu und pflückte sich ein paar Grassamen von der Jacke. »Wenn du dir dabei den Hals brichst, hast du Glück, aber wenn du dir nur den Fuß verstauchst oder so was, bist du schlecht dran. Du schreist, so laut du kannst – immer wieder –, aber niemand hört dich, und niemand wird dich finden. Um dich herum wimmelt es von Tausendfüßlern und Spinnen, und die Knochen von den Leuten, die dort vermodert sind, liegen überall verstreut. Es ist stockdunkel und feucht. Weit oben über dir schwebt kalt wie der Wintermond ein winzig kleines rundes Licht, und du gehst ganz langsam und allein zugrunde.«

»Wenn ich nur daran denke, kriege ich eine Gänsehaut«, sagte ich. »Jemand sollte den Brunnen suchen und eine Einfriedung bauen.«

»Aber niemand kann ihn finden. Also bleib auf dem Weg.«

Naoko zog die linke Hand aus der Tasche und drückte meine rechte.

»Hab keine Angst. Dir passiert nichts. Du könntest blindlings mitten in der dunkelsten Nacht hier herumrennen, ohne jemals in den Brunnen zu fallen. Und solange ich bei dir bin, kann auch ich nicht in den Brunnen fallen.«

»Nie?«

»Nie!«

»Woher weißt du das denn so genau?«

»Ich weiß es einfach.« Naoko drückte meine Hand noch fester, und wir gingen eine Weile schweigend weiter. »In solchen Sachen kenne ich mich aus. Sie haben nichts mit Logik zu tun: ich spüre sie. Zum Beispiel, wenn ich dir wie jetzt sehr nahe bin, habe ich nicht das kleinste bißchen Angst. Nichts Schlechtes und Düsteres kann mir etwas anhaben.«

»Dann ist ja alles ganz einfach. Du mußt nur ständig bei mir bleiben«, sagte ich.

»Meinst du das im Ernst?«

»Natürlich.«

Naoko blieb stehen. Ich auch. Sie legte mir beide Hände auf die Schultern und sah mir in die Augen. Eine tiefschwarze, zähe Flüssigkeit schien in ihrer Iris wundersame Wirbel zu zeichnen. Lange schaute dieses schöne Augenpaar in mich hinein. Dann reckte Naoko sich zu mir hinauf und legte ihre Wange sanft gegen meine. Es war eine warme, zärtliche Geste, die mein Herz einen Augenblick lang stillstehen ließ.

»Danke«, sagte Naoko.

»Gern geschehen«, entgegnete ich.

»Mit dem, was du gerade gesagt hast, machst du mich sehr glücklich. Wirklich.« Sie lächelte traurig. »Aber es würde nicht funktionieren.«

»Warum denn nicht?«

»Weil es nicht richtig wäre, es wäre ungerecht. Es –« Naoko brach ab und ging weiter. Da sie sichtlich ganz mit ihren Gedanken beschäftigt war, störte ich sie nicht und trottete schweigend neben ihr her.

»Es wäre einfach nicht richtig – dir gegenüber und auch mir gegenüber nicht«, fuhr sie nach einer längeren Pause fort.

»In welcher Hinsicht nicht richtig?« fragte ich leise.

»Es ist eben unmöglich, daß eine Person für alle Ewigkeit auf eine andere aufpaßt. Stell dir vor, wir würden heiraten. Du müßtest doch zur Arbeit. Wer würde auf mich aufpassen, während du in der Firma bist? Oder wenn du auf eine Geschäftsreise gehst? Soll ich bis zum Lebensende an dir kleben wie ein Klette? Das wäre doch nicht gerecht. So was kann man doch nicht als zwischenmenschliche Beziehung bezeichnen, oder? Irgendwann hättest du es satt mit mir. ›Was ist aus meinem Leben geworden?‹ würdest du dich fragen. ›Ich kann doch nicht ständig nur auf diese Frau aufpassen.‹ Das könnte ich nicht ertragen. Außerdem wäre es keine Lösung für meine Probleme.«

»Aber die wirst du doch nicht dein ganzes Leben lang mit dir herumschleppen.« Ich berührte ihren Rücken. »Eines Tages hast du es überstanden. Und dann können wir alles noch einmal überdenken und neu anfangen. Vielleicht brauche ich dann sogar deine Hilfe. Wir gehen doch mit unserem Leben nicht um wie Buchhalter. Wenn du mich brauchst, dann stehe ich dir eben zur Verfügung. Verstehst du? Warum siehst du das so eng? Du mußt entspannter sein. Laß dich gehen, ich fange dich auf. Du bist so verkrampft, daß du natürlich immer das Schlimmste befürchtest. Entspann dich doch mal, dann geht's dir auch gleich besser.«

»Was redest du da eigentlich?« Naokos Stimme klang auf einmal rauh.

An ihrem Ton erkannte ich, daß ich wohl etwas Falsches gesagt hatte.

»Warum sagst du so was?« Naoko starrte auf die Erde zu ihren Füßen. »›Alles wird leichter, wenn man sich entspannt.‹ Das weiß ich selbst. Und es nützt mir überhaupt nichts, wenn du mir das sagst. Wenn ich mich entspanne, zerfalle ich in tausend Partikel. Mit diesem Gefühl lebe ich schon lange, damit muß ich weiterleben. Wenn ich mich einmal gehenließe, fände ich keinen Weg mehr zurück. Ich würde zerfallen, und die Fragmente würden in alle Winde verstreut. Warum begreifst du das nicht? Wie kannst du dich um mich kümmern wollen, wenn du nicht einmal das begreifst?«

Ich schwieg.

»Ich bin viel verstörter, als du denkst. Düster, kalt und verstört … Warum hast du damals überhaupt mit mir geschlafen? Warum hast du mich nicht in Ruhe gelassen?«

Die Stille des Kiefernwaldes, den wir nun durchquerten, wirkte bedrückend. Die auf dem Weg verstreuten, ausgetrockneten Panzer der Zikaden, die den Sommer nicht überlebt hatten, knackten unter unseren Schritten. Naoko und ich gingen langsam und mit gesenkten Blicken durch den Wald, als suchten wir etwas, das wir verloren hatten.

»Entschuldige«, sagte Naoko und nahm sanft meinen Arm. Dann schüttelte sie den Kopf. »Ich wollte dich nicht kränken. Nimm dir nicht zu Herzen, was ich gesagt habe. Es tut mir wirklich leid. Ich war bloß wütend auf mich selbst.«

»Ich glaube, ich verstehe dich noch nicht so richtig«, gab ich zu. »Ich bin nicht besonders helle, und es dauert ein bißchen, bis ich etwas kapiere. Aber wenn du mir Zeit läßt, dann werde ich lernen, dich besser zu verstehen als irgend jemand sonst auf der Welt.«

Wir hielten inne und lauschten in den schweigenden Wald hinein. Ich wühlte mit der Schuhspitze in den Zikadenpanzern und Kiefernzapfen und schaute hinauf zum Himmel, der zwischen den Zweigen der Kiefern hindurchschimmerte. Die Hände in den Taschen, starrte Naoko nachdenklich vor sich hin.

»Sag mal, Tōru, liebst du mich?«

»Natürlich«, antwortete ich.

»Darf ich dir zwei Dinge sagen?«

»Klar, sogar drei.«

Naoko schüttelte lachend den Kopf. »Zwei reichen. Nur zwei. Erstens bin ich dir sehr dankbar, daß du mich besuchst. Damit hast du mir eine große Freude gemacht – mir unendlich viel geholfen. Vielleicht kann ich es nicht richtig zeigen, aber es ist so.«

»Ich komme dich wieder besuchen«, sagte ich. »Und das zweite?«

»Ich möchte, daß du mich nie vergißt. Versprich mir, daß du dich immer daran erinnern wirst, daß es mich gab und daß ich hier neben dir gestanden habe? Bitte.«

»Natürlich werde ich mich immer daran erinnern.«

Sie sagte nichts mehr und ging mir nun voraus. Das Herbstlicht drang durch die Zweige und tanzte auf den Schultern ihrer Jacke. Wieder bellte ein Hund. Mir kam es vor, als seien wir dem Gebell ein bißchen näher gekommen. Naoko stieg eine kleine Erhebung hinauf, trat aus dem Kiefernwald und rannte einen sanften Abhang hinunter. Ich war zwei oder drei Schritte hinter ihr.

»Bleib hier bei mir. Der Brunnen könnte hier irgendwo in der Nähe sein«, rief ich ihr nach.

Naoko blieb stehen, lächelte und ergriff sanft meinen Arm. Den Rest des Weges gingen wir nebeneinander her.

»Wirst du mich bitte wirklich nie vergessen?« fragte Naoko mit leiser, fast flüsternder Stimme.

»Niemals. Ich *könnte* dich nie vergessen.«

Dennoch scheinen meine Erinnerungen zunehmend zu verblassen. Zu vieles ist mir schon entglitten, und wenn ich die Geschehnisse so aus dem Gedächtnis niederzuschreiben versuche, überfällt mich zuweilen eine schreckliche Unsicherheit. Dann frage ich mich, ob ich nicht vielleicht das Wichtigste ausgelassen habe oder ob es in meinem Inneren einen finsteren Ort, eine Art Gedächtnisfegefeuer, geben könnte, in dem alle wichtigen Erinnerungen zusammengekehrt und in Asche verwandelt werden.

Wie dem auch sei, mehr habe ich eben nicht in der Hand. Was bleibt mir übrig, als mich an diese bereits schwachen, von Augenblick zu Augenblick mehr verblassenden, unvollständigen Erinnerungen zu klammern und in dem Gefühl, an einem blanken Knochen zu saugen, weiterzuschreiben. Nur so habe ich eine Chance, das Versprechen zu halten, das ich Naoko gegeben habe.

Früher, als ich noch jung und die Erinnerungen noch viel frischer waren, habe ich oft versucht, über Naoko zu schreiben. Aber niemals brachte ich auch nur eine einzige Zeile zustande. Dabei wußte ich genau, wenn ich nur eine Zeile schaffte, würde sich die ganze Geschichte wie von selbst schreiben, doch diese eine Zeile brachte ich partout nicht zustande. Alles war noch zu deutlich, so daß ich nie wußte, wo ich beginnen sollte – wie eine allzu detaillierte Landkarte meist eher den Blick verstellt, als eine Hilfe zu sein. Doch nun kann ich es, denn mir ist endlich klar geworden, daß sich unvollkommene Erinnerungen und unvollkommene Gedanken nur in einem ebenso unvollkommenen Gefäß aus geschriebenen Worten auffangen lassen. Je stärker die Erinnerung an Naoko in mir verblaßt, desto tiefer wird mein Verständnis für sie. Inzwischen habe ich begriffen, warum sie mich bat, sie nicht zu vergessen. Natürlich wußte Naoko Bescheid. Sie wußte genau, daß meine Erinnerung an sie verblassen würde, und nahm mir das Versprechen ab, sie nicht zu vergessen. Mich für immer an ihre Existenz zu erinnern.

Dieses Wissen erfüllt mich mit fast ebenso unerträglicher Trauer wie das Wissen, daß Naoko mich nie geliebt hat.

2. Kapitel

Vor langer, langer Zeit – auch wenn es höchstens zwanzig Jahre her sein kann – lebte ich in einem Studentenwohnheim. Ich war achtzehn und hatte gerade mein Studium begonnen. Weil ich mich in Tōkyō nicht auskannte und zum ersten Mal allein leben würde, hatten meine besorgten Eltern dieses Wohnheim ausfindig gemacht. Nicht nur erleichterten dort verschiedene praktische Einrichtungen einem unbedarften Achtzehnjährigen das Leben, sondern man wurde auch verpflegt. Bei dieser Entscheidung hatten auch die Kosten eine Rolle gespielt, denn natürlich war ein Wohnheimplatz billiger als ein Privatzimmer. Bettzeug und eine Lampe genügten, Mobiliar brauchte nicht angeschafft zu werden. Wäre es nach mir gegangen, hätte ich ein eigenes Apartment vorgezogen und es mir allein gemütlich gemacht, aber in Anbetracht der Einschreibe- und Studiengebühren für die Privatuni, auf die ich gehen würde, sowie meines monatlichen Unterhalts, konnte ich mich schlecht beschweren. Und im Grunde war es mir egal, wo ich wohnte.

Das Wohnheim lag, von einer hohen Betonmauer umgeben, auf einem Hügel mit Blick auf die Stadt. Gleich hinter dem Tor zu dem weitläufigen Areal stand ein riesiger, hoch in den Himmel ragender Keyaki-Baum, angeblich mindestens hundertfünfzig Jahre alt. Sein grünes Blätterwerk war so dicht, daß man, wenn man zu seinen Füßen stand, den Himmel nicht mehr sah.

Ein betonierter Weg wand sich um den riesigen Baum herum und verlief dann in einer langen Geraden durch den Hof, auf dem zwei einander gegenüberliegende zweistöckige Betongebäude mit zahlreichen Fenstern standen. Sie wirkten wie ein ehemaliges Gefängnis, das man in Apartments umgewandelt hatte. Andererseits hätten es auch Apartments sein können, die man zum Gefängnis umgebaut hatte. Die Gebäude hatten jedoch nichts Schmuddliges, sie wirkten nicht einmal düster. Aus den geöffneten Fenstern ertönte unablässig Radiomusik. Die Vorhänge waren ebenso wie die Räume cremefarben, damit die Sonne sie nicht ausbleichen konnte.

Dem Weg folgend, gelangte man zum einstöckigen Hauptgebäude, in dessen Erdgeschoß sich die Kantine und das Gemeinschaftsbad befanden. Im ersten Stock waren die Aula, Gemeinschaftsräume und sogar Gästezimmer, von denen ich mir nie so recht vorstellen konnte, wem und wozu sie dienten. Daran angrenzend stand noch ein drittes, ebenfalls zweistöckiges Wohnheimgebäude. Auf den ausgedehnten Rasenflächen drehten sich Rasensprenger, deren Sprühregen im Sonnenschein funkelte. Hinter dem Hauptgebäude lagen ein Baseball- und ein Fußballplatz sowie sechs Tennisplätze. Es fehlte also an nichts.

Das einzige Problem war der etwas verdächtige politische Ruf, der dem Wohnheim anhaftete. Es wurde von irgendeiner undurchsichtigen Organisation um einen ultrarechten Typ geleitet. Die Politik der Leitung war – zumindest in meinen Augen – höchst sonderbar. Man wußte gleich einigermaßen Bescheid, wenn man das Faltblatt für neue Studenten und die Hausordnung las. Die Gründungsdevise des Wohnheims bestand in der »Anwendung erzieherischer Grundsätze zum Zwecke der Förderung vielversprechender Talente zum höchsten Wohl und Nutzen der Nation«, und angeblich hatten zahlreiche Größen aus der Finanzwelt, die gleichen Sinnes waren, private Mittel in dieses Projekt investiert. So lautete zumindest die offizielle Version, doch was sich hinter den Kulissen abspielte, war mehr als undurchsichtig. Niemand wußte etwas Genaues. Einige behaupteten, es gehe um Steuerhinterziehung oder einen Publicity-Trick, während wieder andere vermuteten, das Wohnheim sei nur gebaut worden, damit sich jemand ein Grundstück in bevorzugter Lage unter den Nagel reißen konnte. Jedenfalls gab es im Wohnheim so etwas wie einen Eliteclub, dem Star-Studenten mehrerer Universitäten angehörten. Einzelheiten waren mir nicht bekannt, außer daß sich mehrmals im Monat Arbeitsgemeinschaften trafen, in denen auch die Gründer mitmischten. Die Mitglieder dieses Clubs hatten, was ihren künftigen Arbeitsplatz betraf, ausgesorgt, hieß es. Ich wußte nicht, wie viel an diesen Gerüchten stimmte, aber immerhin spürte man deutlich, daß hier irgend etwas faul war.

Jedenfalls verbrachte ich zwei Jahre – Frühjahr 1968 bis zum Frühjahr 1970 – in diesem nicht ganz astreinen Wohnheim. Warum ich es solange dort aushielt, vermag ich nicht mehr zu sagen. Im alltäglichen Leben macht es wohl keinen großen Unterschied, ob man in einem rechten oder linken Wohnheim, bei guten oder schlechten Heuchlern lebt.

Jeder Tag im Wohnheim begann mit dem feierlichen Hissen der japanischen Flagge. Es versteht sich von selbst, daß währenddessen die Nationalhymne gespielt wurde, denn das Hissen der Flagge ist ebensowenig von der Nationalhymne zu trennen wie der Sportpalastwalzer vom Sechstagerennen. Der Flaggenmast stand genau im Zentrum des Geländes, so daß er von allen Fenstern der Wohnheimgebäude sichtbar war.

Zuständig für die Flaggenzeremonie war der Leiter des Ostgebäudes (in dem auch ich wohnte). Er war ein großer Mann um die sechzig mit scharfem Blick und kurzgeschorenem, graumeliertem Haar. Über seinen wettergegerbten Nacken zog sich eine lange Narbe. Es ging das Gerücht, er sei Absolvent der Nakano-Militärakademie, aber wie üblich gab es dafür keine Beweise. Beim Hissen der Fahne fungierte ein Student als sein Adjutant. Wer dieser Student war, wußte auch niemand. Er trug einen Bürstenschnitt und nie ein anderes Kleidungsstück als seine Studentenuniform. Ich wußte weder, wie er hieß, noch, in welchem Zimmer er wohnte. Im Speisesaal oder im Bad hatte ich ihn auch noch nie gesehen. Vielleicht war er überhaupt kein Student, aber andererseits trug er ja die Uniform. Was hätte er also sonst sein sollen? Neben Herrn Nakano-Militärakademie wirkte er klein, dicklich und blaß. Dieses seltsame Paar hißte also Morgen für Morgen um Punkt sechs Uhr mitten auf dem Hof das Banner der aufgehenden Sonne.

Als ich noch neu im Wohnheim war, stand ich oft aus Neugier um sechs Uhr auf, um das patriotische Schauspiel zu beobachten. Die beiden erschienen stets exakt in dem Moment auf dem Hof, wenn es im Radio sechs Uhr piepste. Der in der Uniform trug natürlich seine Uniform und schwarze Lederschuhe, Nakano-Militärakademie kam in Anorak und Turnschuhen. Uniform hielt einen flachen Kasten aus Paulowniaholz, während Nakano einen Sony-Kassettenrecorder unter dem Arm trug, den er am Fuß des Mastes abstellte. Uniform öffnete den Kasten aus Paulowniaholz, in dem ordentlich gefaltet die Flagge lag. Ehrerbietig präsentierte er sie Nakano, der sie nun am Seil des Fahnenmastes befestigte, worauf Uniform den Kassettenrecorder einschaltete.

Die Nationalhymne ertönte.

Feierlich wurde die Fahne gehißt.

Bei »Bis zum Fels der Stein geworden« hatte die Flagge etwa halbe Höhe erreicht, bei »übergrünt von Moosgeflecht, tausend, abertausend Jahre blühe, Kaiserliches Reich« war sie ganz oben angelangt. Bei klarem Himmel und frischem Wind boten die beiden, wie sie in strammer Habachtstellung zur Fahne hinaufschauten, einen erhebenden Anblick.

Am Abend wurde die Zeremonie beim Einholen der Flagge

wiederholt. Nur eben umgekehrt. Sie glitt den Mast hinab und wurde in den Paulowniakasten gebettet, denn die Fahne wehte nicht in der Nacht.

Warum sie abends eingeholt wurde, konnte ich mir nicht erklären. Die Nation existierte doch auch in der Nacht, und viele Menschen arbeiteten während dieser Zeit: Schienenarbeiter, Taxifahrer, Bardamen, Feuerwehrleute und Nachtwächter. Es kam mir ungerecht vor, daß die Nachtarbeiter so nicht in den Genuß nationalen Schutzes kommen konnten. Oder vielleicht kam es auch gar nicht darauf an und es war allen egal – außer mir. Und selbst ich dachte nur darüber nach, weil sich mir ein Anlaß geboten hatte.

Den Hausregeln entsprechend wurden die Erst- und Zweitsemester auf Doppelzimmer verteilt, während die älteren Studenten Einzelzimmer bewohnten. Die Doppelzimmer waren etwas über sechs Tatami groß und ein wenig schlauchartig. Gegenüber der Tür befand sich ein Fenster mit Aluminiumrahmen, vor dem zwei Schreibtische und zwei Stühle so aufgestellt waren, daß man Rükken an Rücken arbeiten konnte. Links von der Tür stand ein Etagenbett aus Metall. Die ganze Ausstattung war äußerst robust und spartanisch. Außer dem Bett und den Schreibtischen gab es noch zwei Spinde, ein Kaffeetischchen und ein paar Einbauregale. Selbst ein sehr wohlwollender Betrachter hätte den Raum nicht als reizvoll bezeichnen können. Auf den Regalen der meisten Zimmer türmten sich Transistorradios, Haartrockner, Tauchsieder und Kocher, Instantkaffee, Teebeutel, Zuckerwürfel und einfaches Geschirr, in dem man Fertigsuppen zubereiten konnte. An den Wänden klebten Pin-ups aus *Heibon Punch* oder irgendwo geklaute Pornofilmposter. Aus Witz hatte jemand ein Bild von zwei kopulierenden Schweinen aufgehängt, aber so etwas war eine Ausnahme; üblich waren Fotos von nackten Frauen, jungen Schauspielerinnen oder

Sängerinnen. In den Regalen über den Schreibtischen reihten sich die üblichen Lehrbücher, Lexika und Romane.

Da die Bewohner ausschließlich junge Männer waren, befanden sich die Zimmer meist in üblem Zustand. Am Boden der Abfalleimer klebten schimmlige Mandarinenschalen, die Zigarettenkippen standen zehn Zentimeter hoch in den als Aschenbecher verwendeten leeren Dosen, die, wenn sie zu schwelen begannen, mit Kaffee oder Bier gelöscht wurden und dann säuerlich vor sich hinstanken. Alles Geschirr war irgendwie schwärzlich, überall lag undefinierbarer Müll herum. Verpackungen von Fertigsuppen, leere Bierflaschen und Deckel von wer weiß was waren über den Boden verstreut. Niemand kam auf die Idee, den ganzen Schrott einmal zusammenzufegen und in die Abfalltonne zu befördern. Jeder Windzug wirbelte Staubwolken auf. Dazu miefte es in allen Zimmern fürchterlich. Zwar hatte jedes Zimmer einen eigenen charakteristischen Geruch, aber die Komponenten waren stets die gleichen. Schweiß, Körperausdünstungen und Müll. Schmutzige Wäsche wurde unters Bett geschmissen, und da niemand sein Bettzeug regelmäßig lüftete, verströmten die schweißgetränkten Matratzen einen unsäglichen Gestank. Noch heute erscheint es mir wie ein Wunder, daß in diesem Chaos keine lebensbedrohlichen Seuchen ausbrachen.

Verglichen mit diesen Zimmern wirkte unseres steril wie eine Leichenhalle. Auf dem Boden lag kein Stäubchen, das Fenster war blitzblank, die Matratzen wurden jede Woche gelüftet, die Bleistifte standen im Bleistiftständer, und sogar die Gardinen wurden einmal im Monat gewaschen, denn mein Mitbewohner war ein krankhafter Sauberkeitsfanatiker. Als ich den anderen von den Gardinen erzählte, wollte niemand mir glauben. Sie wußten nicht einmal, daß man Gardinen überhaupt waschen konnte, denn sie gehörten ja quasi zum Fenster. »Der ist doch nicht normal«, hieß es, und bald nannten sie ihn nur noch den Nazi oder Sturmbandführer.

Anstelle von Pin-ups zierte unser Zimmer das Bild einer Amsterdamer Gracht. Meinen einzigen Versuch, ein Aktfoto aufzuhängen, hatte mein Zimmergenosse mit den Worten »Watanabe, du weißt doch, daß ich für so was nicht viel übrig habe« zunichte gemacht und anschließend das Bild von der Gracht angebracht. Da mir das Aktposter nicht besonders am Herzen gelegen hatte, protestierte ich nicht, aber sooft Besuch kam, war die Reaktion auf das Grachtenbild ein einhelliges: »Was soll denn das sein!?«

»Ach, das ist Sturmbandführers Wichsvorlage«, sagte ich dann beiläufig. Eigentlich sollte das ein Witz sein, aber alle nahmen es für bare Münze, so daß ich am Ende beinahe selbst daran glaubte.

Man bemitleidete mich, weil ich das Zimmer mit Sturmbandführer teilen mußte, aber mir machte es eigentlich gar nicht so viel aus. Er ließ mich in Ruhe, solange ich meine Zimmerhälfte in Ordnung hielt. Also hatte ich wahrscheinlich sogar Glück, denn er übernahm das Putzen, lüftete das Bettzeug und brachte den Müll raus. Wenn ich drei Tage zu beschäftigt gewesen war, um ein Bad zu nehmen, schnupperte er vielsagend an mir, um mich daran zu erinnern. Er wies mich sogar darauf hin, wenn es Zeit war, zum Friseur zu gehen oder mir die Nasenhaare zu schneiden. Als störend empfand ich lediglich, daß er beim Anblick eines einzigen Insekts das Zimmer mit Wolken von Insektenspray eingaste und ich Zuflucht in einem der benachbarten Schweineställe suchen mußte.

Sturmbandführer studierte Geographie an einer staatlichen Universität.

»Ich beschäftige mich mit Ka-Ka-Karten«, erklärte er mir bei unserer ersten Begegnung.

»Du interessierst dich für Landkarten?« fragte ich.

»Hmm, wenn ich die Uni fertig habe, will ich fürs japanische kartographische Institut arbeiten und Ka-Ka-Karten machen.«

Die Vielfalt der Interessen und Lebensziele auf dieser Welt beeindruckte mich tief. In meiner Anfangszeit in Tōkyō hatte diese Erkenntnis zu meinen ersten und eindrücklichsten Überraschungen gehört. In der Tat wäre es doch sehr nachteilig, wenn es nicht zumindest einige Menschen mit einem Interesse, ja, sogar einer Leidenschaft für Landkarten gäbe. Sonderbar fand ich allerdings, daß jemand, der das Wort »Karte« nicht einmal aussprechen konnte, ohne zu stottern, Mitarbeiter des staatlichen kartographischen Instituts werden wollte.

»Wa-wa-was ist denn dein Hauptfach?« fragte er mich.

»Theater«, erwiderte ich.

»Du meinst, Theater spielen?«

»Nein, nein, Dramen lesen und theoretisch arbeiten. Racine, Ionesco, Shakespeare und so.«

Abgesehen von Shakespeare hatte er keinen der Namen je gehört. Allerdings wußte ich selbst über diese Autoren kaum mehr als ihre Namen, und die hatten im Vorlesungsverzeichnis gestanden.

»Na ja, jedenfalls magst du Theaterstücke«, sagte er.

»Ach, nicht besonders.«

Die Antwort verunsicherte ihn, und wenn er verunsichert war, verschlimmerte sich sein Stottern. Ich fühlte mich schuldig.

»Mir wäre eigentlich alles recht gewesen«, sagte ich zu ihm. »Ethnologie oder asiatische Geschichte hätten es auch getan. Ich hatte nur gerade Lust auf Theaterwissenschaft. Das ist alles.« Natürlich befriedigte ihn diese Erklärung keineswegs.

»Versteh ich nicht«, sagte er mit wirklich verständnislosem Gesicht. »Ich ma-ma-mag Ka-ka-karten, deshalb studiere ich Ka-

ka-kartographie, und dafür bin ich extra nach Tōkyō auf die Uni gekommen und kriege Geld von zu Hause. Bei dir ist es doch genauso, oder?«

Natürlich hatte er recht. Also verzichtete ich lieber auf weitere Erklärungen zur Wahl meines Studienfachs. Anschließend losten wir mit Streichhölzern die Betten aus. Er bekam das obere, ich das untere.

Seine Garderobe bestand tagaus tagein in einem weißen Hemd, einer schwarzen Hose und einem marineblauen Pullover; sein Haar trug er kurzgeschoren. Er war groß und hatte hohe Wangenknochen. Zur Uni ging er natürlich immer in Uniform. Schuhe und Mappe glänzten tiefschwarz. Er vermittelte in allem den Anschein eines Studenten aus dem rechten Lager. Deshalb nannten ihn auch alle Sturmbandführer, obwohl er sich in Wirklichkeit nicht die Bohne aus Politik machte und die Uniform nur trug, um sich nicht um die Auswahl seiner Kleidung kümmern zu müssen. Sein Interesse galt ausschließlich solchen Themen wie der Veränderung von Küstenlinien oder der Fertigstellung eines neuen Eisenbahntunnels. Wenn sich die Gelegenheit bot, stotterte er stundenlang unverdrossen auf seine bedauernswerten Gesprächspartner ein, bis sie entweder die Flucht ergriffen oder einschliefen.

Jeden Morgen um sechs, wenn die Hymne ertönte, sprang er aus dem Bett und strafte damit jeden Lügen, der behauptet hätte, die gravitätische Flaggenzeremonie sei für die Katz. Er zog sich an und ging ins Bad, um seine Morgentoilette vorzunehmen, wozu er Ewigkeiten brauchte. Man hätte meinen können, er nähme jeden Zahn einzeln heraus, um ihn zu putzen. Wieder im Zimmer, schüttelte er knallend sein Handtuch aus und hängte es zum Trocknen über die Heizung. Bis er seine Zahnbürste und Seife ordentlich zurück ins Regal gelegt hatte, war es Zeit für die Morgengymnastik im Radio.

Ich las meist bis spät in die Nacht und schlief bis acht, so daß ich, wenn er im Zimmer zu rumoren und nach den Anweisungen aus dem Radio zu turnen begann, noch im Halbschlaf lag. Zumindest, bis der Teil der Übungen mit den Sprüngen kam. Damit weckte er mich unweigerlich. Bei jedem Sprung – und er sprang sehr hoch – war die Erschütterung so gewaltig, daß sich das Bett vom Boden hob. Drei Tage lang hielt ich durch, da man uns eindringlich erklärt hatte, daß das Gemeinschaftsleben ein gewisses Maß an Duldsamkeit erfordere, doch am Morgen des vierten Tages hielt ich es nicht länger aus.

»Hör mal, kannst du deine Übungen nicht auf dem Dach oder sonstwo machen«, sagte ich ohne Umschweife. »Wie soll man denn dabei schlafen?«

»Aber es ist doch schon halb sieben«, erwiderte er voll ungläubigen Staunens.

»Weiß ich. Na und? Für mich ist halb sieben Uhr noch Schlafenszeit. Ich kann's dir nicht erklären, aber so ist es eben.«

»Geht nicht. Wenn ich auf dem Dach turne, beschweren sich die Leute im zweiten Stock. Hier sind wir über einer Abstellkammer, also kann keiner meckern.«

»Dann geh auf den Hof. Oder auf den Rasen.«

»Geht auch nicht. Wa-wa-weil ich kein Transistorradio habe – ich brauch Strom. Und ohne Radio kann man die Radiogymnastik nicht machen.«

Es stimmte, sein Radio war ein schrecklich alter Kasten mit Netzanschluß. Ich hatte zwar ein Transistorradio, aber es funktionierte nur auf UKW. Na, klasse, dachte ich.

»Also gut, Kompromiß: du machst deine Gymnastik, aber ohne das Springen. Das ist unheimlich laut. In Ordnung?«

»Das Springen?« fragte er erstaunt zurück. »Was ist das?«

»Springen ist springen. Hops, hops. Das eben.«

»Aber das mache ich doch gar nicht.«

Mein Kopf begann zu schmerzen. Ich war drauf und dran aufzugeben, aber dann wollte ich meinen Standpunkt doch noch einmal verdeutlichen und hopste auf und nieder, wobei ich die Anfangsmelodie der NHK-Gymnastiksendung sang.

»Siehst du, das meine ich.«

»Ach das, ja stimmt. Ist mi-mi-mir gar nicht aufgefallen.«

»Na also«, sagte ich und setzte mich aufs Bett. »Den Teil läßt du aus. Das andere kannst du von mir aus machen. Nur mit der Hopserei hörst du auf und läßt mich in Ruhe schlafen, ja?«

»Das geht nicht«, erwiderte er trocken. »Ich kann nicht einfach eine Übung auslassen. Seit zehn Jahren mache ich täglich die Gymnastik, und wenn ich anfange, mache ich automatisch bis zum Ende weiter. Wenn ich was weglasse, ka-ka-kann ich das Ganze nicht machen.«

Was sollte ich dazu noch sagen? Was hätte ich noch sagen können? Der einfachste und schnellste Weg wäre gewesen, sein verdammtes Radio, wenn er nicht im Zimmer war, aus dem Fenster zu schmeißen, aber dann wäre die Hölle losgewesen. Sturmbandführer gehörte zu den Menschen, die äußerst sorgsam mit ihren Sachen umgehen. Als er mich so sprachlos auf meinem Bett sitzen sah, bekam er Mitleid mit mir.

»Ach komm, Wa-wa-watanabe, wir stehen einfach zusammen auf und machen die Übungen«, tröstete er mich lächelnd und machte sich auf den Weg zum Frühstück.

Naoko kicherte, als ich ihr die Geschichte von Sturmbandführer und seiner Radiogymnastik erzählte. Ich hatte die Geschichte gar nicht als Witz erzählt, aber nun mußte ich selber lachen. Ich sah Naoko zum ersten Mal lachen, auch wenn ihr Kichern sogleich wieder erstarb.

Wir waren in Yotsuya aus der Bahn gestiegen und trotteten auf dem Bahndamm entlang in Richtung Ichigaya. Es war ein Sonntagnachmittag Mitte Mai. Die kurzen Regenschauer vom Morgen hatten bis zum Mittag völlig aufgehört, und ein Südwind hatte die tiefhängenden Regenwolken davongejagt. Das frische Grün der Kirschbäume tanzte im Wind und leuchtete im Sonnenschein. An diesem frühsommerlichen Tag hatten die Passanten ihre Pullover und Jacken ausgezogen und trugen sie über der Schulter oder dem Arm. Alle wirkten glücklich an diesem warmen Sonntagnachmittag. Die jungen Männer auf den Tennisplätzen jenseits des Bahndamms hatten die Hemden ausgezogen und schwangen nun mit freiem Oberkörper die Schläger. Nur zwei Nonnen saßen in schwarzem, winterlichem Habit auf einer Bank, als wäre die sommerliche Wärme nicht bis zu ihnen vorgedrungen, aber selbst diese beiden machten zufriedene Gesichter und plauderten sichtlich mit Genuß.

Nach fünfzehn Minuten war mein Rücken so naß geschwitzt, daß ich mein dickes Baumwollhemd auszog und im T-Shirt weiterging. Naoko hatte die Ärmel ihres leichten grauen, adrett verwaschenen Sweatshirts aufgerollt. Ich hatte das Gefühl, ich hätte sie schon einmal vor langer Zeit in einem ähnlichen Hemd gesehen, konnte mich aber nicht genau erinnern. Es war nur ein Gefühl. Zu jener Zeit hatte ich noch nicht allzu viele Erinnerungen, die Naoko betrafen.

»Wie lebt es sich denn so im Wohnheim? Macht es Spaß, mit anderen zusammen zu wohnen?« fragte sie.

»Weiß nicht genau. Ich bin ja erst einen Monat da. Aber es ist gar nicht so übel. So richtig unerträglich ist eigentlich nichts.«

Sie machte an einem Trinkbrunnen halt, um einen Schluck Wasser zu nehmen. Danach zog sie ein weißes Taschentuch aus der Hosentasche und wischte sich den Mund ab, dann bückte sie sich und band sich sorgfältig die Schuhe.

»Glaubst du, ich könnte auch so leben?«

»Mit anderen zusammen?«

»Ja«, sagte Naoko.

»Hmm, warum nicht? Alles eine Frage der Einstellung. Es gibt schon einiges Störende, wenn man sich was draus macht. Lästige Vorschriften, großmäulige Typen, Mitbewohner, die um halb sieben Radiogymnastik machen. Aber das ist wahrscheinlich überall so ähnlich. Irgendwie kommt man schon über die Runden.«

»Wahrscheinlich.« Sie nickte und schien darüber nachzudenken. Erst als sie mich anstarrte, als nähme sie einen seltsamen Gegenstand unter die Lupe, fiel mir auf, wie tief und klar ihre Augen waren. Andererseits hatte ich auch noch nie Gelegenheit gehabt, ihr so tief in die Augen zu schauen. Es war das erste Mal, daß wir beide allein spazierengingen.

»Hast du denn vor, in ein Wohnheim zu ziehen?« fragte ich.

»Nein, eigentlich nicht. Ich hab nur überlegt, wie das Leben in einer Gemeinschaft wohl ist. Und außerdem ...« Sie biß sich auf die Lippen, offenbar auf der Suche nach den richtigen Worten, die sie aber nicht zu finden schien. Seufzend senkte sie den Blick. »Ach, ich weiß auch nicht, vergiß es.«

Das war das Ende des Gesprächs. Naoko ging weiter in Richtung Osten, und ich folgte ihr sozusagen auf dem Fuße.

Fast ein Jahr war vergangen, seit ich Naoko das letzte Mal gesehen hatte. In diesem einen Jahr hatte sie so sehr abgenommen, daß sie kaum wiederzuerkennen war. Ihre früher runden Wangen waren eingefallen, ihr Hals war schlank und zart geworden, und dennoch sah sie nicht hager oder krankhaft abgezehrt aus. Ihre zierliche Gestalt verströmte eine natürliche Gelassenheit, als hätte sie sich so lange in einem langen schmalen Raum versteckt gehalten, bis ihr Körper sich ihm angepaßt hatte. Sie war zudem viel hübscher, als ich sie in Erinnerung gehabt hatte. Ich hätte ihr das gerne gesagt, aber da ich nicht wußte, wie, hielt ich lieber den Mund.

Wir hatten uns nicht verabredet, sondern waren uns zufällig in der U-Bahn begegnet. Sie war auf dem Weg ins Kino, und ich wollte ein bißchen in den Antiquariaten von Kanda stöbern – beides nicht gerade unaufschiebbare Vorhaben. Komm, wir steigen aus, hatte Naoko an der Haltestelle Yotsuya vorgeschlagen. Da wir einander eigentlich nichts Bestimmtes zu sagen hatten, war mir ziemlich rätselhaft, warum Naoko diesen Vorschlag machte. Von Anfang an hatten wir kein richtiges Gesprächsthema gefunden.

Kaum waren wir aus dem Bahnhof heraus, da setzte Naoko sich in Bewegung, ohne zu sagen wohin. Mir blieb nichts anderes übrig, als ihr zu folgen. Ich hätte sie natürlich leicht einholen können, aber irgend etwas hielt mich davon ab. Also folgte ich ihr in einem Meter Abstand, den Blick auf ihren Rücken und ihr glattes schwarzes Haar gerichtet, das von einer großen braunen Haarspange gehalten wurde. Wenn sie sich zur Seite wandte, fiel mein Blick auf ein zierliches weißes Ohr. Von Zeit zu Zeit drehte sie sich nach mir um und sagte etwas. Auf einige ihrer Fragen konnte ich leicht antworten, auf andere wußte ich nichts zu sagen. Manchmal verstand ich auch nicht, was sie sagte. Anscheinend spielte es jedoch keine Rolle für sie, ob ich sie hörte oder nicht. Wenn sie gesagt hatte, was sie sagen wollte, drehte Naoko sich wieder nach vorn und marschierte weiter. Ich tröstete mich mit dem Gedanken, daß es immerhin ein schöner Tag für einen Spaziergang war.

Doch Naokos Schritte waren eigentlich zu zielstrebig für einen bloßen Spaziergang. In Iidabashi bog sie nach rechts ab, so daß wir am Graben herauskamen, überquerte die Kreuzung Jinbochō und ging den Hügel in Ochanomizu hinauf, bis wir schließlich in Hongō waren. Von dort folgte sie den Straßenbahnschienen bis Komagome. Nicht gerade ein kleiner Bummel. Als wir in Komagome ankamen, ging bereits die Sonne unter, und eine milde, frühlingshafte Abenddämmerung brach an.

»Wo sind wir hier?« fragte Naoko. Erst jetzt schien sie die Umgebung wahrzunehmen.

»In Komagome. Hast du das nicht gewußt? Wir haben einen Riesenbogen gemacht.«

»Was wollen wir denn hier?«

»Du bist doch vorgegangen. Ich bin dir einfach nur gefolgt.«

Wir gingen in einen Soba-Imbiß am Bahnhof, um rasch etwas zu essen. Ich hatte Durst und trank ein ganzes Bier alleine aus. Nachdem wir bestellt hatten, sprachen wir bis nach dem Essen kein Wort mehr. Ich war erschöpft von der Lauferei, und sie hatte die Hände auf den Tisch gelegt und war anscheinend in Gedanken versunken. Der Nachrichtensprecher im Fernsehen berichtete, daß am heutigen Sonntag alle Ausflugsorte überfüllt gewesen waren. Und wir sind von Yotsuya bis nach Komagome getrabt, dachte ich.

»Du bist gut in Form«, sagte ich, als ich meine Nudeln aufgegessen hatte.

»Überrascht dich das?«

»Ja, schon.«

»In der Mittelstufe war ich Langstreckenläuferin und konnte zehn, fünfzehn Kilometer am Stück laufen. Das kam wohl auch, weil mein Vater mich von klein auf sonntags immer in die Berge mitgenommen hat. Gleich hinter unserem Haus fängt ja schon das Gebirge an. Da habe ich natürlich kräftige Beine gekriegt.«

»Das sieht man nicht.«

»Ich weiß. Alle halten mich für ein sehr zartes Mädchen. Aber der Schein trügt.« Ein kaum wahrnehmbares, winziges Lächeln huschte über ihr Gesicht, als sie das sagte.

»Tut mir leid, aber ich bin fix und fertig.«

»Entschuldige, jetzt habe ich dich den ganzen Tag durch die Gegend gehetzt.«

»Aber ich bin froh, daß wir uns mal unterhalten konnten. Das haben wir noch nie gemacht, nur wir beide, meine ich«, sagte ich, obwohl ich nicht den geringsten Schimmer mehr hatte, worüber wir uns angeblich unterhalten hatten.

Geistesabwesend spielte sie mit dem Aschenbecher, der auf dem Tisch stand.

»Also, wenn es dir recht wäre – ich meine, wenn es keine Last für dich wäre –, könnten wir uns dann vielleicht wieder einmal treffen? Selbstverständlich weiß ich, daß es mir nicht zusteht, dich um so was zu bitten.«

»Es steht dir nicht zu?« fragte ich erstaunt. »Was meinst du damit?«

Sie wurde rot. Vielleicht hatte ich allzu erstaunt reagiert.

»Ich kann's nicht erklären«, verteidigte sie sich. Dabei streifte sie die Ärmel ihres Sweatshirts bis zum Ellbogen hoch und zog sie dann wieder herunter. Im Schein des elektrischen Lichts schimmerte der Flaum auf ihren Armen wunderhübsch golden. »Eigentlich wollte ich es anders ausdrücken, aber mir ist nichts Besseres eingefallen.«

Naoko stützte die Ellbogen auf den Tisch und betrachtete eine Weile den Wandkalender, als hoffte sie, dort einen passenderen Ausdruck zu entdecken. Doch natürlich fand sie keinen. Sie seufzte, schloß die Augen und spielte an ihrer Haarspange herum.

»Ist doch egal«, sagte ich. »Ich verstehe schon ungefähr, was du sagen willst. Außerdem wüßte ich selbst nicht, wie man das ausdrücken kann.«

»Ich kann nicht gut reden. Das ist schon lange so. Wenn ich etwas sagen will, kommen immer genau die falschen Worte raus. Ich sage das Falsche oder sogar das Gegenteil. Wenn ich versuche, mich zu korrigieren, mache ich alles nur noch schlimmer, so daß ich zum Schluß selbst nicht mehr weiß, was ich eigentlich sagen wollte. Ich habe das Gefühl, als ob ich irgendwie zweigeteilt wäre und meine eine Hälfte der anderen nachjagte. In der Mitte steht ein dicker Pfeiler, um den ich mich rundherum jage. Mein eines Ich kennt die richtigen Worte, aber mein anderes kann es nicht einholen.«

Naoko hob den Kopf und sah mir in die Augen. »Verstehst du, was ich meine?«

»Das geht fast jedem manchmal so«, erwiderte ich. »Man versucht, etwas Bestimmtes auszudrücken und wird nervös, wenn es nicht klappt.«

Naoko blickte leicht enttäuscht drein. »Nein, das ist wieder etwas anderes«, widersprach sie ohne weitere Erklärung.

»Egal, jedenfalls würde ich dich gerne wiedersehen. Sonntags habe ich immer Zeit, und etwas Bewegung täte mir auch ganz gut.«

Wir nahmen die Yamanote-Linie, und Naoko stieg in Shinjuku in die Chūō-Linie um. Sie wohnte etwas außerhalb in einem kleinen Apartment in Kokubunji.

»Findest du, daß ich anders rede als früher?« fragte mich Naoko beim Abschied.

»Ein bißchen anders, ja. Aber ich weiß nicht, was anders daran ist. Ich hab dich damals zwar oft gesehen, aber ich glaube nicht, daß wir uns viel unterhalten haben.«

»Hmm, stimmt. Kann ich dich dann also nächsten Samstag anrufen?«

»Klar, ich warte darauf«, sagte ich.

Zum ersten Mal war ich Naoko im Frühling der elften Klasse begegnet. Sie ging ebenfalls in die elfte Klasse und war auf einer noblen, von einer christlichen Mission geführten Mädchenschule. Die Schule war so vornehm, daß allzu großer Lerneifer dort als unfein galt. Naoko war die Freundin meines besten (und einzigen) Freundes Kizuki. Die beiden kannten sich fast von Geburt an, denn ihre Familien wohnten kaum zweihundert Meter voneinander entfernt.

Wie bei den meisten Paaren, die sich seit ihrer Kindheit kennen, war ihre Beziehung sehr offen, und sie schienen nie den Drang zu verspüren, allein zu sein. Die beiden gingen seit ihrer Kindheit in der Familie des anderen ein und aus, aßen zusammen und spielten Mah-Jongg. Ein paarmal brachte Naoko eine Klassenkameradin für mich mit, und wir unternahmen zu viert etwas, gingen in den Zoo, ins Schwimmbad oder ins Kino. Die Mädchen, die sie mitbrachte, waren immer hübsch, aber ein bißchen zu wohlerzogen für meinen Geschmack. Der Umgang mit den etwas rauhbeinigeren Mädchen aus meiner Schule fiel mir leichter. Bei Naokos Schulkameradinnen hingegen wußte ich nie, was in ihren hübschen Köpfen vorging, und ihnen erging es mit mir wahrscheinlich auch nicht viel besser.

Nach einer Weile gab Kizuki es auf, Verabredungen für mich zu arrangieren, und wir zogen statt dessen zu dritt los. Wir drei: Kizuki, Naoko und ich. Ein bißchen ungewöhnlich, wenn man es sich überlegt, aber so war es am einfachsten und besten. Kam eine vierte Person hinzu, wurde es gleich ungemütlich. Es war wie bei einer Talkshow: ich war der Gast, Kizuki der charmante Gastgeber und Naoko seine Assistentin. Kizuki stand immer im Mittelpunkt und füllte diese Rolle gut aus. Auch wenn er eine sarkastische Ader hatte, so daß Außenstehende ihn häufig für arrogant hielten, war er im Grunde ein rücksichtsvoller und gutmütiger Junge. Er richtete seine Bemerkungen und Witze an Naoko und mich gleichermaßen, so daß sich niemand übergangen fühlte. Wenn sie oder ich länger schwieg, lenkte er das Gespräch geschickt in die entsprechende Richtung und brachte uns zum Reden. Das klingt anstrengend, aber wahrscheinlich fiel es ihm überhaupt nicht schwer, denn er besaß die natürliche Begabung, Situationen einzuschätzen und spontan darauf zu reagieren. Darüber hinaus verfügte er über die seltene Fähigkeit, auch den langweiligsten Bemerkungen interessante Aspekte abzugewinnen, so daß er einem im Gespräch das Gefühl vermittelte, ein außergewöhnlich faszinierender Mensch mit einem außergewöhnlich faszinierenden Leben zu sein.

Paradoxerweise war er jedoch kein geselliger Typ und hatte in der Schule außer mir keine weiteren Freunde. Ich konnte nie begreifen, warum ein so scharfsinniger, redegewandter Mensch sich mit der beschränkten Welt unserer Dreierrunde zufrieden gab, statt seine Begabung auf ein weiteres Umfeld zu richten. Auch warum er ausgerechnet mich zum Freund erwählt hatte, blieb mir ein Rätsel. Ich war ein unauffälliger, durchschnittlicher Junge, der gerne las und Musik hörte, und besaß keine besonderen Eigenschaften, die Kizukis Aufmerksamkeit erregt haben mochten. Und doch waren wir auf Anhieb Freunde geworden. Sein Vater war übrigens als Zahnarzt eine Kapazität und für seine saftigen Honorare bekannt.

»Hast du Lust auf eine Verabredung zu viert am Sonntag? Meine Freundin geht auf eine Mädchenschule und kann ein hübsches Mädchen für dich mitbringen«, hatte Kizuki mich gleich bei unserer ersten Begegnung gefragt. Ja, gern, hatte ich geantwortet. So hatte ich Naoko kennengelernt.

Kizuki, Naoko und ich verbrachten viel Zeit miteinander, aber immer wenn Kizuki das Zimmer verließ und wir zu zweit waren, verstummten Naoko und ich. Wir hatten kein einziges gemeinsames Gesprächsthema. Statt dessen tranken wir Wasser oder spielten mit irgendwelchen Gegenständen herum, die auf dem Tisch lagen. Und warteten darauf, daß Kizuki zurückkam. Erst wenn er wieder im Raum war, wurde das Gespräch fortgesetzt. Naoko war ohnehin nicht sonderlich gesprächig. Auch ich bin ein besserer Zuhörer als Redner und fühlte mich zudem unbehaglich, wenn ich mit ihr allein war. Nicht, daß wir etwas gegeneinander gehabt hätten: wir hatten uns bloß nichts zu sagen.

Zwei Wochen nach Kizukis Beerdigung sahen Naoko und ich uns zum einzigen und letzten Mal wieder. Wir trafen uns wegen irgendeiner Belanglosigkeit in einem Café, und als die Angelegenheit erledigt war, gab es nichts mehr zu reden. Ich hatte mehrere Themen angeschnitten, aber das Gespräch war jedesmal versandet. Außerdem hatte Naokos Stimme eine gewisse kantige Schärfe, als wäre sie wütend auf mich, aber ich ahnte nicht warum. Danach sahen wir uns nicht wieder, bis zu jenem Tag ein Jahr später, als wir uns zufällig in Tōkyō über den Weg liefen.

Vielleicht nahm Naoko es mir übel, daß ich und nicht sie der letzte Mensch gewesen war, der Kizuki lebend gesehen und mit ihm gesprochen hatte. Das hätte ich sogar verstehen können, und ich hätte gerne mit ihr getauscht, wenn es möglich gewesen wäre. Aber was geschehen war, war geschehen, und es stand nicht in meiner Macht, etwas daran zu ändern.

Es war ein schöner Nachmittag im Mai gewesen. Nach dem Essen schlug Kizuki vor, die Schule sausen zu lassen und Billard spielen zu gehen. Da auch meine Nachmittagsstunden mich nicht besonders interessierten, schlenderten wir hinunter zum Hafen und spielten vier Partien in einem Billardsalon. Nachdem ich das erste Spiel mühelos gewonnen hatte, strengte Kizuki sich plötzlich an und gewann die restlichen drei. Nach dem, was zwischen uns üblich war, hieß das, daß ich zahlen mußte. Während wir spielten, hatte Kizuki keinen einzigen Scherz gemacht, was ihm gar nicht ähnlich sah.

»Du bist ja heute so ernst«, bemerkte ich, als wir uns anschließend hinsetzten, um zu rauchen.

»Weil ich heute auf keinen Fall verlieren wollte«, sagte er mit zufriedenem Lächeln.

Am selben Abend nahm Kizuki sich in der Garage seiner Eltern das Leben. Er hatte einen Gummischlauch auf den Auspuff seines N-360 gebunden, die Fensterritzen mit Klebeband versiegelt und den Motor angelassen. Wie lange es dauerte, bis sein Tod eintrat, weiß ich nicht. Als seine Eltern von ihrem Krankenbesuch bei einem Verwandten zurückkamen und die Garagentür öffneten, um ihren Wagen zu parken, war er bereits tot. Das Autoradio war eingeschaltet, und unter dem Scheibenwischer klemmte eine Tankstellenquittung.

Es gab weder einen Abschiedsbrief noch konnte sich jemand ein Motiv vorstellen. Als letzte Person, die mit ihm gesprochen hatte, mußte ich eine Aussage bei der Polizei machen. Es habe keinen Hinweis gegeben, erklärte ich dem Polizisten, nein, er sei wie immer gewesen. Der Polizist hatte offenbar sowohl von mir als auch von Kizuki einen schlechten Eindruck gewonnen. So, als wäre es kein Wunder, daß Jungen, die die Schule schwänzten, um Billard zu spielen, anschließend Selbstmord begingen. In der Zeitung erschien eine kleine Notiz; damit war der Fall abgeschlossen. Seinen roten N-360 gab die Familie fort. Auf seiner Bank in der Schule lag eine Zeitlang immer eine weiße Blume.

Die zehn Monate zwischen Kizukis Tod und meinem Schulabschluß verbrachte ich orientierungslos und meiner Umgebung entfremdet. Ich freundete mich mit einem Mädchen an, schlief auch mit ihr, doch letztlich dauerte die ganze Geschichte nicht mehr als ein halbes Jahr. Mich berührte nichts mehr. Ich schrieb mich auf einer privaten Universität in Tōkyō ein, von der ich wußte, daß bei der Aufnahmeprüfung nicht viel verlangt wurde, und bestand erwartungsgemäß, ohne daß mich das besonders gefreut hätte. Das Mädchen bat mich, nicht nach Tōkyō zu gehen, aber ich wollte Kōbe unter allen Umständen verlassen, um an einem Ort, an dem ich niemanden kannte, ein neues Leben zu beginnen.

»Jetzt, wo du mit mir geschlafen hast, bin ich dir natürlich egal«, sagte weinend das Mädchen.

»Das stimmt doch nicht«, widersprach ich. Ich mußte einfach nur fort aus dieser Stadt. Aber wie sollte ich ihr das erklären? Und so trennten sich unsere Wege. Als ich im Expreßzug nach Tōkyō saß und an all die Dinge dachte, die mir an ihr so lieb gewesen waren, überkam mich das Gefühl, ich hätte etwas Schreckliches getan, aber rückgängig machen ließ es sich nun auch nicht mehr, und ich beschloß, das Mädchen einfach zu vergessen.

Als ich in das Wohnheim zog und mein neues Leben begann, zählte für mich nur noch eins: nicht zu grübeln und Distanz zur Welt zu halten. Den mit grünem Filz bespannten Billardtisch, den roten N-360 und die weiße Blume auf dem Pult – all das mußte ich aus meinem Kopf verbannen. Und auch den aus dem Schornstein des Krematoriums aufsteigenden Rauch und die massiven Briefbeschwerer auf der Polizeiwache, einfach alles. Anfangs schien es auch zu funktionieren. Doch nach einer gewissen Zeit wurde mir bewußt, daß trotz meiner heftigen Anstrengungen so etwas wie ein undefinierbarer Knoten aus Luft in meinem Innern zurückgeblieben war, der mit der Zeit eine schlichte, aber deutliche Form annahm. Ich konnte diese Form sogar in Worte fassen.

Der Tod verkörpert nicht das Gegenteil des Lebens, sondern ist ein Bestandteil desselben.

Ausgesprochen klingt das wie eine Binsenweisheit, doch damals empfand ich diese Erkenntnis nicht in Form von Worten, sondern als eben diesen Luftknoten in meinem Innern. Der Tod existierte in Briefbeschwerern ebenso wie in vier roten und weißen Kugeln auf einem Billardtisch. Und unser Leben lang saugen wir ihn wie feinen Staub in unsere Lungen.

Bis dahin hatte ich den Tod als etwas völlig vom Leben Getrenntes und Unabhängiges begriffen. Unweigerlich würde der Tod eines Tages seine Hand auch nach mir ausstrecken, doch bis zu diesem Tag konnte er mir nichts anhaben. Das hatte ich für eine sehr saubere und logische Schlußfolgerung gehalten. Das Leben auf der einen Seite, der Tod auf der anderen. Ich befand mich auf der einen Seite und nicht auf der anderen. Aber an dem Abend, an dem Kizuki starb, wurde diese Grenze unscharf, und es fiel mir nun schwer, den Tod (und das Leben) auf so einfache Art voneinander zu scheiden. Offenbar war der Tod nicht die Antithese des Lebens, sondern ein integraler Bestandteil meiner Existenz, ja, war es immer gewesen. Diese Tatsache ließ sich nicht aus meinem Kopf verbannen, wie sehr ich mich auch darum bemühte. Als an jenem Abend im Mai seines siebzehnten Lebensjahres der Tod nach Kizuki gegriffen hatte, hatte er auch mich berührt.

So verbrachte ich den Frühling meines achtzehnten Lebensjahres mit dem Gefühl eines Knotens aus Luft in meinem Inneren. Gleichzeitig sträubte ich mich, ernst zu werden, denn ich ahnte, daß Ernsthaftigkeit nicht unbedingt mit einer Annäherung an die Wahrheit identisch war, auch wenn es sich beim Tod auf jeden Fall um eine ernste Sache handelte. In diesem erstickenden Widerspruch gefangen, drehte ich mich endlos im Kreise. Es waren seltsame Tage, wenn ich jetzt daran zurückdenke. Mitten in meinem jungen Leben drehte sich alles um den Tod.

3. Kapitel

Am folgenden Samstag erhielt ich einen Anruf von Naoko, und wir verabredeten uns für den Sonntag. Ich nenne es mal eine Verabredung, ein besseres Wort dafür fällt mir nicht ein.

Wie beim letzten Mal wanderten wir ziellos durch die Straßen, tranken irgendwo Kaffee, gingen weiter, aßen zu Abend und verabschiedeten uns. Wieder ließ sie nur hie und da eine Bemerkung fallen, was ihr selbst offenbar nicht seltsam vorkam, und auch ich bemühte mich nicht gerade, das Gespräch in Gang zu halten. Wir sprachen über das, was uns so einfiel, unseren Alltag, die Uni – willkürliche Gesprächsfetzen eben. Die Vergangenheit erwähnten wir mit keinem Wort. Die meiste Zeit trabten wir einfach durch die Straßen. Glücklicherweise ist Tōkyō sehr ausgedehnt, so daß wir, wie weit wir auch gingen, nie an ein Ende gelangten.

Fast an jedem Wochenende marschierten wir nun so durch die Stadt. Sie ging voran, und ich folgte ihr in kurzem Abstand. Naoko besaß eine Vielzahl von Haarspangen, die sie immer so trug, daß ihr rechtes Ohr frei blieb. Das ist das einzige, woran ich mich heute noch gut erinnere, denn damals sah ich sie meist nur von hinten. Wenn sie verlegen war, spielte sie an der Haarspange herum. Zudem hatte sie die Angewohnheit, ihren Mund mit einem Taschentuch zu betupfen, wenn sie etwas sagen wollte und nicht wußte, wie. Während ich all diese Angewohnheiten beobachtete, wuchs mir Naoko allmählich ans Herz.

Sie besuchte eine kleine, aber feine Universität für Mädchen am Stadtrand, in Musashino, die für ihren Englischunterricht berühmt war. In der Nähe von Naokos Apartment floß ein klarer Bewässerungskanal, an dem wir mitunter spazierengingen. Manchmal lud sie mich zu sich ein und kochte etwas für uns. Daß wir beide dabei allein in ihrem Zimmer waren, schien sie nicht weiter zu berühren. Sie wohnte in einem nüchternen Raum ohne jeden überflüssigen Schnickschnack, und nur ihre in einer Ecke am Fenster zum Trocken aufgehängten Strümpfe wiesen darauf hin, daß es sich um das Zimmer eines Mädchens handelte. Sie lebte beinahe spartanisch und schien auch kaum Freunde zu haben. Eine völlig andere Naoko als die, die ich aus der Schulzeit kannte, als sie schicke Sachen getragen und sich mit zahllosen Freunden umgeben hatte. An ihrem Zimmer erkannte ich, daß sie, genau wie ich, die Stadt verlassen hatte, um an einem Ort, wo niemand sie kannte, zu studieren und ein neues Leben anzufangen.

»Die Uni hab ich mir ausgesucht, weil hier bestimmt keine aus meiner Klasse herkommt«, sagte sie lachend. »Die gehen alle auf bessere Unis – du weißt schon.«

Unterdessen entwickelte sich unsere Beziehung durchaus weiter. Allmählich gewöhnte sie sich an mich und ich mich an sie. Als die Sommerferien zu Ende gingen und das neue Semester begann, wanderten Naoko und ich, als wäre es die natürlichste Sache der Welt, wieder jeden Sonntag Schulter an Schulter durch die Stadt. Ich nahm an, daß Naoko mich nun als richtigen Freund betrachtete, und mir war es auch nicht gerade unangenehm, mit einem so hübschen Mädchen unterwegs zu sein. So streiften wir weiter auf unsere ziellose Weise durch Tōkyō, gingen bergauf, überquerten Bäche und Schienen, streunten überall umher, ohne uns jemals ein Ziel zu setzen. Wir liefen, um zu laufen – konzentriert, als handele es sich um ein religiöses Ritual zu unserer spirituellen Reinigung. Wenn es regnete, spannten wir unsere Schirme auf und gingen ohne Unterbrechung weiter.

Es wurde Herbst, und der Hof des Wohnheims war von einer

dichten Schicht Keyaki-Blättern bedeckt. Mit dem Duft der neuen Jahreszeit und zunehmender Kühle begann ich Pullover zu tragen. Ein Paar Schuhe hatte ich bereits durchgelaufen, so daß ich mir ein neues Paar aus Wildleder kaufte.

Ich kann mich kaum erinnern, über was wir uns damals unterhielten, aber es kann nichts Besonderes gewesen sein. Noch immer vermieden wir es, die Vergangenheit zu erwähnen, und so fiel zwischen uns auch nie der Name Kizuki. Wir sprachen überhaupt nicht viel und konnten einander auch im Café schweigend gegenübersitzen.

Naoko gefielen meine Geschichten von Sturmbandführer, und so erzählte ich oft von ihm. Einmal im Juni war er mit einem Mädchen (natürlich einer Geographiestudentin) ausgegangen, aber schon am frühen Abend mit enttäuschter Miene zurückgekehrt. »Sa-sa-sag mal, Watanabe, worüber unterhält man sich eigentlich so mit M-Mä-Mädchen?« hatte er mich gefragt. Ich weiß nicht mehr, was ich ihm antwortete, aber er hatte seine Frage ohnehin dem Falschen gestellt. Im Juli nahm jemand, als er nicht da war, sein Amsterdamer Grachtenbild von der Wand und hängte statt dessen ein Poster von der Golden Gate Bridge auf. Aus Interesse, ob Sturmbandführer auch mit Hilfe der Golden Gate Bridge masturbieren könne, lautete die Begründung. Er sei davon hingerissen, berichtete ich später, worauf jemand anderes sogleich einen Eisberg aufhängte. Jedesmal wenn das Bild ausgetauscht wurde, regte sich Sturmbandführer fürchterlich auf.

»Ich wi-wi-will wissen, wer das macht«, stotterte er.

»Tja«, erwiderte ich unverbindlich. »Ist aber eigentlich egal, oder? Sind doch schöne Bilder. Du solltest ihm dankbar sein.«

»Schon, trotzdem ist es mir unheimlich.«

Immer wenn ich solche Geschichten von Sturmbandführer erzählte, mußte Naoko lachen. Und da sie selten lachte, erzählte ich häufig von ihm, obwohl ich mich offen gesagt ein bißchen schämte, ihn so zu mißbrauchen. Er war der dritte Sohn einer nicht gerade wohlhabenden Familie und einfach nur ein wenig zu ernst, mehr nicht. Karten zu zeichnen war der bescheidene Traum seines bescheidenen Lebens. Was war daran so lächerlich?

Inzwischen waren die »Sturmbandführer-Witze« im Wohnheim längst zum unentbehrlichen Gesprächsstoff geworden, und ich konnte, was ich einmal in Gang gesetzt hatte, nicht mehr unterbinden. Dazu kam, daß es mich viel zu sehr beglückte, Naoko lächeln zu sehen, und so versorgte ich weiterhin alle mit Sturmbandführer-Geschichten.

Ein einziges Mal fragte Naoko mich, ob es nicht ein Mädchen gebe, in das ich verliebt sei. Ich erzählte ihr von dem Mädchen, das ich in Kōbe zurückgelassen hatte. Sie sei ein nettes Mädchen gewesen, das mir gelegentlich auch fehle. Es habe mir gefallen, mit ihr zu schlafen, aber irgendwie habe sie nichts in mir berührt, sagte ich. Anscheinend bestünde eine Verhärtung in meinem Herzen, die nur sehr schwer zu durchdringen sei. Möglicherweise sei ich gar nicht fähig, wirklich zu lieben.

»Warst du denn je verliebt?« fragte Naoko.

»Noch nie«, antwortete ich.

Darauf stellte sie mir keine weiteren Fragen.

Als der Herbst zu Ende ging und kalte Winde durch die Stadt fegten, nahm Naoko manchmal meinen Arm und drückte sich an mich. Durch den dicken Stoff ihres Dufflecoats konnte ich ihre Atmung spüren. Sie hängte sich an meinen Arm oder steckte ihre Hand in meine Manteltasche, und wenn es wirklich kalt war, schmiegte sie sich fröstelnd an meinen Arm, um sich zu wärmen. Aber eine andere Bedeutung hatten diese Berührungen für sie nicht, und auch ich ging unbeteiligt, die Hände in den Taschen vergraben, weiter. Da wir beide Schuhe mit Gummisohlen trugen, erzeugten unsere Schritte kaum ein Geräusch, außer einem trockenen Knacken, wenn wir auf die großen, welken Platanenblätter auf dem Pflaster traten, ein Laut, der Mitleid mit Naoko in mir hervorrief, denn es war nicht mein Arm, den sie suchte, sondern ein anderer Arm, nicht meine Wärme, sondern die eines anderen. Ich hatte fast ein schlechtes Gewissen, weil ich ich war.

Mit fortschreitendem Winter waren Naokos Augen immer klarer und durchsichtiger geworden, aber in dieser Klarheit ließ sich kein Sinn entdecken. Manchmal versenkte Naoko ihren Blick ohne erkennbaren Grund in meine Augen, wie auf der Suche nach etwas ganz Bestimmtem, und das gab mir ein merkwürdiges, unerträgliches Gefühl von Einsamkeit.

Vielleicht wollte sie mir etwas übermitteln, für das sie nicht die richtigen Worte finden konnte. Oder eher etwas Ungreifbares in ihrem Innern, etwas Vorsprachliches, das sich ohnehin nie würde in Worte fassen lassen. Also spielte sie mit ihrer Haarspange, betupfte sich mit ihrem Taschentuch den Mund und starrte mir auf diese sinnlose Art in die Augen. Wie gerne hätte ich sie dann in die Arme genommen, aber etwas hielt mich immer davor zurück. Wahrscheinlich fürchtete ich, sie zu verletzen. Also wanderten wir beide wie bisher durch die Straßen von Tōkyō, und Naoko suchte weiter im leeren Raum nach Worten.

Die anderen im Wohnheim zogen mich immer auf, wenn ich samstags einen Anruf von Naoko erhielt oder am Sonntagmorgen ausging. Natürlich nahmen sie an, ich hätte eine Freundin. Jeder Erklärungsversuch wäre zwecklos gewesen, also beließ ich es einfach dabei. Wenn ich abends nach Hause kam, stellte mir unweigerlich jemand blöde Fragen: In welcher Stellung hatten wir es gemacht, wie fühlte sie sich »da unten« an, welche Farbe hatte ihre Unterwäsche gehabt? Worauf ich antwortete, wie sie es erwarteten.

Ich wurde neunzehn. Die Sonne ging auf, die Sonne ging unter; Flagge hoch, Flagge runter, und an den Sonntagen war ich mit der Freundin meines toten Freundes verabredet. Ich hatte nicht die leiseste Ahnung, was ich überhaupt tat oder was ich später tun wollte. Für meine Seminare las ich zwar pflichtgemäß Claudel, Racine und Eisenstein, aber sie machten kaum einen Eindruck auf mich. Bislang hatte ich keine Freundschaften geschlossen und kannte auch im Wohnheim fast niemanden. Die anderen hielten mich für einen künftigen Schriftsteller, weil ich immer für mich blieb und las, aber ich hatte natürlich keineswegs solche Ambitionen. Ich hatte überhaupt keine Ambitionen.

Mehrmals versuchte ich mit Naoko über dieses Gefühl der Verlorenheit zu sprechen, denn sie würde zumindest bis zu einem gewissen Grad verstehen können, was ich empfand. Aber ich fand nie die richtigen Worte dafür. Merkwürdig, als hätte sie mich mit ihrem krankhaften Suchen nach Worten angesteckt. Samstagabends, wenn die meisten ausgegangen waren, saß ich am Telefon in der verlassenen Eingangshalle und wartete auf Naokos Anruf. Dabei starrte ich auf die Lichtpartikel, die flimmernd in der Stille schwebten, und versuchte, mein Herz zu ergründen. Was hatte ich in diesem Wohnheim überhaupt verloren? Was erwarteten die anderen von mir? Doch nie gelangte ich zu einer auch nur halbwegs befriedigenden Antwort. Mitunter streckte ich die Hand nach den dahintreibenden Lichtpartikeln aus, aber meine Fingerspitzen stießen auf nichts.

Ich las viel. Das heißt, nicht viele verschiedene Autoren, sondern immer wieder diejenigen, die mir damals gefielen: Truman Capote, John Updike, Scott Fitzgerald und Raymond Chandler. Allerdings sah ich nie jemand anderen auch solche Bücher lesen, weder im Seminar noch im Wohnheim. Die meisten schätzten Kazumi Takahashi, Kenzaburō Ōe, Yukio Mishima oder moderne französische Schriftsteller. Daher kam es mir ganz natürlich vor, daß ich weiter für mich blieb und meine Lieblingsbücher las, ohne mit anderen darüber ins Gespräch zu kommen. Mitunter hielt ich mir ein Buch, das ich viele Male gelesen hatte, ans Gesicht und sog seinen Geruch mit geschlossenen Augen tief in mich ein. Schon der Duft eines Buches und die Berührung seiner Seiten konnten mich glücklich machen.

Mit achtzehn war mein Lieblingsbuch *Der Zentaur* von John Updike gewesen, doch nachdem ich es unzählige Male gelesen hatte, büßte es etwas von seinem ursprünglichen Glanz ein, und *Der große Gatsby* von Fitzgerald trat an seine Stelle und blieb lange Zeit mein Lieblingsroman. Wenn mir danach war, nahm ich ihn aus dem Regal, schlug eine beliebige Seite auf und las eine Passage. Ich wurde nie enttäuscht. Im ganzen Buch gab es nicht eine langweilige Zeile. Ich hielt es für das wunderbarste Buch, das je geschrieben wurde, und hätte gern aller Welt mitgeteilt, wie wunderbar es war, aber niemand in meiner Umgebung kam für eine *Gatsby*-Lektüre in Betracht. 1968 galt es zwar nicht als reaktionär, Scott Fitzgerald zu lesen, aber auch nicht als Empfehlung.

Als ich schließlich dem einen Menschen in meiner Nähe begegnete, der den *großen Gatsby* gelesen hatte, freundeten wir uns deswegen an. Er hieß Nagasawa und studierte bereits seit zwei Jahren Jura an der staatlichen Universität von Tōkyō, der renommierten Tōdai. Wir wohnten im selben Wohnheim und kannten uns nur vom Sehen. Eines Tages, als ich im Speisesaal in einer sonnigen

Ecke saß und im *Gatsby* las, setzte er sich zu mir und fragte, was ich da läse. »*Der große Gatsby*«, antwortete ich. Ob es mir gefiele? »Ich lese ihn schon zum dritten Mal und bin immer wieder davon fasziniert«, erwiderte ich.

»Wenn der Mann den *großen Gatsby* schon drei Mal gelesen hat, sollten wir Freunde werden«, sagte er wie zu sich selbst. Und so wurden wir Freunde. Das war im Oktober.

Je besser ich Nagasawa kennenlernte, desto sonderbarer erschien er mir. Ich hatte in meinem bisherigen Leben schon viele sonderbare Menschen kennengelernt, aber keinen so seltsamen wie ihn. Er war ein viel leidenschaftlicherer Leser als ich, rührte aber kein Buch an, dessen Autor nicht mindestens dreißig Jahre tot war. Nur solchen Büchern könne er trauen, behauptete er.

»Nicht, daß ich der zeitgenössischen Literatur mißtraue, ich will nur keine wertvolle Zeit auf Bücher verschwenden, die nicht die Weihe der Zeit empfangen haben. Dazu ist das Leben zu kurz.«

»Welche Autoren magst du denn dann?« fragte ich ihn.

»Balzac, Dante, Chaucer, Joseph Conrad, Dickens«, antwortete er wie aus der Pistole geschossen.

»Nicht gerade aktuelle Autoren.«

»Genau deswegen lese ich sie ja. Liest man, was alle anderen auch lesen, kann man auch nur das denken, was alle anderen denken. Das ist etwas für Hinterwäldler und Banausen. Ein ernsthafter Mensch würde sich schämen. Hast du das noch nicht mitgekriegt, Watanabe? Hier im Wohnheim gibt es kaum wahre Menschen, außer dir und mir. Die andern sind Abfall.«

»Wie kommst du denn darauf?« fragte ich bestürzt.

»Weil ich es weiß. Man braucht nur hinzusehen, es ist, als trügen wir ein Zeichen auf der Stirn. Außerdem sind wir die einzigen, die *Der große Gatsby* gelesen haben.«

Ich rechnete kurz nach. »Aber Scott Fitzgerald ist doch erst achtundzwanzig Jahre tot.«

»Na und? Was sind schon zwei Jahre. Ein so großartiger Autor wie Scott Fitzgerald darf ruhig ein bißchen unter dem Nennwert bleiben.«

Im Wohnheim wußte niemand, daß Nagasawa insgeheim klassische Romane las, allerdings hätte es auch keiner besonders spannend gefunden. Er war vor allem für seine Intelligenz bekannt, denn er hatte es mühelos geschafft, auf die Tōdai aufgenommen zu werden, erhielt tadellose Noten, würde das Staatsexamen ablegen, ins Auswärtige Amt eintreten und Diplomat werden. Er stammte aus einer erstklassigen Familie, sein Vater besaß ein großes Krankenhaus in Nagoya, das Nagasawas älterer Bruder, der an der Tōdai Medizin studiert hatte, später übernehmen würde. Eine ideale Familie. Nagasawa verfügte stets über das nötige Kleingeld und hatte zudem Stil, so daß man ihn mit Respekt behandelte, und selbst der Leiter des Wohnheims wagte nicht, ihm gegenüber allzu deutliche Worte zu gebrauchen. Wenn er jemanden um etwas bat, kam derjenige der Bitte ohne Murren nach. Nagasawa zu gehorchen, verstand sich von selbst.

Sein Wesen brachte andere dazu, sich ihm unterzuordnen, und er verfügte über die Fähigkeit, jeden Umstand von einer höheren Warte aus zu beurteilen, anderen routiniert und präzise Anweisungen zu erteilen und sie mit Freundlichkeit dazu zu bringen, diese auszuführen. Diese Aura von Macht umgab ihn wie ein Heiligenschein, so daß jeder in ihm auf den ersten Blick »ein Ausnahmewesen« erkannte, weshalb auch die meisten furchtbar erstaunt waren, daß er eine so unbedeutende Erscheinung wie mich zu seinem einzigen nahen Freund auserkoren hatte, und selbst Leute, die ich kaum kannte, behandelten mich deswegen mit einer gewissen

Vorsicht. Anscheinend begriff keiner, daß die Wahl aus einem ganz simplen Grund auf mich gefallen war. Nagasawa mochte mich, weil ich ihm weder mit besonderer Hochachtung noch mit Bewunderung begegnete. Ich fand seine seltsamen, komplexen Eigenarten interessant, aber weder seine guten Noten noch seine Aura oder sein Aussehen machten Eindruck auf mich, eine Erfahrung, die ziemlich neu für ihn sein mußte.

Nagasawa vereinte höchst widersprüchliche Züge in sich. Bisweilen wäre ich von seinem Feingefühl gerührt gewesen, hätte ich nicht gewußt, daß er ebenso leicht gehässig sein konnte. Er war von erstaunlichem Edelmut – und zugleich ein unverbesserlicher Schuft. Auch wenn er sich den Anschein von Optimismus und Tatkraft gab, wand sich sein Herz einsam auf dem trüben Grund eines Sumpfes. Ich hatte seinen widersprüchlichen Charakter von Anfang an gespürt und konnte nie verstehen, warum dies für andere nicht genauso offenkundig war. Nagasawa war ein Mann, der in seiner eigenen Hölle lebte.

Im Grunde mochte ich ihn ziemlich gern. Sein größter Vorzug war seine Aufrichtigkeit. Nicht nur, daß er niemals log, auch seine eigenen Fehler und Schwachpunkte gestand er bereitwilligst ein. Er verschwieg nie etwas, auch wenn es ein schlechtes Licht auf ihn warf. Hinzu kam, daß er sich mir gegenüber in jeder Situation stets freundlich und hilfsbereit verhielt und daß mein Leben im Wohnheim ohne ihn bestimmt komplizierter und unangenehmer verlaufen wäre. Dennoch zog ich ihn kein einziges Mal ins Vertrauen. Darin unterschied sich meine Beziehung zu Nagasawa völlig von meiner Freundschaft mit Kizuki. Von dem Augenblick an, als ich einmal beobachtete, wie Nagasawa betrunken ein Mädchen malträtierte, schwor ich mir, mich ihm nie und unter keinen Umständen jemals anzuvertrauen.

Im Wohnheim kursierten abenteuerliche Gerüchte über Nagasawa: Er habe drei rohe Nacktschnecken verzehrt. Sein Penis sei von überdimensionaler Größe, und er habe schon mit über hundert Frauen geschlafen.

Die Geschichte mit den Schnecken stimmte. Als ich ihn danach fragte, bestätigte er sie. »Klar, drei Riesenbiester hab ich runtergeschluckt.«

»Warum denn bloß?«

»Ach, aus verschiedenen Gründen. In dem Jahr, als ich hier eingezogen bin, gab es Krach zwischen den Neuen und den Älteren. Das war im September. Ich wollte als Vertreter der Neuen mit den Älteren verhandeln. Die stellten sich aber als rechtsradikale, mit Kendō-Stöcken bewaffnete Typen heraus. Nicht gerade die geeignete Verhandlungsatmosphäre. Ich wußte, daß nun alles von mir abhing, also sagte ich, ich würde alles tun, was sie von mir verlangten. Da verlangten sie, daß ich drei lebende Schnecken esse. In Ordnung, her damit, sagte ich, und hab die Viecher runtergewürgt. Drei Mordsdinger hatten die Kerle angeschleppt.«

»Und was war das für ein Gefühl?«

»Was für ein Gefühl? Wie wenn man eben eine Schnecke runterschluckt, so ein Gefühl. Das kann nur jemand verstehen, der selbst schon mal eine geschluckt hat. Die Schnecke glitscht irgendwie schleimig durch deine Kehle und landet mit einem Plumpser in deinem Magen. Zum Kotzen. Sie ist kalt und hinterläßt einen widerlichen Geschmack im Mund. Wenn ich nur daran denke, wird mir schlecht. Am liebsten hätte ich gekotzt, aber dann hätte ich sie noch mal runterwürgen müssen. Also habe ich alle drei drinbehalten.«

»Und was ist danach passiert?«

»Ich bin in mein Zimmer gegangen und habe literweise Salzwasser getrunken«, erwiderte Nagasawa. »Was hätte ich sonst tun sollen?«

»Stimmt auch wieder.«

»Aber von da an hatte mir keiner mehr was zu sagen. Nicht mal die Alten. Ich bin der einzige hier, der jemals drei Schnecken geschluckt hat.«

»Davon kann man ausgehen«, stimmte ich ihm zu.

Die Größe seines Penis rauszukriegen war leicht. Ich ging einfach mit ihm ins Gemeinschaftsbad. Er hatte wirklich einen ziemlich großen, aber das mit den hundert Frauen war wahrscheinlich übertrieben. Ungefähr fünfundsiebzig seien es gewesen, sagte er, nachdem er kurz nachgerechnet hatte. Oder zumindest siebzig. Als ich nur mit einer einzigen aufwarten konnte, tröstete er mich: »Kein Problem, das nächste Mal kommst du mit mir, dann kriegst du so viele, wie du willst.«

Ich glaubte ihm nicht, aber er hatte recht, es war wirklich ganz einfach. Zu einfach, so daß es fast schon keinen Spaß machte. Wir gingen in eine Bar oder eine Snackbar in Shibuya oder Shinjuku (meist ein Stammlokal von ihm), sprachen zwei Mädchen an (die Welt ist voller Mädchen, die zu zweit unterwegs sind), unterhielten uns ein bißchen mit ihnen, tranken etwas und gingen anschließend in ein Hotel, wo wir mit ihnen schliefen. Nagasawa war ein ausgezeichneter Unterhalter. Nicht, daß er etwas Besonderes kundzutun gehabt hätte, aber die Mädchen waren so hingerissen von seinem Charme, daß sie zuviel tranken, betrunken wurden und schließlich mit ihm ins Bett gingen. Wahrscheinlich fühlten sie sich einfach wohl in der Gesellschaft eines derart gutaussehenden, aufmerksamen und intelligenten Mannes. Das Verblüffende daran war, daß sein Abglanz auf mich fiel und die Mädchen mich für einen ebenso faszinierenden Mann zu halten schienen. Wenn ich, von Nagasawa ermutigt, etwas von mir gab, reagierten die Mädchen mit dem gleichen verzückten Gelächter wie bei ihm – alles dank Nagasawas Zauberkraft. Seine Ausstrahlung, mit der verglichen Kizukis Gesprächsbegabung infantil anmutete, war überwältigend. Hier ging es um ein ganz anderes Niveau. Doch trotz meiner Bewunderung für Nagasawas Talent sehnte ich mich nach Kizuki. Ich dachte immer wieder daran, was für ein redlicher Mensch er gewesen war. Im Gegensatz zu Nagasawa, der seinen überragenden Charme spielerisch in alle Richtungen versprühte, hatte Kizuki sein bescheidenes Talent nur für Naoko und mich reserviert. Nagasawa lag im Grunde gar nichts daran, mit diesen Mädchen, die er aufriß, zu schlafen. Auch das war nur ein Spiel für ihn.

Mir selbst bereitete es kein sonderliches Vergnügen, mit Mädchen zu schlafen, die ich nicht kannte. Ich konnte zwar meinen Triebstau abreagieren und will auch nicht leugnen, daß es mir Spaß machte, die Mädchen zu umarmen und überall zu befummeln, aber der Morgen danach war mir stets ein Greuel. Beim Aufwachen schlief ein fremdes Mädchen neben mir. Das Zimmer roch nach Alkoholausdünstungen. Das Bett, die Beleuchtung, die Gardinen und einfach alles sah nach billiger Absteige aus. Ich hatte einen Kater, und mein Kopf war noch vom Alkohol benebelt. Wenn das Mädchen dann aufgewacht war, suchte es seine Unterwäsche zusammen und sagte beim Anziehen seiner Strümpfe vielleicht: »Sag mal, hast du letzte Nacht eigentlich aufgepaßt? Es war nämlich mein gefährlichster Tag.« Vor dem Spiegel sitzend, jammerte sie über ihre Kopfschmerzen oder darüber, daß sie ihr Make-up nicht hinkriegte, während sie sich die Lippen schminkte oder die falschen Wimpern anklebte. Das alles war mir verhaßt. Am liebsten hätte ich mich vor dem Morgengrauen davongemacht, aber es war unmöglich, die mitternächtliche Sperrstunde des Wohnheims einzuhalten, wenn man ein Mädchen verführen wollte. Darum besorgte ich mir jedesmal beim Leiter eine Genehmigung, auswärts zu übernachten, und mußte also bis zum Morgen ausharren, um dann desillusioniert und voller Selbsthaß in mein Zimmer zurückzukehren. Das Tageslicht blendete mich entsetzlich, mein Mund fühlte sich an, als hätte ich löffelweise Sand gegessen, und mein Kopf schien nicht mein eigener zu sein.

Nachdem ich drei- oder viermal ein Mädchen auf diese Weise abgeschleppt hatte, fragte ich Nagasawa, ob ihm das nach siebzigmal nicht öde vorkäme.

»Wenn du es öde findest, beweist das nur, daß du ein anständiger Mensch bist«, antwortete er. »Das freut mich für dich. Man hat absolut nichts davon, wenn man mit einer fremden Frau nach der anderen schläft. Es erschöpft einen nur, und man verabscheut sich. So geht's mir auch.«

»Aber warum tust du's dann?«

»Schwer zu sagen. Du kennst doch die Geschichte von Dostojewski über den Spieler. So ähnlich kommt es mir vor. Angesichts unzähliger Gelegenheiten zu verzichten, fällt eben unheimlich schwer. Verstehst du, was ich meine?«

»So ungefähr.«

»Siehst du, die Sonne geht unter, und die Mädchen schwärmen aus, auf der Suche nach etwas, das ich ihnen geben kann. So einfach ist das, so einfach wie einen Wasserhahn aufzudrehen und zu trinken. Ehe sie noch piep sagen können, hab ich sie schon im Bett. Wie sie es erwarten. Das meine ich mit Gelegenheit. Warum untätig vorbeigehen, wenn man die Gelegenheiten vor der Nase hat? Man verfügt über gewisse Fähigkeiten und die Möglichkeit, sie zu nutzen. Oder kannst du so was stumm an dir vorbeiziehen lassen?«

Ich mußte lachen. »Weiß ich nicht, ich war noch nie in einer solchen Lage. Kann ich mir auch gar nicht vorstellen.«

»Da hast du ja Glück«, sagte er.

Daß Nagasawa trotz seiner wohlhabenden Eltern im Wohnheim lebte, hatte mit seiner Veranlagung zum Schürzenjäger zu tun. Aus Sorge, er würde nur noch hinter Frauen her sein, wenn er allein in Tōkyō lebte, hatte sein Vater ihn dazu verdonnert, die gesamten vier Studienjahre im Wohnheim zu verbringen. Nagasawa war das ziemlich egal, denn so ein paar Hausregeln kümmerten ihn ohnehin nicht. Wenn ihm danach war, holte er sich die Genehmigung, auswärts zu übernachten, und ging auf die Pirsch oder verbrachte die Nacht in der Wohnung seiner Freundin. Normalerweise war es gar nicht so einfach, diese Genehmigungen zu bekommen, aber Nagasawa war gleichsam darauf abonniert. Und wenn er sie für mich anforderte, bekam ich sie ebenfalls anstandslos.

Seit seinem ersten Semester hatte Nagasawa eine feste Freundin. Sie hieß Hatsumi und war so alt wie er. Ich war ihr einige Male begegnet und fand sie ausgesprochen sympathisch. Sie war nicht gerade das, was man eine atemberaubende Schönheit nennt, und anfangs hatte ich mich sogar gewundert, daß ein Mann wie Nagasawa mit einem so durchschnittlich aussehenden Mädchen zusammen war. Aber jeder Mensch, der mit Hatsumi auch nur kurz in Berührung kam, mußte sie einfach gern haben. Sie war zurückhaltend, intelligent, humorvoll, fürsorglich und immer elegant gekleidet. Hätte ich eine Freundin wie sie gehabt, wäre ich bestimmt nicht mit all den anderen langweiligen Frauen ins Bett gestiegen. Hatsumi mochte mich auch und war stets eifrig bemüht, mich mit Studentinnen ihres Jahrgangs zu verkuppeln, damit wir zu viert ausgehen konnten, aber ich wollte meine Erfahrungen aus der Vergangenheit nicht wiederholen und lehnte immer ab. Hatsumi studierte an einer sehr angesehenen Frauenuniversität, auf der es von Mädchen aus den reichsten Häusern nur so wimmelte, einer Sorte, mit der ich von jeher nichts anfangen konnte.

Obwohl Hatsumi ziemlich genau über Nagasawas Treiben Bescheid wußte, beschwerte sie sich nie. Sie liebte ihn wirklich, drängte sich ihm aber niemals auf.

»Sie ist viel zu schade für mich«, sagte Nagasawa einmal zu mir. Stimmt, dachte ich.

Im Winter fand ich einen Job in einem kleinen Plattenladen in Shinjuku. Die Bezahlung war mäßig, aber dafür überarbeitete ich mich auch nicht an den drei Abenden in der Woche, an denen ich im Laden stand. Außerdem bekam ich die Schallplatten billiger. Zu Weihnachten kaufte ich Naoko eine Henry-Mancini-Platte mit *My Heart*, ihrem Lieblingsstück, die ich eigenhändig in Geschenkpapier wickelte und mit einer roten Schleife schmückte. Naoko schenkte mir ein Paar selbstgestrickte Handschuhe. Die Daumen waren ein bißchen kurz, aber die Handschuhe wärmten.

»Ach, wie dumm«, sagte sie und errötete. »Was bin ich ungeschickt!«

»Wieso? Sie passen doch.« Ich hob die behandschuhten Hände in die Höhe, um es ihr zu beweisen.

»Zumindest mußt du die Hände jetzt nicht mehr in die Manteltaschen stecken.«

Naoko fuhr in diesem Winter nicht zu ihrer Familie nach Kōbe. Ich arbeitete bis zum Jahresende im Plattenladen und blieb schließlich auch ganz in Tōkyō, da in Kōbe nichts und niemand von Interesse auf mich wartete. Während der Feiertage war die Wohnheimkantine geschlossen, und ich aß bei Naoko. Zu Neujahr gab es die traditionellen Klößchen und Neujahrssuppe wie bei allen anderen auch.

Im Januar und Februar 1969 passierte eine Menge.

Ende Januar legte sich Sturmbandführer mit hohem Fieber ins Bett, weshalb ich Naoko versetzen mußte. Es hatte mir viel Mühe bereitet, Freikarten für ein Konzert zu ergattern, auf das sich Naoko besonders gefreut hatte, weil das Orchester eines ihrer Lieblingsstücke, die vierte Symphonie von Brahms, gab. Doch Sturmbandführer wälzte sich so gepeinigt auf dem Bett herum, als sei er dem Tode nahe; ich konnte ihn einfach nicht allein lassen und fand auch keine mitleidige Seele, die seine Pflege an meiner Stelle übernommen hätte. Ich besorgte Eis und fertigte mit Hilfe von Plastiktüten Eisbeutel an, kühlte Handtücher und wischte ihm den Schweiß ab, maß jede Stunde seine Temperatur und wechselte ihm sogar das Hemd. Trotzdem ging das Fieber einen Tag lang nicht runter. Doch am Morgen des zweiten Tages sprang er aus dem Bett und begann mit seiner Morgengymnastik, als wäre nichts geschehen. Seine Temperatur betrug 36,2. Ich fragte mich, ob er wirklich ein menschliches Wesen war.

»Komisch! Ich hab noch nie Fieber gehabt«, erklärte Sturmbandführer in vorwurfsvollem Ton.

»Du hattest aber welches«, fuhr ich ihn ärgerlich an und hielt ihm die beiden verfallenen Konzertkarten unter die Nase.

»Ein Glück, daß es Freikarten waren«, sagte Sturmbandführer ungerührt. Am liebsten hätte ich mir sein Radio geschnappt und es aus dem Fenster geworfen, zog mich dann aber mit Kopfschmerzen in mein Bett zurück und schlief.

Im Februar schneite es oft.

Ende des Monats geriet ich in einen blöden Streit mit einem der älteren Studenten auf meinem Stockwerk und verpaßte ihm einen solchen Schlag, daß er mit dem Kopf gegen die Betonwand knallte. Glücklicherweise war er nicht ernsthaft verletzt, und Nagasawa brachte die Sache für mich mit diplomatischem Geschick ins Reine. Immerhin wurde ich vor den Wohnheimleiter zitiert und erhielt eine Verwarnung. Von da an fühlte ich mich im Wohnheim nicht mehr so recht wohl.

Das akademische Jahr ging zu Ende, der Frühling kam. Mir fehlten einige Leistungsnachweise, aber ansonsten bewegten sich meine Noten noch im Mittelfeld, ganz wenige waren darüber. Naoko hatte alle Scheine gesammelt, die für die Zulassung zum zweiten Studienjahr nötig waren. Wir hatten den Kreislauf der Jahreszeiten einmal durchlebt.

Mitte April wurde Naoko zwanzig. Ich bin im November geboren, also war sie sieben Monate älter. Daß Naoko zwanzig wurde, war ein seltsames Gefühl. Ich hatte immer in der Vorstellung gelebt, wir würden ewig zwischen achtzehn und neunzehn hin- und herpendeln. Nach achtzehn kam neunzehn und nach neunzehn wieder achtzehn. Ganz natürlich. Aber nun wurde sie zwanzig. Und im Herbst würde auch ich zwanzig sein. Nur Tote bleiben für immer siebzehn.

An Naokos Geburtstag regnete es. Nach den Seminaren kaufte ich in einer Bäckerei in der Nähe einen Kuchen und fuhr mit der Straßenbahn zu ihrer Wohnung. Zwanzig sei ein Grund zum Feiern, hatte ich gesagt. Wäre ich als erster dran gewesen, hätte ich mir wahrscheinlich das gleiche gewünscht. Es muß hart sein, seinen zwanzigsten Geburtstag allein zu verbringen. Die Bahn war voll, und es hatte in Strömen gegossen. Bis ich bei Naoko ankam, hatte der Kuchen eine erstaunliche Ähnlichkeit mit der Ruine des römischen Kolosseums, aber als ich ihn mit den zwanzig mitgebrachten Kerzen geschmückt, die Vorhänge geschlossen und das Licht gelöscht hatte, entstand doch noch eine festliche Atmosphäre. Naoko öffnete eine Flasche Wein, wir aßen etwas von dem Kuchen und anschließend ein einfaches Abendessen.

»Irgendwie ist es blöd, zwanzig zu werden«, sagte Naoko. »Ich bin noch gar nicht so weit. Ein komisches Gefühl. Als ob mich irgendwas von hinten geschubst hätte.«

»Mir bleiben noch sieben Monate, um mich darauf vorzubereiten«, sagte ich und lachte.

»Du hast's gut. Du bist noch neunzehn«, sagte Naoko ein wenig neidisch.

Beim Abendessen erzählte ich die Geschichte von Sturmbandführers neuem Pullover. Bislang hatte er nur einen Pullover besessen (den marineblauen Schulpullover), jetzt hatte er sich endlich einen zweiten zugelegt. Der Pullover war an sich sehr hübsch, rot und schwarz mit einem eingestrickten Hirschmotiv, aber Sturmbandführer sah darin zum Schießen aus, so daß bei seinem Anblick jeder unwillkürlich losprustete. Ihm waren diese Heiterkeitsausbrüche natürlich völlig rätselhaft.

»Watanabe, sag's mir, was ist so k-ko-komisch?« fragte er mich im Speisesaal. »Klebt mir was im Gesicht?«

»Nichts ist komisch.« Ich versuchte, die Miene nicht zu verziehen. »Aber einen schönen Pullover hast du da an.«

»Danke«, sagte Sturmbandführer strahlend.

Naoko gefiel die Geschichte sehr. »Ich muß ihn unbedingt mal kennenlernen. Nur einmal sehen.«

»Auf keinen Fall – du würdest auf der Stelle einen Lachkrampf bekommen.«

»Meinst du wirklich?«

»Na klar. Ich sehe ihn jeden Tag und kann mich manchmal trotzdem kaum beherrschen.«

Nach dem Essen räumten wir gemeinsam den Tisch ab, setzten uns auf den Boden, hörten Musik und tranken Wein. In der Zeit, in der ich ein Glas trank, trank sie zwei.

Naoko redete an diesem Abend ungewöhnlich viel. Sie erzählte mir von ihrer Kindheit, ihrer Schulzeit, ihrer Familie. Jede ihrer Geschichten war lang und von der Detailfülle einer Miniatur. Ihr Gedächtnis verblüffte mich, aber zugleich dämmerte mir, daß mit ihrer Erzählweise etwas nicht stimmte. Irgend etwas daran war sonderbar, geradezu unnatürlich. Jede Geschichte war in sich stimmig, aber wie sie ineinander übergingen, war irgendwie merkwürdig. Geschichte A verwandelte sich plötzlich in Geschichte B, die bald zum Inhalt von Geschichte C führte, und so ging es unablässig weiter. Keine Ende war abzusehen. Anfangs fielen mir noch passende Bemerkungen ein, aber mit der Zeit gab ich auf. Ich legte eine Platte auf, hob die Nadel, wenn sie zu Ende war, und legte die nächste auf. Nachdem ich alle einmal durchgespielt hatte, fing ich wieder bei der ersten an. Naoko besaß nur etwa sechs Schallplatten. Ich begann mit *Sgt. Pepper's Lonely Hearts Club Band* und schloß mit *Waltz for Debbie* von Bill Evans. Vor dem Fenster fiel ohne Unterlaß der Regen. Träge strömte die Zeit dahin, während Naoko erzählte und erzählte.

Schließlich ging mir auf, daß Naokos Geschichten so unnatürlich wirkten, weil sie sich bemühte, bestimmte Punkte nicht zu berühren. Zweifellos war einer dieser Punkte Kizuki, aber ich spürte, daß sie noch etwas anderes zu übergehen suchte. Gewisse Themen vermeidend, redete sie in dieser ausweichenden, gewundenen Art immer weiter und erzählte die langweiligsten Dinge mit unglaublicher Ausführlichkeit. Da ich jedoch zum ersten Mal erlebte, daß Naoko völlig von etwas absorbiert war, ließ ich sie einfach weiterreden.

Erst als es elf schlug und Naoko nonstop mehr als vier Stunden geredet hatte, wurde ich unruhig; ich mußte die letzte Bahn kriegen, um vor Toresschluß im Wohnheim anzukommen. Bei der nächsten Gelegenheit unterbrach ich sie.

»Zeit für meinen Rückzug und die letzte Bahn«, sagte ich mit einem Blick auf die Uhr.

Es war, als hätten meine Worte Naokos Ohr nicht erreicht. Oder als verstünde sie ihre Bedeutung nicht. Sie schloß für einen Augenblick den Mund, um ihren Monolog dann sofort weiterzuführen. Resigniert setzte ich mich wieder und trank, was von der zweiten Flasche Wein noch übrig war. Am besten würde ich sie wohl so lange reden lassen, bis sie fertig war. Ich beschloß, Bahn und Sperrstunde zu vergessen.

Doch Naoko sprach nicht mehr lange weiter. Ehe ich mich versah, verstummte sie. Der letzte Wortfetzen hing noch wie abgerissen in der Luft. Eigentlich war sie noch nicht fertig mit dem, was sie sagen wollte; die Wörter hatten sich einfach verflüchtigt. Sie hatte weitersprechen wollen, aber da kam nichts mehr. Etwas war zerstört. Vielleicht hatte ich es zerstört. Meine Worte hatten sie wohl doch erreicht, deren Bedeutung war nach einer Weile zu ihr durchgedrungen und hatte sie von der Energie, die sie zum Weiterreden brauchte, abgeschnitten. Unverwandt und mit halboffenem Mund sah Naoko mir in die Augen. Sie erinnerte an eine Maschine, die schnurrend gelaufen war, bis jemand den Stecker rausgezogen hatte. Ihre Augen wirkten wie von einem hauchdünnen Film bedeckt.

»Entschuldige, daß ich dich unterbrochen habe«, sagte ich. »Aber es ist schon spät, und ...«

Eine dicke Träne quoll aus Naokos Auge, rann ihr über die Wange und platschte auf eine Plattenhülle. Mit dieser ersten Träne war der Damm gebrochen. Beide Hände vor sich auf den Boden gestützt, begann Naoko zu schluchzen, als würde sie sich erbrechen. Noch nie im Leben hatte ich einen Menschen so heftig weinen sehen. Ich streckte die Hand aus und berührte sanft ihren Rücken. Ihre Schultern bebten. Beinahe ohne zu wissen, was ich tat, nahm ich sie in die Arme. Zitternd an meine Brust gepreßt, weinte sie lautlos weiter, bis mein Hemd von ihrem heißen Atem und ihren Tränen feucht und schließlich durchnäßt war. Bald tasteten Naokos zehn Finger, wie auf der Suche nach etwas ganz Wichtigem, das sich einmal dort befunden hatte, meinen Rücken ab. Ich stützte sie mit dem linken Arm und strich ihr mit der rechten Hand über ihr weiches, glattes Haar. So blieben wir lange Zeit sitzen, und ich wartete darauf, daß Naoko endlich aufhörte zu weinen. Aber sie hörte nicht auf.

In jener Nacht schlief ich mit Naoko. Ob das richtig war, weiß ich nicht. Heute, zwanzig Jahre danach, weiß ich es noch immer nicht, und ich werde es wohl niemals wissen. Doch damals konnte ich nichts anderes tun. Naoko befand sich in einem Zustand höchster Anspannung und Erregung, und sie wollte von mir beruhigt werden. Nachdem ich das Licht im Zimmer gelöscht hatte, zog ich sie langsam und zärtlich aus. Dann zog ich mich aus und nahm Naoko in die Arme. In der Dunkelheit dieser warmen, regnerischen Nacht, in der wir auch nackt keine Kälte spürten, erforschten Naoko und ich schweigend unsere Körper. Ich küßte sie und umschloß ihre weichen Brüste mit den Händen, während Naoko meinen steifen Penis umklammerte. Ihre Vagina war warm und feucht, als warte sie auf mich.

Dennoch schien Naoko einen starken Schmerz zu empfinden, als ich in sie eindrang. Ich fragte, ob dies für sie das erste Mal sei, und als sie nickte, war ich völlig entgeistert, denn ich hatte immer angenommen, daß sie schon mit Kizuki geschlafen hatte. Ich drang tief in sie ein und hielt sie lange in den Armen, ohne mich zu rühren. Als sie sich beruhigt zu haben schien, bewegte ich mich sehr langsam und nahm mir viel Zeit zu kommen. Zum Schluß klammerte Naoko sich an mich und stieß einen Laut aus. Niemals habe ich eine traurigere Äußerung der Lust vernommen.

Später fragte ich sie, warum sie nie mit Kizuki geschlafen habe, was ich lieber hätte lassen sollen, denn sie löste sich sofort von mir und begann wieder, lautlos zu weinen. Nachdem ich ihren Futon aus dem Wandschrank geholt und sie zu Bett gebracht hatte, saß ich rauchend am Fenster und starrte in den endlosen Aprilregen.

Gegen Morgen hörte der Regen auf. Naoko lag mit dem Rücken zu mir. Vielleicht hatte sie die ganze Nacht wachgelegen. Jedenfalls kam kein Wort über ihre Lippen, und ihre Körperhaltung wirkte so steif, als wäre sie im Laufe der Nacht zum Eisblock erstarrt. Ich sprach sie mehrmals an, aber sie gab keine Antwort und rührte sich auch nicht. Nachdem ich eine Zeitlang auf ihre nackten Schultern gestarrt hatte, beschloß ich zu gehen.

Natürlich hatte niemand die Plattenhüllen, unsere Gläser, die beiden leeren Weinflaschen und den Aschenbecher vom Abend zuvor vom Boden weggeräumt, und die Hälfte der Kuchenruine stand auch noch auf dem Tisch, als wäre die Zeit plötzlich stillgestanden und nichts hätte sich mehr bewegt. Ich sammelte die Sachen vom Boden ein und trank am Spülbecken zwei Gläser Wasser. Auf dem Schreibtisch lagen ein Wörterbuch und eine Tabelle der französischen Verbformen. An der Wand über dem Schreibtisch hing ein Kalender ohne Bilder oder Fotografien, nur mit Zahlen. In den Kalender war nichts eingetragen.

Ich suchte meine Kleider zusammen und zog mich an. Mein Hemd war vorne noch feucht, es fühlte sich kalt an und roch, als ich es ans Gesicht hielt, nach Naoko. Auf einen Notizblock auf dem Schreibtisch schrieb ich: »Wenn es Dir wieder besser geht, würde ich gerne in Ruhe mit Dir reden. Bitte, ruf mich bald an. Alles Gute zum Geburtstag.« Mit einem letzten Blick auf Naokos Schultern verließ ich das Zimmer und zog leise die Tür hinter mir ins Schloß.

Die Woche verging, aber Naoko rief nicht an. In ihrem Apartmenthaus konnte man nicht ans Telefon gerufen werden, also machte ich mich am folgenden Sonntagmorgen mit der Bahn auf den Weg nach Kokubunji. Naoko war nicht da, und das Namensschild an ihrer Tür war entfernt worden. Fenster und Läden waren fest verschlossen. Vom Hausmeister erfuhr ich, daß Naoko drei Tage zuvor ausgezogen war. Über ihren Verbleib wußte er nichts.

Ich kehrte ins Wohnheim zurück und schrieb einen langen Brief an Naoko, den ich an ihre Adresse in Kōbe schickte, in der Hoffnung, daß ihre Eltern ihn an sie weiterleiten würden.

In dem Brief schilderte ich ihr ganz offen meine Empfindungen. Daß ich vieles nicht verstünde, und daß ich dazu trotz aller Anstrengungen Zeit brauchen würde. Wo ich danach stehen würde, könne ich jetzt noch nicht sagen. Deshalb sei ich auch nicht imstande, Versprechungen und schöne Worte zu machen oder selbst Forderungen zu stellen. Vor allem wüßten wir ja viel zu wenig voneinander. Doch wenn sie bereit sei, mir Zeit zu geben, würde ich mein Bestes tun, damit wir uns besser kennenlernten. In jedem Fall sei mir sehr viel daran gelegen, sie wiederzusehen und mich mit ihr auszusprechen. Seit Kizukis Tod habe es nie mehr einen Menschen gegeben, dem ich meine Gefühle ehrlich anvertrauen konnte. Sie sei vermutlich in einer ganz ähnlichen Lage. Vielleicht brauchten wir einander mehr, als wir meinten. Möglicherweise deshalb habe unsere Beziehung einen solchen Umweg genommen und habe uns in gewisser Weise in die Irre geführt. Vielleicht hätte ich mich anders verhalten sollen, aber in jenem Moment sei es mir als das Richtige erschienen. Nie zuvor hätte ich solche Zuneigung und Wärme für jemanden empfunden wie in jenem Augenblick für sie. Ich bat sie dringend um Antwort. Wie auch immer diese Antwort ausfallen würde, ich brauchte sie unbedingt. Soweit mein Brief.

Aber es kam keine Antwort.

Aus meinem Innern war etwas verschwunden und hatte eine Lücke hinterlassen, die nicht zu füllen war. Mein Körper fühlte sich unnatürlich leicht an, und alle Geräusche klangen hohl. Ich besuchte jetzt mit größerer Regelmäßigkeit die Vorlesungen an der Uni, obwohl sie mich entsetzlich langweilten und ich dort nie mit jemandem sprach, aber etwas Besseres wußte ich mit mir nicht anzufangen. Allein saß ich im Hörsaal in der ersten Reihe, allein lauschte ich der Vorlesung, allein ging ich in die Mensa und aß allein. Mit dem Rauchen hatte ich aufgehört.

Ende Mai fand ein Streik statt. »Nieder mit der Universität«, riefen die Demonstranten. Von mir aus, nieder damit, dachte ich. Demoliert sie, reißt sie ein, macht Kleinholz aus ihr. Ist mir doch scheißegal. Ein Stein würde mir vom Herzen fallen. Ich bin zu allem bereit. Wenn ihr Hilfe braucht, gern. Nur tut es endlich!

Da die Uni bestreikt wurde und alle Veranstaltungen ausfielen, suchte ich mir einen Job bei einer Spedition. Ich arbeitete als Beifahrer und half beim Be- und Entladen der Lastwagen. Die Arbeit war schwerer, als ich vermutet hatte. Anfangs kam ich morgens vor Schmerzen kaum aus dem Bett, aber die Bezahlung war gut, und die körperliche Anstrengung half mir, meine innere Leere zu vergessen. Ich arbeitete fünf Tage in der Woche bei der Spedition und an drei Abenden im Plattenladen. An meinen freien Abenden betrank ich mich in meinem Zimmer mit Whiskey und las. Sturmbandführer trank nie Alkohol und verabscheute schon den Geruch. Wenn ich mich also auf dem Bett lümmelte und Whiskey trank, jammerte er, er könne nicht lernen, und ich solle doch draußen trinken.

»Geh du doch raus«, sagte ich.

»Aber Trinken ist sowie-wie-wie-so ge-ge-gen die Hausordnung.«

»Mir doch egal. Hau selbst ab«, antwortete ich wütend.

Er sagte nichts mehr, aber ich hatte ein schlechtes Gewissen und trollte mich mit meinem Whiskey aufs Dach.

Im Juni schrieb ich Naoko nochmals einen langen Brief an die Adresse ihrer Eltern in Kōbe. Der Inhalt war ungefähr der gleiche wie im ersten Brief. Nur fügte ich am Ende hinzu, daß das Warten auf ihre Antwort sehr schmerzhaft für mich sei und ich nur wissen wolle, ob ich sie womöglich verletzt hätte. Nachdem ich den Brief eingeworfen hatte, spürte ich, daß sich das Loch in meinem Innern wieder etwas vergrößert hatte.

Im Juni ging ich zweimal mit Nagasawa auf Tour, und wir rissen jedesmal mühelos zwei Mädchen auf. Das eine Mädchen veranstaltete ein großes Theater, als ich sie in das Bett des Hotelzimmers locken und ausziehen wollte, doch kaum hatte ich mich allein aufs Bett gelegt, um zu lesen, weil ich fand, die ganze Aufregung lohne sich nicht, da kam sie von selbst zu mir. Das andere Mädchen interviewte mich nach dem Sex geradezu. Mit wie vielen Mädchen ich geschlafen hätte, wo ich herkäme, auf welcher Uni ich sei, welche Musik mir gefalle, ob ich die Romane von Osamu Dazai gelesen hätte, wohin ich am liebsten reisen würde und ob ihre Brustwarzen zu groß seien. Ich gab erwartbare Antworten und schlief ein. Kaum hatte ich die Augen wieder aufgeschlagen, da wollte das Mädchen mit mir frühstücken, also gingen wir in ein Café und verzehrten das übliche Frühstück mit verbrutzelten Eiern und schlechtem Kaffee. Während der ganzen Zeit riß der Strom ihrer Fragen nicht ab. Was war mein Vater von Beruf; welche Noten hatte ich in der Schule gehabt; in welchem Monat war ich geboren; hatte ich schon mal Frosch gegessen usw. usw. Mir begann der Kopf zu schmerzen, und nach dem Frühstück sagte ich, daß ich zur Arbeit müsse.

»Wir könnten uns wohl nicht mal wieder treffen?« fragte sie verzagt.

»Ach, bestimmt laufen wir uns bald wieder einmal über den Weg«, sagte ich unbestimmt und suchte das Weite. Was tust du da eigentlich? fragte ich mich, sobald ich wieder allein war. Das solltest du lieber lassen. Aber ich konnte es nicht lassen. Mein Körper war hungrig und durstig; er gierte nach Frauen. Doch immer, wenn ich mit einer zusammen war, mußte ich ständig an Naoko denken, an den weißen Schimmer ihrer nackten Haut im Dunkeln, an ihre Seufzer und das Trommeln des Regens. Und je mehr ich an sie dachte, desto hungriger und durstiger wurde mein Körper. Mit meinem Whiskey ging ich aufs Dach hinauf und fragte mich, was aus mir werden sollte.

Anfang Juli erhielt ich endlich eine Nachricht von Naoko. Es war ein kurzer Brief.

»Entschuldige, daß ich jetzt erst antworte. Aber bitte, versuch mich zu verstehen. Es hat sehr lange gedauert, bis ich diesen Brief schreiben konnte. Ich mußte ungefähr zehnmal von vorn angefangen. Schreiben ist sehr schwer für mich.
Ich fange mit meinem Entschluß an. Ich habe mich entschieden, mein Studium für ein Jahr zu unterbrechen. Offiziell lasse ich

mich nur beurlauben, aber ich glaube nicht, daß ich je wieder an die Uni zurückkehren werde. Du wirst das vielleicht für einen übereilten Entschluß halten, aber ich habe das schon länger vorgehabt. Mehrmals wollte ichDir davon erzählen, habe aber nie einen guten Anfang gefunden. Ich hatte Angst, auch nur den Mund aufzumachen.
Nimm Dir bitte nicht alles so zu Herzen. Was immer geschehen ist oder nicht, ich glaube, am Ende wäre es auf das gleiche hinausgelaufen. Vielleicht fühlst Du Dich von meinen Worten gekränkt. Das würde mir sehr leid tun. Ich möchte nicht, daß Du Dir wegen mir Vorwürfe machst, denn ich muß nur mit mir selbst ins Reine kommen. Seit einem Jahr habe ich das vor mir hergeschoben und damit auch Dich in Schwierigkeiten gebracht. Vielleicht ist jetzt eine Grenze erreicht.
Nach meinem Auszug aus dem Apartment in Kokubunji bin ich zu meinen Eltern nach Kōbe gezogen und wurde dort eine Weile ärztlich behandelt. Die Ärzte sagen, es gebe ein Sanatorium in den Bergen bei Kyōto, das für mich das richtige wäre. Ich glaube, ich werde für eine Weile dorthin gehen. Es ist kein Krankenhaus, eher so etwas wie ein Sanatorium. Genaueres schreibe ich dir im nächsten Brief. Im Augenblick kann ich noch nicht so gut schreiben. Was ich jetzt brauche, ist ein weltabgeschiedener, ruhiger Ort, an dem sich meine Nerven erholen können.
Ich bin auf meine Weise sehr dankbar für das Jahr, das ich mit Dir verbringen durfte. Das mußt Du mir glauben. Du hast mir auch nicht wehgetan. Das war ganz allein ich selbst. Davon bin ich überzeugt.
Im Augenblick bin ich noch nicht so weit, daß ich Dich sehen könnte. Nicht, daß ich nicht möchte, aber ich bin einfach nicht so weit. Wenn ich das Gefühl habe, so weit zu sein, lasse ich es Dich

sofort wissen. Vielleicht können wir uns dann ein bißchen besser kennenlernen. Denn ich bin Deiner Meinung: wir sollten uns besser kennenlernen.

Bis bald.«

Ich las den Brief immer wieder, hundertmal, und bei jedem Mal überkam mich unsägliche Traurigkeit. Es war genau die gleiche Traurigkeit, die ich empfunden hatte, wenn Naoko mir in die Augen sah. Mit diesem Gefühl konnte ich nicht umgehen, keinen Platz dafür finden, es nicht einordnen. Es war ohne Gestalt und ohne Gewicht, wie ein Luftzug, der meinen Körper umspielte. Ich konnte mich auch nicht damit umhüllen. Die Szenen glitten langsam an mir vorüber, doch die Worte, die Naoko an mich richtete, erreichten mich nicht.

Meine Samstagabende verbrachte ich weiter in der Eingangshalle, obwohl ein Anruf nicht zu erwarten war, aber etwas Besseres hatte ich nicht zu tun. Ich schaltete den Fernseher ein und tat so, als würde ich mir Baseball anschauen. In Wirklichkeit zerteilte ich den leeren Raum zwischen mir und dem Fernseher in zwei Teile und teilte diese Abschnitte wiederum in zwei Teile. Das setzte ich so lange fort, bis der leere Raum zum Schluß so klein war, daß er in meiner Hand Platz gefunden hätte. Um zehn schaltete ich den Fernseher ab, ging in mein Zimmer und schlief.

Ende des Monats schenkte mir Sturmbandführer ein Glühwürmchen.

Es saß in einem Instantkaffee-Glas mit Luftlöchern im Dekkel, das er mit ein paar Grashalmen und Wasser ausgestattet hatte. Im Tageslicht sah das Glühwürmchen aus wie ein unscheinbarer gewöhnlicher Käfer, den man überall am Wasser findet, aber Sturmbandführer erklärte, es handle sich eindeutig um ein Glühwürmchen. »Mit Glühwürmchen kenne ich mich aus«, erklärte er, und ich sah keinen Grund, ihm zu widersprechen. Von mir aus, dann war es eben ein Glühwürmchen. Es wirkte irgendwie ermattet, versuchte aber immer wieder, an der glatten Glaswand seines Gefängnisses emporzukrabbeln, nur um unweigerlich wieder abzustürzen.

»Ich hab's im Hof gefunden.«

»Hier im Hof?« fragte ich erstaunt.

»Klar. Das Hotel dort unten setzt doch im Sommer immer Glühwürmchen für seine Gäste aus. Das hier hat's bis zu uns geschafft.« Während er redete, stopfte Sturmbandführer Kleidung und Hefte in seine schwarze Tragetasche.

Die Sommerferien hatten schon vor ein paar Wochen angefangen, und wir gehörten zu den wenigen, die sich noch im Wohnheim aufhielten. Ich hatte keine Lust gehabt, nach Kōbe zu meinen Eltern zu fahren, und statt dessen lieber gejobbt. Sturmbandführer war wegen eines Praktikums noch geblieben, aber nun war es beendet, und er fuhr nach Hause. Sturmbandführer stammte aus Yamanashi.

»Schenk es doch einem Mädchen. Es gefällt ihr bestimmt«, sagte er.

»Danke.«

Nach Sonnenuntergang war es im Wohnheim so still wie in einer verlassenen Ruine. Die Flagge war eingeholt, die Fenster der Kantine waren nur schwach erleuchtet, denn wegen der wenigen Studenten wurde jetzt nur noch die Hälfte der Lampen eingeschaltet. Die rechte Hälfte blieb dunkel, die linke war hell. Essensgeruch drang zu mir hinauf. Es roch nach Frikassee.

Ich nahm das Kaffeeglas mit dem Glühwürmchen mit aufs

Dach. Dort war sonst niemand. Ein vergessenes weißes Hemd hing an der Wäscheleine wie eine abgeworfene Haut und wehte im Abendwind. Ich kletterte die Metalleiter an der einen Seite des Daches hinauf zum Wassertank. Der zylindrische Tank war noch warm von der Sonne, die ihn den Tag über aufgeheizt hatte. Ich ließ mich in einer Ecke nieder, lehnte mich gegen das Geländer und betrachtete den fast vollen, weißen Mond. Rechts von mir funkelten die Lichter von Shinjuku, links die von Ikebukuro. Die Scheinwerfer der Autos flossen als glitzernde Lichterströme von einem Zentrum zum anderen, und gedämpftes Motorengebrumm hing wie eine Wolke über der Stadt.

Das Glühwürmchen glomm auf dem Boden des Glases, aber sein Licht war schwach und seine Farbe blaß. Es war schon lange her, daß ich zum letzten Mal Glühwürmchen gesehen hatte, aber nach meiner Erinnerung hatten sie die sommerliche Dunkelheit viel kräftiger erleuchtet. Nach meiner Vorstellung hatte von einem Glühwürmchen ein starkes, intensives Leuchten auszugehen.

Vielleicht war dieses Glühwürmchen aber zu geschwächt und würde bald sterben. Ich schüttelte das Glas ein paarmal. Das Glühwürmchen schlug gegen die Glaswand und flog kurz auf. Aber sein Licht blieb trübe.

Ich überlegte, wann ich zuletzt Glühwürmchen gesehen hatte. Wo war das nur gewesen? Ich sah die Szene deutlich vor mir, konnte mich aber weder an die Zeit noch an den Ort erinnern. Im Dunkeln war das Rauschen von Wasser zu hören gewesen. Auch eine alte Schleuse aus Backstein hatte es gegeben. Mit einer Kurbel konnte man sie öffnen und schließen. Sie regulierte nicht einen Fluß, nur einen kleinen Bach, dessen Ufer im Gras verschwanden. Es war so dunkel, daß ich meine eigenen Füße nicht sah, wenn ich die Taschenlampe ausschaltete. Hunderte von Glühwürmchen tanzten über dem von der Schleuse gestauten Wasser. Die Lichtpunkte, die sich in der Wasserfläche spiegelten, erweckten den Anschein, sie stünde in Flammen.

Ich schloß die Augen, um für einen Augenblick ganz in dieses Dunkel meiner Erinnerung einzutauchen. Das Rauschen des Windes war deutlicher zu hören als gewöhnlich. Auch wenn es kein sehr starker Wind war, der da an mir vorüberstrich, so hinterließ er im Dunkel doch wundersam leuchtende Bahnen. Als ich die Augen wieder aufschlug, hatte sich die Dunkelheit der Sommernacht noch vertieft.

Ich öffnete den Deckel des Glases, nahm das Glühwürmchen heraus und setzte es auf den etwa zwei Finger breiten Rand des Tanks. Anscheinend wußte das Glühwürmchen nicht recht, wie ihm geschah, es krabbelte um eine Schraube herum und mühte sich über die Splitter von abblätternder Farbe hinweg. Erst marschierte es nach rechts, bis es dort nicht weiterkam, und machte wieder im Bogen kehrt. Schließlich gelang es ihm mit einiger Anstrengung, die Schraube zu erklimmen, wo es eine Zeitlang reglos hockte, als hätte es seinen letzten Atemzug getan.

Immer noch an das Geländer gelehnt, beobachtete ich das Glühwürmchen. Keiner von uns beiden rührte sich. Nur der Wind strich über uns hinweg und brachte in der Dunkelheit das dichte Blattwerk des Keyakibaumes zum Rascheln.

Ich wartete.

Eine Ewigkeit schien vergangen zu sein, als das Glühwürmchen endlich aufflog. Als sei ihm ganz plötzlich etwas eingefallen, spreizte es die Flügel und schwirrte über das Geländer in die fahle Dunkelheit davon. Wie um verlorene Zeit aufzuholen, schoß es in einem hastigen Bogen am Rand des Tanks entlang, verweilte dort kurz, wie um abzuwarten, bis seine Lichtspur sich in der Brise aufgelöst hatte, und flog in Richtung der Stadt davon.

Auch nachdem der Schein des Glühwürmchens längst erloschen war, blieb seine Lichtspur in mir zurück. Ein trübes, bescheidenes Glimmen im dichten, undurchdringlichen Dunkel, wie ein verirrter Geist auf ewiger Wanderschaft. Immer wieder versuchte ich, dieses Leuchten zu berühren, doch meine Hände griffen stets ins Leere. Das matte Leuchten schien nichts als ein Irrlicht zu sein.

4. Kapitel

Irgendwann in den Sommerferien rief die Universitätsleitung ein Polizeikommando, das die Barrikaden niederriß und die dahinter verschanzten Studenten festnahm. Das war nichts Besonderes, denn an allen Universitäten spielte sich ungefähr das gleiche ab. Universitäten ließen sich nicht so leicht »zerschlagen«. Ein gewaltiges Kapital war in sie investiert worden, und sie lösten sich nicht einfach auf, nur weil ein paar Studenten Krach schlugen. Im Grunde hatten die Studenten, die die Barrikaden errichteten, nicht einmal die Absicht, die Universitäten zu vernichten. Sie wollten lediglich die Machtstrukturen verändern. Mir dagegen war es völlig egal, wer das Sagen hatte. Und so war ich auch nicht sonderlich betrübt, als der Streik niedergeschlagen wurde.

Im September machte ich mich in der Erwartung, nur noch eine Ruine vorzufinden, auf den Weg zu meiner Universität und fand alles völlig unbeschädigt vor. Die Bibliothek war nicht geplündert, die Hörsäle waren nicht zerstört, nicht einmal die Räume der Studentenvereinigung waren niedergebrannt. Was hatten diese Kerle denn die ganze Zeit getrieben? Ich war erschüttert.

Nachdem der Streik erloschen war und unter Polizeischutz wieder Vorlesungen gehalten wurden, waren die Anführer des Streiks die ersten, die wieder auf ihren Plätzen hockten. Als wäre nichts geschehen, saßen sie im Hörsaal, machten sich Notizen und riefen mit lauter Stimme »hier«, wenn die Anwesenheitsliste verlesen wurde. Ich fand das unglaublich. Immerhin war der Streikbeschluß noch in Kraft, niemand hatte den Streik für beendet erklärt. Die Universität hatte zwar die Polizei gerufen, die Barrikaden waren niedergerissen worden, aber der Streik selbst hätte eigentlich weitergehen müssen. Diese Typen hatten lauthals den Streik ausgerufen und die Studenten, die dagegen gewesen waren (oder auch nur Zweifel angemeldet hatten), zum Kuschen gebracht. Als ich einige von ihnen darauf ansprach und fragte, warum sie Vorlesungen besuchten, statt den Streik fortzusetzen, konnten sie mir keine klare Antwort geben. Was hätten sie auch sagen sollen? Daß sie befürchteten, wegen Fehlens ihre Scheine nicht zu bekommen? Und diese Leute hatten brüllend gefordert, die Universität zu zerschlagen! Was für ein Witz. Diese armseligen Opportunisten! Kaum hatte sich der Wind gedreht, war aus ihrem Gebrüll Geflüster geworden.

Ach, Kizuki, dachte ich, du verpaßt wirklich nichts. Was für eine beschissene Welt. Diese Spinner studieren, um eine Gesellschaft mitzuerschaffen, die genauso widerlich ist wie sie.

Eine Zeitlang ging ich zu den Vorlesungen, meldete mich aber nicht, wenn die Anwesenheit überprüft wurde. Eine sinnlose Geste, das war mir klar, aber ich fühlte mich so miserabel, daß ich nicht anders konnte. Ich bewirkte damit nur, daß ich mich mehr denn je isolierte. Indem ich schwieg, wenn mein Name aufgerufen wurde, bereitete ich allen im Hörsaal für ein paar Sekunden Unbehagen. Niemand von den anderen Studenten sprach mich an, und ich sprach mit keinem von ihnen.

In der zweiten Septemberwoche kam ich zu dem Schluß, ein Studium sei völlig sinnlos. Um das Beste daraus zu machen, beschloß ich, es als eine Phase der Übung im Umgehen mit der Langeweile zu nutzen, denn ich sah auch keinen Sinn darin, die Universität zu verlassen, um den Ernst des Lebens kennenzulernen. Also besuchte ich weiter jeden Tag meine Vorlesungen, schrieb mit und ging zwischendurch in die Bibliothek, um zu lesen oder etwas nachzuschlagen.

Und obwohl die zweite Septemberwoche angebrochen war, fehlte von Sturmbandführer noch jede Spur. Das war mehr als ungewöhnlich, es war welterschütternd. Sein Semester hatte begonnen, und daß Sturmbandführer den Unterricht schwänzte, war unvorstellbar. Sein Schreibtisch und sein Radio waren von einer dünnen Staubschicht bedeckt. Sein Plastikbecher mit Zahnbürste, seine Teedose und sein Insektenspray warteten ordentlich aufgereiht im Regal.

Während Sturmbandführers Abwesenheit hielt ich das Zimmer in Ordnung. In den vergangenen anderthalb Jahren hatte ich bei ihm eine Art Putzpraktikum absolviert, so daß ich mittlerweile das Zimmer in Ordnung hielt, auch wenn er nicht da war. Ich kehrte jeden Tag, putzte alle drei Tage das Fenster und lüftete einmal in der Woche die Matratze, alles in der Hoffnung, daß Sturmbandführer mich bei seiner Rückkehr loben würde: »Wa-wa-wa-tanabe! Was ist los? Alles ist ja so sauber!«

Aber er kam nicht wieder. Als ich eines Tages von der Uni nach Hause kam, waren alle seine Sachen verschwunden. Auch sein Namensschild an der Tür war weg. Ich ging ins Büro des Heimleiters und erkundigte mich.

»Er ist ausgezogen«, erklärte er. »Sie werden das Zimmer vorläufig allein bewohnen.«

Es drängte mich zu erfahren, was passiert war, aber der Leiter weigerte sich, mir etwas zu sagen. Er war ein Spießer, für den es kein größeres Vergnügen gab, als alle Fäden in der Hand zu halten und andere im unklaren zu lassen. Das Eisbergbild zierte noch eine Zeitlang die Wand, bis ich es abnahm und durch Poster von Jim Morrison und Miles Davis ersetzte. Nun sah das Zimmer ein bißchen mehr nach mir aus. Von dem Geld, das ich mit meinen Jobs verdient hatte, kaufte ich mir eine kleine Stereoanlage. Abends trank ich etwas und hörte Musik. Hin und wieder dachte ich an Sturmbandführer, aber wohnte sehr gern allein.

Montags von zehn bis halb zwölf hatte ich eine Vorlesung, die sich »Theatergeschichte II« nannte. An diesem Tag war es um Euripides gegangen. Anschließend ging ich in ein nur zehn Minuten zur Fuß entferntes kleines Restaurant und aß ein Omelett mit Salat. Das Restaurant, das von einem wortkargen Ehepaar mit Unterstützung einer Teilzeitkellnerin betrieben wurde, lag in einer stillen Nebenstraße und war etwas teurer als die Mensa, aber man konnte dort in Ruhe essen, und die Omeletts waren sehr gut. Ich saß allein am Fenster und aß, als vier Studenten das Restaurant betraten, zwei Männer und zwei Frauen, alle gut angezogen. Sie setzten sich an einen Tisch an der Tür, lasen die Speisekarte, besprachen die Möglichkeiten, bis schließlich einer die Bedienung rief und bestellte.

Inzwischen war mir aufgefallen, daß eines der Mädchen immer wieder in meine Richtung schaute. Sie hatte extrem kurzes Haar, trug eine dunkle Sonnenbrille und ein weißes Minikleid aus Baumwolle. Ihr Gesicht kam mir nicht bekannt vor, und so aß ich einfach weiter. Schließlich stand sie auf und kam zu mir herüber. Eine Hand auf die Kante meines Tischs gestützt, fragte sie: »Sie sind doch Tōru Watanabe, oder?«

Erst jetzt hob ich den Kopf und betrachtete sie genauer, aber ich konnte mich nicht erinnern, sie je gesehen zu haben, obwohl sie ein Mädchen war, das auffiel. Andererseits gab es an der Uni nicht viele Leute, die meinen Namen kannten.

»Darf ich mich einen Moment setzen?« fragte sie. »Oder erwarten Sie noch jemanden?«

Immer noch unsicher, schüttelte ich den Kopf. »Nein, niemanden. Bitte.«

Sie zog einen scharrenden Stuhl unter dem Tisch hervor, setzte sich mir gegenüber und starrte mich durch ihre Sonnenbrille hindurch an. Dann blickte sie auf meinen Teller.

»Sieht gut aus.«

»Schmeckt auch gut. Pilzomelett mit Salat aus grünen Erbsen.«

»Ach, schade«, sagte sie. »Jetzt habe ich schon was anderes bestellt, aber nächstes Mal nehme ich das.«

»Was hast du denn bestellt?«

»Makkaroni-Gratin.«

»Makkaroni-Gratin ist auch nicht schlecht«, tröstete ich sie. »Übrigens, woher kennen wir uns? Ich kann mich nicht erinnern.«

»Na, aus Euripides«, sagte sie. »*Electra.* ›Kein Gott hört auf der Armen Ruf.‹ Die Vorlesung ist doch gerade erst zu Ende.«

Ich musterte sie eingehend, aber erst als sie die Sonnenbrille abnahm, dämmerte es mir. Ein Erstsemester aus der Vorlesung über Theatergeschichte. Wegen ihrer neuen Frisur hatte ich sie nicht erkannt.

»Ach ja, hattest du vor den Sommerferien nicht längeres Haar?« Ich zeigte mit der Hand auf eine Stelle etwa zehn Zentimeter unterhalb meiner Schulter.

»Stimmt, aber dann habe ich mir in den Ferien eine Dauerwelle machen lassen, und das sah so furchtbar aus, daß ich mich am liebsten umgebracht hätte – wie eine Wasserleiche mit Seetang im Haar. Da dachte ich, bevor ich mich umbringe, kann ich's auch ganz abschneiden. Zumindest ist es so schön kühl.« Sie fuhr sich mit der Hand durch ihre Bürstenfrisur und lächelte mich an.

»Sieht gar nicht schlecht aus«, sagte ich, den Mund voller Omelett. »Zeig mal von der Seite.«

Sie wandte mir ihr Profil zu und hielt die Pose für ein paar Sekunden.

»Stimmt, steht dir prima. Du hast einen schön geformten Kopf und hübsche Ohren«, sagte ich.

»Ich finde eigentlich auch, daß es gar nicht schlecht aussieht. Aber den Männern gefällt's nicht. Alle sagen, ich sehe aus wie eine Erstklässlerin oder ein KZ-Häftling. Warum stehen Männer immer auf Frauen mit langen Haaren? Das ist doch faschistoid. Beschissen! Warum meinen die Typen bloß, Mädchen mit langem Haar wären so verführerisch, so liebenswert, so feminin? Ich kenne mindestens zweihundertfünfzig langhaarige Trampel. Wirklich!«

»Mir gefällst du so besser als vorher.« Das war nicht einmal gelogen. Soweit ich mich erinnern konnte, war sie mit langem Haar nur eins von vielen hübschen Mädchen gewesen. Doch das Mädchen, das mir jetzt gegenübersaß, war wie ein kleines Tier, das mit dem Frühling in die Welt gesprungen war und dessen Körper vor Lebenskraft sprühte. Ihre Pupillen huschten lebhaft hin und her, als führten sie ein Eigenleben: Lachen, Ärger, Erstaunen, Enttäuschung. So viel Vitalität hatte ich lange nicht gesehen, und ich genoß es, sie zu beobachten.

»Wirklich?«

Ich nickte und kaute weiter meinen Salat.

Sie setzte die Sonnenbrille wieder auf und sah mir ins Gesicht.

»Ganz ehrlich?«

»Nach Möglichkeit bemühe ich mich ein aufrichtiger Mensch zu sein«, erwiderte ich.

»Na gut«, sagte sie.

»Warum trägst du dauernd diese dunkle Sonnenbrille?«

»Als meine Haare plötzlich so kurz waren, habe ich mich irgendwie ausgeliefert gefühlt, wie nackt in eine Menschenmenge geworfen. Überhaupt nicht entspannt. Da habe ich angefangen, die Sonnenbrille zu tragen.«

»Ach so.« Ich verspeiste den Rest meines Omeletts. Sie sah mir dabei höchst interessiert zu.

»Mußt du nicht an deinen Tisch zurück?« Ich deutete auf ihre drei Begleiter.

»Kein Problem. Ich setze mich wieder zu ihnen, wenn das Essen kommt. Störe ich dich beim Essen?«

»Da gibt's nichts mehr zu stören. Ich bin fertig.« Da sie keine Anstalten machte zu gehen, bestellte ich mir einen Kaffee. Die Wirtin räumte das Geschirr ab und brachte Zucker und Milch.

»Sag mal, warum hast du dich heute eigentlich nicht gemeldet, als die Namen aufgerufen wurden? Du heißt doch Watanabe, oder? Tōru Watanabe?«

»Genau.«

»Und warum hast du dich nicht gemeldet?«

»Mir war heute nicht danach.«

Sie nahm die Sonnenbrille wieder ab und legte sie auf den Tisch. Sie starrte mich an wie ein seltenes Tier im Käfig.

»›Mir war heute nicht danach‹«, wiederholte sie. »Du redest wie Humphrey Bogart – das soll wohl cool und männlich sein?«

»Quatsch! Ich bin ein ganz normaler Mensch, wie alle andern.«

Die Wirtin stellte mir den Kaffee hin. Ich nahm einen Schluck ohne Milch und Zucker.

»Siehst du, du trinkst auch den Kaffee schwarz.«

»Ich mag nur nichts Süßes«, erklärte ich geduldig. »Du machst dir falsche Vorstellungen.«

»Und warum bist du so braun?«

»Weil ich zwei Wochen Wandern war. Mit Rucksack und Schlafsack. Deshalb.«

»Wo denn?«

»In Kanazawa, Halbinsel Nōto. Bis Niigata.«

»Ganz allein?«

»Hmm, ab und zu hab ich unterwegs jemand kennengelernt.«

»Romantische Bekanntschaften? Hast du Mädchen kennengelernt?«

»Mädchen?« fragte ich erstaunt. »Du hast wirklich eine blühende Phantasie. Wie soll einer, der mit Schlafsack und Bartstoppeln durch die Gegend zieht, Frauenbekanntschaften machen?«

»Reist du immer ganz allein?«

»Ja, schon.«

»Du liebst die Einsamkeit?« fragte sie, die Wange in die Hand gestützt. »Du reist allein, du ißt allein, du sitzt allein im Hörsaal ...«

»Niemand ist gern allein. Ich gebe mir nur keine große Mühe, Freunde zu finden. Das bewahrt mich vor Enttäuschungen.«

Sie kaute auf dem Bügel ihrer Sonnenbrille und nuschelte: »›Niemand ist gern allein. Ich will nur nicht enttäuscht werden‹«, äffte sie mich nach. »Solltest du jemals eine Autobiographie schreiben, kannst du das verwenden.«

»Danke«, sagte ich.

»Magst du Grün?«

»Wieso?«

»Du trägst ein grünes Polohemd. Also frage ich dich, ob du grün magst.«

»Nicht besonders. Mir ist egal, was ich anziehe.«

»›Nicht besonders. Mir ist egal, was ich anziehe‹«, imitierte sie mich wieder. »Mir gefällt, wie du redest. Wie sauber ausgespachtelt. Hat dir das schon mal jemand gesagt?«

»Nein, noch nie«, erwiderte ich.

»Ich heiße Midori, das bedeutet Grün«, erklärte sie. »Dabei steht mir Grün überhaupt nicht. Komisch, nicht? Eigentlich richtig fies. Ist das nicht wie ein Fluch? Meine große Schwester heißt Momoko – Pfirsichkind.«

»Und? Steht ihr Rosa?«

»Rosa steht ihr toll! Sie ist dazu geboren, Rosa zu tragen. Ach, es ist so ungerecht.«

An ihrem Tisch wurde das Essen aufgetragen, und als ein Typ in einer Madraskaro-Jacke ihr etwas zurief, winkte sie, wie um zu sagen, sie wisse Bescheid.

»Du, Tōru, du schreibst doch bestimmt mit? In Theatergeschichte II?«

»Klar.«

»Dürfte ich mir deine Aufzeichnungen vielleicht mal leihen? Ich hab zweimal gefehlt und kenne sonst keinen in dem Seminar.«

»Natürlich.« Ich holte mein Heft aus der Tasche, und, nachdem ich mich versichert hatte, daß darin nichts Privates stand, reichte ich es Midori.

»Danke schön. Kommst du übermorgen ins Seminar?«

»Klar.«

»Treffen wir uns doch um zwölf hier, und ich lade dich zum Mittagessen ein. Dir wird doch nicht schlecht oder so, wenn du beim Essen nicht allein bist?«

»Nein, aber du brauchst mich nicht einzuladen, nur weil ich dir mein Heft leihe.«

»Kein Problem. Ich lade gern Leute ein. Wollen wir's so machen? Schreib's dir lieber auf, damit du's nicht vergißt.«

»Ich vergesse es schon nicht. Übermorgen um zwölf, hier. Midori. Grün.«

Vom anderen Tisch rief jemand: »Midori, komm endlich, dein Essen wird kalt.«

Midori ignorierte es. »Hast du schon immer so geredet?«

»Ich glaub ja. Ich hab bisher nie darauf geachtet«, antwortete ich. Es hatte wirklich noch nie jemand etwas Besonderes an meiner Art zu reden gefunden.

Sie schien über etwas nachzudenken, dann stand sie lächelnd auf und ging an ihren Tisch zurück. Als ich kurz darauf das Restaurant verließ, winkte Midori mir zu. Die drei anderen würdigten mich kaum eines Blickes.

Am Mittwoch um zwölf war im Restaurant nichts von Midori zu sehen. Ich wollte bis zu ihrem Kommen zuerst nur ein Bier trinken, aber es wurde so voll, daß ich bestellte und alleine aß. Um fünf nach halb eins war ich fertig, aber Midori war immer noch nicht aufgetaucht. Ich zahlte und setzte mich dem Restaurant gegenüber auf die Steinstufen eines kleinen Schreins, um nach dem Bier wieder einen klaren Kopf zu bekommen und auf Midori zu warten. Um eins gab ich es auf, kehrte zur Universität zurück und ging in die Bibliothek. Um zwei besuchte ich meinen Deutschkurs.

Nach dem Unterricht versuchte ich im Sekretariat auf der Teilnehmerliste von Theatergeschichte II Midoris Namen zu finden. Es gab nur eine Midori – Midori Kobayashi. Dann stöberte ich in der Studentenkartei und entdeckte die Adresse und Telefonnummer einer Midori Kobayashi, die sich 1969 eingeschrieben hatte. Sie wohnte im Stadtteil Toshima bei ihren Eltern. Ich ging in eine Telefonzelle und wählte die Nummer.

»Buchhandlung Kobayashi, guten Tag«, antwortete eine Männerstimme. Buchhandlung Kobayashi?

»Entschuldigen Sie, könnte ich bitte mit Midori sprechen?«

»Sie ist im Augenblick nicht da.«

»Ist sie zur Uni gegangen?«

»Nein, sie ist wahrscheinlich im Krankenhaus. Wer spricht da, bitte?«

Statt meinen Namen zu sagen, bedankte ich mich und legte auf. Im Krankenhaus? Ob sie einen Unfall gehabt hatte oder krank geworden war? Aber die Stimme des Mannes hatte ganz alltäglich und unaufgeregt geklungen. Sein »Sie ist wahrscheinlich im Krankenhaus« hatte er so beiläufig gesagt, wie er etwa »Sie ist im Fischgeschäft« hätte sagen können. Ich stellte Spekulationen darüber an, bis es mir langweilig wurde; dann ging ich zurück ins Wohnheim, legte mich aufs Bett und las *Lord Jim* von Conrad zu Ende. Anschließend brachte ich den Band Nagasawa zurück, von dem ich ihn mir geliehen hatte.

Nagasawa wollte gerade zum Essen gehen, also gingen wir zusammen zum Abendessen in die Kantine.

»Wie war die Prüfung fürs Auswärtige Amt?« fragte ich. Die zweite Prüfung für die Aufnahme in den Auswärtigen Dienst hatte im August stattgefunden.

»Normal«, antwortete Nagasawa unbeteiligt. »Man macht sie und besteht sie. Gespräche, Interviews ... nicht schwerer, als ein Mädchen rumzukriegen.«

»Leicht also. Wann erfährst du das Ergebnis?«

»Anfang Oktober. Wenn ich bestanden habe, lade ich dich ganz groß ein.«

»Wer schafft es denn so bis zur zweiten Runde? Alles solche Überflieger wie du?«

»Quatsch. Ein Haufen Idioten. Idioten oder Perverse. Fünfundneunzig Prozent der Leute, die in den Staatsdienst wollen, sind Abschaum. Ohne Witz. Das sind halbe Analphabeten.«

»Warum willst du dann zum Auswärtigen Amt?«

»Aus allen möglichen Gründen«, erklärte Nagasawa. »Zum einen würde ich gern im Ausland arbeiten. Aber vor allem möchte ich meine Fähigkeiten testen. Und das will ich im größten Unternehmen tun, das es gibt – dem Staat. Ich will herausfinden, wie hoch ich aus eigener Kraft in dieser absurden, gigantischen Bürokratie steigen kann. Verstehst du?«

»Hört sich an wie ein Spiel.«

»Genau. Es ist ein Spiel. Macht und Geld an sich haben keinen Wert für mich. Ehrlich nicht. Vielleicht bin ich ein beschränkter Autist, aber diese Dinge interessieren mich erstaunlich wenig. Ich bin ein Asket ohne Ansprüche. Aber eins bin ich: neugierig. Also will ich an der weiten, feindlichen Welt meine Kräfte messen.«

»Für ›Ideale‹ hast du dann wohl nichts übrig?«

»Natürlich nicht. Im Leben braucht man keine Ideale. Was man braucht, sind Aktionsmodelle.«

»Aber es gibt doch bestimmt viele andere Möglichkeiten, sein Leben zu führen?« fragte ich.

»Gefällt dir nicht, wie ich lebe?«

»Ach, hör doch auf«, erwiderte ich. »Es kommt doch nicht darauf an, ob es mir gefällt oder nicht. Ich hätte es nie auf die Tōdai geschafft. Und so wie du jedes Mädchen herumkriegen, das mir gefällt, kann ich auch nicht. Weder bin ich ein guter Redner noch blickt irgend jemand zu mir auf. Ich habe keine Freundin, und wenn ich mein Literaturstudium an meiner zweitklassigen Uni beendet habe, steht mir auch nicht gerade eine rosige Zukunft bevor. Was kommt es da schon darauf an, ob deine Lebensweise mir gefällt?«

»Soll das heißen, du beneidest mich?«

»Nein, ich bin daran gewöhnt, der zu sein, der ich bin. Und ehrlich gesagt, die Tōdai und das Auswärtige Amt interessieren mich überhaupt nicht. Das einzige, worum ich dich beneide, ist eine Freundin wie Hatsumi.«

Darauf sagte Nagasawa nichts. Er aß.

Als wir fertig waren, sagte er: »Weißt du, Watanabe, ich habe so ein Gefühl, daß wir uns zehn oder zwanzig Jahre, nachdem wir hier raus sind, irgendwo wiederbegegnen werden. Es scheint da eine Verbindung zwischen uns zu geben.«

»Hört sich sehr nach Dickens an«, sagte ich lächelnd.

»Genau.« Er lächelte zurück. »Aber meine Ahnungen bewahrheiten sich zumeist.«

Nach dem Essen gingen wir noch zusammen in eine Kneipe, um etwas zu trinken, und blieben bis nach neun.

»Sag mal, Nagasawa, was ist denn das Aktionsmodell für dein Leben?«

»Du wirst bestimmt lachen«, entgegnete er.

»Nein, werde ich nicht.«

»Na gut. Ein Gentleman zu sein.«

Ich lachte zwar nicht, aber ich fiel fast vom Stuhl. »Ein Gentleman zu sein? Ein *Gentleman*?«

»Ja.«

»Was heißt das: ein Gentleman sein? Wenn es dafür eine Definition gibt – ich höre.«

»Ein Gentleman ist jemand, der nicht nur tut, was er tun will, sondern tut, was er tun *sollte*.«

»Du bist der merkwürdigste Mensch, dem ich je begegnet bin«, sagte ich.

»Und du bist der normalste Mensch, dem ich je begegnet bin«, erwiderte Nagasawa und zahlte für uns beide.

Am folgenden Montag erschien Midori Kobayashi auch nicht zu Theatergeschichte II. Nachdem ich mich mit einem Blick in die Runde überzeugt hatte, daß sie nicht da war, setzte ich mich auf meinen Stammplatz in der vordersten Reihe und beschloß, bis der Professor kam, einen Brief an Naoko zu schreiben. Ich schrieb ihr von meiner Wanderung in den Sommerferien – von den Wegen, die ich gegangen, den Orten, durch die ich gekommen, und den Menschen, denen ich begegnet war. »Und jede Nacht habe ich an Dich gedacht. Erst jetzt, wo wir uns nicht mehr sehen, merke ich, wie sehr ich Dich brauche. Die Uni ist unheimlich langweilig, aber aus Gründen der Selbstdisziplin gehe ich weiter zu den Veranstaltungen und tue, was verlangt wird. Seit Du nicht mehr hier bist, ist alles so eintönig. Ich würde mich so gerne mit Dir treffen und mich ausführlich mit Dir unterhalten. Wenn es geht, möchte ich Dich im Sanatorium besuchen und wenigstens für ein paar Stunden mit Dir zusammen sein. Und wie an unseren Sonntagen mit Dir spazierengehen. Bitte antworte mir, ein kurzer Brief genügt mir.«

Ich schrieb etwa vier Seiten, faltete sie zusammen, schob sie in einen Umschlag und adressierte ihn an die Anschrift ihrer Eltern.

Kurz darauf betrat der Professor den Hörsaal und rief die Teilnehmer auf. Er war ein kleiner, melancholisch wirkender Mann, der sich ständig mit dem Taschentuch den Schweiß vom Gesicht wischte. Er war gehbehindert und stützte sich immer auf einen Stock aus Metall. Man konnte zwar nicht behaupten, daß Theatergeschichte II Spaß machte, aber die Vorlesungen dieses Professors zu hören lohnte sich immerhin. Nachdem er sich darüber ausgelassen hatte, wie heiß es immer noch sei, sprach er über den Einsatz des *Deus ex machina* bei Euripides und erklärte, was Gott bei Euripides von Gott bei Aischylos und Sophokles unterscheidet. Nach etwa fünfzehn Minuten ging die Tür zum Hörsaal auf, und

Midori kam in einem dunkelblauen Sporthemd, einer cremefarbenen Baumwollhose und ihrer Sonnenbrille in den Raum. Nachdem sie dem Professor entschuldigend zugelächelt hatte, setzte sie sich neben mich, holte mein Heft aus ihrer Schultertasche und gab es mir. Darin lag ein Zettel: »Es tut mir leid wegen Mittwoch. Bist Du sauer?«

Die Vorlesung war schon zur Hälfte vorbei, und der Professor zeichnete gerade die Skizze eines griechischen Theaters an die Tafel, als wieder die Tür aufging und zwei behelmte Studenten hereinkamen. Sie sahen wie ein Komikerduo aus – der eine groß, mager und blaß, der andere klein, rund und dunkel mit einem Bart, der wie angeklebt wirkte. Der Lange trug einen Packen Flugblätter unter dem Arm. Der Kleine ging auf den Professor zu und erklärte, sie würden die zweite Hälfte der Stunde für eine politische Diskussion nutzen. Die heutige Welt sei voll weit dringlicherer, relevanterer Probleme als die der griechischen Tragödie, sagte er. Es klang nicht wie eine Forderung, sondern eher wie eine schlichte Feststellung. »Ich bin zwar nicht der Ansicht, daß es auf der Welt weit dringlichere und relevantere Probleme gibt als die der griechischen Tragödie, aber auf mich werden Sie ohnehin nicht hören. Tun Sie also, was Ihnen beliebt«, erwiderte der Professor. Dann stützte er sich auf die Tischkante, setzte die Füße auf, nahm seinen Stock und hinkte aus dem Hörsaal.

Während der Lange die Flugblätter verteilte, trat der Dicke auf das Podium und fing an zu reden. Das Flugblatt bestand aus den üblichen Parolen: »Nieder mit der Manipulation bei den Wahlen zum Unipräsidenten« – »Mobilisierung aller Kräfte für den Uni-Streik« – »Nieder mit dem imperialistischen Bildungssystem«. Gegen den Inhalt hatte ich nichts, aber der Stil war bar jeglicher Überzeugungskraft, weder vertrauenserweckend noch mitreißend. Und die Rede des Dicken war noch schlimmer. Immer die alte Leier. Die gleiche Melodie mit wechselndem Text. Meiner Meinung nach war nicht der Staat der wahre Feind dieser Leute, sondern ihr Mangel an Phantasie.

»Komm, wir verschwinden«, sagte Midori.

Ich nickte und stand auf. Als wir den Hörsaal verließen, sagte der Dicke etwas zu mir, das ich nicht verstand. Midori winkte ihm zu und rief »Tschüß«.

»Ob wir jetzt Konterrevolutionäre sind?« fragte sie mich draußen. »Vielleicht hängen sie uns nach dem Sieg der Revolution an Telefonmasten.«

»Davor würde ich aber gern noch zu Mittag essen«, entgegnete ich.

»Gute Idee. Es gibt da ein Lokal, in das ich gern mit dir gehen würde, es ist aber ein bißchen weit. Hast du Zeit?«

»Ja, ich habe erst um zwei wieder ein Seminar.«

Wir fuhren mit dem Bus nach Yotsuya, und sie führte mich in ein schickes O-bentō-Restaurant, in dem die Menüs in eleganten traditionellen Lackkästen serviert wurden. »Schmeckt toll«, lobte ich.

»Außerdem ist es preiswert. In der Schulzeit habe ich öfter hier zu Mittag gegessen. Meine ehemalige Schule liegt ganz in der Nähe. Die waren sehr streng; wir mußten uns rausschleichen, wenn wir hier essen wollten. Wer sich erwischen ließ, flog von der Schule.«

Ohne die Sonnenbrille wirkten Midoris Augen etwas müder als beim letzten Mal. Ständig spielte sie mit dem silbernen Armband an ihrem linken Handgelenk oder kratzte sich mit dem kleinen Finger im Augenwinkel.

»Bist du müde?« fragte ich sie.

»Ein bißchen. Ich schlafe nicht genug, bin zu beschäftigt. Aber es geht schon, mach dir keine Gedanken. Übrigens tut es mir leid wegen letztem Mal. Mir kam an dem Morgen plötzlich was dazwischen. Ich hätte in dem Restaurant angerufen, aber ich wußte nicht mehr, wie es hieß, und deine Telefonnummer hatte ich auch nicht. Hast du lange gewartet?«

»Kein Problem. Ich habe viel Zeit.«

»Sehr viel?«

»Ich würde dir gern etwas davon abgeben, damit du schlafen kannst.«

Midori stützte die Hand in die Wange und lachte mich an. »Du bist wirklich nett.«

»Nicht nett, ich habe nur Muße«, entgegnete ich. »Übrigens habe ich an dem Tag bei dir angerufen, und jemand hat mir gesagt, du seist im Krankenhaus. War etwas nicht in Ordnung?«

»Bei mir zu Hause?« Zwischen ihren Brauen bildete sich eine kleine Falte. »Woher hattest du denn meine Nummer?«

»Aus dem Sekretariat natürlich. Da kann jeder nachgucken.«

»Aha.« Sie nickte ein paarmal und spielte wieder mit ihrem Armband. »Auf die Idee wäre ich nie gekommen. Dort hätte ich ja auch deine Nummer rauskriegen können. Das mit dem Krankenhaus erkläre ich dir ein andermal. Mir ist jetzt nicht danach. Entschuldige.«

»Macht doch nichts. Ich wollte nicht neugierig sein.«

»Bist du ja auch nicht. Ich bin nur so erledigt. Wie ein Affe im Regen.«

»Dann wär's doch besser, du fährst nach Hause und schläfst dich aus.«

»Nein, ich will jetzt nicht schlafen. Gehen wir ein bißchen spazieren?«

Sie führte mich zu ihrer alten Schule, die nicht weit vom Bahnhof Yotsuya entfernt lag.

Als wir am Bahnhof vorbeikamen, dachte ich an Naoko und unsere endlosen Wanderungen. Hier hatte alles angefangen. Wenn ich Naoko an jenem Sonntag im Mai nicht in der Bahn begegnet wäre, sähe mein Leben jetzt wohl anders aus, dachte ich. Doch dann änderte ich meine Meinung, nein, auch wenn ich sie nicht getroffen hätte, wäre schließlich doch alles genauso gekommen. Es war uns wohl bestimmt gewesen, einander zu begegnen, und wenn wir uns nicht dort getroffen hätten, dann bestimmt an einem anderen Ort. Ich hätte diesen Gedanken mit nichts belegen können; er beruhte nur auf einem Gefühl.

Midori Kobayashi und ich setzten uns auf eine Parkbank mit Blick auf das Schulgebäude. Die Mauern waren mit Efeu überwachsen, und Tauben hockten in den Erkern und ruhten sich aus. Der alte Kasten hatte Charme. Eine große Eiche stand im Hof, und an eine Seite stieg kerzengerade weißer Rauch auf, den das spätsommerliche Licht weich und bauschig erscheinen ließ.

»Weißt du, woher der Rauch da kommt?« fragte mich Midori auf einmal.

»Keine Ahnung.«

»Da werden Binden verbrannt.«

»Aha.« Eine bessere Bemerkung fiel mir dazu nicht ein.

»Damenbinden, Tampons und so was«, sagte Midori grinsend. »Alle werfen sie in die Behälter in der Toilette. Immerhin ist es ja eine Mädchenschule. Der Hausmeister sammelt sie dann ein und verbrennt sie in der Verbrennungsanlage. Daher kommt der Rauch.«

»Wenn man das weiß, sieht er irgendwie unheimlich aus«, sagte ich.

»Und wie. Das habe ich auch immer gedacht, wenn ich vom Klassenzimmerfenster aus den Rauch aufsteigen sah. Unheimlich. Auf diese Schule – Mittelstufe und Oberstufe zusammengenommen – gehen fast tausend Mädchen. Natürlich haben ein paar davon noch nicht ihre Periode. Also sagen wir neunhundert, und wenn ein Fünftel von den neunhundert gleichzeitig menstruiert, macht das einhundertachtzig Mädchen. Das bedeutet, täglich werfen einhundertachtzig Mädchen ihre Binden in die Behälter.«

»Donnerwetter. Auch wenn ich nicht ganz sicher bin, ob deine Zahlen stimmen.«

»Auf jeden Fall sind es viele. Hundertachtzig Mädchen! Wie das wohl ist, das ganze Zeug einzusammeln und zu verbrennen?«

»Keine Ahnung.« Woher sollte ich das wissen? Wir beobachteten noch eine Weile den weißen Rauch.

»Eigentlich wollte ich überhaupt nicht auf diese Schule gehen.« Midori schüttelte kurz den Kopf. »Ich wollte auf eine ganz normale staatliche Oberschule gehen. Eine normale Schule mit normalen Leuten. Wo ich fröhlich und sorglos hätte aufwachsen können. Aber aus Geltungsbedürfnis haben meine Eltern mich dahin geschickt. So kann's einem gehen, wenn man gut in der Grundschule ist. Die Lehrer haben gesagt, mit den Noten könnte sie doch die und die Schule besuchen. Also haben sie mich hier reingesteckt. Die ganzen sechs Jahre, die ich auf diese Schule gegangen bin, hatte ich nur einen Gedanken: ›Hoffentlich komme ich bald hier raus.‹ Und am Schluß hab ich dann auch noch eine Urkunde gekriegt, weil ich nie gefehlt habe und keinmal zu spät gekommen bin. Und das, obwohl ich die Schule gehaßt habe. Kapiert?«

»Eigentlich nicht.«

»Eben weil ich die Schule bis auf den Tod gehaßt habe, habe ich keinen Tag gefehlt. Es wäre mir wie eine Niederlage vorgekommen. Nur eine Niederlage, und ich wäre am Ende gewesen. Ich hatte Angst, ich würde dann unaufhaltsam abgleiten. Einmal habe ich mich mit neununddreißig Grad Fieber in die Schule geschleppt. Als der Lehrer mich fragte, ob ich krank sei, habe ich es abgestritten. Dafür habe ich die Urkunde bekommen und ein Französischwörterbuch – und an der Uni prompt den Deutschkurs belegt. Ich will dieser Schule nichts verdanken. Das ist mein voller Ernst.«

»Warum hast du die Schule denn so gehaßt?«

»Bist du etwa gern zur Schule gegangen?«

»Nicht besonders, aber ich habe die Schule auch nicht gehaßt. Ich war auf einer ganz gewöhnlichen staatlichen Schule, aber ich hab mir nie groß Gedanken darüber gemacht.«

»Also, auf meiner Schule«, sagte Midori und kratzte sich mit dem kleinen Finger im Augenwinkel, »waren nur Mädchen aus besseren Kreisen. Fast tausend höhere Töchter mit guten Noten. Nur reiche Mädchen. Anders ging es auch nicht. Das Schulgeld ist unheimlich hoch, außerdem müssen die Eltern auch noch dauernd etwas spenden. Auf Klassenfahrt nach Kyōto zum Beispiel brachten sie uns in erstklassigen Hotels unter, in denen Spezialitäten auf Lacktabletts serviert werden, und einmal im Jahr gingen wir ins Hotel Okura essen, um unsere Tischmanieren zu trainieren. Das ist doch nicht normal. Von hundertsechzig Mädchen in meinem Jahrgang war ich die einzige, die in Toshima wohnte. Einmal hab ich im Schulregister nachgeguckt, wo die andern wohnten. Kaum zu glauben. Ausnahmslos alle wohnten in Villenvierteln. Nur ein Mädchen kam vom Land – aus Chiba. Mit ihr habe ich mich ein bißchen angefreundet. Ein sehr nettes Mädchen. Sie lud mich zu sich nach Hause ein und entschuldigte sich gleich dafür, daß es so weit sei. Kein Problem, sagte ich, und bin hingefahren. Ich war sprachlos – ein riesiges Grundstück, man brauchte eine Viertelstunde, um einmal drumherum zu gehen. Sie hatten einen phantastischen Garten und zwei Hunde in der Größe von Kleinwagen, die kiloweise Rindfleisch vertilgten. Und trotzdem schämte sich das Mädchen vor den anderen, weil es in Chiba wohnte. Ein Mädchen, das, wenn es spät dran war, mit dem Mercedes in die Schule gefahren wurde! Von einem Chauffeur wie aus ›The Green Hornet‹, mit Mütze und weißen Handschuhen. Und so ein Mädchen schämte sich. Unglaublich, oder? Ist das zu fassen?«

Ich schüttelte den Kopf.

»Ich war die einzige an der ganzen Schule, die aus Kita-Ōtsuka in Toshima kam. Unter ›Beruf des Vaters‹ stand bei mir ›Buchhändler‹. Alle in meiner Klasse fanden das sensationell. Toll, du kannst alles lesen, was du willst. Die dachten allen Ernstes, wir hätten eine riesige Buchhandlung, so wie Kinokuniya. Sie hätten sich nie vorstellen können, wie mickrig unser Laden ist. Die Buchhandlung Kobayashi. Die armselige Buchhandlung Kobayashi. Die Tür quietscht, wenn man sie öffnet, und dann sieht man erst mal nur Zeitschriften. Am besten verkaufen sich Frauenblätter mit den neusten sexuellen Praktiken: ›Das Diagramm der 48 Stellungen‹ als Sonderbeilage. Die Hausfrauen aus der Nachbarschaft kaufen das Zeug und verschlingen es zu Hause am Küchentisch, und wenn der Mann heimkommt, wird ausprobiert. Ziemlich stark. Ob die Hausfrauen den ganzen Tag nur so was im Kopf haben? Und dann die Comic-Hefte. Und natürlich die Wochenblätter. Jedenfalls verkaufen wir vor allem Zeitschriften. Ein paar Bücher führen wir auch, aber nichts Besonderes. Gruselromane, Historienschinken, Liebesromane, so was eben. Und Handbücher: Wie man im Go gewinnt – Bonsaizucht – Hochzeitsreden – was Sie schon immer über Sex wissen wollten – Nichtrauchen leicht gemacht. Außerdem handeln wir mit Schreibwaren. An der Kasse gibt es Kugelschreiber,

Bleistifte und Hefte. Das ist alles. Kein *Krieg und Frieden* und keine *Persönliche Erfahrung* von Kenzaburō Ōe, kein *Fänger im Roggen.* Das ist die Buchhandlung Kobayashi. Beneidenswert, was? Beneidest du mich?«

»Ich sehe alles genau vor mir.«

»Na, du weißt schon, so ein Laden eben. Alle Nachbarn kaufen ihre Bücher bei uns, wir liefern auch aus. Die meisten sind alte Stammkunden. Die Einnahmen reichen gerade so für eine vierköpfige Familie, wenn zwei Töchter studieren. Wir haben keine Schulden, aber das ist auch schon das höchste der Gefühle. Mehr ist nicht drin. Deshalb hätten sie mich auch nicht auf so eine Schule schicken sollen. Das hat nur Ärger gebracht. Jedesmal, wenn eine Spende fällig war, meckerten meine Eltern, und ich schlotterte dauernd vor Angst, daß mein Geld nicht reichen würde, wenn ich mit meinen Klassenkameradinnen in ein teures Restaurant ging. Das ist doch ein trauriges Dasein. Sind deine Eltern reich?«

»Nein, meine Eltern sind ganz normale Leute, die arbeiten; weder reich noch arm. Ich weiß, es ist nicht einfach für sie, mich an einer Privatuniversität studieren zu lassen, aber weil ich der einzige bin, geht es. Sie geben mir nicht viel, deshalb jobbe ich nebenher. Wir wohnen in einem Nullachtfünfzehnhaus, mit kleinem Garten und haben einen Toyota Corolla.«

»Wo arbeitest du denn?«

»Drei Abende in der Woche in einem Plattenladen in Shinjuku. Ein ziemlich leichter Job. Ich sitze nur da und passe auf den Laden auf.«

»Ich habe mir gleich gedacht, daß du nie Geldsorgen hattest.«

»Stimmt, um Geld mußte ich mir nie Sorgen machen. Viel hatten wir auch nicht gerade – eben so wie die meisten Leute.«

»Die meisten Leute auf meiner Schule waren stinkreich«,

sagte Midori und drehte die Handflächen in ihrem Schoß nach oben. »Das war das Problem.«

»Dann siehst du von jetzt an eben eine andere Seite der Welt.«

»Was ist das beste daran, wenn man reich ist? Was meinst du?«

»Keine Ahnung.«

»Du kannst es zugeben, wenn du kein Geld hast. Zum Beispiel, wenn ich eine Klassenkameradin fragte, ob wir dies oder jenes unternehmen wollten, konnte sie einfach sagen: ›Ich hab leider gerade kein Geld.‹ Ich konnte das im umgekehrten Fall nie zugeben, denn es hätte bedeutet, daß ich *wirklich* kein Geld hatte. Traurig, was? Wenn ein hübsches Mädchen sagt: ›Ich gehe nicht aus, ich sehe heute schauderhaft aus‹, hat jeder Verständnis, aber wenn ein häßliches Mädchen dasselbe sagt, wird sie ausgelacht. So sah die Welt für mich aus. Sechs Jahre lang.«

»Das hast du bald vergessen«, sagte ich.

»Hoffentlich. Die Uni ist eine solche Erleichterung! Voller normaler Menschen.«

Sie verzog die Lippen zu einem winzigen Lächeln und strich sich über ihr kurzes Haar.

»Arbeitest du auch?«

»Ja, ich schreibe die Erläuterungen zu Landkarten. Du kennst doch diese kleinen Hefte, die es zu Landkarten gibt? Ortsbeschreibungen, Einwohnerzahl, Sehenswürdigkeiten usw. Den und den Wanderweg gibt es oder die und die Legende, diese oder jene Blumen und Vögel. So was schreibe ich, ist kinderleicht und geht ruckzuck. Wenn ich einen Tag in der Hibiya-Bibliothek sitze, schaffe ich ein ganzes Heft. Weil ich die Tricks kenne, kriege ich immer Aufträge.«

»Was denn für Tricks?«

»Du fügst etwas ein, das sonst keiner schreibt. Sofort sind die Leute vom Kartenverlag ganz platt und sagen: ›Aha, das Mädchen kann schreiben‹ und geben dir mehr Arbeit. Es muß nichts Weltbewegendes sein, eine Kleinigkeit genügt. Zum Beispiel: ein Damm wurde gebaut, im Stausee liegt ein Dorf, aber die Zugvögel erinnern sich noch an das Dorf und kommen in jedem Frühling wieder. Dann kann man beobachten, wie sie über dem Stausee kreisen. Solche Geschichten sind unheimlich beliebt, weil sie anschaulich sind und zu Herzen gehen. Normalerweise machen sich die Autoren diese Mühe nicht. Deshalb verdiene ich ganz gut mit dem, was ich schreibe.«

»Ja, aber du mußt doch einen Sinn für solche Einzelheiten haben und sie erst mal aufspüren.«

»Stimmt.« Midori legte den Kopf zu Seite. »Aber wer suchet, der findet. Und wenn nicht, kann ich mir immer noch etwas Unverfängliches ausdenken.«

»Ach so«, sagte ich beeindruckt.

»Peace«, sagte Midori.

Da sie etwas über mein Wohnheim hören wollte, erzählte ich ihr vom Hissen der Flagge und von Sturmbandführers Radiogymnastik. Auch Midori lachte sich halb kaputt über Sturmbandführer, wie er überhaupt alle Welt zum Lachen brachte. Midori fand meinen Bericht so interessant, daß sie das Wohnheim gern einmal sehen wollte. Eigentlich sei daran überhaupt nichts interessant, erklärte ich ihr.

»Ein paar hundert Studenten in schmuddligen Zimmern, die sich besaufen und masturbieren.«

»Du auch?«

»Es gibt keinen Mann, der das nicht tut«, dozierte ich. »Mädchen habe ihre Periode, und Jungen masturbieren. Alle und jeder.«

»Auch die, die eine Freundin haben? Und mir ihr schlafen?«

»Das ist nicht die Frage. Der Keiō-Student im Zimmer neben mir masturbiert vor jeder Verabredung. Es entspannt ihn, sagt er.«

»Davon verstehe ich nicht viel. Ich war ja die ganze Zeit auf einer Mädchenschule.«

»So was steht wahrscheinlich auch nicht in den Frauenzeitschriften?«

»Nee.« Sie lachte. »Übrigens, hast du nächsten Sonntag Zeit?«

»Ich hab sonntags immer Zeit. Zumindest bis sechs, dann muß ich arbeiten.«

»Wenn du Lust hast, besuch mich doch mal. In der Buchhandlung Kobayashi. Der Laden ist zwar geschlossen, aber ich muß wahrscheinlich bis abends auf einen wichtigen Anruf warten. Kommst du zum Mittagessen? Ich koche was für uns.«

»Au ja.«

Midori riß eine Seite aus ihrem Heft und zeichnete eine genaue Skizze des Weges zu ihrem Haus. Dann markierte sie die Stelle, wo das Haus stand, mit einem großen, roten X.

»Du kannst es gar nicht verfehlen. Auf einem großen Schild steht ›Buchhandlung Kobayashi‹. Kannst du um zwölf da sein? Dann habe ich das Essen fertig.«

Ich bedankte mich und steckte die Zeichnung in die Tasche. Allmählich wurde es Zeit für mich, zur Uni zurückzufahren, denn mein Deutschkurs fing um zwei Uhr an. Midori hatte auch noch etwas zu erledigen und stieg in Yotsuya in eine Bahn.

Am Sonntagmorgen stand ich um neun auf, rasierte mich, wusch meine Wäsche und hängte sie auf dem Dach auf. Es war herrliches Wetter. Erster Herbstgeruch lag in der Luft, Libellen schwirrten im

Hof und wurden von den Kindern aus der Nachbarschaft mit Netzen verfolgt. Da es windstill war, hing die Flagge schlaff am Mast. Ich zog mir ein frischgebügeltes Hemd an und ging zur Straßenbahn. An einem Sonntagmorgen ist ein Studentenviertel wie ausgestorben, die Straßen leer, die Geschäfte geschlossen, und alle Geräusche klingen viel lauter als sonst. Ein Mädchen in Holzsandalen klapperte über den Asphalt, und neben dem Wartehäuschen der Haltestelle warfen ein paar Kinder mit Steinen auf Dosen. Ein Blumengeschäft war geöffnet, und ich kaufte ein paar Narzissen. Sonderbar, Narzissen im Herbst. Aber ich hatte sie schon immer besonders gemocht.

An diesem Sonntagmorgen saßen nur drei ältere Frauen in der Straßenbahn. Als ich einstieg, wandten alle drei ihren Blick mir und meinen Narzissen zu. Eine von ihnen lächelte mich an, und ich lächelte zurück. Ich setzte mich in die letzte Bank und betrachtete die alten Häuser, die so nah an meinem Fenster vorbeiglitten, daß die Straßenbahn fast die überhängenden Dachtraufen berührte. Auf einem Wäschedeck standen zehn Tomatenstauden in Töpfen, und daneben sonnte sich eine schwarze Katze. Im Hof eines anderen Hauses pustete ein kleines Kind Seifenblasen. Von irgendwoher drang die Melodie eines Liedes von Ayumi Ishida bis zu mir, und sogar der Duft eines Currygerichts stieg mir in die Nase. Die Straßenbahn schlängelte sich durch die Hintergassen, noch ein paar Fahrgäste stiegen unterwegs zu, doch die drei alten Damen steckten weiter die Köpfe zusammen, ohne aufzublicken, ganz in ihr Gespräch vertieft.

Ich stieg in der Nähe des Bahnhofs Ōtsuka aus und folgte gemäß Midoris Skizze einer breiten Straße, an der es nicht viel zu sehen gab. Keiner der Läden dort schien so recht zu florieren. Die Häuser waren alt, ihr Inneres wirkte düster, die Schrift auf den Schildern war verblichen. Nach Alter und Stil der Gebäude zu schließen, war das Viertel im Krieg nicht zerbombt worden, und ganze Häuserblöcke hatten sich erhalten. Es gab auch ein paar Neubauten, aber die meisten davon waren teilweise renoviert oder repariert worden und sahen durch diese Ergänzungen noch schäbiger aus als die ganz alten. Die desolate Atmosphäre der Straße ließ darauf schließen, daß viele der ehemaligen Bewohner in die Vorstädte gezogen waren, um der abgasverpesteten Luft, den hohen Mieten und dem Verkehrslärm zu entfliehen. Übriggeblieben waren Billigwohnungen, Betriebsunterkünfte und Läden, deren Besitzern das Kapital für einen Umzug fehlte, oder sture Alteingesessene, die ihr Grundstück nie verlassen würden.

Nach zehn Minuten kam ich an eine Kreuzung mit einer Tankstelle und bog nach rechts in eine kleine Einkaufsstraße ein, in deren Mitte ich schon von weitem das Schild ›Buchhandlung Kobayashi‹ entdeckte. Der Laden war wirklich nicht besonders groß, aber auch nicht so klein, wie ich ihn mir nach Midoris Beschreibung vorgestellt hatte – eben eine typische Stadtteilbuchhandlung. Als Kind hatte ich meine heißersehnten Fortsetzungshefte in genau so einem Laden gekauft, und als ich nun vor der Buchhandlung Kobayashi stand, ergriff mich Wehmut. Wahrscheinlich gibt es in jedem Viertel einen solchen Buchladen.

Der Rolladen, auf dem »*Bunshun – hier jede Woche Donnerstag*« stand, war ganz heruntergelassen. Es war erst viertel vor zwölf, aber ich wollte nicht mit einem Strauß Narzissen durch die Gegend ziehen, um mir die Zeit zu vertreiben, also drückte ich die Klingel neben dem Rolladen, trat ein paar Schritte zurück und wartete. Fünfzehn Sekunden vergingen ohne ein Lebenszeichen. Ich überlegte, ob ich noch einmal klingeln sollte, aber da hörte ich, wie über mir ein Fenster geöffnet wurde, und sah hinauf. Midori steckte den Kopf aus dem Fenster und winkte.

»Heb den Rolladen hoch und komm rein«, rief sie.

»Entschuldige, ich bin ein bißchen zu früh«, rief ich zurück.

»Macht doch nichts. Komm rauf in den ersten Stock. Ich habe noch zu tun.« Damit schloß sie das Fenster wieder. Ich hob mit großem Geratter den Laden etwa einen Meter an, schlüpfte ins Haus und ließ ihn wieder runter. Als ich mich durch den stockdunklen Laden in den Flur vortastete, stolperte ich über einen auf dem Boden liegenden Stapel Zeitschriften. Im Flur zog ich die Schuhe aus und trat in das Dämmerlicht der Wohnung. Zunächst betrat man einen schlichten, recht kleinen Salon mit einer Polstergarnitur. Durch ein Fenster sickerte trübes Licht, das an alte polnische Filme erinnerte. Links befand sich eine Art Abstellkammer und anscheinend die Tür zu einer Toilette. Vorsichtig erklomm ich die steile Treppe zu meiner Rechten, die in den ersten Stock führte. Zu meiner nicht geringen Erleichterung war es hier oben viel heller als im Erdgeschoß.

»Hier bin ich«, rief Midoris Stimme. Rechts von der Treppe lag ein Eßzimmer mit einer Küche dahinter. Das Haus war alt, aber die Küche war offenbar vor kurzem renoviert worden. Spülbecken, Wasserhähne und Schränke blitzten nagelneu. Midori war beim Kochen. In einem Topf brodelte etwas, und der Duft von gebratenem Fisch stieg mir in die Nase.

»Im Kühlschrank ist Bier. Setz dich und trink eins. Es dauert noch einen Moment.« Midori warf einen kurzen Blick in meine Richtung. Ich nahm mir eine Dose Bier, die schon ein halbes Jahr im Kühlschrank liegen mußte, so kalt fühlte sie sich an, und setzte mich hin. Auf dem Tisch standen ein kleiner weißer Aschenbecher und eine Flasche Sojasoße. Daneben lagen eine Zeitung, ein Stift, ein Notizblock mit einer Telefonnummer und eine Einkaufsliste.

»In zehn Minuten ist es fertig. Kannst du's noch so lange aushalten?«

»Natürlich«, sagte ich.

»So kriegst du auch Appetit. Ich mache eine ordentliche Portion.«

Während ich an meinem eisigen Bier nuckelte, beobachte ich Midori von hinten beim Kochen. Mit sparsamen, effizienten Bewegungen kochte sie gleichzeitig an vier verschiedenen Speisen. Hier schmeckte sie ein brodelndes Gericht ab, da hackte sie rasch etwas auf dem Küchenbrett, holte etwas aus dem Kühlschrank und wusch dazwischen noch einen Topf ab, den sie nicht mehr benötigte. Von hinten bot sie mir den Anblick eines indischen Musikers, der hier eine Glocke läutet, dort auf ein Holz klopft und da noch an einen Wasserbüffelknochen schlägt, alles ohne jede überflüssige Bewegung und in virtuosem Einklang. Bewundernd sah ich ihr zu.

»Kann ich dir bei etwas helfen?« fragte ich schließlich.

»Nein, nein, ich bin daran gewöhnt, allein zu kochen.« Midori lächelte mir zu. Sie trug enge Blue Jeans und ein marineblaues T-Shirt mit einem großen Logo der Plattenfirma Apple auf dem Rücken. Ihre Hüften waren so schmal, als hätte sie die Entwicklungsphase übersprungen, in der sich die Hüften herausbilden. Daher wirkte sie irgendwie androgyn, anders als die meisten Mädchen, wenn sie enge Jeans tragen. Das helle Licht, das vom Fenster über dem Spülbecken hereinströmte, umgab ihre Silhouette mit einem diffusen Schein.

»Du hättest aber nicht so ein tolles Essen vorzubereiten brauchen«, sagte ich.

»Ist nicht so toll«, entgegnete Midori, ohne sich umzudrehen. »Ich hatte gestern keine Zeit zum Einkaufen und koche nur etwas aus dem, was noch im Kühlschrank war. Mach dir keine Gedanken. Außerdem sind wir eine gastfreundliche Familie. Wir laden gern Leute ein, das ist fast zwanghaft bei uns. Nicht daß wir besonders nett oder beliebt wären, aber wenn wir Gäste haben, können wir nicht anders. Wir haben alle diesen Tick, mit all seinen Vor- und Nachteilen. Unser Vater trinkt zum Beispiel fast nie Alkohol, aber trotzdem haben wir immer etwas zu trinken im Haus. Für Gäste. Nimm dir also so viel Bier, wie du willst.«

»Danke«, sagte ich.

Plötzlich fiel mir ein, daß ich die Narzissen unten vergessen hatte. Als ich mir die Schuhe auszog, hatte ich sie neben mir abgelegt und dann liegenlassen. Also flitzte ich noch einmal nach unten, um die zehn zartgelben Narzissen aus der Dunkelheit zu retten. Midori nahm ein hohes, schmales Glas aus dem Schrank und stellte sie hinein.

»Ich mag Narzissen«, sagte sie. »Bei einem Schulfest habe ich mal das Lied von den ›Sieben Narzissen‹ vorgetragen. Kennst du das?«

»Klar kenne ich es.«

»Früher war ich in einer Folkloregruppe und habe Gitarre gespielt.«

Und sie sang das Lied von den »Sieben Narzissen«, während sie die Speisen anrichtete.

Midoris Essen schmeckte unvergleichlich viel besser, als ich es erwartet hatte. Roßmakrele in einer Vinaigrette, üppig gerollte Omeletts, selbst marinierte Makrele nach Kyōto-Art, gedünstete Auberginen, klare Brühe mit Wasserkresse, Reis mit Shimeji-Pilzen und außerdem reichlich eingelegten Rettich und mit geröstetem Sesam bestreute kleine Beilagen. Gewürzt war alles in jenem zarten Stil, der die feine Kansai-Küche auszeichnet.

»Köstlich«, lobte ich begeistert.

»Na gut, Watanabe, gib's zu, du hast nicht damit gerechnet, daß ich kochen kann, stimmt's? Das sieht man mir nicht an, oder?«

»Eigentlich nicht«, sagte ich ehrlich.

»Du bist aus Kansai, deshalb schmeckt es dir so, oder?«

»Sag bloß, du hast extra wegen mir so gekocht?«

»Quatsch! Das wäre mir zu anstrengend gewesen. Wir essen immer so.«

»Ach, dann stammt dein Vater oder deine Mutter aus Kansai?«

»Nein, mein Vater ist von hier, und meine Mutter kommt aus Fukushima. Keiner in meiner Familie stammt aus Kansai. Alle sind aus Tōkyō oder aus Nord-Kantō.«

»Versteh ich nicht. Wieso beherrschst du dann die Kansai-Küche so perfekt? Hast du das von jemandem gelernt?«

»Das ist eine lange Geschichte«, sagte sie, den Mund voller Omelett. »Meine Mutter haßte jede Art von Hausarbeit und hat fast nie gekocht. Außerdem haben wir ja den Laden, also war sie sowieso immer zu beschäftigt, und wir haben meist fertiges Essen bestellt, wie Frikadellen vom Metzger und so. Schon als Kind habe ich das verabscheut. Ekelhaft. Als ob man einen großen Pott Eintopf kocht und dann drei Tage davon ißt. Also beschloß ich eines Tages – so gegen Ende der Mittelstufe – richtig für die Familie zu kochen. Ich ging zur großen Buchhandlung Kinokuniya in Shinjuku und kaufte mir das größte und schönste Kochbuch, das sie hatten. Nach und nach meisterte ich es von vorn bis hinten. Wie man ein Schneidebrett auswählt, Messer schärft, einen Fisch filetiert, wie man Bonito-Späne hobelt – alles. Und da der Autor des Buches aus Kyōto stammte, lernte ich eben nur die Kansai-Küche.«

»Du hast das alles aus einem Buch gelernt?«

»Nicht nur, ich habe immer ein bißchen Geld gespart, um die

Gerichte im Restaurant probieren zu können, damit ich wußte, wie sie schmecken müssen. Ich habe für so etwas ein ganz gutes Gespür. Logisch denken kann ich dagegen überhaupt nicht.«

»Toll. Und ohne daß es dir jemand beigebracht hat!«

»Manchmal war's auch mühselig.« Midori seufzte. »Weil meine Familie sich nicht fürs Essen interessiert. Wenn ich anständige Messer und Töpfe kaufen wollte, haben sie mir das Geld dafür nicht gegeben. Was wir haben, reicht doch, hieß es immer. Und wenn ich mich beklagte, daß es unmöglich sei, mit so einem mickrigen Messer Fisch zu filetieren, fragten sie nur, wozu ich überhaupt Fische filetieren müsse. Hoffnungslos. Also hab ich mein Taschengeld gespart und anständige Messer, Töpfe und Siebe gekauft. Unglaublich, was? Ein fünfzehnjähriges Mädchen spart wie verrückt, um Sieb, Schleifstein und einen Tempura-Wok anzuschaffen, während ihre Freundinnen sich von ihrem Taschengeld schicke Kleider und Schuhe kaufen. Ein armes Ding, oder?«

Ich nickte und schlürfte die Brühe mit Wasserkresse.

»Als ich in der zehnten Klasse war, brauchte ich unbedingt eine rechteckige Pfanne für diese länglichen Omeletts. Ich kaufte sie von dem Geld, das eigentlich für einen neuen BH vorgesehen war. Ziemlich schwierig, weil ich dann drei Monate mit nur einem auskommen mußte. Kaum zu glauben, was? Ich wusch ihn abends und sah zu, daß ich ihn trocken bekam, damit ich ihn am nächsten Morgen wieder anziehen konnte. Eine Katastrophe, wenn er nicht trokken war. Es gibt nichts Traurigeres, als einen noch feuchten BH zu tragen. Ich hätte heulen können. Und das alles wegen einer rechteckigen Omelettpfanne!«

»Also wirklich!« Ich lachte.

»Es hört sich nicht schön an, aber eigentlich war ich erleichtert, als meine Mutter starb. Danach konnte ich das Haushaltsgeld so verwenden, wie ich wollte. Darum habe ich jetzt so ziemlich alle Gerätschaften, die ich brauche. Mein Vater läßt mir völlig freie Hand.«

»Wann ist deine Mutter denn gestorben?«

»Vor drei Jahren«, entgegnete sie knapp. »Krebs. Ein Gehirntumor. Sie war anderthalb Jahre im Krankenhaus und hat fürchterlich gelitten. Am Ende hat sie den Verstand verloren, mußte betäubt werden und konnte doch nicht sterben. Schließlich lief es beinahe auf Sterbehilfe hinaus. Ein grauenhafter Tod, schrecklich für sie und schlimm für uns. Außerdem war unser ganzes Geld aufgebraucht. Eine Spritze kostete zwanzigtausend Yen, und sie bekam sie am laufenden Band. Sie brauchte ständige Pflege. Ich verbrachte soviel Zeit im Krankenhaus, daß ich das Studium um ein Jahr verschieben mußte. Und dann ...« Sie brach mitten im Satz ab und schien es sich anders zu überlegen. Seufzend legte sie ihre Stäbchen ab. »Wie sind wir bloß auf dieses düstere Thema gekommen?«

»Es hat mit der BH-Geschichte angefangen.«

»Also iß dein Omelett mit Verstand«, sagte Midori mit ernster Miene.

Als ich meinen Teil gegessen hatte, war ich satt. Midori aß viel weniger. »Wenn ich koche, werde ich schon vom Kochen satt«, erklärte sie. Sie räumte das Geschirr ab, wischte den Tisch sauber, nahm ein Päckchen Marlboro und zündete sich mit einem Streichholz eine an. Darauf zog sie das Glas mit den Narzissen zu sich heran und betrachtete die Blumen. »Ich lasse sie hier drin«, sagte sie. »Eine Vase paßt nicht so gut. So sehen sie aus, als hätte jemand sie gerade an einem Teich gepflückt und in das erste beste Glas gestellt.«

»Ich habe sie wirklich an dem Teich am Bahnhof Ōtsuka gepflückt«, behauptete ich.

Midori lachte. »Typisch. Du machst Witze, ohne eine Miene zu verziehen.«

Das Kinn in die Hand gestützt, rauchte sie ihre Zigarette bis zur Hälfte und drückte sie dann im Aschenbecher aus. Sie rieb sich die Augen, als wäre Rauch hineingelangt.

»Mädchen sollten ihre Zigaretten etwas graziöser ausdrükken. Bei dir sieht das ja aus wie bei einer Holzfällerin. Nicht so brutal in den Aschenbecher drücken, sondern behutsam ausdrehen. Dann wird sie auch nicht so zerquetscht. Das sieht schlecht aus. Außerdem solltest du den Rauch nicht durch die Nase blasen. Und die meisten Mädchen reden auch nicht von BHs, die sie drei Monate lang getragen haben, wenn sie mit einem Mann allein beim Essen sind.«

»Ich bin eben eine Holzfällerin«, sagte Midori und kratzte sich an der Nase. »Ich schaffe es einfach nicht, damenhaft zu wirken. Manchmal versuche ich es zum Spaß, aber ich kann es mir nicht angewöhnen. Sonst noch was?«

»Mädchen rauchen keine Marlboros.«

»Ach, das ist doch egal. Sie schmecken doch alle gleich eklig.« Sie drehte das rote Marlboro-Hardpack hin und her. »Ich habe erst vorigen Monat angefangen zu rauchen. Eigentlich schmeckt es mir nicht besonders, ich hatte nur irgendwie Lust dazu.«

»Wie kam das denn?«

Midori preßte die Hände auf dem Tisch gegeneinander und überlegte. »Irgendwie. Du rauchst wohl nicht?«

»Ich hab im Juni aufgehört.«

»Warum?«

»Es hat mich genervt, daß es mir schwerfiel, nachts ohne Zigaretten auszukommen. Also habe ich aufgehört. Ich mag es nicht, abhängig zu sein.«

»Du bist ein Typ, der genau weiß, was er will, stimmt's?«

»Kann sein«, erwiderte ich. »Vielleicht mögen mich deshalb viele Leute nicht. So war's schon immer.«

»Vielleicht hast du ihnen zu deutlich gezeigt, daß es dir egal ist, ob sie dich mögen oder nicht. Das ärgert manche.« Sie nuschelte, das Kinn in die Hand gestützt. »Aber ich unterhalte mich gern mit dir. Du redest so anders. ›Ich mag es nicht, abhängig zu sein.‹«

Beim Abwaschen stand ich neben ihr, trocknete ab und stapelte das Geschirr auf der Küchentheke.

»Wo ist denn überhaupt deine Familie heute?« fragte ich.

»Meine Mutter ist im Grab. Sie ist vor zwei Jahren gestorben.«

»Ja, das habe ich schon erfahren.«

»Meine Schwester ist mit ihrem Verlobten unterwegs. Sie sind irgendwohin gefahren. Er arbeitet bei einer Autofirma und ist deshalb ganz verrückt nach Autos. Ich mag Autos nicht.«

Midori schwieg und spülte weiter, während ich stumm weiter abtrocknete.

»Und dann ist da noch mein Vater«, sagte sie nach einer Weile.

»Wo ist der denn heute?«

»Mein Vater ist im Juni voriges Jahr nach Uruguay gegangen und nicht wiedergekommen.«

»Nach Uruguay?« fragte ich erstaunt. »Wieso denn nach Uruguay?«

»Er wollte nach Uruguay auswandern. So was Blödes. Ein ehemaliger Kamerad von ihm hat dort eine Farm, und plötzlich verkündet er, er will dorthin, steigt allein ins Flugzeug, und weg ist er. Wir haben alles versucht, ihn davon abzuhalten. Was soll er denn dort machen, er kann ja nicht einmal die Sprache. Vor allem ist er kaum je aus Tōkyō rausgekommen. Aber es hat nichts genützt. Der Verlust unserer Mutter war sicher ein zu großer Schock für ihn. Da ist er wohl durchgedreht. So sehr hat er meine Mutter geliebt. Wirklich.«

Mir fiel nichts Passendes ein, und so starrte ich Midori nur mit offenem Mund an.

»Weißt du, was er zu uns gesagt hat, als meine Mutter gestorben ist? Daß er wünschte, wir beide wären an Stelle unserer Mutter gestorben. Das hat er gesagt. Wir waren so entsetzt, daß wir kein Wort rausbrachten. Wie findest du das? So was kann man doch nicht sagen. Ja, gut, er hat seine geliebte Frau verloren, und ich verstehe seinen Schmerz, seinen Kummer, seine Trauer. Er tut mir sehr leid. Aber er kann doch nicht zu seinen eigenen Töchtern sagen, daß sie an Stelle ihrer Mutter hätten sterben sollen. Das ist doch zu grausam, oder?«

»Ja, schon.«

»Damit hat er uns sehr verletzt«, sagte sie kopfschüttelnd. »Jedenfalls sind alle in unserer Familie ein bißchen daneben. Jeder auf seine Weise.«

»Scheint so«, entgegnete ich.

»Aber es ist doch wunderbar, wenn zwei Menschen sich lieben, findest du nicht? Wenn man seine Frau so liebt, daß man seine Töchter für sie opfern würde.«

»Wenn man es so sieht … Kann sein.«

»Und dann verschwindet er nach Uruguay und läßt uns hier sitzen.«

Schweigend trocknete ich weiter ab. Als alles abgetrocknet war, räumte Midori das Geschirr ein.

»Und habt ihr Nachricht von eurem Vater?« fragte ich.

»Nur eine Ansichtskarte. Die kam im März an. Aber etwas Genaueres hat er nicht geschrieben. Nur, daß es heiß ist und das Obst nicht so gut, wie er es erwartet hatte. Solches Zeug eben. Das ist kein Witz. Eine blöde Karte mit einem Esel drauf hat er uns geschickt. Er ist verrückt geworden. Er hat nicht mal geschrieben, ob er seinen Freund gefunden hat. Am Ende schreibt er, meine Schwester und ich sollen nachkommen, wenn er sich ein bißchen eingerichtet hat, aber seitdem kein Wort mehr. Auf unsere Briefe antwortet er nicht.«

»Was würdest du tun, wenn dein Vater sagt, du sollst nach Uruguay kommen?«

»Ich würde mal hinfliegen und mich umsehen. Bestimmt wäre es interessant. Meine Schwester sagt, sie würde sich weigern. Meine Schwester verabscheut jeden Schmutz.«

»Ist es in Uruguay schmutzig?«

»Keine Ahnung, aber sie behauptet, die Straßen wären voller Eselskacke und Fliegen. Keine Toiletten und kein fließendes Wasser, und überall wimmelt es von Eidechsen und Skorpionen. Sie hat das wohl in einem Film gesehen. Meine Schwester haßt Insekten. Am liebsten fährt meine Schwester in einem schicken Auto durch eine hübsche Gegend.«

»Aha.«

»Warum soll Uruguay schlecht sein? Ich würde hinfahren.«

»Und wer kümmert sich jetzt um das Geschäft?« fragte ich.

»Meine Schwester, aber es stinkt ihr. Ein Onkel von uns, der hier in der Nähe wohnt, hilft täglich aus und übernimmt auch die Auslieferung. Ich helfe mit, wenn ich Zeit habe. Die Arbeit in einem Buchladen ist nicht besonders schwer, also kommen wir zurecht, aber wenn wir es nicht mehr schaffen, verkaufen wir den Laden einfach.«

»Hast du deinen Vater gern?«

Midori schüttelte den Kopf. »Es geht.«

»Warum willst du ihm dann nach Uruguay folgen?«

»Weil ich an ihn glaube.«

»Du glaubst an ihn?«

»Ich liebe ihn nicht besonders, aber ich glaube an meinen Vater. Ich glaube an einen Mann, der sein Haus, seine Kinder, seine Arbeit aufgibt, um nach Uruguay zu gehen, weil er den Tod seiner Frau nicht verwinden kann. Kannst du das verstehen?«

Ich seufzte. »Einerseits verstehe ich es, andererseits auch wieder nicht.«

Midori lachte amüsiert und klopfte mir auf den Rücken. »Egal, spielt eigentlich auch keine Rolle.«

An jenem Sonntagnachmittag passierte eine Menge. Es war ein seltsamer Tag. In der Nähe von Midoris Haus brach ein Feuer aus, und als wir auf die Wäscheterrasse im zweiten Stock hinaufgingen, um es zu beobachten, kam es irgendwie zufällig dazu, daß wir uns küßten. Das hört sich albern an, aber so war es.

Wir waren gerade dabei, nach dem Essen einen Kaffee zu trinken und uns über die Universität zu unterhalten, als wir die Sirenen eines Feuerwehrwagens hörten. Sie wurden immer lauter, und es schienen auch mehr zu werden. Das Getrappel rennender Menschen und laute Rufe waren von der Straße zu hören. Nachdem Midori aus einem anderen Fenster auf die Straße hinausgesehen hatte, bat sie mich, in der Küche zu warten. Irgendwo sei ein Feuer ausgebrochen, sagte sie, und ich hörte, wie sie die Treppe nach oben rannte.

Während ich allein meinen Kaffee weitertrank, versuchte ich mich zu erinnern, wo Uruguay liegt. Dort liegt Brasilien, da

Venezuela, hier Kolumbien, aber wo Uruguay liegt, wollte mir nicht einfallen. Da war auch Midori schon wieder bei mir und bedeutete mir, rasch mit ihr zu kommen, worauf ich ihr zum Ende des Flurs und über eine steile Treppe zu einer Holzterrasse mit Wäschestangen aus Bambus folgte. Von dieser Terrasse, die höher gelegen war als die meisten umliegenden Dächer, hatte man einen guten Blick über das Viertel. Drei, vier Häuser weiter stiegen dichte, schwarze Rauchwolken auf, die der Wind in Richtung Hauptstraße blies. Brandgeruch erfüllte die Luft.

»Das ist bei Sakamotos«, sagte Midori, auf das Geländer gestützt. »Sakamotos hatten früher eine traditionelle Schreinerwerkstatt, aber sie mußten das Geschäft schon vor längerer Zeit aufgegeben.«

Ich stützte mich ebenfalls aufs Geländer und versuchte zu erkennen, was dort drüben vorging. Ein zweistöckiges Gebäude versperrte uns die direkte Sicht auf den Brandherd, aber es schienen drei oder vier Löschfahrzeuge im Einsatz zu sein. Weil die Gasse so eng war, konnten nicht mehr als zwei Wagen hineinfahren. Die anderen warteten auf der Hauptstraße. In der Gasse hatten sich die üblichen Schaulustigen versammelt.

»Vielleicht solltest du eure Wertsachen zusammensuchen und dich zur Flucht bereitmachen«, sagte ich zu Midori. »Der Wind bläst im Augenblick zwar in die andere Richtung, aber er kann sich jederzeit drehen. Außerdem ist die Tankstelle nicht weit. Ich helfe dir beim Packen.«

»Was für Wertsachen?« fragte Midori.

»Was man eben so hat. Sparbücher, registrierte Stempel, Urkunden und so. Geld für Notfälle.«

»Laß nur. Ich würde sowieso nicht fliehen.«

»Auch nicht, wenn es hier brennt?«

»Nein«, sagte Midori. »Mir macht es nichts aus zu sterben.«

Ich sah ihr in die Augen. Und sie mir. Ich konnte nicht erkennen, ob sie es ernst meinte oder nur scherzte. Ich sah sie eine Weile an, und plötzlich war auch mir alles recht.

»Also gut, dann bleibe ich auch hier bei dir«, sagte ich.

»Du würdest mit mir sterben?« fragte Midori mit glänzenden Augen.

»Quatsch, wenn's gefährlich wird, hau ich natürlich ab. Sterben kannst du allein.«

»Du bist eiskalt, oder?«

»Nur weil du mich zum Mittagessen eingeladen hast, kann ich doch nicht mit dir sterben. Wenn's allerdings ums Abendessen gegangen wäre ...«

»Dann bleiben wir noch eine Weile hier und schauen zu. Laß uns etwas singen. Das andere können wir uns überlegen, wenn es so weit ist.«

»Singen?«

Midori holte zwei Sitzkissen, vier Dosen Bier und eine Gitarre aus dem Haus. Wir tranken und sahen zu, wie der schwarze Rauch aufstieg. Midori spielte Gitarre und sang. Ich fragte sie, ob das die Nachbarn nicht verärgern würde, denn auf der Terrasse zu sitzen und singend und trinkend die Aussicht zu genießen, während ihr Haus abbrannte, kam mir nicht gerade taktvoll vor.

»Macht nichts«, erwiderte sie. »Wir haben uns noch nie darum gekümmert, was die Nachbarn denken.«

Sie sang Lieder, die sie aus ihrer Gruppe kannte. Man konnte nicht eben sagen, daß sie gut spielte oder sang, aber sie selbst hatte viel Spaß daran. Sie sang einen Klassiker nach dem anderen: *Lemon Tree*, *Puff, the Magic Dragon*, *Five Hundred Miles*, *Where have all the Flowers gone*; *Michael Row the Boat Ashore*. Anfangs wollte sie, daß ich die Baßstimme mitsang, aber ich sang so schlecht, daß sie aufgab und allein weitersang. Ich schlürfte mein Bier, hörte zu und behielt das Feuer im Auge. Verschiedene Male loderte es auf und sank wieder in sich zusammen. Schreiend wurden Anweisungen erteilt. Über uns flog mit großem Getöse ein Hubschrauber mit Reportern und verschwand wieder, nachdem sie ihre Aufnahmen gemacht hatten. Ich hoffte, daß wir wenigstens nicht drauf waren. Ein Polizist forderte die Schaulustigen über Lautsprecher auf zurückzutreten. Ein Kind weinte nach seiner Mutter. Irgendwo zersplitterte Glas. Bald wurde der Wind unbeständig und verteilte um uns herum weiße Asche. Doch Midori nippte an ihrem Bier und sang unverdrossen weiter. Nachdem sie mit allen Liedern, die sie kannte, durch war, gab sie ein seltsames kleines Lied zum Besten, das sie selbst geschrieben hatte.

»Wie gern würd ich dir 'ne Suppe kochen,
doch ich hab keinen Topf.
Wie gern würd ich dir 'nen Schal stricken,
doch ich hab keine Wolle.
Wie gern schrieb ich dir ein Gedicht,
doch ich hab keinen Stift.«

»Das Lied heißt ›Nichts‹«, teilte mir Midori mit. Text und Melodie waren grauenhaft.

Während ich ihrem chaotischen Lied lauschte, dachte ich daran, daß auch das Kobayashi-Haus in Stücke fliegen würde, wenn die Tankstelle explodierte. Erschöpft von ihrem Vortrag, legte Midori die Gitarre ab und schmiegte sich wie eine Katze im Sonnenschein behaglich an meine Schulter.

»Wie hat dir mein Lied gefallen?« fragte sie.

»Es war ungewöhnlich und originell, ein guter Ausdruck deiner Persönlichkeit«, antwortete ich diplomatisch.

»Danke – das Thema ist, daß ich nichts habe.«

»Das habe ich ungefähr mitgekriegt.«

»Weißt du, als meine Mutter gestorben ist …« Midori sprach in meine Richtung.

»Hm?«

»War ich überhaupt nicht traurig.«

»Aha.«

»Auch als mein Vater fortgegangen ist, war ich nicht traurig.«

»Wirklich?«

»Ja. Findest du mich gefühllos? Zu kaltherzig?«

»Aber du hattest sicher Gründe dafür.«

»Das ist wahr. Alle möglichen Gründe. Es war sehr kompliziert bei uns. Eigentlich habe ich immer gedacht, ich würde sehr traurig sein, wenn meine Eltern nicht mehr da wären oder tot. Aber so war es nicht. Ich hatte solche Gefühle überhaupt nicht, ich war nicht traurig, nicht einsam, es war nicht schwer für mich. Ich denke kaum an sie. Nur manchmal träume ich von ihnen. In diesen Träumen funkelt mich meine Mutter aus dem Dunkeln an und wirft mir vor, ich hätte ihr den Tod gewünscht. Aber das stimmt nicht. Ich bin nur nicht besonders traurig. Ehrlich gesagt, ich habe nicht eine einzige Träne vergossen. Als Kind habe ich einmal eine ganze Nacht geheult, nur weil meine Katze gestorben war.«

Warum raucht das da so? dachte ich. Man sah keine Flammen mehr, und das Feuer schien sich auch nicht auszubreiten. Nur noch die Rauchsäule stieg auf. Ich fragte mich, was das Feuer so lange in Gang gehalten hatte.

»Aber das ist nicht allein meine Schuld. Vielleicht bin ich ein bißchen kühl. Das gebe ich zu. Aber wenn sie – mein Vater und meine Mutter – mich ein bißchen mehr geliebt hätten, würde ich jetzt anders empfinden. Stärker trauern, oder?« fuhr Midori fort.

»Hast du das Gefühl, nicht genügend geliebt worden zu sein?«

Sie legte den Kopf schief und sah mich an. Dann nickte sie heftig. »Irgendwo zwischen ›nicht genug‹ und ›überhaupt nicht‹. Ich war immer ausgehungert nach Liebe. Wenigstens ein einziges Mal wollte ich richtig geliebt werden. So sehr, daß ich endlich einmal satt wäre. Nur ein einziges Mal hätte schon gereicht. Aber nicht mal dieses eine Mal haben sie mir gegönnt. Wenn ich mich anschmiegen und um etwas bitten wollte, kam immer gleich das Gemecker über die Kosten. Unweigerlich. Also beschloß ich, jemanden zu finden, der mich dreihundertfünfundsechzig Tage im Jahr hundertprozentig und bedingungslos lieben würde. Damals war ich erst in der fünften oder sechsten Klasse, aber mein Entschluß stand fest.«

»Erstaunlich«, sagte ich beeindruckt. »Und hatte deine Suche Erfolg?«

»Es ist schwierig.« Nachdenklich beobachtete sie eine Weile den Rauch. »Vielleicht suche ich nach Vollkommenheit, weil ich so lange gewartet habe. Deshalb ist es so schwierig.«

»Die vollkommene Liebe?«

»Nein, das weiß sogar ich, daß die nicht existiert. Ich bin auf der Suche nach jemandem, der alles für mich tut. Ich will vollkommen egoistisch sein können. Zum Beispiel: ich sage, ich möchte Erdbeertorte essen, und du rennst sofort los, um welche für mich zu besorgen. Dann kommst du ganz außer Atem mit der Torte angehetzt, aber jetzt will ich sie nicht mehr und schmeiße sie aus dem Fenster. So in etwa.«

»Das hat doch nicht viel mit Liebe zu tun, oder?« sagte ich ziemlich bestürzt.

»Doch. Du verstehst das nur nicht. Manchmal braucht ein Mädchen so etwas.«

»Wie Erdbeertorte aus dem Fenster zu schmeißen?«

»Genau. Außerdem soll der Mann dann noch zu mir sagen: ›Midori, ich verstehe dich. Ich hätte ahnen müssen, daß du keine Erdbeertorte mehr essen willst. Ich bin ein Idiot und so uneinfühlsam wie Eselsscheiße. Laß mich dir zur Wiedergutmachung etwas anderes holen. Was würdest du gern essen? Mousse au Chocolat oder lieber Käsekuchen?‹«

»Und dann?«

»Dann würde ich ihn dafür lieben.«

»Klingt ziemlich verrückt für mich.«

»Aber für mich ist das Liebe. Natürlich versteht das niemand.« Midori stupste mit dem Kopf gegen meine Schulter. »Für manche Menschen hängt die Liebe von Kleinigkeiten oder Banalitäten ab. Ohne sie läuft überhaupt nichts.«

»Ich bin noch nie einem Mädchen mit solchen Ansichten begegnet«, sagte ich.

»Das sagen die meisten.« Sie zupfte an einem Stückchen Nagelhaut. »Aber ehrlich gesagt, für mich sind das ganz natürliche Gedanken. Im Ernst. Ich bin früher gar nicht darauf gekommen, daß sich mein Denken von dem anderer Leute unterscheiden könnte, und ich will auch gar nicht anders sein. Aber wenn ich offen davon spreche, glauben die Leute, ich will sie auf den Arm nehmen oder mich wichtig machen. Das kann manchmal sehr lästig sein.«

»Und du möchtest im Feuer umkommen?«

»Das hat damit nichts zu tun. Ich bin bloß neugierig.«

»Darauf, wie es ist, wenn man verbrennt?«

»Nein, ich wollte nur wissen, wie du reagierst. Ich hab an sich keine Angst vorm Sterben. Ehrlich nicht. Der Rauch macht einen bewußtlos, und dann stirbt man. Mehr nicht. Das macht mir überhaupt keine Angst, im Vergleich zum Tod meiner Mutter und einiger Verwandter von mir ist das gar nichts. Alle meine Verwandten scheinen an einer schlimmen Krankheit zu sterben und lange leiden zu müssen. Das liegt bei uns wohl im Blut. Das Sterben dauert unheimlich lange. Zum Schluß weiß keiner, ob der Mensch noch lebendig oder schon tot ist. Mehr als Leiden und Schmerzen sind vom Bewußtsein nicht übrig.«

Midori steckte sich eine Marlboro an.

»Vor so einem Tod fürchte ich mich. Ganz langsam breiten sich die Schatten des Todes über das Leben aus, und ehe du dich versiehst, ist alles stockfinster, und du kannst nichts mehr sehen. Für die Leute um dich herum zählst du schon zu den Toten. Das könnte ich nicht ertragen.«

Nach einer weiteren halben Stunde war das Feuer endlich gelöscht. Anscheinend hatte es sich nicht ausgebreitet, und niemand war verletzt worden. Von den Löschwagen blieb nur einer zurück, und die Schaulustigen zerstreuten sich unter aufgeregtem Geschnatter in der Einkaufsstraße. Auch ein Streifenwagen mit eingeschaltetem Blaulicht blieb, um den Verkehr zu regeln. Zwei Krähen hatten sich nahebei auf Strommasten niedergelassen und beobachteten interessiert das Geschehen unter ihnen.

Als der Brand gelöscht war, war anscheinend auch Midori erschöpft. Matt starrte sie in den Himmel und bekam kaum noch den Mund auf.

»Müde?« fragte ich.

»Eigentlich nicht. Ich entspanne mich nur. Habe ich schon lange nicht gemacht.«

Ich sah Midori in die Augen, und Midori sah mir in die

Augen. Dann legte ich die Arme um sie und küßte sie. Midori zuckte ein klein wenig zusammen, entspannte sich aber gleich und schloß die Augen. Für einige Sekunden lagen unsere Lippen ganz sacht aufeinander. In der frühherbstlichen Sonne warfen Midoris Wimpern feine, leicht zitternde Schatten auf ihre Wangen.

Es war ein zarter, freundlicher Kuß, nicht dazu bestimmt, irgendwohin zu führen. Hätten wir an diesem Nachmittag nicht auf der Wäscheterrasse gesessen, Bier getrunken und den Brand beobachtet, hätte ich Midori wahrscheinlich an diesem Tag nicht geküßt. Ich glaube, sie empfand das auch, aber nachdem wir so lange die glänzenden Dächer, den Rauch und die Libellen beobachtet hatten, war eine Wärme und Nähe zwischen uns entstanden, die wir wohl unbewußt in irgendeiner Form festzuhalten versuchten. Das sprach aus unserem Kuß. Aber wie alle Küsse war er nicht ohne ein Moment von Gefahr.

Midori sprach als erste wieder. Dabei ergriff sie meine Hand. Es fiel ihr merklich schwer, aber sie sagte mir, daß es da schon jemanden gebe. Das hätte ich mir schon gedacht, entgegnete ich.

»Hast du ein Mädchen, das du magst?«

»Ja«, sagte ich.

»Und trotzdem hast du sonntags immer Zeit?«

»Es ist alles ziemlich kompliziert.«

Auf einmal war die Magie dieses frühherbstlichen Nachmittags erloschen.

Um fünf verließ ich Midoris Haus, um zur Arbeit zu gehen. Ich hatte vorgeschlagen, noch irgendwo etwas zusammen zu essen, aber sie konnte wegen des Anrufs, den sie erwartete, nicht fort.

»Du machst dir keine Vorstellung, wie ich es verabscheue, den ganzen Tag zu Hause auf einen Anruf zu warten. Wenn ich allein bin, habe ich das Gefühl, als würde mein Körper Stückchen für Stückchen verfaulen und allmählich schmelzen, bis nur noch eine grüne Pfütze übrig ist, die im Boden versickert. Am Ende liegen nur noch meine Kleider da.«

»Wenn du wieder mal auf einen Anruf warten mußt, leiste ich dir gern Gesellschaft«, sagte ich. »Beim Mittagessen auch.«

»Toll, und ich sorge für ein nettes Feuer zum Nachtisch«, sagte sie.

Am nächsten Tag erschien Midori nicht zu Theatergeschichte II. Nach der Vorlesung ging ich allein in die Mensa und nahm ein kaltes, fades Mittagessen zu mir. Anschließend setzte ich mich in die Sonne und sah dem Treiben auf dem Campus zu. Gleich neben mir standen für eine Weile zwei Studentinnen und unterhielten sich; die eine drückte ihren Tennisschläger so zärtlich an die Brust wie ein Baby, die andere hatte ein paar Bücher und eine Leonard-Bernstein-LP bei sich. Beide waren hübsch und genossen sichtlich ihr Gespräch. Aus dem Gebäude der Studentenvereinigung dröhnten die Versuche eines Anfängers auf der Baßgitarre. Überall standen Studenten in Grüppchen von vier oder fünf zusammen, tauschten ihre wie immer gearteten Meinungen aus und lachten. Auf dem Parkplatz fuhren ein paar Leute Skateboard. Ein Professor mit einer Ledermappe unter dem Arm ging über den Parkplatz und wich geschickt den Skateboardern aus. Auf dem Hof kniete eine Studentin mit Helm und pinselte große Zeichen auf ein Transparent, das den amerikanischen Imperialismus in Asien anprangerte. Eine ganz alltägliche Campus-Szene um die Mittagszeit. Doch als ich mit verstärkter Aufmerksamkeit hinsah, fiel mir auf, daß alle heiter wirkten. Ob sie es tatsächlich waren oder nur so aussahen, konnte ich natürlich nicht sagen, aber alle schienen an diesem schönen frühen Nachmittag Ende September glücklich zu sein. Plötzlich überkam mich ein Gefühl von Einsamkeit, das mir ganz neu war – als wäre ich der einzige, der nicht in die Szene paßte.

Wann hatte ich eigentlich in den letzten Jahren überhaupt in eine Szene gepaßt, überlegte ich. Zum letzten Mal wohl in der Hafen-Kneipe am Hafen, wo Kizuki und ich zusammen Billard gespielt hatten. Am selben Abend war Kizuki gestorben, und seither trennte mich ein eisiger, lähmender Luftzug vom Rest der Welt. Was hatte die Existenz dieses Jungen namens Kizuki für mich bedeutet? Auf diese Frage fand ich keine Antwort. Aber eins wurde mir bewußt: Kizukis Tod hatte mir für immer einen Teil meiner Jugend geraubt. Doch was das bedeutete und was daraus folgen würde, ging weit über meinen Horizont hinaus.

Noch lange blieb ich sitzen und beobachtete die Menschen, die über den Campus schlenderten; nebenbei hoffte ich, Midori zu begegnen, aber an diesem Tag ließ sie sich nicht blicken. Als die Mittagspause zu Ende war, ging ich in die Bibliothek, um mich auf meinen Deutschkurs vorzubereiten.

Am Samstagnachmittag suchte mich Nagasawa in meinem Zimmer auf und fragte, ob wir am Abend nicht eine unserer Runden drehen sollten. Er würde mir schon eine Ausgangserlaubnis besorgen. Ich hatte nichts dagegen. Die ganze Woche über war ich so trüber Stimmung gewesen, daß ich bereit war, mit jeder Frau zu schlafen.

Gegen Abend nahm ich ein Bad, rasierte mich, zog ein sauberes Polohemd an und darüber ein Baumwolljackett. Nagasawa und ich aßen in der Kantine zu Abend und fuhren dann mit dem Bus nach Shinjuku. In Shinjuku San-chōme stiegen wir aus und schlenderten ein bißchen durch das Getümmel. Anschließend gingen wir in eine unserer Stammkneipen und warteten darauf, daß zwei Mädchen auftauchten. In diesem Lokal verkehrten sonst viele weibliche Gäste – nur an diesem Abend nicht. Wir blieben fast zwei Stunden und nippten nur an unseren Whiskey Sodas, um nicht zu schnell betrunken zu werden. Als sich endlich zwei vielversprechende Mädchen an die Bar setzten und einen Gimlet und eine Margarita bestellten, sprach Nagasawa sie sofort an, aber wie sich herausstellte, waren sie schon verabredet und warteten auf ihre Freunde. Immerhin plauderten wir ein bißchen mit ihnen, bis die Freunde kamen und die Mädchen sich ihnen anschlossen.

Nagasawa lotste mich in ein anderes Lokal. Es war eine kleine, etwas abseits gelegene Bar, in der die meisten Gäste schon angetrunken waren und einigen Lärm machten. An einem der hinteren Tische saßen drei Mädchen. Wir setzten uns zu ihnen und unterhielten uns eine Weile ganz angeregt zu fünft. Alle fühlten sich wohl. Doch als wir vorschlugen, das Lokal zu wechseln, um ein bißchen weiterzutrinken, sagten die Mädchen, sie müßten zurück in ihr Wohnheim, sonst würden sie ausgesperrt. Es war nicht gerade unser Glückstag. Danach probierten wir es noch in einer weiteren Bar, aber mit dem gleichen Ergebnis. Aus irgendeinem Grund standen an diesem Abend unsere Aktien schlecht.

Gegen halb zwölf verließ Nagasawa die Lust.

»Tut mir leid, daß ich dich umsonst durch die Gegend geschleift habe«, sagte er.

»Macht doch nichts. Dafür hatte ich das Vergnügen zu erleben, daß es auch bei dir nicht immer klappt.«

»Na ja, einmal im Jahr kommt das schon vor«, sagte er.

Ehrlich gesagt, ich hatte mittlerweile ohnehin jede Lust auf Sex verloren. Nachdem ich dreieinhalb Stunden im samstäglichen

Trubel von Shinjuku Zeuge der Energien gewesen war, die von Sexualität und Alkohol entfesselt werden, war meine eigene Libido mehr als geschwächt.

»Was hast du jetzt vor, Watanabe?« fragte mich Nagasawa.

»Ich glaub, ich seh mir eine Spätvorstellung an. Ich war schon ewig nicht im Kino.«

»Dann gehe ich zu Hatsumi. Macht es dir was aus?«

»Warum sollte mir das denn was ausmachen?« sagte ich lachend.

»Wenn du willst, mache ich dich mit einem Mädchen bekannt, bei dem du übernachten kannst.«

»Nee, ich hab jetzt Lust, einen Film zu sehen.«

»Ich gebe zu, es war Mist. Nächstes Mal klappt's wieder besser.« Damit verschwand er in der Menge. An einem Imbißstand aß ich einen Cheeseburger und bekämpfte meinen Rausch mit heißen Kaffee; dann ging ich in ein Programmkino in der Nähe und schaute mir *Die Reifeprüfung* an. Ich fand den Film nicht besonders gut, aber da ich nichts Besseres zu tun hatte, blieb ich sitzen und sah ihn mir gleich zweimal hintereinander an. Um vier Uhr morgens verließ ich das Kino und schlenderte in Gedanken versunken durch die kühlen Straßen von Shinjuku.

Als mich Müdigkeit überkam, ging ich in ein Nachtcafé, trank einen Kaffee und las, um mir die Zeit bis zur ersten Bahn zu vertreiben. Nach und nach füllte sich das Café mit Nachschwärmern, die ebenso wie ich auf die erste Bahn warteten. Der Kellner kam an meinen Tisch, um zu fragen, ob sich noch andere Gäste zu mir setzen dürften. Ja, natürlich. Ich las mein Buch, also konnte es mir egal sein, wer mir gegenüber saß. Es waren zwei Mädchen in meinem Alter, keine Schönheiten, aber sie sahen auch nicht schlecht aus. Beide waren dezent geschminkt und gekleidet, überhaupt nicht der

Typ, der sich bis morgens um fünf in Shinjuku herumtreibt. Bestimmt hatten sie nur die letzte Bahn verpaßt. Es erleichterte sie offenbar, daß sie an meinem Tisch gelandet waren. Ich war ordentlich angezogen, hatte mich am Abend rasiert und las auch noch im *Zauberberg* von Thomas Mann.

Das eine Mädchen war eher groß, trug einen grauen Parka, weiße Jeans und große Ohrringe in Muschelform. Sie hatte eine Tasche aus Lederimitat bei sich. Die andere war klein, mit Brille und trug eine dunkelblaue Strickjacke über einem karierten Hemd und einen türkisblauen Ring. Sie hatte die Angewohnheit, von Zeit zu Zeit die Brille abzunehmen und die Fingerspitzen auf die Augen zu pressen.

Die beiden bestellten Milchkaffee und Kuchen, brauchten aber eine ganze Weile, um ihren Kuchen zu verzehren und ihren Kaffee zu trinken, weil sie pausenlos aufgeregt miteinander tuschelten. Das größere Mädchen legte den Kopf ständig schief, während die Kleine den ihren ebenso oft schüttelte. Wegen der lauten Musik – Marvin Gaye, die Bee Gees oder sonst was – bekam ich nicht mit, worüber sie sprachen, aber die Kleine schien aufgeregt oder ärgerlich zu sein, während die Große sich bemühte, sie zu beruhigen. Abwechselnd las ich in meinem Buch und beobachtete sie.

Als die Kleine ihre Schultertasche an die Brust drückte und zur Toilette ging, sprach mich das andere Mädchen an. »Entschuldige.« Ich legte mein Buch ab und sah auf. »Weißt du zufällig, ob hier in der Nähe noch eine Bar geöffnet ist, die Alkohol ausschenkt?«

»Jetzt, nach fünf?« fragte ich verdutzt.

»Genau.«

»Also, um zwanzig nach fünf denken die meisten Leute daran, nüchtern zu werden und nach Haus zu gehen.«

»Weiß ich«, sagte sie ziemlich verlegen. »Aber meine Freundin sagt, sie braucht jetzt einen Drink. Aus bestimmten Gründen.«

»Da bleibt euch wohl nicht viel anderes übrig, als nach Haus zu fahren und dort etwas zu trinken.«

»Aber ich muß um halb acht einen Zug nach Nagano kriegen.«

»Dann zieht euch doch was am Automaten und setzt euch irgendwohin.«

Unter vielen Entschuldigungen bat sie mich, sie zu begleiten, denn zwei Mädchen allein könnten so etwas doch nicht tun. Ich hatte schon viele seltsame Erlebnisse in Shinjuku gehabt, aber daß mich unbekannte Mädchen morgens um zwanzig nach fünf zum Trinken einluden, war mir noch nie passiert. Abzulehnen wäre mir schäbig vorgekommen, und Zeit hatte ich auch. Also kaufte ich an einem Automaten in der Nähe genügend Sake und etwas zum Knabbern und ging mit den beiden Mädchen zu einem leeren Grundstück an der Westseite des Bahnhofs, wo wir uns zu unserem spontanen Trinkgelage niederließen. Ich erfuhr, daß die beiden in einem Reisebüro arbeiteten und sich dort angefreundet hatten. Sie hatten gerade erst die Handelsschule abgeschlossen, und es war ihr erster Job. Die Kleine hatte seit einem Jahr einen Freund, aber vor kurzem hatte sie herausgefunden, daß er mit einem anderen Mädchen schlief, was ihr sehr zusetzte. Die Größere hätte eigentlich schon am Abend zuvor in ihr Elternhaus nach Nagano zur Hochzeit ihres älteren Bruders fahren sollen, hatte aber beschlossen, den Abend mit ihrer Freundin in Shinjuku zu verbringen und den ersten Expreß am Sonntagmorgen zu nehmen.

»Aber woher weißt du denn überhaupt, daß er mit einer anderen schläft?« fragte ich das kleinere Mädchen.

Sie nippte an ihrem Sake und rupfte an dem Unkraut, das zu

ihren Füßen wuchs. »Ich hab die Tür zu seinem Zimmer aufgemacht, und da hab ich's gesehen. Um Wissen oder Nicht-Wissen geht's nun nicht mehr.«

»Wann war das?«

»Vorgestern abend.«

»Uff«, sagte ich. »Und die Tür war unverschlossen?«

»Ja.«

»Warum er wohl nicht abgeschlossen hat?«

»Woher soll ich das wissen?«

»Das ist doch ein echter Schock, oder? Scheußlich! Was meinst du, wie sie sich jetzt fühlt?« Das größere Mädchen war anscheinend ernstlich besorgt um ihre Freundin.

»Dazu kann ich nicht viel sagen, aber du solltest dich mit deinem Freund aussprechen. Und dann stellt sich die Frage, ob du ihm verzeihen willst oder nicht«, erklärte ich.

»Niemand versteht mich«, stieß die Kleine hervor und rupfte weiter Gras aus.

Ein Schwarm Krähen zog von Westen heran und ließ sich auf dem Kaufhaus Odakyō nieder. Es war nun Tag. Allmählich wurde es Zeit für den Zug nach Nagano. Den restlichen Sake schenkten wir am Westeingang einem Obdachlosen, lösten Bahnsteigkarten und brachten das größere Mädchen zum Zug. Nachdem er außer Sichtweite war, endeten die Kleine und ich in einem nahegelegenen Hotel, obwohl weder sie noch ich besonders wild darauf waren, miteinander zu schlafen, aber es schien notwendig zu sein, einen Abschluß herbeizuführen.

Im Hotel zog ich mich als erster aus und stieg in die Badewanne. Wie aus Trotz kippte ich mir ein Bier runter. Sie gesellte sich zu mir. So hockten wir zusammen in der Wanne und tranken wortlos unser Bier. Obwohl wir uns redlich Mühe gaben, wurden wir nicht betrunken; müde waren wir auch nicht. Ihre Haut war weiß und zart, und sie hatte sehr schöne Beine. Als ich ihr dafür ein Kompliment machte, schnaubte sie nur.

Doch im Bett benahm sie sich auf einmal wie ein völlig anderer Mensch. Sie reagierte auf die leichteste meiner Berührungen, stöhnte und wand sich, und als ich in sie eindrang, grub sie ihre Nägel in meinen Rücken, und als sie sich dem Orgasmus näherte, rief sie sechzehnmal nacheinander einen Männernamen – ich zählte genau mit, um meine Ejakulation hinauszuzögern. Danach schliefen wir ein.

Als ich um halb eins aufwachte, war sie fort. Sie hatte weder einen Brief noch eine Nachricht hinterlassen. Die eine Seite meines Kopfes fühlte sich seltsam schwer an, vermutlich, weil ich zu so ungewohnter Stunde Alkohol getrunken hatte. Um meinen Kater zu vertreiben, nahm ich eine Dusche, rasierte mich, setzte mich dann nackt auf einen Stuhl, trank eine Flasche Saft aus der Mini-Bar und ließ die Ereignisse der vergangenen Nacht Revue passieren. Alles erschien mir seltsam verschwommen und irreal, wie durch zwei, drei Glasschichten hindurch betrachtet, doch zweifellos waren mir diese Dinge wirklich zugestoßen. Auf dem Tisch standen noch die Biergläser, und im Bad lag eine benutzte Zahnbürste.

Ich aß ein leichtes Mittagessen in Shinjuku und ging dann in ein Telefonhäuschen, um Midori Kobayashi anzurufen. Vielleicht wartete sie ja wieder allein zu Hause auf einen Anruf. Ich ließ es fünfzehnmal läuten, aber niemand hob ab. Zwanzig Minuten später versuchte ich es noch einmal mit dem gleichen Ergebnis. Dann fuhr ich mit dem Bus zurück ins Wohnheim. Im Briefkasten am Eingang lag ein Eilbrief für mich. Er war von Naoko.

5. Kapitel

»Danke für deinen Brief«, schrieb Naoko. Ihre Familie habe ihn »hierher« weitergeleitet. Er habe sie keineswegs belastet, im Gegenteil, sie habe sich sogar darüber gefreut. Sie habe mir selbst gerade schreiben wollen, aber ich sei ihr zuvorgekommen.

Nachdem ich bis dahin gelesen hatte, öffnete ich das Fenster, zog meine Jacke aus und legte mich aufs Bett. Aus einem Taubenschlag in der Nachbarschaft war lautes Gurren zu hören. Der Wind bewegte die Vorhänge. Naokos siebenseitigen Brief in der Hand, überließ ich mich einem wilden Strom von Gefühlen. Schon nach den ersten wenigen Zeilen war mir, als hätte die reale Welt um mich herum völlig die Farben verloren. Ich schloß die Augen, denn ich brauchte eine Weile, um mich zu sammeln. Schließlich atmete ich tief ein und las weiter.

»Jetzt bin ich seit fast vier Monaten hier«, schrieb Naoko weiter.

»In diesen vier Monaten habe ich viel an Dich gedacht. Und je mehr ich nachgedacht habe, desto klarer ist mir geworden, daß ich Dich ungerecht behandelt habe. Ich hätte mich Dir gegenüber anständiger und fairer verhalten müssen.
Aber vielleicht stimmt an diesem Gedankengang auch etwas nicht, denn eigentlich benutzen Mädchen meines Alters solche Worte wie ›Gerechtigkeit‹ nicht. Normale junge Mädchen kümmern sich im Grunde nicht darum, ob etwas gerecht oder ungerecht ist. Im Mittelpunkt steht für sie nicht, ob etwas gerecht ist, sondern ob etwas schön ist und sie glücklich macht. ›Gerechtigkeit‹ ist ein Wort, das Männer benutzen. Dennoch interessiert mich im Augenblick dieser Begriff am meisten. Vielleicht beziehe ich mich auf andere Leit-

bilder – wie Gerechtigkeit, Aufrichtigkeit oder Wahrheit –, weil die Frage nach Schönheit und Glück für mich so bedrückend geworden ist.
Auf alle Fälle bin ich zu der Ansicht gelangt, daß ich nicht gerecht zu Dir war. Ich habe mich ständig im Kreise gedreht und Dich mitgerissen und am Ende gekränkt. Natürlich habe ich mich damit selbst ebenso tief verletzt. Ich sage das nicht, um mich zu rechtfertigen, sondern weil es wahr ist. Wenn ich Dir eine Wunde zugefügt habe, ist das nicht allein Deine Wunde, sondern auch meine. Deshalb bitte ich Dich, mich nicht zu hassen. Ich bin ein viel unvollkommeneres Wesen, als Du Dir vorstellen kannst. Wenn Du mich haßtest, würde ich daran zerbrechen. Ich bin nicht wie Du imstande, in meinen Panzer zu schlüpfen und zu warten, bis alles vorüber ist. Vielleicht kannst Du das ja auch nicht, aber mitunter hatte ich diesen Eindruck von Dir. Ich habe Dich oft um diese Fähigkeit beneidet und Dich vielleicht gerade deshalb in die Irre geführt.
Möglicherweise findest Du meine Betrachtungsweise zu analytisch. Auch wenn die Therapie hier im Sanatorium überhaupt nicht besonders analytisch ist. Aber wenn man wie ich mehrere Monate hier in Behandlung ist, wird man, ob man will oder nicht, doch ein bißchen analytisch. ›Dies ist die Folge von jenem, und jenes bedeutet eigentlich dies-und-das, und zwar wegen dem-und-dem.‹ So etwa. Schwer zu sagen, ob diese Art der Analyse die Welt vereinfacht oder verkompliziert.
Jedenfalls fühle ich mich im Vergleich zu vorher einer Heilung näher, und die anderen bestätigen es mir. Zum ersten Mal seit langem bin ich in der Lage, in Ruhe einen Brief zu schreiben. Den Brief, den ich Dir im Juli geschrieben habe, mußte ich mir regelrecht abringen (ehrlich gesagt, ich weiß gar nicht mehr, was ich ge-

schrieben habe. War es sehr schlimm?), aber jetzt schreibe ich ganz entspannt. Saubere Luft, Weltabgeschiedenheit und Ruhe, ein regelmäßiger Tagesablauf, körperliche Betätigung: das brauchte ich wohl. Wie wunderbar, jemandem einen Brief schreiben zu können. Einem anderen die eigenen Gedanken mitteilen zu wollen, am Schreibtisch zu sitzen, einen Stift zu halten und Gedanken in Worte zu fassen, ist ein so schönes Gefühl. Natürlich kann ich mit Worten nur einen winzigen Teil von dem ausdrücken, was ich sagen möchte, aber das stört mich nicht. Ich bin so froh, daß ich die Lust verspüre, an jemanden zu schreiben. Also schreibe ich an Dich. Es ist jetzt halb acht Uhr abends, ich habe schon gegessen und gerade gebadet. Es ist ganz still hier und stockdunkel draußen. Von meinem Fenster aus sehe ich kein einziges Licht. Gewöhnlich habe ich einen schönen Blick auf den Sternenhimmel, aber heute ist es bewölkt. Alle hier kennen sich gut aus mit den Sternbildern. ›Das ist die Jungfrau‹ oder ›dort ist Schütze‹, erklären sie mir. Wahrscheinlich lernt man das hier, ob man will oder nicht, weil es nach Sonnenuntergang sonst nichts zu tun gibt. Deshalb wissen sie hier auch so gut über Vögel, Blumen und Insekten Bescheid. Wenn ich mich mit den anderen unterhalte, wird mir erst bewußt, wie wenig ich über diese Dinge weiß, und das Lernen macht mir Spaß.

Insgesamt leben hier ungefähr siebzig Personen. Dazu kommt das Personal (Ärzte, Schwestern, Büroangestellte etc.), das sind noch mal etwa zwanzig. Das Gelände ist sehr weitläufig, so daß diese Zahl nicht besonders ins Gewicht fällt. Eigentlich ist es hier sogar ziemlich leer. Viel Platz und viel Natur, alle führen ein sehr friedliches Leben. So friedlich, daß ich manchmal glaube, daß wir hier in einer normalen, realen Welt leben. Das stimmt natürlich nicht, denn wir leben hier unter ganz bestimmten Voraussetzungen.

Ich spiele Tennis und Basketball. Die Basketballmannschaft besteht

aus Angestellten und (ich mag das Wort nicht, aber es führt kein Weg daran vorbei) Patienten. Wenn ich in ein Spiel vertieft bin, vergesse ich manchmal, wer zum Personal gehört und wer zu den Patienten. Das ist ziemlich merkwürdig. Ich weiß, es klingt seltsam, aber wenn ich mir die Leute während eines Spiels betrachte, kommen mir alle gleich gestört vor.
Ich habe das einmal meinem zuständigen Arzt gesagt, und er hat mir erklärt, daß mein Gefühl in gewisser Weise zutreffend sei, daß wir nämlich nicht hier im Sanatorium seien, um eine Anomalie zu korrigieren, sondern um uns an sie zu gewöhnen. Eines unserer Probleme sei die Unfähigkeit, unsere eigenen Defekte zu erkennen und zu akzeptieren. Genau wie jeder Mensch einen bestimmten charakteristischen Gang hat, so hat er auch Eigenheiten des Denkens oder Fühlens oder Wahrnehmens. Sollen diese korrigiert werden, kann das nicht abrupt geschehen. Versucht man diese Korrekturen jedoch zu erzwingen, kann die Folge davon sein, daß andere Unregelmäßigkeiten auftreten. Das ist natürlich eine stark vereinfachende Erklärung, die nur einen Teil unserer Probleme berührt, aber sie hat mir doch geholfen, einigermaßen zu verstehen, was er mir sagen wollte. Es kann passieren, daß uns die Anpassung niemals richtig gelingt. Wir können die von unseren Macken verursachten sehr realen Leiden und Schmerzen nicht in uns integrieren und sind hier, um erst einmal von den Auslösern wegzukommen. Solange wir hier sind, verletzen wir weder andere noch werden wir selbst verletzt, denn wir sind uns unserer ›Deformation‹ bewußt. Unser Leben hier unterscheidet sich dadurch völlig von der Außenwelt. Die meisten Menschen draußen gehen ihrem Alltag nach, ohne sich ihrer Defekte bewußt zu sein, wohingegen in unserer kleinen Welt hier gerade diese Defekte eine Voraussetzung sind. Wie Indianer, die Federn auf dem Kopf tragen, um zu zeigen, welchem

Stamm sie angehören, tragen wir unsere Macken ganz offen vor uns her und gehen ganz vorsichtig miteinander um, um einander nicht zu schaden.

Neben unseren sportlichen Aktivitäten pflanzen wir auch Gemüse an. Tomaten, Auberginen, Gurken, Melonen, Erdbeeren, Schalotten, Kohl, Rettiche und andere. Fast alles. Wir haben sogar Gewächshäuser. Die Bewohner des Heims wissen eine Menge über den Anbau von Gemüse und widmen sich ihm sehr intensiv. Sie lesen Bücher darüber und ziehen Experten zu Rate. Von morgens bis abends geht es um Dünger, Bodenbeschaffenheit und solche Sachen. Der Gemüseanbau macht mir inzwischen richtig Spaß. Es ist eine große Freude zu beobachten, wie die verschiedenen Früchte und Gemüse jeden Tag ein bißchen wachsen. Hast du schon einmal eine Wassermelone gezogen? Wassermelonen nehmen allmählich zu und werden dicker, wie kleine Tiere.

Jeden Tag kommt frisch geerntetes Obst und Gemüse auf den Tisch. Natürlich essen wir auch Fleisch und Fisch, aber hier hat man immer weniger Appetit darauf, weil das Gemüse so frisch und köstlich ist. Bisweilen machen wir einen Ausflug in den Wald, um Kräuter und Pilze zu sammeln. Wir haben hier Experten (hier wimmelt es geradezu von Experten), die uns sagen, was eßbar und was giftig ist. Daher habe ich auch, seit ich hier bin, drei Kilo zugenommen. Durch die körperliche Bewegung und die gesunde, regelmäßige Ernährung ist mein Gewicht jetzt genau richtig.

Ansonsten lesen wir, hören Schallplatten oder stricken. Radio und Fernsehen gibt es nicht. Dafür haben wir eine recht gute Bibliothek, in der man auch Schallplatten ausleihen kann. Von Mahlers gesammelten Symphonien bis zu den Beatles gibt es dort alles, und ich leihe mir ständig Platten aus, um sie auf meinem Zimmer zu hören.

Das einzige Problem an dieser Einrichtung ist, daß man sie am liebsten gar nicht mehr verlassen würde, ja, sogar eine gewisse Angst davor entwickelt. Hier fühlt man sich entspannt und geborgen. Alle Defekte kommen einem ganz natürlich vor, und man hält sich für geheilt. Aber ich bezweifle, ob die Außenwelt uns auch so wahrnehmen würde.
Mein Arzt sagt, es sei allmählich Zeit für mich, Kontakt zu Außenstehenden aufzunehmen. Mit ›Außenstehenden‹ sind natürlich normale Menschen in der normalen Welt gemeint. Dabei kommst eigentlich nur Du mir in den Sinn. Meine Eltern möchte ich, ehrlich gesagt, gar nicht sehen. Sie sind so bekümmert über mich, daß das Zusammensein mit ihnen bedrückend für mich ist. Außerdem möchte ich Dir ein paar Dinge erklären. Ob mir das gelingen wird, weiß ich nicht, aber es sind sehr wichtige Dinge, denen ich nicht länger aus dem Weg gehen darf.
Empfinde mich aber bitte nicht als Belastung. Auf keinen Fall möchte ich Dir oder sonst jemandem zur Last fallen. Ich spüre Deine Zuneigung zu mir und bin glücklich darüber. Diese Freude möchte ich Dir ganz offen zeigen. Vielleicht ist diese Zuneigung genau das, was ich jetzt brauche. Verzeih, wenn ich etwas schreibe, das Dich kränkt. Ich wiederhole mich, aber ich bin viel verwirrter, als Du glaubst.
Manchmal überlege ich mir, was wohl geschehen wäre, wenn wir beide uns schon früher unter ganz alltäglichen Umständen kennengelernt und uns ineinander verliebt hätten. Wenn ich normal gewesen wäre und Du auch normal gewesen wärst (was du natürlich immer warst) und es Kizuki nicht gegeben hätte. Natürlich ist dieses ›Wenn‹ viel zu groß. Im Augenblick kann ich nicht mehr tun, als mich zu bemühen, gerecht und ehrlich zu sein. Ich wollte Dir zumindest eine vage Vorstellung von meinen Gefühlen geben.

Anders als in gewöhnlichen Krankenhäusern haben wir hier freie Besuchszeiten. Wenn Du Dich einen Tag vorher telefonisch anmeldest, bist Du jederzeit willkommen. Wir könnten zusammen essen, und Du kannst auch hier übernachten. Besuch mich doch bitte einmal, wenn Du es einrichten kannst. Ich würde mich so freuen. Eine Wegbeschreibung lege ich bei. Entschuldige, daß mein Brief so lang geworden ist.«

Nachdem ich Naokos Brief noch zweimal gelesen hatte, ging ich nach unten, um mir eine Cola am Automaten zu ziehen, und während ich sie trank, las ich den Brief dann noch einmal. Schließlich steckte ich die sieben Blätter wieder in den Umschlag zurück und legte ihn auf meinen Schreibtisch. Als ich ihn eine Weile anstarrte, fiel mir auf, daß die kleinen Zeichen, mit denen Name und Adresse auf den rosa Umschlag geschrieben waren, für ein junges Mädchen eine Spur zu pedantisch wirkten. Auf der Rückseite des Umschlags stand als Absender »Erholungsheim Ami«. Komischer Name. Ich ließ ihn mir eine Weile durch den Kopf gehen, bis ich auf die Idee kam, er könnte französisch sein und »Freund« bedeuten.

Nachdem ich den Brief in meine Schreibtischschublade gelegt hatte, zog ich mich um und ging aus, denn ich fürchtete, ich würde den Brief sonst noch zehn- oder zwanzigmal lesen. Während ich wie früher mit Naoko ziellos durch die sonntäglichen Straßen von Tōkyō irrte, rief ich mir ihren Brief Zeile für Zeile ins Gedächtnis und grübelte über jeden Satz nach. Als die Sonne unterging, kehrte ich ins Wohnheim zurück und rief im Erholungsheim Ami an. Eine Empfangsdame hob ab und fragte nach meinen Wünschen. Ich nannte Naokos Namen und fragte, ob es möglich sei, sie am folgenden Nachmittag zu besuchen. Die Dame notierte meinen Namen und bat mich, in einer halben Stunde noch einmal anzurufen.

Als ich nach dem Essen zurückrief, war dieselbe Dame am Apparat und teilte mir mit, ich könne Naoko am nächsten Tag besuchen. Ich bedankte mich, legte auf und packte ein paar Kleidungsstücke und Waschzeug in meinen Rucksack. Im Bett trank ich noch einen Brandy und las im *Zauberberg*, bis ich müde wurde; dennoch schlief ich erst gegen ein Uhr morgens ein.

6. Kapitel

Am Montagmorgen wachte ich um sieben Uhr auf, wusch mir das Gesicht und rasierte mich. Ohne zu frühstücken, ging ich schnurstracks ins Büro des Wohnheimleiters und teilte ihm mit, ich führe für zwei Tage in die Berge zum Wandern. Da ich schon öfter solche kleinen Reisen unternommen hatte, wenn ich Zeit hatte, zeigte er kaum eine Reaktion. Ich quetschte mich in eine überfüllte Bahn und fuhr zum Bahnhof Tōkyō, wo ich mir eine Fahrkarte für den Superexpreß nach Kyōto kaufte und gerade noch den nächsten superschnellen *Hikari* erwischte. Im Zug nahm ich Kaffee und ein Sandwich zum Frühstück und schlief eine Stunde.

Kurz vor elf kam der Zug in Kyōto an. Naokos Anweisungen folgend, nahm ich einen Stadtbus bis Kawaramachi Sanjō, ging zu einem kleinen Busbahnhof in der Nähe und erkundigte mich, wo und um wieviel Uhr der Bus Nummer 16 abfahren würde. Um 2 Uhr 35, von der Haltestelle gleich gegenüber, erfuhr ich. Die Fahrt würde ungefähr anderthalb Stunden dauern. Ich kaufte eine Fahrkarte und ging in einen Buchladen, um eine Landkarte zu erstehen. Auf einer Bank in der Wartehalle ortete ich auf der Karte, wo genau das Erholungsheim Ami lag – viel tiefer in den Bergen, als ich vermutet hatte. Der Bus mußte auf seinem Weg nach Norden mehrere Bergketten überqueren. Er fuhr bis ans Ende der Straße und kehrte von dort in die Stadt zurück. Die Haltestelle, an der ich aussteigen mußte, befand sich kurz vor der Endstation. Naoko zufolge gab es von dort einen Bergpfad, auf dem man in zwanzig Minuten das Erholungsheim Ami erreichte. Kein Wunder, daß es ruhig dort ist, wenn es so tief in den Bergen liegt, dachte ich.

Der Bus fuhr mit zwanzig Fahrgästen an Bord den Kamo-

Fluß entlang in Richtung Norden. Je weiter wir stadtauswärts kamen, desto leerer wurden die Straßen, und an ihre Stelle traten immer mehr Felder und freie Flächen. Schwarze Ziegeldächer und Gewächshäuser aus Kunststoff reflektierten die Strahlen der frühherbstlichen Sonne. Bald fuhr der Bus in die Berge, und der Fahrer mußte das Lenkrad hin- und herkurbeln, um den Windungen der Straße zu folgen. Mir wurde etwas übel, der Kaffee vom Morgen stieß mir auf; aber allmählich wurde die Strecke weniger kurvenreich, und ich konnte aufatmen. Der Bus fuhr nun durch einen kühlen Primärwald aus hochaufragenden Zedern, die das Sonnenlicht aussperrten und alles mit ihren düsteren Schatten bedeckten. Der durch das offene Fenster wehende Wind wurde plötzlich frisch, und seine Feuchtigkeit schmerzte beinahe auf der Haut. Wir fuhren so lange durch dieses zedernbewachsene Tal, daß in mir bereits das Gefühl aufkam, die ganze Welt wäre von Zedern beherrscht, aber dann hörte der Wald endlich auf, und wir hatten eine von Bergen umgebene, von weiten, grünen Feldern bedeckte Senke erreicht. Neben der Straße floß ein klarer Bach. In der Ferne stieg eine schlanke weiße Rauchsäule auf, hier und da hing Wäsche vor den Häusern, und überall war Hundegebell zu hören. Auf dem bis zu den Dachtraufen gestapelten Feuerholz vor den Häusern sonnten sich die Katzen. Zeitweilig war die Straße von Häusern gesäumt, doch kein Mensch ließ sich blicken.

Diese Szenerie wiederholte sich einige Male. Der Bus fuhr durch Zedernwald, kam in ein Dorf und fuhr dann wieder in den Wald. Wenn er in den Dörfern haltmachte, stiegen Leute aus, aber niemand stieg ein. Ungefähr vierzig Minuten nach unserer Abfahrt kamen wir auf eine Paßhöhe mit einem weiten Ausblick. Der Fahrer hielt und kündigte eine Pause von fünf, sechs Minuten an, während der man aussteigen durfte. Inzwischen waren außer mir nur noch drei Fahrgäste im Bus. Alle stiegen aus, streckten sich, rauchten oder genossen den Panoramablick auf Kyōto. Der Fahrer ging an den Straßenrand, um zu pinkeln. Ein braungebrannter, etwa fünfzigjähriger Mann, der mit einem großen verschnürten Pappkarton in den Bus gestiegen war, fragte mich, ob ich in den Bergen wandern wolle. Um weiteren Erklärungen aus dem Weg zu gehen, bejahte ich.

Schließlich kam ein Bus von der anderen Seite den Paß herauf und hielt neben unserem an. Der Fahrer stieg aus, hielt einen kurzen Schwatz mit unserem Fahrer, dann stiegen beide wieder in ihre Busse. Wir vier nahmen wieder unsere Plätze ein, und die Busse fuhren in entgegengesetzten Richtungen ab. Ich hatte nicht sofort begriffen, warum unser Bus auf den anderen gewartet hatte, aber nach einem kurzen Stück bergab verengte sich die Straße plötzlich so stark, daß die beiden großen Busse niemals aneinander vorbeigekommen wären. Selbst gewöhnliche Kombis und PKW hatten Schwierigkeiten, so daß eines der Fahrzeuge zurücksetzen und sich eng in den Überhang der Kurve schmiegen mußte.

Die Dörfer im Tal wurden jetzt zunehmend kleiner und die Felder schmaler. Wir fuhren immer näher auf die steiler werdenden Hänge zu. Nur die Zahl der Hunde schien nicht abzunehmen, und wenn der Bus ankam, setzte jedesmal ein regelrechter Kläffwettbewerb ein.

An der Haltestelle, an der ich ausstieg, gab es gar nichts. Keine Häuser und auch keine Felder. Nur ein einsames Haltestellenschild, einen Bach und den Bergpfad. Ich schulterte meinen Beutel und begann, am Bach entlang den Pfad hinaufzusteigen. Der Bach floß links vom Weg, die rechte Seite war von Laubwald gesäumt. Nachdem ich dem sanft ansteigenden Weg etwa fünfzehn Minuten gefolgt war, gelangte ich rechter Hand an einen Weg, der gerade breit genug für ein Auto war. Dort stand ein Schild: »Erholungsheim Ami. Privatweg. Für Unbefugte Zutritt verboten.«

Deutliche Reifenspuren führten den Weg entlang durch den Wald, aus dem mitunter der Flügelschlag eines Vogels zu hören war. Das Flattergeräusch war seltsam eindringlich, fast als würde es verstärkt. Einmal glaubte ich, aus der Ferne einen Schuß zu hören, doch der Knall klang dumpf und wie durch mehrere Filter abgegeben.

Als ich den Wald hinter mir hatte, stieß ich auf eine weiße Mauer. Sie hatte ungefähr meine Höhe und auch keinen Stacheldraht darauf, so daß es für mich ein Leichtes gewesen wäre, darüberzusteigen. Das schwarze eiserne Tor, neben dem das gleiche Schild wie weiter unter stand – »Erholungsheim Ami. Privat. Für Unbefugte Zutritt verboten« –, wirkte robust, stand aber weit offen, und auch am Wachhäuschen war weit und breit niemand zu sehen. Einiges wies jedoch darauf hin, daß der Wachmann noch vor kurzem an seinem Platz gewesen war. Im Aschenbecher lagen drei Kippen, eine halbleere Teetasse stand auf dem Tisch, ein Transistorradio auf einem Regal, und an der Wand zerhackte eine Uhr mit ihrem trockenen Ticktack die Zeit. Ich wartete auf das Wiedererscheinen des Wachmanns, aber als das nicht geschah, drückte ich zwei-, dreimal auf eine Art Klingel. Gleich hinter dem Tor befand sich ein Parkplatz, auf dem einsam ein Minibus, ein Landcruiser mit Vierradantrieb und ein dunkelblauer Volvo standen, obwohl sicher dreißig Wagen Platz gehabt hätten.

Nach ein paar Minuten kam der Torwächter, ein hochgewachsener Mann von Anfang Sechzig mit einer Stirnglatze, in marineblauer Uniform auf einem gelben Fahrrad den Waldweg entlanggeradelt. Er lehnte das gelbe Fahrrad gegen das Wachhäuschen und entschuldigte sich in einem Ton, der keineswegs entschuldigend klang. Auf dem Schutzblech des Fahrrads stand mit weißer Farbe die Zahl 32. Als ich ihm meinen Namen nannte, telefonierte er und wiederholte der Person am anderen Ende der Leitung den Namen zweimal. »Ja gut, in Ordnung«, sagte er und legte auf.

»Gehen Sie bitte zum Hauptgebäude und fragen Sie nach Ishida-sensei*«, erklärte er mir. »Gehen Sie diesen Weg durch den Wald bis zu einem Kreisel. Dann nehmen Sie die zweite Abzweigung von links – ja? die zweite von links – und folgen diesem Weg. Wenn Sie auf ein altes Gebäude stoßen, biegen Sie nach rechts ab und kommen durch ein Wäldchen zu einem Betonbau. Das ist das Hauptgebäude. Wenn Sie sich an die Schilder halten, können Sie es nicht verfehlen.«

Ich schlug den beschriebenen Weg ein und kam zu einem interessanten alten Gebäude, das einmal ein Landsitz gewesen sein mußte. Das Anwesen hatte einen gepflegten Garten mit schön geformten Felsen und einer Steinlaterne. Als ich nach rechts durch den Wald ging, tauchte vor mir ein zweistöckiges Betongebäude auf. Da der Boden ausgehoben worden war und man das Gebäude in diese Senke hineingebaut hatte, wirkte es nicht übermächtig, eher schlicht und sehr reinlich.

Ich stieg eine Treppe zum ersten Stock hinauf und ging durch eine Glastür zum Empfang, wo eine junge Frau in einem roten Kleid saß. Nachdem ich ihr meinen Namen genannt und nach Ishida-sensei gefragt hatte, deutete sie lächelnd auf ein braunes Sofa und bat mich mit leiser Stimme, einen Moment dort Platz zu nehmen. Dann wählte sie eine Nummer. Ich nahm meinen Rucksack von der Schulter, sank in die weichen Polster des Sofas und sah mich um – eine saubere, angenehme Empfangshalle mit Zierpflanzen,

* Sensei: höfliche, japanische Anrede für Lehrer, Ärzte usw.

geschmackvollen abstrakten Ölgemälden und einem auf Hochglanz polierten Boden. Die Wartezeit verkürzte ich mir, indem ich das Spiegelbild meiner Schuhe auf dem Boden betrachtete.

Die Empfangsdame teilte mir mit, Ishida-sensei komme gleich. Ich nickte. Wie ruhig es hier ist, dachte ich. Kein Laut war zu hören. Es herrschte eine Stille, als hielte die ganze Welt Siesta. Menschen, Tiere, Käfer, Pflanzen, alle schienen in tiefem Schlaf zu liegen.

Als ich dann doch das weiche Quietschen von Gummisohlen vernahm, erschien eine Dame mittleren Alters mit wild zu Berge stehendem kurzen Haar, die sich neben mich setzte und die Beine übereinanderschlug. Kommentarlos nahm sie meine Hand und drehte sie hin und her, um sie gründlich von beiden Seiten zu betrachten.

»Sie spielen wohl kein Instrument, nicht wahr? Zumindest haben Sie in den letzten Jahren keins gespielt«, sagte sie als erstes.

»Stimmt«, erwiderte ich erstaunt.

»Das sehe ich Ihren Händen an.« Sie lächelte.

Die Frau hatte etwas Geheimnisvolles. Ihr Gesicht war sehr faltig, was sogleich ins Auge fiel, aber sie sah deshalb keineswegs alt aus. Im Gegenteil betonten ihre Falten sogar eine gewisse Jugendlichkeit an ihr, die zeitlos war. Die Falten schienen zu ihrem Gesicht zu gehören, als wäre sie schon mit ihnen geboren worden. Wenn sie lächelte, lächelten die Falten mit; schaute sie besorgt drein, unterstrichen die Falten diese Besorgnis. Und wenn sie weder lächelte noch besorgt aussah, verliehen die Falten ihrem Gesicht einen warmen, etwas ironischen Ausdruck. Diese Frau, die ich auf Ende Dreißig schätzte, faszinierte mich auf eine unbestimmte Art, und vom ersten Augenblick an war sie mir sympathisch.

Obwohl ihr Haar völlig achtlos geschnitten und struppig war und sogar der Pony ihr ungleichmäßig in die Stirn fiel, stand ihr diese wilde Frisur ausgezeichnet. Sie trug ein blaues Arbeitshemd über einem weißen T-Shirt, weite cremefarbene Hosen und Turnschuhe. Sie war schlaksig und dünn und hatte fast keinen Busen. Ständig verzog sie den Mund zu einem ironischen Lächeln, während die Krähenfüße um ihre Augen nur so tanzten. Sie sah aus wie eine etwas weltverdrossene, gutherzige, sehr patente Schreinermeisterin.

Mit eingezogenem Kinn und gekräuselten Lippen musterte sie mich eine Weile von oben bis unten, als würde sie jeden Augenblick einen Zollstock aus der Tasche ziehen und anfangen, mich zu vermessen.

»Können Sie ein Instrument spielen?«

»Nein, leider nicht«, erwiderte ich.

»Schade, das wäre sicher lustig geworden.«

Ich konnte mir nicht vorstellen, was dieses ganze Gerede über Musikinstrumente sollte.

Sie nahm ein Päckchen Seven Star aus ihrer Brusttasche, steckte sich eine zwischen die Lippen und zündete sie mit einem Feuerzeug an. Sie rauchte mit sichtlichem Genuß.

»Also, Herr Watanabe – so war doch Ihr Name? Ehe Sie Naoko sehen, sollte ich Ihnen vielleicht einiges über diesen Ort erzählen. Darum führen wir beide jetzt diese kleine Unterhaltung. Unser Sanatorium unterscheidet sich von anderen, so daß sie es ohne ein paar Hintergrundinformationen hier ein wenig sonderbar finden könnten. Nicht wahr, Sie wissen noch nichts über unser Haus?«

»Fast nichts.«

»Ja, also, dann will ich mal anfangen ...« Plötzlich schnippte sie mit den Fingern. »Ach, Sie haben ja noch nichts gegessen! Sie haben bestimmt Hunger?«

»Eigentlich schon.«

»Dann kommen Sie mal mit. Wir können uns genauso gut

beim Essen unterhalten. Die Mittagszeit ist zwar vorbei, aber wenn wir gleich gehen, kriegen wir sicher noch was.«

Eilig schritt sie vor mir her den Korridor entlang und die Treppe hinunter ins Erdgeschoß. Im Speisesaal hätten etwa zweihundert Personen Platz gefunden, doch nur die eine Hälfte schien in Gebrauch zu sein, während die andere mit Paravents abgeteilt war, wie in einem Ferienhotel in der Nebensaison. Das Mittagsmenü bestand aus einer Kartoffelsuppe mit Nudeln, Rohkostsalat, Saft und Brot. Wie Naoko in ihrem Brief geschrieben hatte, waren die Gemüse erstaunlich schmackhaft, und ich ließ nicht das kleinste bißchen auf dem Teller zurück.

»Offensichtlich schmeckt es Ihnen«, bemerkte meine Begleiterin amüsiert.

»Ganz köstlich. Außerdem habe ich seit heute morgen nichts gegessen.«

»Wenn Sie möchten, können Sie meins auch noch essen. Ich bin satt. Hier, bitte.«

»Da sag ich nicht nein, aber nur wenn Sie wirklich nicht mehr können.«

»Mein Magen ist klein, da paßt nicht viel rein. Was ich nicht esse, mache ich mit Rauchen wett.« Sie steckte sich noch eine Seven Star an. »Übrigens, Sie können Reiko zu mir sagen. So nennen mich alle.«

Sie beobachtete interessiert, wie ich die Kartoffelsuppe aß, die sie kaum angerührt hatte, und auch noch das Brot verputzte.

»Sind Sie Naokos zuständige Ärztin?«

»Ich? Ärztin?« Sie verzog überrascht das Gesicht. »Wie kommen Sie denn auf die Idee?«

»Man hat mir gesagt, ich solle nach Ishida-sensei fragen.«

»Ach so, nein, ich unterrichte Musik. Deshalb nennen mich

alle Sensei. Eigentlich bin ich hier auch Patientin, schon seit sieben Jahren, aber inzwischen helfe ich auch im Büro aus, also ist es schwierig zu unterscheiden, ob ich Patientin bin oder zum Personal gehöre. Hat Naoko Ihnen nicht von mir geschrieben?«

Ich schüttelte den Kopf.

»Hmm«, machte Reiko. »Naoko und ich teilen uns eine Wohneinheit. Ich wohne sehr gern mit ihr zusammen. Wir unterhalten uns viel, auch über Sie.«

»Was sagen Sie beide denn über mich?« fragte ich.

Reiko ignorierte meine Frage.»So, jetzt will ich Ihnen etwas über unser Erholungsheim erzählen. Als erstes sollten Sie verstehen, daß wir uns hier nicht in einer gewöhnlichen ›Klinik‹ befinden. Kurz gesagt, der Schwerpunkt liegt hier weniger auf Behandlung als auf Erholung. Es gibt natürlich einige Ärzte, die täglich ungefähr einstündige Sitzungen abhalten, aber sie beobachten eher den körperlichen Zustand der Patienten, messen die Temperatur und so weiter. Sie führen keine sogenannten aktiven Therapien durch wie andere Kliniken. Deshalb gibt es hier auch keine Gitterstäbe, und das Tor steht immer offen. Alle Patienten sind freiwillig hier und können jederzeit wieder gehen. Es werden nur Menschen aufgenommen, für die diese Art der Erholung ausreicht. Patienten, die einer besonderen Therapie bedürfen, müssen meist in eine Spezialklinik überwechseln. Bisher alles klar?«

»Ungefähr. Aber worin besteht denn diese ›Erholung‹ konkret?«

Reiko blies den Rauch aus und trank ihren Orangensaft aus. »Sie besteht eigentlich darin, daß man hier lebt. Ein geregelter Tagesablauf, Bewegung, Weltabgeschiedenheit, Ruhe, frische Luft. Durch unsere Felder sind wir beinahe Selbstversorger. Fernsehen und Radio haben wir nicht. Wir sind wie eine dieser modernen

Kommunen. Der Unterschied zu einer Kommune besteht darin, daß es eine ganze Menge Geld kostet, hier zu sein.«

»So teuer?«

»Nicht übertrieben teuer, aber auch nicht billig. Es ist eine ausgedehnte Anlage. Das Grundstück ist groß, es gibt wenige Patienten und viel Personal. Mein Fall liegt etwas anders – ich bin schon sehr lange hier und bekomme eine Ermäßigung, weil ich fast zum Personal gehöre … Möchten Sie einen Kaffee?«

Ja, gerne, sagte ich. Sie drückte ihre Zigarette aus, ging zur Theke und kam mit zwei Tassen, die sie aus einer Warmhaltekanne gefüllt hatte, zurück. Sie nahm Zucker, rührte um und trank mit gerunzelter Stirn.

»Dieses Sanatorium ist kein gewinnorientiertes Unternehmen. Deshalb sind die Beiträge auch nicht übertrieben hoch. Das Gelände war eine Stiftung, für die eine Gesellschaft gegründet wurde. Bis vor etwa zwanzig Jahren war dies hier der Sommersitz des Stifters. Sie haben bestimmt die alte Villa gesehen?«

Ich nickte.

»Am Anfang war sie das einzige Gebäude auf dem Gelände, und früher fand dort die Gruppentherapie statt, mit der alles angefangen hat. Der Sohn des Stifters hatte psychische Probleme, und ein Facharzt empfahl ihm eine Gruppentherapie. Die Theorie dieses Arztes besagte, daß gewisse geistige Erkrankungen heilbar seien, wenn man die Patienten in einer Gruppe auf dem Land unterbringt, wo sie unter ärztlicher Betreuung gemeinsam körperliche Arbeit leisten. Allmählich wuchs das Projekt, die Gesellschaft wurde gegründet, die landwirtschaftliche Nutzung ausgedehnt. Das Hauptgebäude wurde vor fünf Jahren gebaut.«

»Das heißt, die Therapie war erfolgreich.«

»Ja, aber natürlich nicht bei allen Erkrankungen. Manche Patienten werden auch nicht gesund. Andererseits sind viele, denen es anderswo sehr schlecht ging, als völlig geheilt entlassen worden. Das beste an diesem Ort ist die gegenseitige Unterstützung, die wir einander geben. Gerade weil sich jeder seiner eigenen Unzulänglichkeit stark bewußt ist, herrscht großes Verständnis füreinander. Leider funktioniert es in anderen Einrichtungen nicht so. Da sind und bleiben die Ärzte Ärzte und die Patienten Patienten. Die Patienten suchen Hilfe beim Arzt, und der Arzt *gewährt* dem Patienten seine Hilfe. Hier dagegen helfen wir uns alle gegenseitig. Einer ist der Spiegel des anderen, und die Ärzte sind unsere Freunde. Sie behalten uns im Auge, greifen aber erst ein, wenn wir sie brauchen. Es kommt aber durchaus auch vor, daß Patienten dem Personal helfen. Ich gebe zum Beispiel einem der Ärzte Klavierunterricht, und eine andere Patientin bringt einer Schwester Französisch bei. So was eben. Viele Menschen, die unter solchen Problemen leiden wie wir, haben eine besondere Begabung. Hier sind alle gleich, die Patienten, das Personal – und Sie. Während Ihres Aufenthalts hier gehören auch Sie zu uns. Ich helfe Ihnen und Sie helfen mir.« Lächelnd verzog Reiko ihr Gesicht in liebenswerte Falten. »Sie helfen Naoko, und Naoko hilft Ihnen.«

»Was sollte ich denn konkret tun?«

»Das Wichtigste ist Ihre Bereitschaft, zu helfen und Hilfe von anderen entgegenzunehmen. Zweitens müssen Sie ehrlich sein. Keine Schwindeleien und keine Beschönigungen. Sie dürfen nichts vertuschen, was peinlich für Sie sein könnte. Das ist alles.«

»Ich werde mir Mühe geben«, sagte ich. »Aber Sie, warum sind Sie schon sieben Jahre hier? Wenn ich so mit Ihnen rede, kann ich gar nicht glauben, daß mit Ihnen etwas nicht stimmt.«

»Nicht am Tag«, sagte sie mit düsterem Gesicht. »Aber wenn es Nacht wird, wälze ich mich mit Schaum vorm Mund auf dem Boden.«

»Wirklich?« fragte ich verdutzt.

»Quatsch, natürlich nicht.« Sie schüttelte spöttisch den Kopf. »Mir geht es gut. Augenblicklich zumindest. Ich bleibe nur hier, weil es mir Spaß macht, anderen zu helfen, auch gesund zu werden. Musikunterricht zu geben und Gemüse zu ziehen, gefällt mir auch. Alle meine Freunde sind hier. Was würde mich demgegenüber draußen schon erwarten? Ich bin achtunddreißig, bald werde ich vierzig sein. Bei mir ist es anders als bei Naoko. Niemand erwartet mich draußen, keine Familie, keine Arbeit, kaum Freunde. Nach den sieben Jahren hier bin ich überhaupt nicht mehr auf dem laufenden. Ab und zu lese ich in der Bibliothek eine Zeitung, aber ich habe seit sieben Jahren keinen Fuß nach draußen gesetzt. Ich wüßte gar nicht, wie ich mich verhalten sollte.«

»Vielleicht würde sich Ihnen eine ganz neue Welt eröffnen? Würde der Versuch sich nicht lohnen?«

»Kann sein.« Unaufhörlich drehte sie in einer Hand ihr Feuerzeug. »Wissen Sie, Herr Watanabe, ich habe auch mein Dilemma. Wenn es Sie interessiert, erzähle ich Ihnen einmal davon.«

Ich nickte.

»Und Naoko? Geht es ihr besser?«

»Wir glauben ja. Am Anfang war sie sehr verstört, und wir haben uns große Sorgen um sie gemacht, aber inzwischen hat sie sich beruhigt und kann immerhin ausdrücken, was sie sagen will ... Sie ist auf jeden Fall auf dem besten Weg, aber sie hätte viel früher behandelt werden müssen. Ihre Symptome sind schon kurz nach dem Tod ihres Freundes Kizuki aufgetreten. Die Familie hätte das merken müssen, und auch sie selbst. Natürlich gab es da auch familiäre Probleme ...«

»Familiäre Probleme?« fragte ich erstaunt.

»Wußten Sie das nicht?« Reiko war offenbar ebenso überrascht wie ich.

Ich schüttelte wortlos den Kopf.

»Dann fragen Sie lieber Naoko selbst. Sie hat Ihnen ohnehin eine Menge zu sagen.« Reiko rührte wieder in ihrem Kaffee und nahm einen Schluck. »Dann muß ich Sie auf noch etwas aufmerksam machen, was ich besser gleich gesagt hätte. Es ist Ihnen nicht gestattet, mit Naoko allein zu sein. Die Vorschrift erlaubt es nicht, daß Besucher von außen mit den Patienten allein bleiben. Deshalb werde ich immer als Beobachterin anwesend sein. Es tut mir leid, aber es muß sein. Einverstanden?«

»Einverstanden.« Ich lächelte ihr zu.

»Ihr beide könnt ja trotzdem über alles reden. Kümmert euch einfach nicht um mich. Ich weiß sowieso fast alles über das, was sich zwischen Ihnen und Naoko abgespielt hat.«

»Alles?«

»Fast alles. Durch unsere Gruppensitzungen wissen wir sehr viel voneinander. Außerdem sprechen Naoko und ich über fast alles. Hier gibt es nicht viele Geheimnisse.«

Über meinen Kaffee hinweg schaute ich Reiko ins Gesicht. »Ehrlich gesagt, ich verstehe nicht ganz, was ich Naoko getan habe, als wir in Tōkyō waren. Ich habe sehr viel darüber nachgedacht, aber ich bin zu keinem Ergebnis gekommen.«

»Ich weiß es auch nicht«, erwiderte Reiko. »Und Naoko auch nicht. Vielleicht können Sie es gemeinsam herausfinden, wenn Sie sich einmal richtig aussprechen. Was immer geschehen sein mag, Sie haben die Möglichkeit, etwas daraus zu machen, wenn Sie es schaffen, zu einem gegenseitigen Verständnis zu gelangen. Erst dann sollten Sie sich Gedanken darüber machen, was richtig oder falsch war.«

Ich nickte.

»Wir können uns auch zu dritt zusammensetzen, Sie, Naoko

und ich. Wenn wir wirklich wollen und ehrlich zueinander sind, könnten wir zu dritt sehr viel erreichen. Wie lange können Sie bleiben?«

»Ich wäre übermorgen abend gern wieder in Tōkyō. Ich muß arbeiten, und am Donnerstag habe ich eine Deutsch-Prüfung.«

»Gut, Sie können bei uns übernachten. Dann brauchen Sie kein Geld auszugeben, und Sie beide können in Ruhe reden, ohne an die Zeit denken zu müssen.«

»Was heißt ›bei uns‹?«

»In Naokos und meiner Wohnung natürlich. Bei uns sind Schlaf- und Wohnzimmer getrennt, und im Wohnzimmer steht eine Schlafcouch, auf der Sie ganz bequem schlafen können. Seien Sie unbesorgt.«

»Geht das denn? Ich meine, daß ein männlicher Besucher bei zwei Frauen übernachtet.«

»Sie werden ja nicht gleich nachts in unser Schlafzimmer eindringen und uns vergewaltigen, oder?«

»Natürlich nicht.«

»Na also. Sie übernachten bei uns, und wir unterhalten uns in aller Ruhe. Das scheint mir die beste Lösung zu sein. Wir werden schon klarkommen. Ich kann Ihnen auch etwas auf der Gitarre vorspielen. Ich bin gar nicht schlecht.«

»Wenn ich Sie wirklich nicht störe …«

Reiko zog die Mundwinkel hoch und zündete sich die dritte Seven Star an. »Naoko und ich haben es schon besprochen. Wir laden Sie ganz herzlich ein, unser Gast zu sein. An Ihrer Stelle würde ich jetzt lieber höflich annehmen.«

»Natürlich, sehr gern«, erwiderte ich.

Reiko betrachtete mich eine Weile mit zusammengekniffenen Augen, so daß ihre Falten sich noch vertieften. »Sie haben eine seltsame Art zu sprechen«, sagte sie. »Sie imitieren doch nicht etwa diesen Jungen aus *Der Fänger im Roggen*?«

Ich mußte lachen. »Du meine Güte, nein!«

Reiko lachte auch, die Zigarette zwischen den Lippen. »Sie sind ein sehr umgänglicher Mensch. Das sehe ich Ihnen an. Nach sieben Jahren hier und nach den vielen Menschen, die ich kommen und gehen gesehen habe, kann ich das beurteilen. Es gibt Menschen, die können ihr Herz öffnen, und Menschen, die können es nicht. Sie gehören zu denen, die sich öffnen können. Genauer gesagt, Sie können sich öffnen, wenn Sie es wollen.«

»Und was passiert, wenn man sich öffnet?«

Die Zigarette im Mund, verschränkte Reiko gutgelaunt die Hände auf dem Tisch. »Man wird gesund«, sagte sie. Ihre Asche fiel auf den Tisch, aber sie kümmerte sich nicht darum.

Nachdem wir das Hauptgebäude verlassen und über einen kleinen Hügel gegangen waren, kamen wir an einem Schwimmbecken, einem Tennisplatz und einem Basketballfeld vorbei. Zwei Männer spielten ein Match. Beide – der eine dünn und mittleren Alters, der andere dick und noch jung – spielten nicht schlecht, aber das, was sie da spielten, hatte in meinen Augen kaum eine Ähnlichkeit mit Tennis. Statt aufs Punkte-Machen kam es ihnen anscheinend eher darauf an, die Sprungkraft des Balles während eines möglichst langen Ballwechsels zu erforschen. Sie droschen seltsam konzentriert auf den Ball ein. Beide waren schweißüberströmt. Als der Jüngere Reiko entdeckte, kam er zu uns heran, und sie wechselten unter liebenswürdigem Lächeln ein paar Worte. In der Nähe thronte auf einem riesigen Rasenmäher ein Mann mit ausdrucksloser Miene und mähte das Gras.

Hinter den Sportplätzen kamen wir zu einem Wäldchen, in

dem in einigem Abstand voneinander fünfzehn bis zwanzig hübsche Häuschen in europäischem Stil standen. Vor den meisten lehnte ein gelbes Fahrrad, wie es der Wachmann am Tor benutzt hatte. Wie ich von Reiko erfuhr, lebten hier die Angestellten mit ihren Familien.

»Wir haben fast alles Nötige hier, so daß wir nicht in die Stadt zu fahren brauchen«, erklärte sie mir im Gehen. »Was die Nahrungsmittel betrifft, sind wir so gut wie autark, das wissen Sie ja schon. Sogar die Eier stammen aus unserem eigenen Hühnerstall. Wir haben Bücher, Schallplatten und Sporteinrichtungen. Einen kleinen Laden gibt es auch, und jede Woche kommt ein Friseur zu uns herauf. Am Wochenende werden Filme gezeigt. Falls wir etwas Besonderes brauchen, bitten wir ein Mitglied des Personals, es uns aus der Stadt mitzubringen. Kleidung bestellen wir aus dem Katalog. Alles äußerst praktisch.«

»Aber Sie dürfen nicht in die Stadt?«

»Nein, das dürfen wir nicht. Höchstens, wenn jemand zum Zahnarzt muß oder etwas Dringendes zu erledigen hat, aber das ist die Ausnahme. Es steht uns völlig frei, das Heim zu verlassen, aber wenn jemand einmal gegangen ist, führt kein Weg mehr zurück. Man bricht alle Brücken hinter sich ab. Sich zwei, drei vergnügte Tage in der Stadt zu machen und dann wiederzukommen, das geht nicht. Natürlich hat das einen vernünftigen Grund: Sonst würde ein ständiges Kommen und Gehen herrschen.«

Als wir das Wäldchen hinter uns gelassen hatten, erreichten wir einen sanften Abhang, an dem in regelmäßigen Abständen eine Reihe einstöckiger Holzhäuser standen, die irgendwie unheimlich auf mich wirkten. Warum sie mir unheimlich erschienen, kann ich nicht erklären, aber so empfand ich sie zunächst. Bisweilen empfindet man etwas Ähnliches angesichts von Versuchen, Unwirkliches erfreulich abzubilden. So etwas käme dabei heraus, ging mir durch den Kopf, wenn Walt Disney aus einem Gemälde von Munch einen Zeichentrickfilm machen würde. Alle Häuser hatten die gleiche Form und Farbe; sie waren nahezu würfelförmig, exakt klappsymmetrisch und hatten breite Eingangstüren und viele Fenster. Der Weg schlängelte sich an ihnen vorbei wie ein Übungsparcours für Fahrschüler. Ordentlich gestutzte blühende Büsche standen vor jedem Haus. Kein Mensch war zu sehen, und alle Vorhänge waren zugezogen.

»Dies ist der sogenannte Sektor C, in dem die weiblichen Patienten wohnen. Also wir. Er besteht aus zehn Häusern mit je vier Einheiten. Jede Einheit ist für zwei Personen vorgesehen. Das wären insgesamt achtzig Leute, aber im Augenblick sind wir nur zweiunddreißig.«

»Sehr ruhig hier«, bemerkte ich.

»Um diese Zeit ist niemand zu Hause. Ich habe die besondere Erlaubnis, mich frei zu bewegen, aber die anderen sind mit ihren täglichen Aufgaben beschäftigt. Einige treiben Sport, andere arbeiten im Garten, ein paar sind in der Gruppentherapie oder sammeln Kräuter im Wald. Jeder plant seinen Tagesablauf selbst. Mal sehen, was tut Naoko gerade? Ich glaube, sie wollte streichen oder tapezieren. Ich hab's vergessen. Jedenfalls wird sie bis fünf Uhr zu tun haben.«

Reiko betrat das Haus, an dem »C-7« stand, stieg die Treppe am Ende des Flurs hinauf und öffnete eine unverschlossene Tür auf der rechten Seite. Dann führte sie mich durch die schlichte, aber gemütliche Wohnung, die aus vier Räumen bestand: Wohnzimmer, Schlafzimmer, Küche und Bad. Obwohl zusätzliche Möbel oder dekorative Gegenstände fehlten, wirkte das Apartment keineswegs trist. Nichts daran war außergewöhnlich, aber es wirkte wie Reiko:

warm und entspannend. Das Wohnzimmer war mit einer Couch, einem Tisch und einem Schaukelstuhl eher karg eingerichtet. Sowohl auf dem Wohnzimmertisch wie auch auf dem Eßtisch in der Küche standen Aschenbecher. Im Schlafzimmer gab es zwei Betten, dazwischen ein Nachttischchen mit einer Leselampe, und dort lag umgedreht ein aufgeschlagenes Taschenbuch. Die Küche war mit einer kleinen Küchenzeile und eingebautem Kühlschrank ausgestattet, so daß dort einfache Mahlzeiten zubereitet werden konnten.

»Wir haben zwar keine Badewanne, nur eine Dusche, aber es ist doch trotzdem recht komfortabel bei uns, oder? Badewannen und Waschmaschinen gehören zu den Gemeinschaftseinrichtungen«, erklärte Reiko.

»Schon fast zu komfortabel. In meinem Zimmer im Wohnheim habe ich gerade mal ein Fenster und eine Decke über dem Kopf.«

»Sie wissen nicht, wie es im Winter hier ist.« Reiko berührte meinen Rücken, um mich zum Sofa zu dirigieren, wo sie sich neben mir niederließ. »Die Winter hier sind lang und hart. Schnee, soweit das Auge reicht. Schnee und nichts als Schnee. Eine feuchte Kälte, die einem in die Knochen zieht. Täglich müssen wir im Winter Schnee schippen, aber wir machen es uns auch schön warm, hören Musik, reden oder stricken. In einer kleineren Wohnung würden wir zu eng aufeinanderhocken. Wenn Sie einmal im Winter herkommen, werden Sie das verstehen.«

Reiko seufzte tief, als stelle sie sich den langen Winter vor, und faltete die Hände über den Knien.

»Hier machen wir Ihnen Ihr Bett.« Sie klopfte auf das Sofa, auf dem wir beide saßen. »Wir schlafen im Schlafzimmer und Sie hier. Ist Ihnen das recht?«

»Ja, natürlich.«

»Gut, dann ist ja alles geregelt. Gegen fünf kommen wir zurück, bis dahin haben Naoko und ich noch zu tun. Macht es Ihnen etwas aus, hier allein zu warten?«

»Überhaupt nicht, ich kann inzwischen für meine Deutsch-Prüfung lernen.«

Als Reiko gegangen war, streckte ich mich auf dem Sofa aus und schloß die Augen. In der Stille, die mich umgab, mußte ich plötzlich an einen Motorradausflug denken, den Kizuki und ich irgendwann im Herbst unternommen hatten. Im Herbst vor wie vielen Jahren? Vor vier Jahren. Ich erinnerte mich noch ganz genau an den Geruch von Kizukis Lederjacke und das Knattern seiner roten 125er Yamaha. Wir waren ziemlich weit an der Küste entlang gefahren und kamen am Abend völlig erledigt nach Hause. Obwohl wir unterwegs keine besonderen Abenteuer erlebt hatten, war mir dieser Ausflug deutlich im Gedächtnis geblieben. Während der schneidende Herbstwind mir in den Ohren heulte, ich mich mit beiden Händen an Kizukis Jacke festhielt und in den Himmel sah, war mir gewesen, als könnte ich jeden Augenblick ins Weltall hinausgeschleudert werden.

Lange Zeit lag ich reglos auf dem Sofa und ließ die Erinnerungen langsam an mir vorüberziehen. Warum wohl gerade dieses Zimmer in mir die Erinnerung an Erlebnisse und Szenen wachrief, an die ich seit langem kaum mehr gedacht hatte? Einige von ihnen waren angenehm, andere ein wenig traurig.

Wie lange hatte ich so dagelegen? Ich war so im Strudel meiner Erinnerungen gefangen – sie sprudelten hervor wie eine Quelle zwischen Felsen –, daß ich nicht bemerkt hatte, wie Naoko leise die Tür öffnete und ins Zimmer trat. Als ich aufschaute, saß sie vor mir auf der Sofalehne und sah mich an. Ich schaute ihr eine Weile unverwandt in die Augen, denn zuerst glaubte ich, sie sei ein Trugbild, aus meinen Erinnerungen erwachsen. Aber es war wirklich Naoko.

»Schläfst du?« fragte sie leise.

»Nein, ich denke nur nach.« Ich setzte mich auf. »Wie geht es dir?« sagte Naoko mit dem fernen, blassen Schatten eines Lächelns. »Ich habe nicht viel Zeit, ich dürfte eigentlich gar nicht hier sein, aber ich konnte mich kurz wegschleichen. Ich muß gleich zurück. Mein Haar sieht schrecklich aus, oder?«

»Überhaupt nicht. Es ist sehr hübsch.« Sie hatte ihr Haar wie ein Schulmädchen an der Seite festgesteckt, mit einer Spange wie früher. Es stand ihr sehr gut so, als hätte sie es schon immer so getragen. Sie sah wie eines dieser schönen jungen Mädchen auf mittelalterlichen Holzschnitten aus.

»Es war so lästig, da habe ich Reiko gebeten, es mir zu schneiden. Gefällt es dir wirklich?«

»Ja, ganz ehrlich.«

»Meine Mutter findet es gräßlich.« Sie nahm die Spange heraus, ließ das Haar herunterhängen, fuhr mehrmals mit den Fingern hindurch und steckte es dann wieder fest. Die Spange hatte die Form eines Schmetterlings.

»Ich wollte dich allein sehen, bevor wir immer nur zu dritt zusammen sind. Nicht, daß ich dir etwas Besonderes zu sagen hätte, aber ich wollte mich wieder an dein Gesicht gewöhnen und daran, daß du hier bist, um Zutrauen zu fassen. Im Moment fällt es mir schwer, mit anderen Menschen umzugehen.«

»Und? Hast du dich schon ein bißchen an mich gewöhnt?«

»Ein bißchen.« Sie betastete wieder ihre Haarspange. »Meine Zeit ist um, ich muß gehen.«

Ich nickte.

»Tōru, ich danke dir, daß du hergekommen bist. Ich freue mich unheimlich darüber, aber wenn es für dich eine Belastung ist, sag es mir bitte ganz offen. Das hier ist ein eigentümlicher Ort, mit einem eigenen System, mit dem nicht jeder zurechtkommt. Wenn das für dich so sein sollte, sag es mir bitte ganz ehrlich. Ich werde nicht enttäuscht sein. Wir sind hier in allen Dingen sehr ehrlich zueinander.«

»Ich werde es dir ehrlich sagen«, versprach ich.

Naoko setzte sich neben mich auf das Sofa und lehnte sich an mich. Als ich den Arm um sie legte, legte sie den Kopf an meine Schulter und schmiegte ihr Gesicht an meinen Hals. So blieb sie eine Weile, fast als wolle sie meine Körpertemperatur prüfen. Mit Naoko im Arm wurde es mir richtig warm ums Herz. Kurz darauf erhob sie sich wortlos und verschwand ebenso geräuschlos durch die Tür, wie sie hereingekommen war.

Als Naoko fort war, schlief ich auf dem Sofa ein, obwohl ich es gar nicht vorgehabt hatte, aber erfüllt vom Bewußtsein ihrer Anwesenheit schlief ich so tief wie seit langer Zeit nicht mehr. In der Küche stand das Geschirr, von dem Naoko aß, im Bad die Zahnbürste, die Naoko benutzte, im Schlafzimmer das Bett, in dem sie schlief. In Naokos Wohnung sickerte durch meinen tiefen Schlaf die Erschöpfung aus jeder Zelle meines Körpers, Tropfen für Tropfen, während ich von einem im Dämmerlicht tanzenden Schmetterling träumte.

Als ich erwachte, standen die Zeiger meiner Uhr auf fünf vor halb fünf. Die Farbe des Lichts hatte sich verändert, und der Wind hatte sich gelegt. Auch die Wolken hatten jetzt eine andere Form. Ich nahm ein kleines Handtuch aus meinem Gepäck, wischte mir den Schweiß vom Gesicht und zog mir ein frisches Hemd an. Ich ging in die Küche, trank Wasser und schaute aus dem Fenster über dem Waschbecken auf das Fenster des gegenüberliegenden Hauses. Hinter der Scheibe klebten Scherenschnitte – ein Vogel, eine Wolke, eine Kuh, eine Katze –, alles sehr geschickt ausgeschnitten und arrangiert. Noch immer war niemand in Sicht und kein Laut zu hören. Mir war, als lebte ich mutterseelenallein in einer äußerst gepflegten Geisterstadt.

Kurz nach fünf trudelten allmählich die Bewohnerinnen von Sektor C ein. Vom Fenster aus sah ich direkt unter mir drei Frauen vorbeigehen, deren Alter ich wegen der Hüte, die sie alle drei trugen, nicht schätzen konnte, aber aus ihren Stimmen schloß ich, daß sie nicht mehr ganz jung waren. Kaum waren sie um eine Ecke verschwunden, kamen drei weitere Frauen aus der gleichen Richtung und verschwanden um dieselbe Ecke. Abendstimmung breitete sich aus. Vom Wohnzimmerfenster aus sah ich im letzten Licht die Konturen des Waldes und der Bergkämme.

Naoko und Reiko trafen gemeinsam um halb sechs ein. Naoko und ich begrüßten uns förmlich, als begegneten wir uns zum ersten Mal, wobei Naoko sehr verlegen wirkte. Als Reiko mein Buch sah, fragte sie nach dem Titel. *Der Zauberberg* von Thomas Mann, antwortete ich.

»Was haben Sie sich bloß dabei gedacht, ausgerechnet dieses Buch mit hierher zu bringen?« sagte sie ein wenig vorwurfsvoll. Natürlich hatte sie nicht ganz unrecht.

Während Reiko Kaffee für uns drei machte, berichtete ich Naoko von Sturmbandführers plötzlichem Verschwinden und dem Glühwürmchen, das er mir am letzten Tag geschenkt hatte. »Wie schade, daß er fort ist. Ich hätte so gerne noch viele Geschichten über ihn gehört«, sagte Naoko mit echtem Bedauern. Reiko wollte wissen, wer dieser Sturmbandführer sei, und ich gab einiges zum besten. Natürlich mußte auch sie laut lachen. Solange man Sturmbandführergeschichten erzählte, war die Welt von Frieden und Gelächter erfüllt.

Gegen sechs gingen wir zum Abendessen in den Speisesaal im Hauptgebäude. Naoko und ich nahmen Bratfisch, Rohkostsalat, gekochte Gemüse, Reis und Misosuppe. Reiko begnügte sich mit einem Makkaroni-Salat und Kaffee. Während sie nach dem Essen ihre übliche Zigarette rauchte, erklärte sie verschmitzt, im Alter brauche der Körper nicht mehr so viel Nahrung.

An den Tischen im Speisesaal saßen etwa zwanzig Leute, und es herrschte ein reges Kommen und Gehen, während wir aßen. Abgesehen vom unterschiedlichen Alter der Gäste erinnerte die Szene auf den ersten Blick an die Kantine meines Wohnheims, doch die Atmosphäre war eine ganz andere. Vor allem die einheitliche Lautstärke, in der sich die Leute unterhielten, unterschied sie von der in meinem Wohnheim. Kein Geschrei und kein Getuschel, kein lautes Gelächter. Niemand rief, mit den Händen fuchtelnd, über die Köpfe der anderen hinweg, sondern alle unterhielten sich gedämpft und in etwa gleicher Stimmlage miteinander. Man aß in Gruppen zu drei bis fünf Personen, von denen eine sprach und die anderen zuhörten, nickend und Zustimmung signalisierend. Wenn eine Person fertig war, sprach für eine Weile eine andere. Ich konnte nicht verstehen, worüber sie redeten, aber der harmonische Verlauf ihrer Gespräche erinnerte mich an das seltsame Tennisspiel, dessen Zeuge ich am frühen Nachmittag geworden war. Ich fragte mich, ob Naoko sich ebenso verhielt, wenn sie mit den anderen sprach. Komische Art, sich zu unterhalten, dachte ich, aber zugleich verspürte ich seltsamerweise ein wenig Eifersucht und fühlte mich ausgeschlossen.

Am Tisch hinter mir erklärte ein Mann mit schütterem Haar und im weißen Kittel – anscheinend ein Arzt – einem nervösen jungen Mann mit Brille und einer Frau mittleren Alters mit einem Eichhörnchengesicht sehr ausführlich, wie sich der Zustand der

Schwerelosigkeit auf die Produktion von Verdauungssäften auswirkt, oder etwas dieser Art. Der junge Mann und die Frau sagten ab und zu »aha« oder »ach, wirklich?« und hörten ihm aufmerksam zu. Mit der Zeit kamen mir Zweifel, ob der Mann mit dem schütteren Haar und dem weißen Kittel wirklich Arzt war.

Niemand im Speisesaal beachtete mich sonderlich, niemand starrte mich an oder schien meine Anwesenheit überhaupt zur Kenntnis zu nehmen. Sie war anscheinend etwas ganz Alltägliches.

Nur einmal wandte sich der Mann in Weiß abrupt an mich und fragte: »Wie lange haben Sie vor, hier zu bleiben?«

»Zwei Nächte. Am Mittwoch reise ich ab«, antwortete ich.

»Es ist ganz wunderschön hier um diese Jahreszeit, nicht wahr? Aber kommen Sie doch noch einmal im Winter, wenn alles weiß ist.«

»Vielleicht ist Naoko ja gar nicht mehr hier, wenn der Schnee kommt«, erwiderte Reiko dem Mann.

»Nein, aber der Winter ist doch so schön«, wiederholte er mit ernster Miene, und ich bezweifelte immer mehr, daß dieser Mann zum Ärztestab gehörte.

»Worüber unterhält man sich hier denn so?« fragte ich Reiko, die mich daraufhin etwas verständnislos ansah.

»Worüber wir reden? Über ganz normale Dinge. Erlebnisse, Bücher, das Wetter, über alles Mögliche eben. Was dachten denn Sie? Daß alle fünf Minuten einer aufspringt und kreischt: ›Wenn der Eisbär heute die Sterne frißt, regnet es morgen!‹?«

»Nein, natürlich nicht. Ich habe mich nur gefragt, worüber sich alle so gedämpft unterhalten.«

»Es ist so ruhig hier, daß man sich auch leise unterhalten kann.« Naoko legte die Gräten ordentlich auf ihrem Tellerrand ab und tupfte sich den Mund mit einem Taschentuch ab. »Hier braucht man keinen von irgendwas zu überzeugen, auch nicht die Aufmerksamkeit auf sich zu lenken.«

»Scheint so«, sagte ich. Seltsamerweise fehlte mir in diesem ruhigen Speisesaal aber doch der Trubel. Ich sehnte mich nach Gelächter, sinnlosen Rufen und wichtigtuerischem Geschwätz. Eigentlich hatte ich diesen Lärm längst satt, aber in dieser unnatürlichen Stille konnte ich meinen Fisch auch nicht genießen. Die Atmosphäre erinnerte mich zu sehr an eine Messe für Hersteller von Spezialmaschinen. Menschen, die sich stark für ein begrenztes Fachgebiet interessierten, hatten sich an einem isolierten Ort versammelt und tauschten Informationen in einem Code aus, den außer ihnen niemand verstand.

Als wir nach dem Essen wieder in der Wohnung ankamen, sagten Naoko und Reiko, sie gingen nun ins Gemeinschaftsbad von Sektor C. Wenn mir eine Dusche genüge, solle ich die in ihrem Badezimmer benutzen. Ich sagte, das würde ich tun, und als sie gegangen waren, zog ich mich aus, duschte und wusch mir die Haare. Ich entdeckte eine Platte von Bill Evans im Regal und hörte sie mir an, während ich mir die Haare trocknete. Da fiel mir plötzlich ein, daß dies eine der Platten war, die wir an Naokos Geburtstag in ihrem Zimmer aufgelegt hatten. In jener tränenreichen Nacht, in der ich sie in die Arme genommen hatte. Ich konnte kaum glauben, daß das erst vor einem halben Jahr gewesen sein sollte; es kam mir wie ein Ereignis aus ferner Vergangenheit vor. Vielleicht hatte sich, weil ich so oft daran gedacht hatte, die Zeit für mich gedehnt und mein Zeitgefühl war durcheinandergeraten.

Der Mond schien so hell, daß ich das Licht löschte und mich auf dem Sofa ausstreckte, um den Klängen von Bill Evans am Klavier zu lauschen. Das Mondlicht, das sich durch das Fenster ergoß, warf lange Schatten, die wie verblichene Tuschespritzer die Wände sprenkelten. Aus meinem Rucksack holte ich die Metallflasche mit Brandy, die ich mitgebracht hatte, und nahm einen Schluck daraus. Langsam breitete sich wohlige Wärme in mir aus, vom Hals bis in den Magen, von wo sie durch alle Adern meines Körpers strömte. Nach einem zweiten Schluck schraubte ich die Flasche zu und verstaute sie wieder in meinem Beutel. Das Mondlicht schien sich nun im Rhythmus der Musik zu wiegen.

Zwanzig Minuten später kamen Naoko und Reiko aus dem Bad zurück.

»Weil das Licht aus war, dachten wir schon, Sie hätten Ihre Sachen gepackt und wären zurück nach Tōkyō gefahren«, sagte Reiko.

»Nein, nein, ich habe nur schon lange keinen so hellen Mond mehr gesehen, da wollte ich ihn im Dunkeln genießen.«

»Er ist wirklich wunderbar«, sagte Naoko. »Reiko, haben wir noch die Kerzen von dem Stromausfall neulich?«

»Wahrscheinlich in einer Küchenschublade.«

Naoko ging in die Küche und holte aus einer Schublade eine große, weiße Kerze. Ich zündete sie an, ließ ein bißchen Wachs in einen Aschenbecher tropfen und stellte sie darauf. Reiko steckte sich an der Flamme eine Zigarette an. Als wir in dieser stillen Umgebung um die Kerze saßen, schien es fast, als wären wir die drei letzten, in irgendeinem Winkel am Ende der Welt übriggebliebenen Menschen. Die reglosen Schatten des Mondlichts und die tanzenden Schatten der Kerze begegneten sich auf der weißen Wand und verschmolzen miteinander. Naoko und ich saßen nebeneinander auf dem Sofa, Reiko saß in dem Schaukelstuhl gegenüber.

»Wie wär's mit einem Glas Wein?« schlug Reiko vor.

»Darf man hier denn Alkohol trinken?« fragte ich ein bißchen überrascht.

»Eigentlich nicht.« Merklich verlegen kratzte Reiko sich am Ohr. »Aber bei Wein und Bier drücken sie schon mal ein Auge zu, wenn man nicht zu viel trinkt. Jemand vom Personal bringt mir immer etwas mit, wenn ich darum bitte.«

»Manchmal gönnen wir beide uns ein Trinkgelage«, sagte Naoko verschmitzt.

»Macht sicher Spaß.«

Reiko nahm eine Flasche Weißwein aus dem Kühlschrank, entkorkte ihn und holte drei Gläser. Der Wein hatte einen frischen, angenehmen Geschmack, fast als wäre er hausgemacht. Als die Schallplatte zu Ende war, zog Reiko unter ihrem Bett einen Gitarrenkasten hervor und spielte, nachdem sie das Instrument liebevoll gestimmt hatte, langsam eine Fuge von Bach. Ab und zu griffen ihre Finger daneben, aber es war Bach, mit Liebe vorgetragen, voll Wärme und mit tiefer Freude am Spiel.

»Ich habe erst hier angefangen, Gitarre zu spielen«, erzählte Reiko. »Weil es in den Zimmern natürlich keine Klaviere gibt. Ich habe es mir selbst beigebracht. Freilich habe ich keine Gitarrenhände und kann schon darum nie richtig gut werden, aber ich liebe die Gitarre als Instrument. Sie ist handlich und einfach, liebenswert – wie ein kleines, warmes Zimmer.«

Sie spielte noch ein kurzes Stück von Bach, etwas aus einer Suite. Während ich in die Kerze schaute, Wein trank und Reikos Gitarrenspiel lauschte, breitete sich allmählich Ruhe in mir aus. Als Reiko geendet hatte, bat Naoko sie, einen Beatles-Song zu spielen.

»Aha, jetzt kommen die Hörerwünsche.« Reiko zwinkerte mir zu. »Seit Reiko hier ist, muß ich Tag für Tag die Beatles spielen, ich bedauernswerte Sklavin.«

Trotz ihres Protests spielte Reiko *Michelle*, und sie spielte es ausgezeichnet.

»Ein schönes Stück. Es gefällt mir sehr.« Reiko nahm einen Schluck Wein und zündete sich eine Zigarette an. »Es gibt mir das Gefühl, ich wäre bei leichtem Regen auf einer großen Wiese.«

Anschließend spielte sie *Nowhere Man* und *Julia*. Hin und wieder schloß sie dabei die Augen und schüttelte rhythmisch den Kopf. Dann wandte sie sich wieder ihrem Wein und ihren Zigaretten zu.

»Spiel *Norwegian Wood*«, bat Naoko. Reiko holte eine Porzellansparbüchse in Form einer japanischen Glückskatze aus der Küche, und Naoko warf eine Hundert-Yen-Münze hinein, die sie aus ihrem Portemonnaie genommen hatte.

»Was machst du da?« fragte ich.

»Immer wenn ich mir *Norwegian Wood* wünsche, muß ich hundert Yen in die Sparbüchse werfen«, erklärte Naoko. »Weil es mein Lieblingsstück ist, lasse ich es mich etwas kosten.«

»Und ich komme so zu meinem Zigarettengeld«, sagte Reiko.

Sie dehnte ihre Finger und spielte *Norwegian Wood*, wieder mit viel Gefühl, doch ohne je sentimental zu werden. Ich nahm ebenfalls hundert Yen aus der Tasche und warf sie in die Dose.

Reiko bedankte sich lächelnd.

»Diese Melodie macht mich manchmal so traurig. Ich weiß nicht warum, aber ich stelle mir vor, ich würde im tiefen Wald umherirren«, sagte Naoko. »Ich bin ganz allein, es ist kalt und dunkel, und niemand kommt mich retten. Drum spielt Reiko es auch nur, wenn ich sie darum bitte.«

»Das erinnert mich hier alles irgendwie an *Casablanca*.« Reiko lachte.

Sie spielte ein paar Bossa Novas, und ich beobachtete Naoko. Wie sie schon in ihrem Brief geschrieben hatte, sah sie gesünder aus als früher, sie war braungebrannt, und vom Sport und der Bewegung an frischer Luft war ihr Körper geschmeidiger geworden. Ihre Augen waren noch immer tiefe, klare Seen, und ihr kleiner Mund bebte noch genauso scheu, aber insgesamt war sie auf dem Weg, zu einer erwachsenen Schönheit heranzureifen. Das Kantige an ihr – jene Schärfe einer hauchdünnen Klinge –, das ihre Schönheit früher beeinträchtigt hatte, war nahezu verschwunden, und dafür ging eine eigentümliche, besänftigende Ruhe von ihr aus. Ihre Schönheit berührte mein Herz, und ich staunte darüber, daß eine Frau sich im Laufe eines halben Jahres so sehr verändern konnte. Naokos neue Schönheit war für mich ebenso anziehend wie ihre frühere, vielleicht sogar noch mehr. Zugleich erfüllte mich der unwiederbringliche Verlust jener anderen Schönheit, dieser selbstbezogenen Schönheit, wie sie nur junge Mädchen besitzen, mit Melancholie.

Naoko wollte nun etwas über mein Leben erfahren, und ich berichtete vom Streik an der Universität und von Nagasawa. Das war das erste Mal, daß ich ihn ihr gegenüber überhaupt erwähnte, und es fiel mir sehr schwer, ihr Nagasawas sonderbares Wesen, sein seltsames Gedankengebäude und seine widersprüchliche Moral genau zu schildern, aber schließlich hatte Naoko offenbar einigermaßen verstanden, was ich zu sagen versuchte. Unsere gemeinsamen Aufreißertouren verschwieg ich ihr jedoch und erzählte nur, daß dieser ungewöhnliche Mann der einzige war, mit dem ich im Wohnheim Umgang pflegte. Währenddessen übte Reiko auf der Gitarre die Bach-Fuge und unterbrach sich nur, um einen Schluck Wein zu trinken oder eine Zigarette zu rauchen.

»Klingt nach einem merkwürdigen Menschen«, sagte Naoko.

»Das ist er auch«, erwiderte ich.

»Aber du magst ihn?«

»Ich weiß nicht genau. Vielleicht ist mögen nicht das richtige Wort. Er ist eigentlich kein Mensch, den man mag oder nicht mag.

Er bemüht sich auch nicht darum, gemocht zu werden. In dieser Hinsicht ist er sehr aufrichtig, kein Schleimer, eher sogar ein Stoiker.«

»Was redest du da? Einer, der mit so vielen Mädchen schläft, ist doch kein Stoiker.« Naoko lachte. »Mit wie vielen Mädchen hat er geschlafen?«

»Inzwischen sind es wahrscheinlich um die achtzig. Aber in seinem Fall nimmt die Bedeutung des einzelnen Aktes ab, je größer die Zahl wird, und wenn ich mich nicht irre, ist genau das sein Ziel.«

»Und das nennst du stoisch?« fragte Naoko.

»In seinem Fall ja.«

Naoko dachte einen Moment über das, was ich gesagt hatte, nach. »Ich glaube, der ist noch gestörter als ich.«

»Das glaube ich auch. Aber er bringt es fertig, seine ganze verzerrte Weltsicht in ein logisches System zu pressen. Er ist unglaublich intelligent. Wenn man ihn hierher brächte, wäre er in zwei Tagen wieder draußen. Weiß ich, kenn ich, ist mir alles bekannt, würde er sagen. So einer ist er. Und so einen respektieren die Leute.«

»Ich bin wohl das Gegenteil von intelligent«, sagte Naoko. »Ich verstehe überhaupt nicht, was hier geschieht – so wenig, wie ich mich selbst verstehe.«

»Aber doch nicht, weil du dumm wärst«, sagte ich, »du bist ganz normal.« Ich verstehe auch eine Menge an mir selbst überhaupt nicht. Wir sind beide normal.«

Naoko zog die Füße aufs Sofa und legte das Kinn auf die Knie. »Ich möchte gern mehr über dich wissen.«

»Ich bin ein Durchschnittsmensch, aus einer Durchschnittsfamilie, mit einer Durchschnittsausbildung, einem Durchschnittsgesicht, ich habe durchschnittliche Noten und durchschnittliche Gedanken im Kopf.«

»Du bist doch so ein großer Fan von Scott Fitzgerald. Hat der nicht geschrieben, man solle nie einem Menschen trauen, der von sich behauptet, er sei durchschnittlich? Du hast mir das Buch selbst geliehen«, sagte Naoko mit einem verschmitzten Lächeln.

»Stimmt, aber ich habe mich ja nicht bewußt dafür entschieden, durchschnittlich zu sein. Ich bin wirklich zutiefst davon überzeugt, ein Durchschnittsmensch zu sein. Oder kannst du an mir etwas entdecken, das nicht durchschnittlich ist?«

»Aber natürlich!« sagte Naoko mit einem Anflug von Ungeduld. »Begreifst du das denn nicht? Hätte ich mit dir geschlafen, wenn es nicht so wäre? Glaubst du vielleicht, ich wäre mit jedem ins Bett gestiegen, nur weil ich so betrunken war?«

»Natürlich nicht.«

Naoko musterte eine Zeitlang wortlos ihre Zehen. Da ich nicht wußte, was ich sagen sollte, nahm ich einen Schluck Wein.

»Und mit wie vielen Mädchen hast du geschlafen?« fragte Naoko leise, als wäre es ihr gerade in den Sinn gekommen.

»Mit acht oder neun«, antwortete ich wahrheitsgemäß.

Reiko unterbrach ihr Spiel und ließ die Gitarre sinken. »Sie sind doch noch nicht mal zwanzig! Was für ein Leben führen Sie denn bloß?«

Naoko schwieg und sah mich nur mit ihren klaren Augen an. Ich erzählte Reiko von dem ersten Mädchen, mit dem ich geschlafen hatte – daß ich nicht imstande gewesen war, sie zu lieben, und daß dies zu unserer Trennung geführt hatte. Ich verschwieg auch nicht, daß ich, mit Nagasawa als Mentor, mit einem Mädchen nach dem anderen geschlafen hatte.

»Ich will ja gar nichts beschönigen, aber ich habe gelitten«, erklärte ich Naoko. »Ich war jede Woche mit dir zusammen, wir haben geredet, aber ich wußte immer, daß dein Herz nur Kizuki gehörte. Das tat weh. Wahrscheinlich habe ich darum mit Mädchen geschlafen, die ich nicht kannte.«

Naoko schüttelte ein paarmal den Kopf, dann blickte sie auf und sah mich an. »Du hast mich doch damals gefragt, warum ich nie mit Kizuki geschlafen habe? Willst du das immer noch wissen?«

»Vielleicht solltest du es mir wirklich sagen.«

»Finde ich auch«, sagte Naoko. »Die Toten bleiben zwar für immer tot, aber wir müssen weiterleben.«

Ich nickte. Reiko wiederholte endlos eine schwierige Passage.

»Ich war bereit, mit ihm zu schlafen.« Naoko öffnete ihre Haarspange und ließ ihr Haar frei herunterhängen. Dann spielte sie mit der Schmetterlingsspange. »Und natürlich wollte er mit mir schlafen. Also versuchten wir es, immer wieder, aber es ging nicht. Bis heute ist mir ein Rätsel, warum nicht. Ich habe Kizuki doch geliebt und auch nie besonderen Wert auf meine Jungfräulichkeit gelegt. Ich hätte ihm gern alles gegeben, was er wollte. Aber es klappte nie.«

Naoko steckte ihr Haar wieder hoch.

»Ich wurde überhaupt nicht feucht«, sagte sie sehr leise. »Als könnte ich mich nicht öffnen. Es tat unheimlich weh – so trocken war ich. Wir versuchten alles mögliche. Aber nichts half, auch befeuchten nicht. Also benutzte ich meine Hände oder meinen Mund – du weißt schon.«

Ich nickte.

Naoko sah durch das Fenster zum Mond hin, der nun noch größer und heller wirkte als zuvor. »Ich wollte nie über diese Dinge sprechen. Ich wollte sie in meinem Herzen begraben, aber ich muß darüber sprechen, es geht nicht anders. Ich habe keine Erklärung. Als ich mit dir geschlafen habe, war ich sehr feucht, oder?«

»Ja.«

»Als du an dem Abend von meinem zwanzigsten Geburtstag zu mir kamst, war ich von Anfang an feucht und habe mir nur gewünscht, daß du mich in die Arme nimmst. Mich in die Arme nimmst, mich ausziehst, mich streichelst und in mich eindringst. Es war das erste Mal, daß ich mir das wünschte. Aber warum? Warum laufen die Dinge so? Ich habe Kizuki doch wirklich geliebt.«

»Und mich nicht«, sagte ich. »Du möchtest wissen, warum du bei mir solche Gefühle hattest, obwohl du mich nicht geliebt hast.«

»Es tut mir leid. Ich möchte dich nicht verletzen, aber eines mußt du verstehen: Kizuki und ich hatten ein ganz besonderes Verhältnis. Seit unserem dritten Lebensjahr haben wir miteinander gespielt. Wir waren unentwegt zusammen, konnten uns alles sagen und haben einander immer verstanden. So sind wir aufgewachsen – unzertrennlich. Es war so wundervoll, als wir uns in der sechsten Klasse zum ersten Mal geküßt haben. Als ich zum ersten Mal meine Periode bekam, bin ich gleich zu ihm gelaufen und habe geheult wie ein kleines Kind. So nah waren wir uns. Darum war ich nach Kizukis Tod unfähig, Beziehungen zu anderen Menschen zu knüpfen, geschweige denn jemanden zu lieben.«

Sie griff so ungeschickt nach ihrem Weinglas, daß es zu Boden fiel und der Wein sich über den Teppich ergoß. Ich bückte mich, hob das Glas auf und stellte es wieder auf den Tisch. Ob sie noch etwas Wein trinken wolle, fragte ich Naoko. Sie schwieg eine Weile und brach auf einmal in Tränen aus, am ganzen Körper zitternd. Nach vorne gekrümmt, das Gesicht in beide Hände vergraben, schluchzte sie mit der gleichen erstickten Unbändigkeit wie damals am Abend ihres Geburtstages. Reiko legte die Gitarre ab und streichelte ihr tröstend den Rücken. Als sie den Arm um Naoko legte, drückte Naoko wie ein Säugling ihr Gesicht an Reikos Brust.

»Herr Watanabe, wie wär's, wenn Sie ein bißchen spazierengingen?« sagte Reiko zu mir. »Zwanzig Minuten vielleicht? Dann geht's bestimmt wieder.«

Ich nickte, stand auf und zog mir einen Pullover über das Hemd. »Tut mir leid«, sagte ich zu Reiko.

»Nein, nein, Sie können nichts dafür«, sagte sie und zwinkerte mir zu, »machen Sie sich keine Gedanken. Wenn Sie zurückkommen, ist wieder alles in Ordnung.«

Unentschlossen trottete ich im seltsam unwirklichen Mondlicht einen Pfad entlang, der in den Wald führte. In diesem Mondschein hallten alle Geräusche eigenartig wider. Der hohle Klang meiner Schritte schien aus einer völlig anderen Richtung zu kommen, als hörte ich jemanden auf dem Meeresgrund herumwandern. Ab und zu vernahm ich hinter mir ein Knacken oder Rascheln. Über dem Wald lastete eine gespannte Stille, als hielten die Nachttiere den Atem an, bis ich vorüber war.

Als ich wieder aus dem Wald herauskam, ließ ich mich auf einem Hang nieder und blickte zu den Häusern von Sektor C hinunter. Naokos Wohnung war leicht auszumachen, ich mußte nur nach einem schwachen Lichtschein in einem ansonsten unbeleuchteten Fenster Ausschau halten. Völlig reglos starrte ich auf dieses kleine Licht. So sehr erinnerte es mich an das letzte Aufflackern einer menschlichen Seele, daß ich am liebsten meine Hände darum gelegt hätte, um es vor dem Verlöschen zu schützen. Lange beobachtete ich das zitternde Licht, gerade so, wie Jay Gatsby Nacht für Nacht den winzigen Lichtschein am gegenüberliegenden Ufer beobachtet hatte.

Als ich eine halbe Stunde später zum Haus zurückkam, hörte ich schon an der Haustür, daß Reiko Gitarre spielte. Leise stieg ich die Treppe hinauf und klopfte an. Als ich ins Zimmer trat, war von

Naoko nichts zu sehen. Reiko saß allein auf dem Teppich und spielte. Sie deutete mit dem Finger auf die Schlafzimmertür – anscheinend hatte Naoko sich hingelegt. Nun legte Reiko ihre Gitarre auf den Boden, setzte sich auf das Sofa und bedeutete mir, ich solle mich neben sie zu setzen. Sie teilte den restlichen Wein auf unsere Gläser auf.

»Mit Naoko ist alles in Ordnung«, sagte sie und berührte mein Knie. »Sie muß sich nur ein Weilchen ausruhen. Seien Sie unbesorgt. Wollen wir beide in der Zwischenzeit nicht einen Spaziergang machen?«

»Einverstanden«, sagte ich.

Reiko und ich schlenderten einen von Straßenlaternen beleuchteten Weg entlang. In der Nähe des Tennisplatzes setzten wir uns auf eine Bank, und Reiko holte darunter einen orangefarbenen Basketball hervor, den sie eine Weile in den Händen drehte. Ob ich Tennis spielte? Ja, antwortete ich, aber schlecht.

»Und Basketball?«

»Nicht gerade meine Stärke.«

»Was ist denn dann Ihre Stärke?« Reiko zeigte ihre Lachfältchen. »Abgesehen vom Mädchen-Verführen.«

»Darin bin ich auch nicht gut«, antwortete ich etwas pikiert.

»Nicht sauer werden, das war doch nur ein Spaß. Aber im Ernst, was liegt Ihnen denn am meisten?«

»Eigentlich nichts, aber es gibt Dinge, die ich gern tue.«

»Und die wären?«

»Wandern. Schwimmen. Lesen.«

»Das klingt, als wären Sie gern für sich.«

»Scheint so. Mannschaftsspiele oder so was haben mich noch nie gereizt.«

»Dann müssen Sie einmal im Winter kommen, wenn wir Skilanglauf machen. Das würde Ihnen sicher gefallen – den ganzen Tag durch den Schnee zu pflügen und richtig ins Schwitzen zu kommen.« Reiko betrachtete im Schein der Laterne ihre rechte Hand, als nähme sie ein antikes Musikinstrument in Augenschein.

»Ist Naoko oft so?« fragte ich.

»Ja, ab und zu schon.« Nun nahm sich Reiko ihre linke Hand vor. »Manchmal regt sie sich auf, und dann weint sie. Aber es schadet nichts, seinen Gefühlen freien Lauf zu lassen. Viel bedrohlicher ist es, wenn man das nicht kann. Dann stauen sich die Gefühle allmählich, verhärten sich und sterben ab. Und damit fangen die großen Probleme an.«

»Habe ich vorhin etwas Falsches gesagt?«

»Nein, überhaupt nicht. Sie haben nichts falsch gemacht, keine Sorge. Seien Sie einfach nur aufrichtig, das ist das beste. Es tut vielleicht ein bißchen weh und führt zu einiger Aufregung, wie eben bei Naoko, aber auf lange Sicht ist es das beste. Wenn Sie ernstlich wollen, daß Naoko geheilt wird, müssen Sie sich daran halten. Wie ich Ihnen schon zu Anfang sagte, sollten Sie nicht so sehr daran denken, Naoko helfen zu wollen, als daran, daß Sie sich selbst helfen, wenn sie gesund wird. Das ist die Methode, die hier angewendet wird. Also müssen Sie aufrichtig sein und alles aussprechen, was Ihnen in den Sinn kommt. Wenigstens, solange Sie hier sind. In der Welt da draußen tut das ja niemand, nicht wahr?«

»Stimmt«, sagte ich.

»In den sieben Jahren, in denen ich hier bin, habe ich alle möglichen Menschen kommen und gehen gesehen, vielleicht zu viele. Daher weiß ich meistens, sobald ich einen Menschen sehe, fast instinktiv, ob er gesund werden wird oder nicht. Aber bei Naoko weiß ich es nicht. Ich habe keine Ahnung, was mit ihr geschehen wird. Sie könnte schon in einem Monat völlig geheilt sein oder noch Jahre in diesem Zustand bleiben. Daher kann ich Ihnen auch keinen Rat geben, außer dem allgemeinsten – immer ehrlich zu ihr zu sein und ihr auf diese Weise beizustehen.«

»Woran liegt es, daß Sie Naoko so schwer einschätzen können?«

»Vielleicht daran, daß ich sie so gern habe. Wenn zu viele Gefühle im Spiel sind, ist es beinahe unmöglich, objektiv zu bleiben. Und ich habe sie wirklich sehr gern. Aber davon abgesehen sind bei ihr allerlei Probleme so miteinander verflochten, daß sie sich nur schwer entwirren lassen. Es könnte sehr lange dauern – oder aber alles klärt sich durch irgend etwas auf einen Schlag. Ich kann das nicht voraussehen.«

Sie hob den Basketball wieder auf, drehte ihn in den Händen und ließ ihn auf dem Boden aufprallen.

»Es ist ausgesprochen wichtig, daß Sie nicht ungeduldig werden«, erklärte mir Reiko. »Das ist noch ein Rat, den ich Ihnen geben kann. Drängen Sie sie auf keinen Fall zu irgend etwas. Auch wenn Ihnen die Lage noch so verzweifelt und aussichtslos erscheint, dürfen Sie niemals die Geduld verlieren und unüberlegt an einem einzelnen Faden zerren. Sie müssen sich Zeit nehmen und die verhedderten Fäden langsam entwirren. Meinen Sie, Sie können das?«

»Ich kann's versuchen.«

»Es könnte sehr lange dauern, und vielleicht wird sie auch niemals völlig gesund. Haben Sie daran schon einmal gedacht?«

Ich nickte.

»Warten fällt schwer.« Reiko ließ den Ball auf den Boden dopsen. »Besonders in Ihrem Alter. Trauen Sie sich zu, einfach nur zu warten, bis sie gesund ist? Ohne eine Frist, ohne Garantie? Lieben Sie Naoko dafür genug?«

»Ich weiß es nicht«, gab ich ohne Umschweife zu. »Im Grunde

weiß ich so wenig wie Naoko, wie man einen anderen Menschen liebt, auch wenn sie es ein bißchen anders meint als ich. Aber ich will tun, was ich kann. Mir bleibt ja gar nichts anderes übrig. Wie Sie sagen: Naoko und ich, wir müssen einander helfen. Anders sind wir beide nicht zu retten.«

»Und werden Sie jetzt weiter mit Zufallsbekanntschaften schlafen?«

»Auch darüber bin ich mir noch nicht im klaren. Was meinen Sie? Sollte ich warten und immer nur masturbieren? Ich hab mich auch darin nicht hundertprozentig unter Kontrolle, wissen Sie.«

Reiko legte den Ball auf den Boden und tätschelte mein Knie. »Ich sage ja gar nicht, daß Sie mit keinem Mädchen mehr schlafen sollen. Wenn es für Sie in Ordnung ist, ist es in Ordnung. Schließlich ist es Ihr Leben, und Sie müssen darüber entscheiden. Ich sage nur, Sie sollten sich nicht auf eine so unnatürliche Weise verausgaben. Verstehen Sie? Das wäre Verschwendung. Mit neunzehn, zwanzig ist man in einer Phase, die für die Entwicklung des Charakters entscheidend ist, und wenn man sich in dieser Zeit verkorksen läßt, wird man später darunter leiden. Glauben Sie mir – und denken Sie darüber nach. Wenn Sie Naoko etwas Gutes tun wollen, seien Sie auch gut zu sich selbst.«

Ich versprach, mir alles gründlich durch den Kopf gehen zu lassen.

»Ich war selbst einmal zwanzig. Vor langer Zeit. Können Sie sich das vorstellen?«

»Natürlich, wieso nicht?«

»Ganz im Ernst?«

»Ja, ganz im Ernst.« Ich mußte lachen.

»Ich war sogar hübsch. Nicht so hübsch wie Naoko, aber ich sah gar nicht übel aus. Damals hatte ich noch nicht so viele Falten.«

Ich sagte, mir gefielen ihre Falten sehr, und sie bedankte sich.

»Aber von jetzt an sollten Sie sich hüten, einer Frau zu sagen, sie fänden ihre Falten attraktiv. Bei mir kommt das gut an, aber ich bin die Ausnahme.«

»Ich merk's mir.«

Reiko holte ihr Portemonnaie aus der Hosentasche und zog aus dem Ausweisfach ein Farbfoto von einem niedlichen, etwa zehnjährigen Mädchen im bunten Skianzug und hielt es mir hin. Die Kleine stand auf Skiern im Schnee und lächelte für die Kamera.

»Ist sie nicht hübsch? Das ist meine Tochter. Das Foto hat sie mir Anfang des Jahres geschickt. Sie ist jetzt in der – ja, in der vierten Klasse.«

»Sie hat Ihr Lächeln«, sagte ich und gab das Foto zurück. Reiko schniefte einmal, dann schob sie das Bild wieder ins Portemonnaie und zündete sich die nächste Zigarette an.

»Ich wollte einmal Pianistin werden. Ich war begabt, und schon als ich noch Kind war, wurde viel Wind um diese Begabung gemacht. Ich gewann Talentwettbewerbe und hatte ausgezeichnete Noten an der Musikhochschule. Nach dem Examen sollte ich in Deutschland weiterstudieren. Es gab nicht eine Wolke am Horizont. Alles lief wie geschmiert für mich, und wenn nicht, waren genügend Leute da, die mir die Hindernisse aus dem Weg räumten. Dann geschah eines Tages etwas, und alles war aus. Ich ging das vierte Jahr aufs Konservatorium, und ein ziemlich wichtiger Wettbewerb stand bevor, für den ich pausenlos übte. Plötzlich konnte ich den kleinen Finger meiner linken Hand nicht mehr bewegen. Warum, weiß ich nicht, aber er rührte sich einfach nicht. Massage, heiße Bäder, ein paar Ruhetage – nichts half. Ich bekam es mit der Angst zu tun und ging zum Arzt, der alle möglichen Untersuchungen vornahm, die nicht das geringste ergaben. Der Finger sei nicht verletzt, die Nerven seien in Ordnung, hieß es – es gab keinen Grund dafür, daß ich ihn nicht bewegen konnte. Es mußte sich also um ein psychisches Problem handeln, und ich suchte einen Psychiater auf, aber auch dem fiel nichts Erhellendes dazu ein. Er tippte auf Streß wegen des Wettbewerbs und riet mir, mich für eine Weile vom Klavier fernzuhalten.«

Reiko inhalierte tief und blies den Rauch langsam wieder aus, dann drehte sie den Kopf ein paarmal hin und her.

»Ich fuhr zu meiner Großmutter nach Izu, um mich dort zu erholen. Ich dachte mir, diesen Wettbewerb läßt du sausen, ruhst dich aus und tust zwei Wochen lang nur, was dir Spaß macht. Aber das klappte natürlich nicht. Was ich auch tat, das Klavier ging mir nicht aus dem Kopf. Ich konnte an nichts anderes denken. Angenommen, ich würde den kleinen Finger nie mehr bewegen können, was sollte dann aus mir werden? Meine Gedanken drehten sich unablässig im Kreis. Kein Wunder, denn bis dahin war das Klavier mein ganzer Lebensinhalt gewesen. Mit vier Jahren hatte ich damit begonnen und seither nur für das Klavierspielen gelebt. Andere Interessen hatte ich so gut wie keine. Im Haushalt rührte ich keinen Finger, um meine Hände nicht zu verletzen. Die Beachtung, die man mir schenkte, galt einzig meiner Begabung. Wenn man einem Mädchen, das so aufgewachsen ist, das Klavier nimmt, was bleibt ihm dann noch? *Peng* – irgendwo in meinem Kopf brannte eine Sicherung durch. Wirrwarr, Finsternis.«

Reiko warf die Zigarette auf die Erde und trat sie aus.

»So endete mein Traum von der Konzertpianistin. Ich verbrachte zwei Monate im Krankenhaus. Kurz nachdem ich eingeliefert worden war, konnte ich den kleinen Finger schon wieder bewegen, also konnte ich zurück aufs Konservatorium und das Examen ablegen, aber etwas in mir war erloschen – als hätte sich die treibende Kraft aus meinem Körper verflüchtigt. Die Ärzte meinten, meine Nerven seien nicht stark genug für eine Laufbahn als Konzertpianistin, und rieten mir davon ab. So nahm ich nach dem Examen Schüler an und unterrichtete sie zu Hause. Aber ich litt entsetzlich – als wäre mein Leben zu Ende. Da war ich gerade Anfang zwanzig, und der beste Teil meines Lebens lag bereits hinter mir. Können Sie sich vorstellen, wie grauenhaft so etwas ist? In Reichweite meiner Hände hatten solche Möglichkeiten gewartet, und ehe ich mich versah, war nichts mehr davon übrig. Niemand applaudierte mir mehr, niemand beachtete mich mehr, niemand lobte mich mehr. Tag für Tag übte ich mit den Kindern aus der Nachbarschaft Tonleitern und brachte ihnen Sonatinen bei. Ich fühlte mich so elend, daß ich ständig weinte. Was hatte ich doch alles verpaßt! Wenn ich hörte, daß einer meiner Mitschüler am Konservatorium, der weit weniger begabt war als ich, bei einem Wettbewerb Lorbeeren geerntet oder in dieser oder jener Halle ein Konzert gegeben hatte, brach ich vor Zorn in Tränen aus.

Aus Angst, mir wehzutun, schlichen meine Eltern nur noch auf Zehenspitzen um mich herum. Natürlich war mir klar, daß ich sie enttäuscht hatte. Auf einmal war aus der Piano-Prinzessin, auf die sie so stolz gewesen waren, eine Psychiatrie-Heimkehrerin geworden. Nicht einmal eine gute Partie kam für mich mehr in Frage. So etwas spürt man, wenn man mit anderen täglich zusammenlebt, und die Situation wurde für mich unerträglich. Aus Furcht vor dem Gerede der Nachbarn traute ich mich schließlich nicht mehr aus dem Haus. Dann *Peng* – passierte es wieder, die Sicherung brannte durch, Wirrwarr, Finsternis. Da war ich vierundzwanzig. Sieben Monate verbrachte ich in einer Heilanstalt – nicht in einer wie dieser hier, sondern in einer richtigen Anstalt mit hohen Mauern und verriegelten Toren. Schmutzig war es, und es gab dort kein einziges

Klavier … Ich wußte nicht, was ich mit mir anfangen sollte. Ich wußte nur, daß ich so bald wie möglich wieder rauskommen wollte, und strengte mich verzweifelt an, gesund zu werden, sieben Monate hindurch, sieben lange Monate. Damals fing das mit meinen Falten an.«

Reiko lächelte breit.

»Bald nach meiner Entlassung lernte ich meinen Mann kennen und heiratete. Er war ein Jahr jünger als ich, Ingenieur bei einer Firma, die Flugzeuge baute, und einer meiner Klavierschüler. Ein lieber Mensch, nicht sehr gesprächig, aber warmherzig und aufrichtig. Nachdem er sechs Monate Unterricht genommen hatte, bat er mich auf einmal, ihn zu heiraten. Einfach so, als wir nach dem Unterricht zusammen Tee tranken. Unglaublich, nicht? Bis dahin hatten wir noch nie ein Rendezvous gehabt oder auch nur Händchen gehalten. Ich fiel aus allen Wolken und erklärte ihm, aus bestimmten schwerwiegenden Gründen könne ich nicht heiraten. Da er darauf bestand, die Gründe zu erfahren, sagte ich ihm alles, rückhaltlos und in allen Einzelheiten – daß ich schon zweimal wegen psychischer Zusammenbrüche in einer Nervenklinik gewesen war, die Ursachen, meine Befindlichkeit und daß es wieder passieren konnte. Er bat um etwas Bedenkzeit, und ich riet ihm, sehr lange nachzudenken. Doch als er eine Woche später zu seiner Stunde kam, erklärte er, er wolle mich dennoch heiraten. Ich schlug ihm vor, drei Monate zu warten, damit wir uns besser kennenlernen könnten. Wenn er mich danach immer noch heiraten wolle, würden wir die Sache in Betracht ziehen.

In diesen drei Monaten trafen wir uns einmal in der Woche, unternahmen vieles gemeinsam und sprachen über alles. Ich gewann ihn sehr lieb, denn wenn ich mit ihm zusammen war, hatte ich das Gefühl, das Leben sei in mich zurückgekehrt. Ich empfand es als wunderbar erleichternd, mit ihm zusammen zu sein: all die furchtbaren Dinge, die geschehen waren, konnte ich vergessen. Na und – dann war ich eben in Heilanstalten gewesen und nicht Pianistin geworden. Davon ging doch die Welt nicht unter. Mit einemmal hielt das Leben noch unzählige, unbekannte Wunder für mich bereit. Ich war ihm von ganzem Herzen dankbar, allein schon für mein wiedergefundenes Leben. Als die drei Monate vergangen waren, wiederholte er seinen Antrag. Da sagte ich zu ihm: ›Wenn du mit mir schlafen möchtest, können wir das auch unverheiratet tun. Ich habe noch nie mit jemandem geschlafen, aber ich mag dich sehr und hätte überhaupt nichts dagegen. Aber eine Ehe ist doch etwas anderes. Damit würdest du dir all meine Probleme aufhalsen, und die sind viel ernster, als du es dir vorstellen kannst.‹

Das mache ihm nichts aus, sagte er. Er wolle auch nicht nur mit mir schlafen, sondern mich heiraten und alles mit mir teilen. Und er meinte es wirklich ernst. Er gehörte zu den wenigen Menschen, die nur sagen, was sie auch meinen, und immer Wort halten. Also willigte ich ein, was hätte ich sonst tun sollen? Wann haben wir noch geheiratet – ich glaube, vier Monate später. Um meinetwillen entzweite er sich mit seinen Eltern, die ihn prompt enterbten. Er stammte aus einer alten Gutsbesitzerfamilie auf Shikoku. Seine Familie hatte Nachforschungen über mich angestellt und herausgefunden, daß ich zweimal in einem Sanatorium gewesen war. Kein Wunder, daß sie gegen eine solche Heirat waren. Wegen dieser Unstimmigkeiten verzichteten wir auf eine Hochzeitsfeier. Wir gingen einfach zum Standesamt und fuhren anschließend für zwei sehr glückliche Tage nach Hakone. So bin ich bis zu meinem Hochzeitstag Jungfrau geblieben – da war ich fünfundzwanzig Jahre alt! Kaum zu glauben, was?«

Seufzend griff Reiko wieder nach dem Basketball.

»Ich war sicher, bei ihm würde ich gesund bleiben«, fuhr Reiko fort. »Solange er nur bei mir war, konnte mir nichts Böses widerfahren. Bei psychischen Erkrankungen wie unseren sind Vertrauen und Zuversicht das Wichtigste. Durch ihn würde alles gut werden. Wenn mein Zustand sich auch nur eine Spur verschlechterte, wenn die Sicherung zu schmoren begann, würde er es sofort merken und alles mit größter Sorgfalt und Geduld reparieren – die Sicherung festschrauben und sämtliche wirren Drähte ordnen. Diese Art von Vertrauen hält die Krankheit fern. Ich war wie befreit und fand das Leben herrlich. Wie soll ich das beschreiben? Es war, als hätte mich jemand aus einem tosenden, eisigen Meer gerettet, in Decken gehüllt und in ein warmes Bett gepackt. Zwei Jahre nach unserer Hochzeit bekamen wir ein Kind. Nun hatte ich wirklich alle Hände voll zu tun und vergaß beinahe meine Krankheit. Ich stand morgens auf, erledigte die Hausarbeit, kümmerte mich um die Kleine und hatte das Essen auf dem Tisch, wenn mein Mann abends nach Hause kam. Es war ein gleichförmiges Leben, aber ich war glücklich. Wahrscheinlich war das sogar die glücklichste Zeit meines Lebens. Wie lange sie anhielt? Zumindest, bis ich einunddreißig wurde. Und dann – *Peng* – gab es wieder diesen Knall, und ich brach zusammen.«

Reiko zündete sich eine Zigarette an. Inzwischen hatte sich der Wind gelegt, so daß der Rauch gerade in die Höhe stieg, bis er sich im Dunkel der Nacht verlor. Da erst fielen mir die unzähligen Sterne auf, die am Himmel leuchteten.

»Gab es einen Anlaß?« fragte ich.

»Ja, schon«, erwiderte Reiko, »ein höchst unseliges Zusammentreffen. Es war wie eine Grube, in die ich hineinstolperte, eine Falle, die auf mich lauerte. Noch heute laufen mir kalte Schauer den Rücken hinunter, wenn ich nur daran denke.« Sie rieb sich mit der freien Hand die Schläfe. »Aber ich rede ja ständig nur von mir, dabei sind Sie doch wegen Naoko gekommen.«

»Aber ich würde gern noch mehr hören«, sagte ich. »Ich meine, wenn es Ihnen nichts ausmacht, mir die Geschichte zu Ende zu erzählen.«

»Als unsere Tochter in den Kindergarten kam, fing ich wieder an, ein bißchen Klavier zu spielen. Nur so für mich. Ich begann mit kurzen Stücken von Bach, Mozart oder Scarlatti. Nachdem ich so lange ausgesetzt hatte, war meine Virtuosität natürlich dahin. Und meine Finger waren nicht mehr so beweglich wie früher. Aber ich genoß es, wieder am Klavier zu sitzen. Mir wurde bewußt, wie sehr ich Musik liebte und wie sie mir gefehlt hatte. Nur für sich selbst musizieren zu können, ist etwas Wundervolles.

Ich hatte, wie gesagt, schon mit vier Jahren angefangen, Klavier zu spielen, aber erst jetzt wurde mir klar, daß ich niemals für mich selbst gespielt hatte. Es war ständig nur darum gegangen, Prüfungen zu bestehen, vorzuspielen oder jemanden zu beeindrucken. Natürlich sind das wichtige Etappen auf dem Weg zur Beherrschung eines Instruments, aber von einem bestimmten Alter an muß man auch Genuß am eigenen Spiel empfinden – das erst ist Musik. Um zu dieser Erkenntnis zu gelangen, hatte ich mein elitäres Studium aufgeben und fast zweiunddreißig Jahre alt werden müssen. Wenn ich meine Tochter in den Kindergarten gebracht hatte, erledigte ich huschdiwusch die Hausarbeit und setzte mich für ein, zwei Stunden ans Klavier, um meine Lieblingsstücke zu spielen. So weit, so gut, nicht wahr?«

Ich nickte.

»Eines Tages jedoch suchte mich eine Dame aus der Nachbarschaft auf, die ich eigentlich nur vom Sehen kannte, und bat mich, ihrer Tochter Klavierstunden zu geben. Die Familie wohnte zwar in unserem Viertel, aber nicht in der Nähe, daher kannte ich das Mädchen nicht, aber wie die Mutter sagte, kam es oft an unserem Haus vorbei und hörte mich spielen. Ihre Tochter bewundere mich und habe mich auch schon einmal auf der Straße gesehen. Das Mädchen war in der achten Klasse und hatte bereits Unterricht bei verschiedenen Lehrerinnen gehabt, aber irgend etwas war immer schiefgelaufen, so daß sie jetzt gar keine Stunden mehr nahm.

Ich lehnte ab und erklärte der Mutter, gegen eine Anfängerin hätte ich nichts einzuwenden gehabt, aber nach einer so langen Pause sei es mir nicht möglich, eine Schülerin zu unterrichten, die schon mehrere Jahre Unterricht gehabt habe. Außerdem sei ich mit der Erziehung meines eigenen Kindes zu beschäftigt. Natürlich sagte ich der Mutter nicht, daß es mir zu mühsam war, ein Kind zu unterrichten, das ständig die Lehrer wechselte. Schließlich flehte mich die Frau geradezu an, ihre Tochter doch wenigstens einmal kennenzulernen. Die Dame war sehr hartnäckig und ließ sich partout nicht abweisen, also willigte ich ein, mich einmal, aber wirklich nur einmal, mit ihrer Tochter zu treffen. Drei Tage später stand das Mädchen ohne ihre Mutter vor meiner Tür. Sie war schön wie ein Engel. Wissen Sie, so eine ätherische Schönheit. Nie zuvor hatte ich – und habe ich seitdem – ein so schönes Mädchen gesehen. Sie hatte langes, glattes Haar, schwarz glänzend wie frisch geriebene Tusche, schlanke, anmutige Gliedmaßen, strahlende Augen, und ihr zierlicher Mund wirkte wie gerade erst modelliert. Ihr Anblick verschlug mir einen Moment lang den Atem, so überirdisch schön war sie. Als sie auf der Couch Platz nahm, verwandelte sich mein Wohnzimmer in einen prächtigen Salon. Ich war von ihr so geblendet, daß ich blinzeln mußte. Ich sehe sie noch immer genau vor mir.«

Reiko kniff einen Moment die Augen zusammen, als sähe sie das Mädchen wirklich vor sich.

»Wir tranken Kaffee und plauderten länger als eine Stunde miteinander – über Musik und die Schule. Ich merkte sofort, daß sie gescheit war, ein Gespräch führen konnte, einen scharfen Verstand besaß und die Gabe hatte, ihr Gegenüber in ihren Bann zu ziehen, beängstigend stark sogar. Was so beängstigend an ihr war, wußte ich zunächst nicht. Ich spürte nur instinktiv eine gefährliche Intelligenz. Im Gespräch mit ihr kam mir mein sonstiges Urteilsvermögen abhanden. Ich war von ihrer Jugend und Schönheit derart überwältigt, daß ich mir im Vergleich zu ihr minderwertig vorkam. Und wenn mir etwas Kritisches zu ihr durch den Kopf ging, dann konnte es nur daran liegen, daß ich neidisch und geistig verlottert war.«

Reiko schüttelte mehrmals den Kopf.

»Ich bilde mir ein, daß ich, wäre ich so schön und klug wie dieses Mädchen gewesen, ein normalerer Mensch geworden wäre. Was kann man sich noch wünschen, wenn man so schön und intelligent ist? Warum sollte jemand, der von allen geliebt wird, andere, die schwächer sind, quälen und auf ihnen herumtrampeln? Welchen Grund kann es dafür nur geben?«

»Hat sie Ihnen denn etwas Schreckliches angetan?« fragte ich.

»Nun, sagen wir: dieses Mädchen war eine pathologische Lügnerin. Schlicht und einfach krank. Alles, was sie sagte, war erfunden. In der Sekunde, in der sie sich ihre Geschichten ausdachte, begann sie sofort, selbst an sie zu glauben. Und dann veränderte sie die Gegebenheiten um sich herum, um sie ihren Geschichten anzupassen. Natürlich kam einem das eine oder andere Detail unglaubwürdig oder zumindest sonderbar vor, aber weil sie so flexibel und verblüffend flink im Kopf war, drehte und wendete sie alles so, daß man nicht auf die Idee kam, sie könnte lügen. Zudem hätte auch niemand ernstlich vermutet, daß ein so reizendes Mädchen wegen jeder Kleinigkeit log. Mir ging es jedenfalls so. Sie belog mich ein halbes Jahr lang, bevor ich zum ersten Mal Verdacht schöpfte. Alles, was sie sagte, war von vorne bis hinten erstunken und erlogen. Ich weiß, das klingt völlig verrückt.«

»Was log sie denn so?«

»Sie log nur.« Reiko lachte ironisch. »In allem. Wenn jemand einmal zu lügen beginnt, muß er sich immer mehr Lügen ausdenken, um die erste Lüge aufrechtzuerhalten. Man nennt das Mythomanie. Allerdings sind Mythomanen oft nicht besonders raffiniert, und die Menschen, die mit ihnen zu tun haben, entlarven ihre Lügen in der Regel. Aber in ihrem Fall war das anders. Um sich zu schützen, schreckte sie nicht davor zurück, anderen mit ihrer Lügerei großen Schaden zuzufügen. Sie setzte alles ein, was ihr zur Verfügung stand, und log mal mehr, mal weniger, je nachdem, mit wem sie es zu tun hatte. Ihre Mutter oder enge Freunde, die sie sofort durchschaut hätten, belog sie fast nie, und wenn es doch sein mußte, nahm sie sich dabei sehr in acht. Wenn doch einmal etwas herauskam, strömten die Tränen nur so aus ihren schönen Augen, und sie entschuldigte sich mit einschmeichelnder, zerknirschter Stimme, so daß ihr niemand lange böse sein konnte.

Warum sie ausgerechnet mich auserkoren hatte, ist mir bis heute nicht klar. Ich weiß nicht einmal, ob ich zu ihrem Opfer oder zur Retterin ausersehen war. Natürlich kommt es darauf jetzt auch nicht mehr an, wo alles vorbei ist. Und wo das hier aus mir geworden ist.«

Reiko verstummte für einen Moment.

»Die Tochter wiederholte, was die Mutter mir schon gesagt hatte. Daß sie von meinem Klavierspiel beeindruckt gewesen sei, als sie an unserem Haus vorbeiging. Sie habe mich auch ein paarmal gesehen und verehre mich. Sie gebrauchte tatsächlich das Wort ›verehren‹. Ich wurde knallrot. Ein Mädchen, hübsch wie eine Puppe, verehrte mich! Dabei glaube ich nicht einmal, daß das völlig aus der Luft gegriffen war. Natürlich war ich schon über dreißig, nicht so schön und intelligent wie sie und ohne besondere Qualitäten. Aber ich muß etwas an mir gehabt haben, zu dem sie sich hingezogen fühlte. Wahrscheinlich etwas, das sie selbst entbehrte und das ihr Interesse an mir geweckt hatte. Ich sage das nicht, um mich zu brüsten, sondern weil es mir im Nachhinein so vorkommt.«

»Ich glaube, ich verstehe, was Sie meinen.«

»Sie hatte Noten mitgebracht und fragte mich, ob sie mir etwas vorspielen dürfe. Spiel nur, sagte ich. Es war eine Invention von Bach. Ihr Vortrag war ... interessant. Oder eher seltsam, jedenfalls nicht alltäglich. Ansonsten spielte sie natürlich nicht sehr gut. Sie hatte keine ordentliche Musikschule besucht und nur sporadisch Unterricht gehabt. Ihr Spiel klang ungelenk, und bei einer Aufnahmeprüfung für ein Konservatorium wäre sie sofort durchgefallen. Trotzdem war es auf irgendeine Weise hörenswert. Neunzig Prozent klangen fürchterlich, aber die restlichen zehn Prozent ließen sich hören – sie brachte es zum Singen, es war Musik. Schließlich ist eine Invention von Bach kein Kinderspiel! Meine Neugier war geweckt. Was es wohl mit diesem Mädchen auf sich hatte?

Natürlich wimmelt es auf der Welt nur so von Kindern, die weit besser Bach spielen können, zwanzigmal besser – aber meistens ist ihr Vortrag hohl, einfach leer. Dagegen spielte dieses Mädchen technisch schlecht, aber sie hatte dieses gewisse Etwas, das den Zuhörer fesselt. Vielleicht lohnte es sich doch, das Mädchen zu unterrichten, dachte ich. Natürlich ließ sie sich nicht mehr zur Konzertpianistin ausbilden, aber es bestand durchaus die Möglichkeit, aus ihr eine passable Klavierspielerin aus Neigung zu machen, die – wie ich, damals und heute – zum eigenen Vergnügen musiziert. Eine Hoffnung, die sich als trügerisch erwies, wie Sie sich denken können. Das Mädchen war nun wirklich kein Mensch, der in Ruhe etwas nur für sich tun kann. Sie kalkulierte ständig bis ins Detail, mit welchen Mitteln sie andere beeindrucken konnte, was sie tun mußte, um gelobt und bewundert zu werden. Auch womit sie mich ködern konnte, hatte sie vorausberechnet und ihren Auftritt bei mir sicher genauestens einstudiert. Ich sehe es förmlich vor mir.

Allerdings meine ich auch jetzt noch, wo ich alles durchschaut habe,, daß es – von ihrer Bosheit, Verlogenheit und Raffinesse einmal abgesehen – ein phantastischer Vortrag war, der mich heute noch ebenso berühren würde wie damals. So etwas gibt es eben auf dieser Welt.«

Reiko unterbrach ihre Geschichte mit einem Räuspern und schwieg einen Moment.

»Sie haben sie also als Schülerin angenommen?« fragte ich.

»Ja, sicher. Ich gab ihr eine Stunde pro Woche, am Samstagvormittag, denn samstags hatte sie schulfrei. Sie fehlte kein einziges Mal, kam nie zu spät und hatte immer geübt – die ideale Schülerin. Nach dem Unterricht aßen wir immer noch zusammen ein Stückchen Kuchen und plauderten.« Nun blickte Reiko plötzlich auf die Uhr.

»Ob wir nicht lieber nach Hause gehen? Ein wenig mache ich mir doch Sorgen wegen Naoko. Sie haben sie doch nicht etwa vergessen?«

Ich lachte. »Keineswegs«, sagte ich. »Nur war Ihre Geschichte so spannend.«

»Wenn Sie das Ende hören möchten, erzähle ich morgen weiter. Es ist eben eine lange Geschichte – zu lang für einen Abend.«

»Sie sind ja die reinste Scheherrazade.«

»Ich weiß, und Ihnen wird es nie mehr gelingen, nach Tōkyō zurückzukehren.« Beide lachten wir.

Wir gingen durch den Wald zurück zum Haus. Die Kerzen und das Licht im Wohnzimmer waren gelöscht. Die Schlafzimmertür stand offen, und das bleiche Licht der Nachtischlampe drang ins Wohnzimmer, wo Naoko im Dämmerlicht allein mit hochgezogenen Beinen auf dem Sofa saß. Sie trug ein hochgeschlossenes Nachthemd. Reiko trat zu ihr und legte ihr die Hand auf den Scheitel.

»Wieder gut?«

»Ja, tut mir leid«, flüsterte Naoko. Dann wandte sie sich verlegen mir zu und entschuldigte sich noch einmal. »Habe ich dich erschreckt?«

»Ein bißchen«, gab ich lächelnd zu.

»Komm her zu mir.« Als ich mich neben sie setzte, lehnte sie sich, immer noch mit untergeschlagenen Beinen, an mich und näherte ihr Gesicht meinem Ohr, als wolle sie mir etwas zuflüstern, küßte mich aber zuerst neben das Ohr. »Es tut mir leid«, sagte sie leise und rückte wieder von mir ab. »Manchmal weiß ich selbst nicht, was mit mir ist.«

»So geht's mir ständig.«

Naoko sah mich lächelnd an. Ich bat sie, mehr von sich und ihrem Leben hier zu erzählen – was sie tagsüber so tat und welche Leute sie kannte.

Naoko schilderte in knappen, aber klaren Worten ihren Alltag. Aufstehen um sechs, Frühstück zu Hause, Vogelhaus reinigen, anschließend Gartenarbeit. Sie war für das Gemüse zuständig. Vor oder nach dem Mittagessen hatte sie entweder einen einstündigen Termin beim Arzt oder nahm an einer Gruppendiskussion teil. Der Nachmittag stand zur freien Verfügung, und sie konnte zwischen mehreren Kursen wählen, im Freien arbeiten oder Sport treiben. Sie hatte mehrere Kurse belegt: Französisch, Stricken, Klavier und alte Geschichte.

»Die Klavierstunden nehme ich bei Reiko. Sie unterrichtet

auch Gitarre. Hier sind viele zugleich Lehrer und Schüler. Wer gut Französisch kann, unterrichtet Französisch. Wer Historiker ist, unterrichtet Geschichte, und wer gut Stricken kann, eben Stricken. Wir haben hier eine richtige Schule. Leider kann ich nichts, das ich anderen beibringen könnte.«

»Ich auch nicht«, bedauerte ich.

»Jedenfalls strenge ich mich hier viel mehr an als an der Uni, weil es mir solchen Spaß macht.«

»Und was machst du so nach dem Abendessen?«

»Mit Reiko schwätzen, lesen, Platten hören, andere besuchen und Spiele spielen, so was eben.«

»Ich spiele Gitarre und schreibe an meiner Autobiographie«, sagte Reiko.

»Ihrer Autobiographie?«

»War nur ein Witz.« Reiko lachte. »Wir gehen um zehn ins Bett und schlafen tief und fest. Ein ziemlich solider Lebenswandel, nicht?«

Ich warf einen Blick auf meine Uhr. Es war kurz vor neun. »Dann werdet ihr ja sicher bald müde?«

»Heute machen wir eine Ausnahme«, sagte Naoko. »Wo wir uns doch so lange nicht gesehen haben. Erzähl doch auch mal was.«

»Als ich in letzter Zeit so viel allein war, dachte ich auf einmal öfter an früher«, sagte ich. »Weißt du noch, wie Kizuki und ich dich einmal im Sommer in dem Krankenhaus an der Küste besucht haben? Da waren wir, glaube ich, in der elften.«

»Ich mußte am Brustkorb operiert werden.« Naoko lächelte. »Ich kann mich noch genau daran erinnern. Ihr seid mit dem Motorrad gekommen, und du hast mir eine Schachtel geschmolzene Pralinen mitgebracht. Man konnte sie kaum essen. Es kommt mir vor, als wäre das eine Ewigkeit her.«

»Stimmt. Damals schriebst du gerade an einem langen Gedicht.«

»In dem Alter schreiben alle Mädchen Gedichte.« Naoko kicherte. »Aber wieso ist dir das alles plötzlich wieder eingefallen?«

»Keine Ahnung. Einfach so. Vielleicht lag es am Geruch der Meeresbrise oder am Oleander – jedenfalls war es auf einmal wieder da. Hat Kizuki dich damals oft im Krankenhaus besucht?«

»Nein, fast nie. Wir hatten später einen großen Krach deswegen. Am Anfang kam er einmal, dann noch mal mit dir und das war's. Gemein von ihm, findest du nicht? Beim ersten Besuch zappelte er nur unruhig herum, brabbelte irgendwas und machte sich nach zehn Minuten wieder davon. Er hatte mir Orangen mitgebracht, von denen er mir eine schälte. Dann war er schon wieder verschwunden. Er könne Krankenhäuser nicht ausstehen, sagte er.« Naoko lachte. »In solchen Dingen war er unheimlich kindisch. Wer mag schließlich schon Krankenhäuser? Deshalb besucht man ja die Leute im Krankenhaus – damit sie sich wohler fühlen. Aber das hat er nicht begriffen.«

»Aber als wir dich zu zweit besucht haben, da war er ganz wie immer, oder?«

»Weil du dabei warst. Vor dir benahm er sich immer ganz normal. Er bemühte sich, seine Schwächen zu verbergen. Ich glaube, er mochte dich sehr und zeigte sich dir nur von seiner besten Seite. Wenn wir allein waren, ließ er sich eher mal gehen, denn im Grunde war er ziemlich launenhaft. Eben noch ganz vergnügt und redselig, und im nächsten Moment deprimiert. So ging es bei ihm ständig hin und her, schon seit seiner Kindheit. Er hat aber immer versucht, sich zu ändern, sich zu bessern.«

Naoko setzte sich anders hin.

»Aber er schaffte es nie so richtig, und darüber war er dann wieder wütend und enttäuscht. Es gab so viel Gutes und Sympathisches an ihm, aber er fand nie zu dem Selbstvertrauen, das er gebraucht hätte. Unentwegt grübelte er darüber nach, was er alles an sich ändern müßte. Armer Kizuki.«

»Wenn er sich tatsächlich immer bemüht hat, sich mir nur von der besten Seite zu zeigen, dann ist ihm das gelungen, würde ich sagen. Ich habe ihn wirklich nur von der besten Seite kennengelernt.«

Naoko lächelte. »Das würde ihn freuen. Du warst sein einziger Freund.«

»Er für mich auch. Ich habe sonst nie jemanden gekannt, den ich als meinen Freund bezeichnen würde – nicht vor Kizuki und nicht nach ihm.«

»Deshalb war ich auch so gern mit euch beiden zusammen. Dann bekam auch ich ihn nur von seiner besten Seite zu sehen und fühlte mich am wohlsten. Geborgen. Ich frage mich, wie du wohl unsere Treffen zu dritt empfunden hast?«

»Meist habe ich mir überlegt, was *du* wohl denkst«, sagte ich mit einem Kopfschütteln.

»Aber das Problem war, daß es so nicht immer weitergehen konnte. So ein kleiner, perfekter Kreis kann nicht ewig bestehen. Kizuki wußte das, ich wußte es und du auch, stimmt's?«

Ich pflichtete ihr bei.

»Ehrlich gesagt«, fuhr Naoko fort, »ich habe seine Schwächen genauso geliebt wie seine Stärken. Er war ja nie gemein oder bösartig, nur schwach. Ich habe oft versucht, ihm das zu erklären, aber er hat mir nie geglaubt. Er hat mir immer gepredigt, es liege nur daran, daß wir seit unserem dritten Lebensjahr zusammen waren, daß ich ihn zu gut kennen würde, um noch zwischen seinen guten Seiten und seinen Fehlern zu unterscheiden. Aber ich habe ihn geliebt, und ein anderer hat mich nie interessiert.«

Naoko lächelte mich traurig an.

»Unsere Beziehung ließ sich auch kaum mit einer normalen Beziehung zwischen einem Jungen und einem Mädchen vergleichen. Es war fast, als wären wir körperlich verbunden, als würde eine eigenartige Kraft uns wieder zueinander treiben, wenn wir einmal räumlich getrennt waren. Es war das Natürlichste von der Welt, daß Kizuki und ich eine Liebesbeziehung hatten. Darüber brauchten wir nie nachzudenken, wir hatten gar nicht die Wahl. Mit zwölf haben wir uns zum ersten Mal geküßt und mit dreizehn Petting gemacht. Ich kam in sein Zimmer oder er in meins und ich machte es ihm mit der Hand ... Ich wäre nie auf die Idee gekommen, daß wir uns frühreif verhielten. Alles ergab sich ganz selbstverständlich. Wenn er meine Brüste oder meine Vagina berühren wollte, hatte ich überhaupt nichts dagegen, und es machte mir auch nichts aus, ihm zu helfen, seinen überschüssigen Samen loszuwerden. Wenn man uns dafür ausgeschimpft hätte, wären wir bestimmt überrascht und empört gewesen, denn wir hatten nicht das Gefühl, etwas Unrechtes zu tun. Wir taten nur, was sich ganz von selbst ergab. Wir hatten uns schon immer jeden Winkel unserer Körper gezeigt, fast als gehörten sie uns gemeinsam. Weiter gingen wir eine ganze Weile nicht, weil wir Angst vor einer Schwangerschaft hatten und so gut wie keine Ahnung, wie man das verhüten kann ... So wurden Kizuki und ich zusammen erwachsen, Hand in Hand, als unzertrennliches Paar. Die Schwierigkeiten mit der Sexualität und der Entwicklung ihrer Persönlichkeit, die Heranwachsende in der Pubertät normalerweise durchmachen, blieben uns nahezu erspart. Wir waren, wie gesagt, in unserer Sexualität völlig unbefangen und gingen so ineinander auf, daß uns da kaum etwas als Problem bewußt wurde. Verstehst du das?«

»Ich glaube schon«, antwortete ich.

»Getrennt zu sein, war für uns unerträglich. Hätte Kizuki weitergelebt, wären wir zusammengeblieben, hätten uns geliebt und einander langsam unglücklich gemacht.«

»Unglücklich? Wieso denn das?«

Naoko fuhr sich mehrmals mit den Fingern durchs Haar, das ihr immer wieder ins Gesicht fiel, denn sie hatte ihre Spange abgenommen.

»Vielleicht, weil wir der Welt hätten zurückzahlen müssen, was wir ihr schuldig waren«, sagte Naoko und blickte zu mir auf. »Die Schmerzen des Erwachsenwerdens, zum Beispiel. Wir haben nicht bezahlt, als es an der Zeit dafür war, jetzt wird die Rechnung fällig. Deshalb ist Kizuki gestorben, und ich bin allein zurückgeblieben. Wir waren wie Kinder, die sich nackt auf einer einsamen Insel tummeln. Wenn wir Hunger bekamen, aßen wir einfach eine Banane; wenn wir uns einsam fühlten, schliefen wir einfach eng aneinander geschmiegt ein. Aber so etwas kann nicht von Dauer sein. Auch wir wurden erwachsen und mußten hinaus in die Gesellschaft. Deswegen warst du für uns so wichtig – du stelltest unsere Verbindung zur Außenwelt dar. Über dich versuchten wir, uns so gut wie möglich in sie einzufügen, aber am Ende hat es natürlich doch nicht funktioniert.«

Ich nickte.

»Glaub aber bitte nicht, wir hätten dich benutzt. Kizuki hatte dich wirklich gern. Nur war unsere Freundschaft mit dir unser erster näherer Kontakt zu einem anderen Menschen überhaupt. Und so ist es immer noch. Kizuki ist nun tot, aber du bist immer noch meine einzige Verbindung zur Außenwelt. Und wie Kizuki dich geliebt hat, liebe ich dich auch. Wir wollten es nie, aber wir haben dir wahrscheinlich das Herz gebrochen. Es ist uns nie in den Sinn gekommen, daß so etwas passieren könnte.«

Naoko senkte den Kopf und schwieg.

»Wie wär's jetzt mit einer heißen Schokolade?« fragte Reiko.

»Ja, sehr gern«, sagte Naoko.

»Ich würde lieber etwas von dem Brandy trinken, den ich mitgebracht habe«, sagte ich.

»Bitte, bitte«, erwiderte Reiko. »Kriege ich auch einen Schluck?«

»Natürlich«, antwortete ich lachend.

Reiko brachte zwei Gläser und wir tranken einander zu. Dann ging sie in die Küche, um den Kakao zu machen.

»Können wir nicht über etwas Heitereres sprechen?« fragte Naoko.

Aber mir fiel partout nichts Heiteres ein. Wie schade, dachte ich, daß es Sturmbandführer nicht mehr gibt! Man brauchte nur ein paar Anekdoten von diesem Kerl zu erzählen, schon brachen alle in Gelächter aus und die Stimmung war gerettet. So blieb mir nichts anderes übrig, als über die schmuddligen Zustände in meinem Wohnheim zu berichten. Ich hatte eigentlich keine Lust, über diesen Mist zu reden, aber Reiko und Naoko lachten sich halb kaputt darüber, weil es für sie so ungewöhnlich und absurd war. Anschließend machte Reiko sehr amüsant ein paar andere Patienten nach. Um elf sah Naoko so müde aus, daß Reiko die Couch auszog und mir Laken, Decke und Kissen gab, damit ich mein Bett machen konnte.

»Und falls Sie in der Nacht Lust kriegen, jemanden zu vergewaltigen, passen Sie auf, daß es nicht zu einer Verwechslung kommt«, sagte Reiko. »Der faltenlose Leib von Naoko ist der auf der linken Seite.«

»Gelogen, ich schlafe im rechten Bett!« rief Naoko.

Reiko lachte. »Übrigens habe ich uns für morgen nachmittag

vom Stundenplan befreit. Habt ihr Lust auf ein Picknick? Ich kenne da ein schönes Plätzchen nicht weit von hier.«

»Gute Idee«, sagte ich.

Nachdem die beiden sich die Zähne geputzt und sich in ihr Schlafzimmer zurückgezogen hatten, trank ich noch einen Brandy, streckte mich auf der Couch aus und ließ die Ereignisse des Tages, der mir unendlich lang vorkam, an mir vorüberziehen. Noch immer erfüllte weißes Mondlicht das Zimmer, und aus dem Raum nebenan, in dem Naoko und Reiko schliefen, drang bis auf das gelegentliche leise Knarren eines Bettes kaum ein Laut. Wenn ich die Augen schloß, flimmerten winzige Muster in der Dunkelheit, und in meinen Ohren vibrierten noch die Klänge von Reikos Gitarrenspiel. Schlaf überkam mich, trug mich fort und bettete mich in warmem Schlamm. Im Traum sah ich einen Bergpfad, der zu beiden Seiten von Weiden gesäumt war, von unglaublich vielen Weiden. Obwohl ein ziemlich starker Wind wehte, schwankten die Ruten der Weiden nicht. Während ich mich darüber noch wunderte, sah ich, daß auf jedem Zweig ein kleiner Vogel saß, der mit seinem Gewicht den Zweig beschwerte und so am Schwingen hinderte. Ich suchte mir einen Stock und schlug gegen die Zweige, um die Vögel zu verjagen, damit die Weiden sich frei bewegen konnten, doch statt davonzufliegen, verwandelten sie sich in Metallvögel und fielen klirrend zu Boden.

Als ich die Augen aufschlug, meinte ich weiterzuträumen. Automatisch ließ ich den Blick über den Boden des in weißem Mondlicht daliegenden Zimmers schweifen, auf der Suche nach den Metallvögeln, die natürlich nicht da waren. Statt dessen sah ich Naoko am Fußende der Couch sitzen und aus dem Fenster starren. Die Knie angezogen und das Kinn darauf gestützt, glich sie einem hungrigen Waisenkind. Ich suchte unter dem Kopfkissen nach meiner Uhr, um nachzuschauen, wie spät es war, aber sie war nicht mehr dort, wo ich sie abgelegt hatte. Aus dem Stand des Mondes schloß ich, daß es zwischen zwei und drei Uhr morgens sein mußte. Ich hatte großen Durst, beschloß aber, liegenzubleiben und Naoko zu beobachten. Sie trug das blaue Nachthemd von vorhin und im Haar auf einer Seite die Schmetterlingsspange, so daß ich ihr schönes Profil im Mondlicht sehen konnte. Seltsam, dachte ich, denn ich erinnerte mich, daß sie die Spange vor dem Schlafengehen abgelegt hatte.

Wie ein kleines Nachttier, das der Mondschein aus seinem Bau gelockt hatte, saß Naoko reglos da. Das Mondlicht fiel so auf sie, daß es die Silhouette ihres Mundes hervorhob, und ihr Herzschlag ließ diese zarte, verwundbare Silhouette fast unmerklich erbeben, als flüstere sie der Dunkelheit unhörbare Worte zu.

Ich schluckte, um gegen meinen Durst anzugehen, gab damit in der nächtlichen Stille jedoch ein auffällig lautes Geräusch von mir. Als sei das ein Signal für sie, stand Naoko auf und kam zu mir herüber. Ihr Nachthemd raschelte ein wenig, als sie sich neben meinem Kopfkissen auf den Boden kniete, um mir unverwandt in die Augen zu starren. Ich erwiderte ihren Blick, aber ihre Augen sprachen nicht zu mir. Sie waren unnatürlich klar und schienen den Einblick in eine jenseitige Welt zu erlauben, aber solange ich auch in ihre Tiefe spähte, ich konnte nichts darin erkennen. Zwischen unseren Gesichtern lagen nur etwa dreißig Zentimeter, aber Naoko war Lichtjahre von mir entfernt.

Als ich die Hand ausstreckte, um Naoko zu berühren, wich sie mit leicht bebendem Mund zurück. Im nächsten Moment begann sie langsam, von oben ihr Nachthemd aufzuknöpfen. Insgesamt waren es sieben Knöpfe. Während ich zusah, wie ihre schlanken, schönen Finger die kleinen, weißen Knöpfe einen nach dem anderen öffneten, fragte ich mich, ob ich nicht vielleicht doch noch träumte. Schließlich ließ Naoko das Nachthemd von ihren Schultern gleiten und warf es ab wie ein Insekt seine Larve. Bis auf ihre Schmetterlingsspange war sie völlig nackt. Noch immer auf dem Boden kniend und in das milde Licht des Mondes getaucht, war Naokos Körper so herzzerreißend nackt wie der eines Neugeborenen. Wenn sie sich – kaum merklich – bewegte, spielten Licht und Schatten subtil auf ihrer Haut. Ihre runden, schwellenden Brüste, ihre winzigen Nippel, die Einbuchtung ihres Nabels, ihr Becken und ihr Schamhaar warfen grobkörnige, sich kräuselnde Schatten, die auf ihrer Haut spielten wie Wellen auf der Oberfläche eines ruhigen Sees.

Wann war Naoko zu einem so vollkommenen Körper gekommen? Was war mit dem Körper geschehen, den ich in jener Nacht im Frühling umarmt hatte?

Damals, als sie so sehr geweint hatte, während ich sie langsam und zärtlich auszog, hatte ihr Körper bei mir den Eindruck von Unvollkommenheit hinterlassen. Ihre Brüste waren mir hart und die Brustwarzen seltsam vorstehend erschienen, die Hüften irgendwie starr und unbeweglich, auch wenn Naoko natürlich ein schönes, verführerisches Mädchen gewesen war und meine sexuelle Erregung mich mit überwältigender Macht fortgerissen hatte. Dennoch hatte ich, als ich sie nackt in den Armen hielt, sie streichelte und küßte, ihren Körper als eigentümlich unharmonisch und linkisch erfahren. Ich hätte ihr damals gern erklärt, daß ein Geschlechtsverkehr nichts Außergewöhnliches oder Gefährliches sei. »Naoko, ich bin jetzt in dir drin, aber das hat nicht viel zu bedeuten. Man kann das tun, aber man kann's auch lassen. Es ist nicht mehr und nicht weniger als die Vereinigung zweier Körper. Was wir hier machen, ist ein Gespräch mit Hilfe unserer unvollkommenen Körper. Indem wir sie aneinander reiben, teilen wir unsere Unvollkommenheit miteinander.« Aber natürlich wären diese Sätze nie richtig angekommen, und ich hatte mich damit begnügen müssen, Naoko schweigend an mich zu pressen. Und während ich das tat, konnte ich in ihrem Inneren eine harte Masse spüren, einen Fremdkörper, der nicht weichen wollte und mit dem ich niemals vertraut werden konnte. Und diese Empfindung erfüllte mich zugleich mit Liebe zu Naoko und verlieh meiner Erektion eine beängstigende Intensität.

Der Körper jedoch, den ich jetzt vor mir sah, war völlig anders. Naokos Körper mußte viele Verwandlungen durchlaufen haben, um in solcher Vollkommenheit im Mondlicht wiedergeboren zu werden. Alles mädchenhaft Mollige war seit Kizukis Tod daraus gewichen, und ein schöner Frauenkörper war entstanden. Naokos Anmut war so vollkommen, daß sie mich nicht sexuell erregte. Wie gebannt starrte ich auf ihre geschmeidige Taille, ihre vollen, runden Brüste, und sah hingerissen zu, wie ihr flacher Bauch sich bei jedem Atemzug über dem Schatten ihres weichen, schwarzen Schamhaars ruhig hob und senkte. So kniete sie etwa fünf oder sechs Minuten lang vor mir, bevor sie sich wieder ihr Nachthemd überstreifte und es von oben bis unten zuknöpfte. Als der letzte Knopf geschlossen war, erhob sie sich, öffnete leise die Tür zum Schlafzimmer und verschwand darin.

Lange blieb ich wie erstarrt liegen, bis mir die Idee kam aufzustehen. Ich hob meine Uhr auf, die zu Boden gerutscht war. Im Mondlicht erkannte ich, daß es zwanzig vor vier war. In der Küche schüttete ich mehrere Gläser Wasser in mich hinein, dann kroch ich wieder auf mein Lager, fiel aber erst in einen leichten Schlaf, als die Morgensonne bereits in alle Winkel des Zimmers vordrang und jede Spur des Mondlichts tilgte. Ich war im Halbschlaf, als Reiko ins Zimmer kam und mich mit einem lauten »Guten Morgen« und einem Klaps auf die Wange weckte.

Während Reiko mein Bett machte, bereitete Naoko in der Küche das Frühstück vor. »Guten Morgen«, sagte sie mit einem Lächeln. »Guten Morgen«, erwiderte ich. Ich stellte mich neben sie und schaute zu, wie sie, ein Lied summend, Wasser erhitzte und Brot aufschnitt. Nicht das mindeste an ihrem Verhalten deutete darauf hin, daß sie sich mir in der vergangenen Nacht nackt gezeigt hatte.

»Deine Augen sind ja ganz rot. Was ist los?« fragte sie, als sie mir Kaffee einschenkte.

»Ich bin mitten in der Nacht aufgewacht und konnte danach nicht mehr richtig einschlafen.«

»Haben wir geschnarcht?« fragte Reiko.

»Kein bißchen.«

»Ein Glück«, sagte Naoko.

»Das sagt er nur aus Höflichkeit.« Reiko gähnte. Zuerst glaubte ich, Naoko wolle sich vor Reiko nichts anmerken lassen oder genierte sich, aber als Reiko den Raum verließ, änderte sie ihr Verhalten nicht im geringsten, und ihre Augen hatten den gleichen transparenten Ausdruck wie sonst.

»Hast du gut geschlafen?« fragte ich Naoko.

»Ja, wie ein Stein«, antwortete sie unbefangen. Sie trug eine schlichte Haarspange ohne Verzierung. Eine gewisse Verunsicherung ließ mich während des ganzen Frühstücks nicht los. Ob ich mein Brot mit Butter bestrich oder mein gekochtes Ei schälte, immer wieder blickte ich zu Naoko hinüber, um vielleicht doch ein Zeichen zu entdecken.

»Was guckst du mich denn heute morgen ständig so an?« fragte Naoko verwundert.

»Er ist bestimmt verliebt«, sagte Reiko.

»Bist du in jemanden verliebt?« fragte Naoko.

»Könnte schon sein.« Ich lachte. Als die beiden anfingen, sich auf meine Kosten zu amüsieren, gab ich es auf, über mein nächtliches Erlebnis nachzugrübeln, und widmete mich meinem Brot und meinem Kaffee.

Nach dem Frühstück sagten Reiko und Naoko, sie würden jetzt die Vögel füttern gehen, und ich bot an mitzukommen. Die beiden zogen Jeans, Arbeitshemden und weiße Gummistiefel an. Von Blumenbeeten, Sträuchern und Bänken umgeben, lag die Voliere in einem kleinen Park hinter dem Tennisplatz und beherbergte alles mögliche Federvieh – Hühner, Tauben, Pfauen und Papageien. Zwei Männer zwischen Vierzig und Fünfzig, anscheinend ebenfalls Patienten, rechten das Laub zusammen, das auf den Wegen lag. Reiko und Naoko gingen zu ihnen hinüber, um ihnen einen guten Morgen zu wünschen, und Reiko brachte sie mit einem ihrer Witze zum Lachen. In den Blumenbeeten blühten Schmuckkörbchen, und die Sträucher waren perfekt gestutzt. Die Vögel brachen in begeistertes Gezwitscher aus und begannen im Käfig herumzuflattern, sobald sie Reiko entdeckten.

Aus einem Schuppen neben der Voliere holten die beiden einen Sack mit Vogelfutter und einen Schlauch. Naoko schraubte den Schlauch auf einen Wasserhahn und drehte das Wasser auf. Vorsichtig, damit kein Vogel ins Freie flog, schlüpften Naoko und Reiko in die Voliere, und Naoko spritzte den Boden ab, während Reiko ihn mit einem Schrubber bearbeitete. Der feine Sprühnebel glitzerte im Schein der Morgensonne. Flatternd ergriffen die Pfauen vor dem Wasserstrahl die Flucht. Ein Truthahn hob den Kopf und funkelte mich böse an wie ein grantiger alter Mann, und ein Papagei kreischte unter Flügelschlägen mißbilligend von seiner Stange herab. Als Reiko miaute, flüchtete er in die hinterste Ecke und zog den Kopf ein. Kurz darauf schrie er schon wieder »Danke! Spinner! Scheiße!«.

»Wer ihm das wohl beigebracht hat?« Naoko seufzte.

»Ich nicht«, sagte Reiko. »Solche Wörter kenne ich gar nicht.« Sie miaute wieder täuschend echt, worauf der Papagei eingeschüchtert verstummte.

»Er hatte mal eine Begegnung mit einer Katze. Seitdem hat er eine Todesangst, wenn er nur eine hört«, erklärte Reiko vergnügt.

Als sie mit dem Saubermachen fertig waren, legten sie die Geräte ab und füllten die Futternäpfe. Sofort platschte der Truthahn durch die Pfützen zu seinem Napf, versenkte gierig seinen Kopf darin und fraß, ohne sich von den Klapsen, die Naoko ihm auf den Schwanz gab, stören zu lassen.

»Macht ihr das jeden Morgen?« fragte ich sie.

»Ja, diese Arbeit wird meist Frauen zugeteilt, die neu hier sind, weil sie leicht ist. Möchtest du die Kaninchen sehen?«

In dem Stall hinter der Voliere schliefen ungefähr zehn Kaninchen im Stroh. Nachdem Naoko ihren Kot zusammengefegt und ihnen frisches Futter gegeben hatte, nahm sie ein Junges auf den Arm und kuschelte es an ihre Wange.

»Guck mal, wie niedlich«, sagte sie mit glücklichem Gesicht. Sie gab mir das Kaninchen, und das warme kleine Fellbündel duckte sich mit zuckenden Ohren in meine Hand.

»Keine Angst. Er tut dir nichts«, sagte Naoko zu dem Kaninchen, streichelte es mit dem Finger und lächelte mir dabei zu. Und weil es so ein strahlendes Lächeln ohne jeden Schatten war, lächelte ich unwillkürlich auch. Doch immer wieder fragte ich mich, was letzte Nacht wohl in Naoko gefahren war. Ohne jeden Zweifel war es die echte Naoko gewesen und kein Traum – und sie hatte sich wirklich ausgezogen und sich mir nackt gezeigt.

Gekonnt pfiff Reiko *Proud Mary* vor sich hin und stopfte Reiko den gesammelten Müll in eine Plastiktüte, die sie anschließend oben zuschnürte. Ich half den beiden, die Geräte und das Futter wieder in den Schuppen zu bringen.

»Der Morgen ist meine liebste Tageszeit«, sagte Naoko. »Er ist wie ein neuer Anfang. Nachmittags werde ich allmählich traurig, und den Abend mag ich am wenigsten. So wiederholt sich das Tag für Tag.«

»Und so wirst du immer älter, bis du eines Tages so alt bist wie ich. Es wird Morgen, es wird Abend, und ehe man sich versieht, ist man alt«, erklärte Reiko fröhlich.

»Aber Reiko, dir macht es doch gar nichts aus, älter zu werden«, sagte Naoko.

»Älter zu werden ist kein großes Vergnügen, aber noch einmal jung sein möchte ich auch nicht.«

»Warum denn nicht?« fragte ich.

»Zu anstrengend.« Weiter *Proud Mary* pfeifend, pfefferte Reiko ihren Besen in den Schuppen und schloß die Tür.

Im Haus tauschten die Frauen ihre Gummistiefel gegen Turnschuhe ein, denn jetzt stand Gartenarbeit auf dem Programm. Da gebe es nichts Interessantes zu sehen, außerdem sei es Teil einer Gruppenaktivität; ich solle lieber in der Wohnung bleiben und lesen, schlug Reiko vor. »Und unter dem Waschbecken steht ein Eimer voll schmutziger Unterwäsche. Die müßte gewaschen werden.«

»Sie nehmen mich auf den Arm, oder?« fragte ich verdutzt.

»Klar.« Reiko lachte. »Was denn sonst? Ist er nicht süß, Naoko?«

»Doch, wirklich.« Auch Naoko mußte lachen.

»Ich werde für meine Deutsch-Klausur lernen«, sagte ich seufzend.

»Braver Junge. Lern nur fleißig, bis zum Mittagessen sind wir zurück.« Kichernd gingen sie hinaus. Die Schritte und Stimmen von Leuten, die unter dem Fenster vorbeikamen, drangen zu mir herauf.

Ich ging ins Bad und wusch mir noch einmal das Gesicht, borgte mir einen Nagelknipser und schnitt mir die Nägel. Dafür, daß das Bad von zwei Frauen benutzt wurde, war es sehr karg bestückt. Außer Gesichtsreiniger, einer Lippencreme, Sonnenschutzmittel und Körperlotion verwendeten sie offenbar so gut wie keine Kosmetika. Nach dem Nägelschneiden machte ich mir in der Küche Kaffee, trank ihn und konzentrierte mich dabei auf mein Deutschlehrbuch, das ich aufgeschlagen auf dem Küchentisch liegen hatte. Als ich so im T-Shirt in der sonnendurchfluteten Küche saß und mich daran machte, die Formen in einer Grammatiktabelle auswendig zu lernen, beschlich mich das sonderbare Gefühl, zwischen den unregelmäßigen deutschen Verben und diesem Küchentisch bestünde eine unvorstellbar große, nicht zu überbrückende Distanz.

Nachdem die beiden Frauen gegen halb elf von der Gartenarbeit zurück waren, geduscht und sich umgezogen hatten, aßen wir zu dritt im Speisesaal zu Mittag und brachen dann zu unserer Wanderung auf. Diesmal war der Wachmann am Tor auf seinem Posten, wie es sich gehörte, und verzehrte gerade am Schreibtisch genüßlich sein Mittagessen, das man ihm anscheinend aus dem Speisesaal herübergebracht hatte. Aus dem Radio auf dem Regal ertönte eine Schnulze. Als wir uns näherten, hob er zur Begrüßung die Hand, und auch wir sagten höflich Guten Tag.

Reiko erklärte ihm, daß wir drei einen Spaziergang außerhalb des Geländes machen und in etwa drei Stunden zurück sein würden. »Bitte, bitte, ist ja schönes Wetter. Nur den Weg ins Tal sollten Sie meiden, weil er vom letzten Regen so stark ausgespült ist. Sonst gibt's nirgendwo ein Problem«, sagte der Wachmann. Reiko trug ihren und Naokos Namen samt Datum und Uhrzeit in eine Abwesenheitsliste ein.

»Bis später. Passen Sie gut auf sich auf«, rief der Wachmann uns nach.

»Ein netter Mann«, bemerkte ich.

»Auch wenn er nicht alle Tassen im Schrank hat.« Reiko tippte sich mit dem Finger an die Stirn.

Aber mit dem Wetter hatte er recht gehabt. Am blauen, blankgefegten Himmel hing nur ein zarter weißer Wolkenschleier, wie versuchsweise mit einem einzigen Pinselschwung aufgetragen. Eine Weile gingen wir an der niedrigen Mauer des Erholungsheims Ami entlang und schlugen dann einen steilen, schmalen Pfad ein, den wir schweigend im Gänsemarsch hinaufstiegen. Reiko ging voran, Naoko in der Mitte, und ich bildete die Nachhut. Mit sicheren Schritten stieg Reiko den schmalen Pfad hinauf, wie jemand, der die Berge kennt wie seine Westentasche. Naoko trug Blue Jeans und eine weiße Bluse, ihre Jacke hatte sie sich über den Arm gelegt. Im Gehen beobachtete ich, wie ihr schulterlanges Haar hin- und herschwang. Ab und zu drehte sie sich zu mir herum, und wenn unsere Blicke sich trafen, lächelte sie. Der Weg führte lange bergauf, aber Reiko dachte nicht daran, das Tempo zu drosseln. Naoko wischte sich zwar mitunter den Schweiß ab, aber sie fiel nicht zurück. Da ich schon seit einer ganzen Weile nicht mehr in den Bergen gewandert war, ging mir die Puste aus.

»Macht ihr öfter solche Wanderungen?« fragte ich Naoko.

»Ungefähr einmal in der Woche«, erwiderte sie. »Ist es zu anstrengend für dich?«

»Ein bißchen«, gab ich keuchend zu.

»Zwei Drittel haben wir geschafft«, rief Reiko, »wir sind

gleich da. Reißen Sie sich zusammen – Sie sind doch ein Junge, oder?«

»Ja. Aber untrainiert.«

»Tja, wenn man immer nur hinter den Mädchen her ist«, murmelte Naoko vor sich hin.

Ich hätte gerne etwas erwidert, aber ich war zu sehr außer Atem. Alle Augenblicke huschten rote Vögel mit einem Federschmuck auf dem Kopf vorbei, die sich prächtig gegen den blauen Himmel abhoben. Auf den umliegenden Feldern blühten zahllose weiße, blaue und gelbe Blumen, und die Luft war von Bienengesumm erfüllt. Beim Anblick dieser Landschaft vergaß ich meine Grübeleien und konzentrierte mich darauf, einen Fuß vor den anderen zu setzen.

Als der Pfad nach etwa zehn Minuten endete, hatten wir ein Hochplateau erreicht. Dort legten wir eine Rast ein, um uns den Schweiß zu trocknen, zu verschnaufen und einen Schluck Wasser aus unseren Feldflaschen zu nehmen. Reiko suchte sich ein Blatt, auf dem sie Flöte spielen konnte.

Der Weg, zu dessen beiden Seiten sich hohe Grasähren wiegten, führte nun wieder sanft bergab. Nach etwa einer Viertelstunde kamen wir durch ein verlassenes Dorf, das aus etwa einem Dutzend verfallener Häuser bestand. Keine Menschenseele war zu sehen. Hüfthoch stand das Gras zwischen den Häusern, und in den rissigen, löchrigen Mauern klebte weißer, eingetrockneter Taubendreck. Von einem Haus waren nur noch die Balken übrig, während andere noch so intakt aussahen, als müßte man nur die Läden öffnen, um sofort einziehen zu können. Wir folgten dem Weg, der wie eingezwängt zwischen diesen toten, verstummten Häusern durch das Dorf führte.

»Vor sieben, acht Jahren haben hier noch Leute gewohnt«, erzählte Reiko. »Felder gab es auch. Aber sie sind alle fortgezogen.

Das Leben ist hier einfach zu hart. Im Winter waren sie eingeschneit, und der Boden ist auch nicht besonders fruchtbar. Mit jeder Arbeit in der Stadt läßt sich auf leichtere Weise mehr verdienen.«

»Was für eine Verschwendung. Mindestens zehn von den Häusern sehen noch bewohnbar aus«, sagte ich.

»Irgendwann haben sich einmal ein paar Hippies hier niedergelassen, aber der Winter hat auch sie in die Flucht geschlagen.«

Ein Stück hinter dem verlassenen Dorf gelangten wir zu einer großen Einfriedung, die als Weide zu dienen schien, denn auf der gegenüberliegenden Seite grasten Pferde. Als wir am Zaun entlanggingen, rannte ein großer Hund schwanzwedelnd auf uns zu, sprang an Reiko hoch und beschnupperte ihr Gesicht; dann stürzte er sich verspielt auf Naoko. Ich stieß einen Pfiff aus, worauf er mir mit seiner langen Zunge schlabbernd die Hände leckte.

»Der Hund gehört zu der Weide«, erklärte mir Naoko, während sie ihm den Kopf streichelte. »Er ist bestimmt schon fast zwanzig Jahre alt. Die Zähne fallen ihm aus, und er kann nicht mehr richtig beißen. Den lieben langen Tag liegt er vor dem Café und döst, aber kaum hört er Schritte, kommt er angewetzt.«

Als Reiko ein Stück Käse aus ihrem Rucksack nahm, schnupperte der Hund, sprang hoch und biß begeistert hinein.

»Lange werden wir seine Gesellschaft nicht mehr genießen können«, sagte Reiko bedauernd. »Mitte Oktober werden die Pferde und Kühe auf Lastwagen getrieben und ins Tal gebracht. Nur im Sommer grasen sie auf der Weide, wenn das Café für die Touristen geöffnet ist – naja, für die ungefähr zwanzig Ausflügler am Tag. Wollen wir was trinken?«

»Klar«, sagte ich.

Der Hund führte uns zum Café, das sich als ein kleines, weiß gestrichenes Haus mit einer Veranda entpuppte, von dessen Dachtraufe ein verblichenes Schild in Form einer Kaffeetasse hing. Der Hund tapste uns voraus auf die Veranda und streckte sich dort schläfrig aus. Als wir uns an einem Tisch niedergelassen hatten, kam aus dem Haus ein Mädchen mit Pferdeschwanz, in Sweatshirt und weißen Jeans, und begrüßte Reiko und Naoko sichtlich erfreut.

Reiko stellte mich vor. »Das ist ein Freund von Naoko.«

»Guten Tag«, sagte sie.

»Guten Tag.«

Während die drei Frauen sich unterhielten, kraulte und kratzte ich dem alten Hund, der nun unter dem Tisch lag, den rauhen, sehnigen Hals. Er schloß die Augen und schnaufte wohlig.

»Wie heißt er denn?« fragte ich die Bedienung.

»Pepe.«

»Hallo, Pepe«, sagte ich, aber der Hund rührte sich nicht.

»Er ist schwerhörig«, erklärte das Mädchen. »Sie müssen lauter rufen, damit er es hört.«

»Pepe!« brüllte ich. Sofort öffnete Pepe die Augen und sprang mit einem Bellen auf.

»Braver Hund, ist ja schon gut. Leg dich wieder schlafen und genieß deinen Ruhestand«, beruhigte ihn das Mädchen, worauf Pepe sich wieder zu meinen Füßen niederplumpsen ließ.

Reiko und Naoko bestellten kalte Milch und ich ein Bier. Reiko bat das Mädchen, das Radio einzuschalten, und *Spinning Wheel* von Blood, Sweat and Tears ertönte.

»Eigentlich komme ich hierher, um Radio zu hören«, sagte Reiko zufrieden. »Sonst würden wir ja überhaupt nichts mehr von der Welt mitkriegen.«

»Wohnen Sie hier?« fragte ich das Mädchen.

»Nie und nimmer«, entgegnete sie. »Wenn ich hier übernachten müßte, würde ich vor Einsamkeit sterben. Abends fährt mich der Bauer in die Stadt und morgens komme ich wieder mit rauf.« Sie zeigte auf einen Laster mit Vierradantrieb, der ein Stückchen entfernt vor dem Büro des Weidebesitzers stand.

»Sie machen doch auch bald Ferien, nicht?« fragte Reiko.

»Ja, wir machen demnächst zu.«

Reiko bot ihr eine Zigarette an, und die beiden rauchten einträchtig.

»Sie werden uns fehlen«, sagte Reiko.

»Im Mai bin ich wieder hier«, sagte das Mädchen munter.

Im Radio ertönte *White Room* von Cream und nach der Werbung *Scarborough Fair* von Simon and Garfunkel, ein Stück, das Reiko besonders gut fand.

»Ich hab den Film gesehen«, erzählte ich.

»Wer spielt denn darin mit?«

»Dustin Hoffman.«

»Kenne ich nicht«, sagte sie und schüttelte traurig den Kopf. »Die Welt verändert sich wie verrückt, und ich kriege nichts davon mit.«

Sie fragte die Bedienung, ob sie ihr eine Gitarre leihen könne. Klar, sagte das Mädchen, stellte das Radio ab und brachte aus dem Haus eine alte Gitarre. Der Hund hob den Kopf und schnupperte daran. »Das ist nichts zu fressen«, sagte Reiko mit gespielter Strenge. Der Wind wehte den Duft von Heu zu uns heran. Vor uns zeichneten sich klar die Kämme der Berge ab.

»Wie in einer Szene aus der *Trapp-Familie*«, sagte ich zu Reiko, als sie die Gitarre stimmte.

»Was ist denn das?« fragte sie.

Sie suchte nach dem Anfangsakkord von *Scarborough Fair*. Da sie das Lied zum ersten Mal und ohne Noten spielte, gab es ein paar mißglückte Versuche, bis sie die richtigen Akkorde fand und die

Melodie flüssig spielen konnte. Beim dritten Mal hatte sie es raus und konnte sogar noch ein paar Schnörkel einbauen. »Ein gutes Gehör.« Reiko zwinkerte mir zu und zeigte mit dem Finger auf ihr Ohr. »Ich kann so gut wie jede Melodie spielen, die ich dreimal gehört habe.«

Sie spielte eine vollständige Version von *Scarborough Fair* und summte dazu mit. Wir drei applaudierten, und Reiko verneigte sich artig.

»Wenn ich früher ein Mozart-Konzert gegeben habe, bekam ich mehr Applaus.«

Als die Bedienung sich *Here Comes the Sun* von den Beatles wünschte und versprach, Reiko dafür die Milch zu spendieren, wies Reiko zum Einverständnis mit dem Daumen nach oben. Sie hatte keine besonders volle Stimme, vielleicht war sie auch vom Rauchen etwas heiser, aber sie sang dennoch so ausdrucksvoll und lebendig, daß mir beim Zuhören war, als ginge die Sonne noch einmal auf. Es war ein warmes und behagliches Gefühl.

Anschließend gab Reiko dem Mädchen die Gitarre zurück und bat sie, das Radio wieder einzuschalten. Sie schlug vor, daß Naoko und ich für ein Stündchen allein die Umgebung erkundeten.

»Ich möchte noch ein bißchen Radio hören und mit ihr plaudern. Es reicht, wenn ihr um drei wieder hier seid.«

»Dürfen wir denn so lange allein sein?« fragte ich.

»Eigentlich nicht, aber was soll's. Ich bin schließlich kein Anstandswauwau und will auch mal für mich sein. Außerdem kommen Sie ja auch nicht jeden Tag her und haben bestimmt einiges mit Naoko zu besprechen, oder?« Reiko steckte sich eine neue Zigarette an.

»Gehen wir.« Naoko stand auf.

Ich sprang auf und ging ihr nach. Der Hund wachte auf und folgte uns, gab jedoch bald auf und trollte sich zum Haus zurück, während wir einen ebenen Weg am Zaun entlangschlenderten. Hin und wieder griff Naoko nach meiner Hand oder schob ihren Arm unter meinen.

»Fast wie in alten Zeiten«, sagte sie.

»Das war nicht in alten Zeiten, sondern in diesem Frühjahr. Wenn das die alten Zeiten waren, dann hatten wir vor zehn Jahren die Antike.«

»Aber so kommt es mir vor«, erwiderte Naoko. »Tut mir übrigens leid wegen heute nacht. Ich war mit den Nerven fertig. Das war nicht nett, wo du doch extra hergekommen bist.«

»Macht nichts. Bei uns beiden haben sich inzwischen vermutlich eine Menge Gefühle angestaut, die wir allmählich rauslassen sollten. Wenn du also diese Gefühlen jemandem um die Ohren schlagen willst, dann nimm mich. Vielleicht verstehen wir uns dann besser.«

»Und wenn du mich besser verstehst, was wird dann?«

»Du begreifst nicht, worum es geht, oder? Was dann wird, ist nicht das Problem. Es gibt Leute auf der Welt, denen es Spaß macht, den ganzen Tag Zugfahrpläne zu lesen. Oder Leute, die aus Streichhölzern riesige Schiffsmodelle zusammenleimen. Da ist es doch nicht so seltsam, wenn es auf der Welt einen Mann gibt, der dich verstehen möchte.«

»Als Hobby?« fragte Naoko belustigt.

»So könnte man's auch nennen. Die meisten normalen Leute würden es Freundschaft oder Liebe nennen, aber wenn du es ein Hobby nennen willst, dann geht das auch in Ordnung.«

»Tōru, du hast doch Kizuki auch gern gehabt?«

»Natürlich«, antwortete ich.

»Und Reiko?«

»Ich mag sie sehr. Eine sehr nette Frau.«

»Ich frage mich, warum du dich ausgerechnet zu solchen Leuten hingezogen fühlst. Zu überspannten, gestörten Menschen, die nicht richtig schwimmen können und langsam ertrinken – wie ich, Kizuki und Reiko. Warum kannst du nicht normalere Menschen gernhaben?«

Ich dachte darüber nach. »Weil ich das anders sehe«, sagte ich dann. »Ich finde dich, Kizuki und Reiko überhaupt nicht gestört. Die Typen, die *ich* gestört finde, rennen ganz munter draußen rum.«

»Aber wir sind es. Glaub mir.«

Eine Zeitlang gingen wir wortlos nebeneinander her. Der Weg führte von der Weide ab und zu einer runden, von Bäumen umstandenen Wiese, die an einen Teich erinnerte.

»Manchmal wache ich nachts auf und habe unsägliche Angst«, sagte Naoko und preßte sich gegen meinen Arm. »Angst, daß ich verrückt bleibe und nie wieder normal werde, bis ich alt bin und verrotte. Bei diesem Gedanken breitet sich eine furchtbare Kälte in mir aus und es ist, als würde ich innerlich erfrieren. Das quält mich so ...«

Ich legte den Arm um Naoko und zog sie an mich.

»Es ist, als streckte Kizuki aus dem Dunkeln die Hand nach mir aus. ›Komm, Naoko, wir können nicht getrennt sein‹, höre ich ihn sagen. Und dann weiß ich nicht mehr, was ich tun soll.«

»Und was tust du?«

»Ich möchte nicht, daß du etwas Falsches denkst, Tōru.«

»Mach ich nicht.«

»Ich lasse mich von Reiko in den Arm nehmen. Ich wecke sie und krieche zu ihr ins Bett. Dann weine ich. Und sie streichelt mich, bis das Eis in mir schmilzt und ich wieder warm werde. Findest du das abartig?«

»Nein, was soll daran abartig sein? Natürlich wäre ich gern an Reikos Stelle.«

»Dann halt mich fest, jetzt gleich. Hier.«

Wir ließen uns im trockenen Gras nieder und umarmten uns. Das Gras war so hoch, daß es uns ganz verdeckte und wir nichts weiter sahen als den Himmel und die Wolken. Ich bettete Naoko behutsam ins Gras und schlang die Arme um ihren warmen, weichen Körper, und auch ihre Hände berührten mich. Wir küßten uns innig.

»Tōru?« flüsterte Naoko mir ins Ohr.

»Was denn?«

»Möchtest du mit mir schlafen?«

»Natürlich.«

»Aber kannst du noch warten?«

»Natürlich kann ich warten.«

»Bevor wir es tun, möchte ich noch ein bißchen stabiler werden. Ein besserer Hobby-Gegenstand für dich. Kannst du so lange warten?«

»Natürlich kann ich warten.«

»Bist du jetzt steif?«

»In den Knien?«

»Alberner Kerl«, kicherte Naoko.

»Wenn du wissen willst, ob ich eine Erektion habe – natürlich.«

»Könntest du vielleicht mit deinem dauernden ›natürlich‹ aufhören?«

»Gut, ich höre damit auf.«

»Ist das schwer für dich?«

»Was?«

»So steif zu sein?«

»Schwer?« fragte ich.

»Ich meine, leidest du?«

»Kommt darauf an, wie man es sieht.«

»Soll ich dir helfen, es loszuwerden?«

»Mit der Hand?«

»Hmm. Ehrlich gesagt, du piekst mich ganz schön damit.«

Ich rückte ein bißchen von ihr ab. »Besser so?«

»Danke.«

»Du, Naoko?« sagte ich.

»Was?«

»Ich möchte, daß du's machst.«

»Gern«, sagte sie und lächelte freundlich. Dann öffnete sie meinen Reißverschluß und umschloß meinen steifen Penis mit einer Hand.

»Warm«, sagte sie.

Als Naoko begann, ihre Hand zu bewegen, hielt ich sie zurück und knöpfte ihr die Bluse auf. Ich griff um ihren Rücken herum, öffnete ihren BH und küßte sanft ihre zarten rosa Nippel. Naoko schloß die Augen und begann langsam ihre Finger zu bewegen.

»Du kannst das ja!« sagte ich.

»Sei ein braver Junge und halt den Mund«, erwiderte Naoko.

Nachdem ich ejakuliert hatte, drückte ich sie zärtlich an mich und küßte sie wieder. Naoko schloß ihren BH und ihre Bluse, ich zog meinen Reißverschluß hoch.

»Kannst du jetzt bequemer gehen?« fragte mich Naoko.

»Danke der Nachfrage«, erwiderte ich.

»Dann könnten wir ja noch ein Stückchen gehen, wenn's dir recht ist.«

»Einverstanden.«

Wir durchquerten die Wiese, dann ein Wäldchen und eine weitere Wiese. Unterwegs erzählte Naoko mir von ihrer toten Schwester, über die sie bis dahin mit kaum jemandem gesprochen hatte, aber sie fand, sie sollte mir von ihr erzählen …

»Obwohl wir sechs Jahre auseinander und völlig verschieden waren, haben wir uns sehr lieb gehabt und uns nie gezankt. Ganz ehrlich. Vielleicht lag es auch nur daran, daß sie so viel älter war, und wir daher keinen Grund hatten, uns zu streiten?«

Naokos Schwester hatte zu jenen Menschen gehört, die in allem die besten sind. Sie war eine ausgezeichnete Schülerin, eine hervorragende Sportlerin, bei allen beliebt und ein Vorbild. Zudem so liebenswert, daß alle Jungen für sie schwärmten und die Lehrer begeistert von ihr waren. Sie hatte Hunderte von Urkunden und Ehrungen erhalten. Fast in jeder staatlichen Schule gibt es ein solches Mädchen. Es konnte auch nicht die Rede davon sein, daß ihr diese Erfolge zu Kopf gestiegen wären. Naoko betonte, daß sie das keineswegs nur behaupte, weil es sich um ihre eigene Schwester handle. Nein, sie sei wirklich überhaupt nicht hochnäsig oder eingebildet gewesen, obwohl sie allen Grund dazu gehabt hätte. Sie war eben von Natur aus die Beste in allem, was man von ihr verlangte.

»Daher beschloß ich, als ich klein war, das süße Mädchen zu spielen.« Naoko zwirbelte eine Grasähre zwischen den Fingern. »Natürlich hatte ich von klein auf unentwegt mitangehört, wie klug und sportlich meine Schwester war, und wie gern alle sie hatten. Darum war mir klar, daß ich sie niemals übertrumpfen konnte. Ich war nur ein winziges bißchen hübscher als sie, daher fanden meine Eltern wohl, sie sollten mich zur Niedlichkeit erziehen, und meldeten mich gleich in einer passenden Schule an. Samtkleidchen, Rüschenblüschen, Lackschühchen, Klavier- und Ballettunterricht. Das hatte zur Folge, daß meine Schwester noch verrückter nach mir wurde, als sie es ohnehin schon war. Ich war ihr süßes kleines Schwesterchen, dem sie ständig kleine Geschenke kaufte, das sie überallhin mitschleppte und mit dem sie die Hausaufgaben machte. Sie nahm mich sogar mit, wenn sie ein Rendezvous mit einem Jungen hatte. Sie war die liebevollste große Schwester, die man sich denken kann.

Niemand konnte begreifen, warum sie sich das Leben nahm. Es war wie bei Kizuki. Genau die gleiche Geschichte. Sie war auch siebzehn und hatte nie die leiseste Andeutung gemacht, daß sie vorhabe, Selbstmord zu begehen. Einen Abschiedsbrief hat sie auch nicht hinterlassen – genau die gleiche Situation, nicht wahr?«

»Scheint so.«

»Danach sagten alle, sie sei wohl zu intelligent gewesen, habe zu viele Bücher gelesen und so weiter. Sie hat wirklich sehr viel gelesen und besaß eine Unmenge von Büchern. Nach ihrem Tod hab ich einige davon gelesen, aber es war zu traurig. Am Rand standen ihre Bemerkungen, gepreßte Blumen lagen darin und Briefe von ihrem Freund. Ich mußte immer weinen.«

Schweigend spielte Naoko mit dem Grashalm.

»Sie war ein Mensch, der die meisten Dinge allein erledigte und nie jemanden um Rat oder Hilfe bat – aber nicht aus Stolz, glaube ich. Es war einfach ihre Art. Meine Eltern hatten sich daran gewöhnt und nahmen an, sie käme schon zurecht, wenn sie sie in Ruhe ließen. Sooft ich meine Schwester um Rat fragte, half sie mir, aber sie selbst bat nie jemanden um Hilfe. Sie war auch nie ärgerlich oder schlecht gelaunt. Wirklich, ich übertreibe nicht. Viele Frauen sind zum Beispiel schlechter Laune, wenn sie ihre Periode bekommen, und lassen sie an anderen aus. So etwas tat sie nie. Statt gereizt zu sein, zog sie sich zurück. Alle paar Monate einmal schloß sie sich für zwei Tage in ihrem Zimmer ein, ging nicht zur Schule, aß fast nichts und blieb im Bett. Sie lag einfach nur geistesabwesend in ihrem abgedunkelten Zimmer. Aber selbst in diesen Phasen war sie nicht launisch. Wenn ich aus der Schule zurückkam, rief sie mich an ihr Bett und fragte mich nach meinen Erlebnissen. Ich berichtete ihr, was ich mit meinen Freundinnen gespielt hatte, was die Lehrer gesagt hatten und welche Noten ich bekommen hatte. Sie hörte aufmerksam zu, gab mir Tips und machte Vorschläge. Aber wenn ich wieder gegangen war – um mit meinen Freundinnen zu spielen oder zum Ballettunterricht –, versank sie wieder in ihren geistesabwesenden Zustand. Nach zwei Tagen war der Spuk vorbei, und sie ging wieder munter zur Schule, als wäre nichts gewesen. Ungefähr vier Jahre lang ging das so. Anfangs machten sich meine Eltern Sorgen und holten anscheinend auch den Rat eines Arztes ein, aber da nach zwei Tagen immer alles wie weggeblasen war, meinten sie wohl, es würde sich schon von selbst geben. Sie war ja so ein intelligentes und vernünftiges Mädchen.

Nach ihrem Tod hörte ich einmal, wie meine Eltern sich über einen jüngeren Bruder meines Vaters unterhielten, der schon vor langer Zeit gestorben war. Auch er war sehr begabt gewesen, hatte aber zwischen seinem siebzehnten und seinem einundzwanzigsten Lebensjahr – vier Jahre lang! – das Haus nicht verlassen. Und dann ging er eines Tages plötzlich aus und warf sich vor einen Zug. Mein Vater sagte, vielleicht liege diese Art von geistiger Verwirrung in der Familie, von seiner Seite.«

Beim Erzählen zupfte Naoko gedankenverloren die Samen von der Grasähre, bis der Wind sie davongetragen hatte, und wand dann den nackten Halm wie eine Schnur um ihre Finger.

»Ich war es, die damals meine tote Schwester gefunden hat«, fuhr Naoko fort, »an einem trüben, regnerischen Novembertag, als ich in der sechsten und meine Schwester in der zwölften Klasse war.

Um halb sieben kam ich von der Klavierstunde. Meine Mutter war gerade dabei, das Abendessen zu machen. Das Abendessen ist gleich fertig, hol deine Schwester, bat sie mich. Ich ging in den ersten Stock, klopfte an ihre Zimmertür, aber sie gab keine Antwort, es blieb alles still. Das kam mir komisch vor, also klopfte ich noch mal und öffnete leise die Tür. Ob sie wohl eingeschlafen war? Aber sie schlief nicht. Sie stand im Fenster, ihr Hals war ein wenig zur Seite gebogen – so etwa – und starrte hinaus. Als dächte sie über etwas nach. Es war dunkel im Zimmer, das Licht war aus, und ich konnte nur Schemen erkennen. ›Was machst du denn da? Es gibt gleich Essen‹, sagte ich. Da merkte ich, daß sie irgendwie größer war als sonst. Ich wunderte mich. Hatte sie hohe Absätze an? Oder stand sie irgendwo drauf? Als ich näher an sie heranging und gerade wieder etwas sagen wollte, sah ich es. Über ihrem Kopf war ein Strick, der gerade von der Decke herunterhing – unnatürlich gerade. Wie mit dem Lineal gezogen. Meine Schwester hatte eine weiße Bluse an – genau so eine wie ich heute, ganz schlicht – und einen grauen Rock. Sie schien auf Zehenspitzen zu stehen, wie eine Ballerina, nur daß ihre Zehenspitzen etwa zwanzig Zentimeter über dem Boden schwebten. Ich nahm alle Einzelheiten in mich auf. Auch ihr Gesicht. Ich konnte nicht anders. Ich dachte, ich muß sofort runterlaufen und Mutter Bescheid sagen, ich muß schreien. Aber mein Körper gehorchte mir nicht. Mein Körper bewegte sich in eine völlig andere Richtung als mein Bewußtsein. Während mein Verstand mir befahl, auf der Stelle meine Mutter zu holen, versuchte mein Körper eigenmächtig, meine Schwester von dem Strick zu befreien. Das überstieg natürlich die Kräfte eines Kindes, und ich blieb für fünf, sechs Minuten da stehen, abwesend und wie erstarrt. Ich wußte nicht mehr, was ich tat. Als ob etwas in meinem Inneren gestorben wäre. Bis meine Mutter endlich kam, um nachzusehen, was los war, blieb ich bei meiner Schwester, an diesem dunklen, kalten Ort …«

Naoko schüttelte den Kopf.

»Drei Tage lang konnte ich nicht sprechen. Ich lag mit weit aufgerissenen Augen wie tot im Bett. Ich wußte nicht, was geschehen war.« Naoko schmiegte sich an meinen Arm. »Ich hab's dir ja geschrieben: die Wurzeln meiner Krankheit reichen tiefer, als du denkst. Darum möchte ich, daß du deinen Weg ohne mich gehst, wenn du kannst, und nicht auf mich wartest. Wenn du mit anderen Mädchen schlafen möchtest, tu das ruhig. Laß dich nicht durch Gedanken an mich von etwas abbringen. Tu ganz unbefangen, was dir gefällt. Sonst ziehe ich dich vielleicht mit, und wenn ich eins nicht will, dann das. Ich will dein Leben nicht zerstören. Niemandes Leben. Ich möchte nur, daß du mich ab und zu besuchst und mich nie vergißt. Mehr nicht.«

»Aber ich möchte nur das«, sagte ich.

»Wenn du dich mit mir einläßt, verschwendest du dein Leben.«

»Ich verschwende gar nichts.«

»Aber es kann sein, daß ich nie gesund werde. Willst du ewig auf mich warten? Willst du zehn oder zwanzig Jahre warten?«

»Du läßt dich von zu vielem verängstigen«, sagte ich. »Von der Finsternis, von Alpträumen, von der Macht der Toten. Das darfst du nicht. Wenn du das alles hinter dir läßt, wirst du bestimmt gesund.«

»Wenn das so einfach wäre.« Naoko schüttelte den Kopf.

»Magst du mit mir zusammenleben, wenn du das Heim verlassen kannst?« fragte ich. »Dann könnte ich dich vor der Dunkelheit und den bösen Träumen beschützen. Reiko wäre nicht da, aber ich würde dich im Arm halten, wenn es schlimm wird.«

Naoko schmiegte sich noch enger an meinen Arm. »Das wäre wunderbar«, sagte sie.

Kurz vor drei kamen wir wieder im Café an. Reiko las und hörte dabei das Zweite Klavierkonzert von Brahms im Radio. Es kam mir wundervoll vor, Brahms am Rande einer großen Wiese zu hören, ohne einen Menschen in Sicht. Reiko pfiff den Cello-Part mit, mit dem der dritte Satz beginnt.

»Backhaus und Böhm«, sagte sie. »Früher einmal habe ich diese Platte gehört, bis sie völlig abgenutzt war.«

Naoko und ich bestellten Kaffee.

»Konntet ihr reden?« erkundigte sich Reiko bei Naoko.

»Ja, eine Menge.«

»Und später erzählst du mir ganz genau, was ihr noch so getrieben habt.«

Naoko wurde rot. »So was haben wir gar nicht gemacht.«

»Wirklich? Gar nicht?« richtete Reiko die Frage an mich.

»Nein«, sagte ich.

»Wie langweilig!« sagte Reiko mit betont gelangweilter Miene.

»Stimmt«, sagte ich und schlürfte meinen Kaffee.

6. Kapitel

Das Abendessen im Speisesaal verlief haargenau wie am Vortag. Die Atmosphäre, die Stimmen, die Gesichter waren die gleichen, nur der Speisezettel hatte sich geändert. Der Mann im weißen Kittel, der am Abend zuvor über die Produktion von Verdauungssäften bei Schwerelosigkeit gesprochen hatte, setzte sich an unseren Tisch und referierte lange über die Korrelation zwischen Gehirnvolumen und Intelligenz. Während wir unsere Soja-Bratlinge verzehrten, lauschten wir seinen Ausführungen über den Umfang der Gehirne von Bismarck und Napoleon. Er schob seinen Teller zur Seite und zeichnete mit einem Kugelschreiber Skizzen von Gehirnen auf einen Block, wobei er mehrmals ›nein, falsch‹ rief und von neuem begann. Als er fertig war, verstaute er den Block sorgsam in einer Tasche seines weißen Kittels und schob den Kugelschreiber in die Brusttasche, in der sich insgesamt drei Kugelschreiber, ein Bleistift und ein Lineal befanden. Nach dem Essen wiederholte er seine Bemerkung vom Tag zuvor: »Im Winter ist es herrlich hier. Kommen Sie nächstes Mal unbedingt im Winter.« Damit verließ er den Saal.

»Ist er Arzt oder Patient?« fragte ich Reiko.

»Was schätzen Sie?«

»Ich kann's nicht sagen. Auf jeden Fall kommt er mir nicht ganz normal vor.«

»Er ist Arzt und heißt Dr. Miyata«, sagte Naoko.

»Ja schon, aber ich halte ihn für den Verrücktesten von uns allen«, ergänzte Reiko.

»Aber Herr Ōmura, der Torwächter, ist auch ziemlich daneben«, sagte Naoko.

»Stimmt.« Reiko nickte und spießte mit der Gabel ein Brokkoliröschen auf. »Jeden Morgen macht er verrückte Gymnastikübungen und brüllt dazu unverständliches Zeug. Vor Naokos Zeit gab es in der Buchhaltung ein Fräulein Kimura, das versucht hat, sich umzubringen. Und im letzten Jahr wurde ein Pfleger namens Tokushima entlassen, weil er ein starker Alkoholiker war.«

»Das klingt, als könnten die Patienten und das Personal auch die Plätze tauschen«, sagte ich.

»Genauso ist es.« Reiko schwenkte ihre Gabel. »Allmählich begreifen Sie, wie es hier läuft.«

»Scheint so.«

»Das Normalste an uns ist: wir wissen, daß wir nicht normal sind«, erklärte Reiko.

In der Wohnung spielten Naoko und ich Karten, während Reiko auf der Gitarre Bach übte.

»Um wieviel Uhr wollen Sie morgen fort?« fragte mich Reiko, als sie eine Zigarettenpause machte.

»Nach dem Frühstück. Der Bus kommt kurz nach neun. Dann bin ich abends rechtzeitig zur Arbeit in Tōkyō.«

»Schade, daß Sie nicht ein bißchen mehr Zeit haben.«

»Dann würde ich vielleicht hier hängenbleiben«, sagte ich lachend.

»Könnte passieren.« Sie wandte sich an Naoko. »Du, ich muß noch mal zu Okas und Weintrauben holen. Hab ich ganz vergessen.«

»Soll ich mitkommen?« fragte Naoko.

»Darf ich mir Herrn Watanabe ausleihen?«

»Sicher.«

»Machen wir also noch einen Abendspaziergang zu zweit.« Reiko nahm meine Hand. »Gestern nacht waren wir fast am Ziel, bringen wir es also heute ganz hinter uns.«

»Bitte, tut euch keinen Zwang an«, sagte Naoko kichernd.

Es wehte ein ziemlich kalter Wind. Reiko trug eine hellblaue Strickjacke über ihrer Bluse. Die Hände in den Hosentaschen, sah sie zum Himmel und schnupperte wie ein Hund. »Es riecht nach Regen.« Ich versuchte ebenfalls, den Regengeruch zu wittern, roch aber gar nichts. Allerdings verdunkelten dicke Wolken den Mond.

»Wenn man lange genug hier ist, kann man das Wetter riechen.«

Als wir in das Wäldchen mit den Häusern des Personals kamen, bat mich Reiko, einen Moment auf sie zu warten, und ging allein an eine Tür. Sie klingelte, und eine Dame, anscheinend die Hausfrau, öffnete, worauf die beiden kichernd ein Schwätzchen hielten. Schließlich ging die Frau ins Haus und kam mit einer großen Plastiktüte wieder heraus. Reiko bedankte sich, sagte gute Nacht und kehrte zu mir zurück.

»Schauen Sie mal – Weintrauben.« Reiko ließ mich einen Blick in die volle Tüte werfen.

»Essen Sie gern Weintrauben?«

»Ja, sehr.«

Sie reichte mir die oberste Traube. »Die sind schon gewaschen, die können Sie so essen.«

Im Gehen aßen Reiko und ich die frischen, saftigen Trauben. Kerne und Schalen spuckte ich auf die Erde.

»Ich gebe ihrem Sohn ab und zu Klavierunterricht. Dafür schenken sie mir immer etwas. Der Wein von gestern war auch von ihnen. Sie kaufen auch manchmal in der Stadt etwas für mich ein.«

»Ich würde gern das Ende Ihrer Geschichte von gestern hören«, sagte ich.

»In Ordnung, aber ob Naoko nicht mißtrauisch wird, wenn wir so lange wegbleiben?«

»Ich will sie trotzdem hören.«

»Also gut, wir brauchen aber ein Dach. Es ist ganz schön kühl heute.«

Vor dem Tennisplatz bog sie nach links ab. Wir gingen eine schmale Treppe hinunter und kamen an einer Reihe kleiner, länglicher Schuppen heraus. Reiko öffnete die Tür des ersten, ging hinein und schaltete das Licht ein. »Kommen Sie rein.« In dem Schuppen wurden Langlaufski, Skistiefel und Skistöcke aufbewahrt, in Regalen ordentlich aneinandergereiht. Auf dem Boden standen Schneeschieber und Säcke mit Streusalz.

»Früher war ich oft hier, um Gitarre zu üben und allein zu sein. Ist doch ganz gemütlich, oder?«

Reiko ließ sich auf den Streusalzsäcken nieder und lud mich auch dazu ein.

»Es wird leicht rauchig hier, aber darf ich mir trotzdem eine genehmigen?«

»Bitte, bitte.«

»Ich kann damit nicht aufhören. Mein einziges Laster.« Reiko runzelte die Stirn, rauchte jedoch genüßlich. Ich kannte nur wenige Menschen, die mit solchem Vergnügen rauchten. Ich aß meine Trauben, nachdem ich die Haut abgezogen hatte, und warf die Schalen in die leere Dose, die als Mülleimer diente.

»Wie weit waren wir gestern gekommen?« fragte Reiko.

»In einer stürmischen Nacht erklommen Sie die steile Klippe, um das Nest der Mehlschwalbe auszurauben, glaube ich.«

»Erstaunlich, wie Sie mit so ungerührtem Gesicht über die ernstesten Dinge scherzen können«, sagte Reiko mit gespielter Empörung. »Also, ich gab dem Mädchen jeden Samstagmorgen Klavierunterricht, nicht wahr?«

»Genau.«

»Wenn man die Menschen auf der Welt in gute und schlechte Lehrer einteilen kann, zähle ich mich eher zu den ersteren«, sagte Reiko. »In meiner Jugend war ich zwar ganz anderer Meinung, wahrscheinlich hätte das nicht in mein Selbstbild gepaßt, aber in einem gewissen Alter habe ich erkannt, daß ich gut darin bin, anderen etwas beizubringen. Wirklich gut.«

»Das glaube ich auch.«

»Ich bin der Typ, der mit anderen mehr Geduld hat als mit sich selbst und die guten Seiten anderer besser zum Vorschein bringen kann als die eigenen. Ich bin wie die Reibfläche einer Streichholzschachtel. Aber das macht nichts. Ich habe nichts dagegen, denn ich bin lieber eine erstklassige Streichholzschachtel als ein zweitklassiges Streichholz. Erst als ich das Mädchen unterrichtete, wurde mir das klar. Ich hatte schon früher, als ich jünger war, nebenbei ein paar Schüler gehabt und mich überhaupt nicht so gesehen, wogegen der Unterricht, den ich dem Mädchen gab, einen ganz anderen Stellenwert annahm und für mich eine Art Durchbruch bedeutete. So gut klappten unsere Stunden.

Wie gesagt, ihre Technik war eher schlecht, und eine Karriere als Musikerin wäre sowieso nicht mehr in Frage gekommen, also konnte ich die Sache gelassen angehen. Zudem ging sie auf eine Mädchenschule, die bei halbwegs anständigen Noten wie eine Rolltreppe zur Universität führen würde, so daß sie sich auch dort kein Bein auszureißen brauchte. Ihre Mutter war ohnehin dafür, ›es leicht zu nehmen‹. Darum setzte ich sie nicht unter Druck. Schon als ich sie das erste Mal sah, wußte ich, daß sie zu den Kindern gehörte, bei denen man mit Druck gar nichts erreicht. Sie tat nur, was ihr gefiel. Also ließ ich sie zuerst spielen, wie es ihr gefiel, hundert Prozent so, wie es ihr gefiel. Als nächstes spielte ich ihr das gleiche Stück auf verschiedene Arten vor, und wir besprachen gemeinsam, welche Version die beste war oder ihr am besten gefiel. Schließlich ließ ich sie das Stück noch einmal spielen, und es gelang ihr immer viel besser als beim ersten Mal, weil sie sich die besten Passagen herauspickte und sie übernahm.«

Reiko holte Atem und betrachtete die Glut ihrer Zigarette. Ich aß schweigend meine Trauben.

»Ich glaube, ich habe ein ziemlich gutes Gespür für Musik, aber ihres war noch besser. Wie schade, dachte ich damals. Hätte sie schon von klein auf einen guten Lehrer und richtigen Unterricht gehabt, hätte sie so viel weiter sein können. Das bildete ich mir damals ein, aber das war ein großer Irrtum. Im Grunde war dieses Kind für einen konventionellen, geregelten Unterricht ungeeignet. Solche Menschen gibt es. Sie haben eine große Begabung, aber es ist zu anstrengend für sie, sie systematisch zu entfalten. Sie zerstückeln ihr Talent in kleine Häppchen und vergeuden es auf diese Weise. Ich habe schon viele solcher Menschen kennengelernt. Am Anfang hält man sie für erstaunlich begabt. Es gibt zum Beispiel Leute, die können ein höllisch schwieriges Stück sofort spielen, nachdem sie es nur einmal überflogen haben. Und sogar gut spielen. Wen man das sieht, ist man überwältigt. Das könnte ich nie! Aber das war's dann auch. Weiter kommen sie nicht. Und warum nicht? Weil sie die Anstrengung scheuen. Weil man ihnen keine Disziplin beigebracht hat. Sie sind verwöhnt. Ihre Begabung hat ausgereicht, um ihnen als Kindern mühelos das Lob der Erwachsenen zu sichern, drum finden sie jede Anstrengung überflüssig. Wozu andere Kinder drei Wochen brauchen, das schaffen sie in der Hälfte der Zeit, also stellt ihnen der Lehrer die nächste Aufgabe, die sie wieder in der Hälfte der Zeit bewältigen. Und immer so weiter. Auf diese Weise lernen sie nie, was Mühe heißt, und in ihrer Charakterbildung fehlt ein wichtiges Element. Das ist tragisch. Ich habe selbst solche Tendenzen gehabt, aber zu meinem Glück hatte ich sehr strenge Lehrer und lernte, dagegen anzugehen.

Trotzdem machte es Spaß, das Mädchen zu unterrichten. Es war, wie auf der Autobahn einen tollen Sportwagen zu fahren, der auf die leiseste Berührung reagiert – manchmal vielleicht zu rasch reagiert. Ein Kniff beim Unterricht mit Kindern besteht darin, sie nicht zu sehr zu loben, denn wer von klein auf ständig gelobt wird, gewöhnt sich daran und hält Lob für selbstverständlich. Man muß es klug dosieren. Außerdem darf man Kindern nichts aufzwingen, man muß sie selbst wählen lassen. Natürlich darf man ihnen nicht gestatten, von einer Sache zur nächsten zu rennen, sondern muß sie dazu bringen, durchzuhalten und nachzudenken. Aber das ist beinahe schon alles. Wenn man das tut, erzielt man gute Ergebnisse.«

Reiko warf ihre Kippe auf den Boden und trat sie aus. Dann holte sie tief Luft, wie um sich zu beruhigen.

»Nach unseren Stunden tranken wir immer zusammen Tee und plauderten ein bißchen. Manchmal spielte ich ihr Jazzstücke vor, Bud Powell oder Thelonious Monk zum Beispiel. Aber meistens redete sie. Und erzählen konnte sie – richtig mitreißend. Wie gesagt, das meiste war erfunden, aber sie war eine talentierte Erzählerin mit einer scharfen Beobachtungsgabe, sie war scharfzüngig, hatte einen ätzenden Humor und sprach einen vor allem emotional an. Ja, das war ihre eigentliche Stärke: einem Gefühle zu entlocken, einen zu rühren. Und sie wußte, daß sie diese Macht besaß, und setzte sie so raffiniert und wirkungsvoll wie möglich ein. Sie verstand es, in ihrem Gegenüber jedes Gefühl zu erwecken – Zorn, Trauer, Mitleid, Enttäuschung oder Freude. Und sie manipulierte die Gefühle anderer aus keinem anderen Grund, als um zu sehen, wie weit ihre Macht reichte. Das habe ich natürlich erst viel später begriffen. Zunächst ahnte ich nicht einmal, was sie mir antat.«

Reiko schüttelte den Kopf und nahm sich von den Trauben.

»Es war eine Krankheit. Das Mädchen glich dem faulen Apfel, der alle anderen Äpfel verdirbt. Und niemand konnte sie davon heilen. Bis zu ihrem Tod wird sie diese Krankheit behalten. Wenn man sich das vor Augen führt, ist sie natürlich ein armes Ding. Bemitleidenswert. Wenn ich nicht selbst ihr Opfer geworden wäre, würde ich *in ihr* ein Opfer sehen.«

Reiko aß noch ein paar Trauben. Anscheinend überlegte sie, wie sie mit ihrer Geschichte am besten fortfahren sollte.

»Jedenfalls hatten wir ein halbes Jahr lang viel Spaß miteinander. Hin und wieder kam es vor, daß sie etwas sagte, das ich ein bißchen abwegig fand. Manchmal erschrak ich auch zutiefst, wenn ich merkte, daß ihr intensiver Haß auf irgendeine Person jedes vernünftige Maß überstieg. Oder sie erschien mir plötzlich so gerissen, daß ich mich fragte, was wirklich in ihrem Kopf vorging. Aber haben wir nicht alle unsere Fehler? Schließlich war ich nur ihre Klavierlehrerin. Stand es mir denn zu, über ihren Charakter oder ihre Persönlichkeit zu urteilen? Mich ging nur eins an – ob sie übte oder nicht. Zudem hatte ich sie gern. Ja, es ist wahr, ich hatte sie sehr gern.

Allerdings hütete ich mich instinktiv davor, ihr persönliche Dinge anzuvertrauen. Obwohl sie mich mit Fragen löcherte – sie wollte dringend mehr über mich erfahren, gab ich nur Belanglosigkeiten aus meiner Kindheit und Schulzeit preis, mehr nicht. Über mich gebe es nichts zu erzählen, mein Leben sei langweilig – ein durchschnittlicher Ehemann, ein Kind und jede Menge Hausarbeit. ›Aber ich habe Sie so lieb‹, sagte sie dann und schaute mir treuherzig in die Augen. Es ging mir durch und durch, wenn sie mich so ansah. Kein unangenehmes Gefühl. Dennoch erzählte ich ihr nie mehr als nötig.

Und dann eines Tages – im Mai, glaube ich – sagte sie plötzlich während des Unterrichts, ihr sei übel. Sie sah wirklich blaß aus, und Schweiß stand ihr auf der Stirn. Möchtest du lieber nach Hause gehen? fragte ich sie, aber sie sagte, sie wolle sich lieber ein bißchen hinlegen. Weil unser Sofa zu winzig war, brachte ich sie ins Schlafzimmer – ich mußte sie fast tragen – und legte sie auf mein Bett. Sie entschuldigte sich für die Umstände, die sie mir mache, und ich beruhigte sie. Ein Glas Wasser trinken wollte sie auch nicht, ich sollte einfach nur bei ihr bleiben, was ich natürlich tat.

Kurz darauf bat sie mich mit leidender Stimme, ihr doch ein wenig den Rücken zu massieren. Da ich sah, daß sie stark schwitzte, massierte ich ihr den Rücken, so gut ich konnte. Als nächstes bat sie mich, ihren BH zu öffnen, er kneife. Und ich tat es, was weiß ich, warum. Sie hatte eine enge Bluse an, also mußte ich die erst aufknöpfen, um den BH öffnen zu können. Für eine Dreizehnjährige hatte sie recht volle Brüste, doppelt so groß wie meine. Und sie trug auch keinen Jungmädchen-BH, sondern ein teures Modell für Damen. Natürlich achtete ich damals nicht sonderlich darauf, sondern massierte ihr wie eine Idiotin den Rücken, während sie sich weiter im jämmerlichsten Ton entschuldigte und ich sie zu beruhigen versuchte.«

Reiko schnippte ihre Asche auf den Boden. Inzwischen hatte ich aufgehört, Trauben zu futtern und hörte ihr gespannt zu.

»Als nächstes fing sie an zu weinen. ›Was hast du denn?‹ fragte ich.

›Nichts, gar nichts.‹

›Offensichtlich ist doch etwas. Sag es mir ehrlich.‹

›Manchmal wird mir so, ich weiß nicht wie. Dann fühle ich mich so verlassen und traurig. Mit keinem Menschen kann ich reden, und niemand hat mich lieb. Das tut so weh. Nachts kann ich nicht schlafen, und essen mag ich auch nichts. Die Stunde bei Ihnen ist das einzige, worauf ich mich noch freue.‹

›Sag mir, woher das kommt. Ich höre dir zu.‹

Nun erzählte sie mir von Problemen in der Familie. Sie könne ihre Eltern nicht lieben, und ihre Eltern liebten sie auch nicht. Ihr Vater habe ein Verhältnis mit einer anderen Frau und sei kaum zu Hause. Ihre Mutter sei deswegen außer sich und lasse es an der Tochter aus. Fast jeden Tag werde sie geschlagen und traue sich kaum noch nach Hause. Inzwischen schluchzte sie wirklich herzerweichend, und die Tränen strömten nur so aus ihren schönen Augen. Ihr Anblick hätte Götter erweicht. Da bot ich ihr an, sie könne mich auch außerhalb des Unterrichts besuchen. Gleich schlang sie die Arme um mich und sagte: ›Ach, es tut mir ja so leid, aber wenn ich Sie nicht hätte, wüßte ich nicht, was ich tun sollte. Bitte, lassen Sie mich nicht im Stich. Wenn Sie mich im Stich lassen, weiß ich nicht wohin.‹

Nun ja, da konnte ich wohl nicht anders, als ihren Kopf an mich zu drücken, sie zu streicheln und ›Ist ja gut, ist ja gut‹ zu sagen. Allmählich wurde mir ziemlich seltsam zumute. Mein Körper fühlte sich irgendwie heiß an. Da saß ich nun mit diesem bildschönen Mädchen im Arm auf dem Bett, und sie liebkoste unglaublich sinnlich meinen Rücken, so wie mein Mann es nie fertiggebracht hätte, und ich merkte, daß ich durch all diese Berührungen ganz außer mir geriet, so geschickt war sie. Ehe ich mich versah, hatte sie mir die Bluse und den BH ausgezogen und streichelte meine Brüste. Und da endlich begriff ich: das Mädchen ist eine waschechte Lesbe. So etwas war mir schon früher einmal passiert, in der Oberschule, mit einer der höheren Töchter dort. Ich befahl ihr, sofort aufzuhören.

›Ach bitte, nur ein bißchen‹, bettelte sie. ›Ich fühle mich so einsam. Weisen Sie mich nicht zurück. Ich bin so einsam, bitte, glauben Sie mir, ich habe doch nur Sie, oh, bitte, verstoßen Sie mich nicht.‹ Sie nahm meine Hand und legte sie auf ihre Brust – auf ihre wunderschöne Brust. Bei dieser Berührung ging es mir durch und durch. Obwohl ich eine Frau bin. Ich wußte nicht mehr ein noch aus und wiederholte nur wie eine Schwachsinnige ›laß das, laß das‹. Mein Körper rührte sich nicht. Damals in der Schule hatte ich mich zu wehren gewußt, aber diesmal war ich ausgeliefert, wie gelähmt. Sie preßte meine Hand mit ihrer Linken an ihre Brust und knabberte und leckte dabei hingebungsvoll an meinen Brustwarzen, und mit der rechten Hand streichelte sie meinen Rücken, meine Flanken und meinen Hintern. Heute kann ich es kaum fassen: Da ließ ich mich in meinem eigenen Schlafzimmer, hinter zugezogenen Gardinen, fast nackt – irgendwie war's ihr gelungen, mich Stück für Stück auszuziehen – von einem dreizehnjährigen Mädchen streicheln und wand mich vor Lust. Ist das nicht Wahnsinn? Ich war wie behext. Sie saugte an meinen Brustwarzen und schluchzte immer weiter – ›Ich bin so unglücklich, ich habe doch nur Sie, verlassen Sie mich nicht, ich bin so ungücklich‹ –, und ich stammelte nur immer ›hör auf, hör auf‹.«

Reiko unterbrach sich, um einen Zug an ihrer Zigarette zu nehmen.

»Das ist das erste Mal, daß ich diese Geschichte einem Mann erzähle«, sagte sie und wandte mir ihr Gesicht zu. »Ich erzähle sie Ihnen, weil ich glaube, ich sollte es tun, aber ich schäme mich entsetzlich.«

»Tut mir leid«, sagte ich. Mehr fiel mir nicht ein.

»So ging es eine Weile, bis ihre rechte Hand nach unten wanderte und mich da berührte, durch mein Höschen hindurch. Inzwischen war ich klatschnaß. Ich schäme mich, es einzugestehen, aber ich war noch nie so naß gewesen – und war's auch seither nie mehr.

Ich hatte mich bis dahin immer für eine sexuell nicht besonders erregbare Frau gehalten und wußte nicht, wie mir geschah. Dann schob sie ihre weichen, schlanken Finger in mein Höschen, und ... Sie wissen schon. Ich kann's nicht aussprechen. Jedenfalls völlig anders, als wenn eine grobe, ungeschickte Männerhand dort rumfingert. Es war erstaunlich – wie von Federn oder Daunen berührt zu werden. Anscheinend war ich dabei, endgültig den Kopf zu verlieren. Glücklicherweise wußte ich bei aller Verstörtheit noch, daß ich dagegen ankämpfen mußte. Ließe ich es einmal geschehen, gäbe es kein Zurück mehr, und wenn ich ein solches Geheimnis mit mir herumtragen müßte, würde ich bestimmt wieder völlig ausrasten. Dann dachte ich an meine kleine Tochter. Was wäre, wenn sie mich so sähe? Samstags blieb sie immer bis drei Uhr bei meinen Eltern, aber sie konnte ja aus irgendeinem unvorhergesehenen Grund früher nach Hause kommen. Dieser Gedanke gab mir Kraft. ›Aufhören, bitte!‹ schrie ich.

Aber sie dachte nicht daran. Statt dessen zog sie mir das Höschen aus und begann, mich zu lecken – selbst meinem Mann hatte ich das fast nie gestattet, so verlegen machte es mich, und nun ließ ich mich von einer Dreizehnjährigen dort unten lecken! Fast gab ich mich geschlagen. Ich konnte nur noch weinen. Und es war himmlisch.

›Hör auf‹, rief ich mit letzter Anstrengung und versetzte ihr, so fest ich konnte, eine Ohrfeige. Da hörte sie endlich auf und sah mir ins Gesicht. Splitternackt hockten wir auf dem Bett und starrten uns an. Sie war dreizehn, ich einunddreißig ... aber der Anblick ihres Körpers überwältigte mich. Ich sehe sie noch genau vor mir und kann es immer noch nicht glauben, daß dies der Körper einer Dreizehnjährigen war. Mit ihr verglichen sah ich zum Heulen aus. Wirklich.«

Dazu konnte ich nichts sagen, also schwieg ich.

»Was denn los sei, fragte sie mich entgeistert. ›Es gefällt Ihnen doch auch, das wußte ich von Anfang an. Ich weiß, daß Sie es mögen. Ist doch viel schöner als mit einem Mann, oder? Sie sind ja auch ganz naß. Ich kann es noch viel schöner für Sie machen, so schön, daß Sie dahinschmelzen. Das wollen Sie doch, oder?‹ Und sie hatte recht. Mit ihr war es viel schöner als mit meinem Mann. Und ich *wollte*, daß sie weitermachte, aber ich *wußte*, daß ich das auf keinen Fall zulassen durfte. ›Wir machen es einmal in der Woche‹, sagte sie. ›Niemand wird's erfahren. Es bleibt unser Geheimnis.‹

Ich stand auf, zog meinen Bademantel an und sagte ihr, sie solle verschwinden und sich nie mehr blicken lassen. Sie sah mich nur an. Ihre Augen waren ganz anders als sonst, völlig ausdruckslos, wie auf Pappe gemalt. Sie hatten jede Tiefe verloren. Nachdem sie mich eine Weile so angestarrt hatte, sammelte sie wortlos ihre Kleider ein, zog sich provozierend langsam an. Dann ging sie ins Klavierzimmer zurück, nahm eine Bürste aus ihrer Tasche, bürstete sich die Haare, wischte sich mit einem Taschentuch das Blut von der Lippe, zog schließlich ihre Schuhe an und ging. Beim Hinausgehen sagte sie noch: ›Sie sind lesbisch und werden es bis zu Ihrem Lebensende bleiben, auch wenn Sie es noch so leugnen«.

»Stimmt das?« fragte ich.

Reiko spitzte die Lippen und überlegte einen Moment. »Ja und nein. Ich fand es eindeutig erregender mit ihr als mit meinem Mann. Das steht fest, und es gab auch eine Zeit, in der mich diese Frage richtig gequält hat – vielleicht war ich lesbisch und hatte es nur noch nicht gemerkt? Doch inzwischen glaube ich das nicht mehr. Was nicht heißt, daß ich nicht die Tendenz dazu hätte. Wahrscheinlich habe ich die, aber im üblichen Sinn lesbisch bin ich nicht. Wenn ich eine Frau ansehe, empfinde ich nie Begehren. Verstehen Sie, was ich meine?«

Ich nickte.

»Gewisse Mädchen fühlen sich zu mir hingezogen, und ich spüre das sofort. Nur dann regt sich auch in mir etwas. Aber wenn ich zum Beispiel Naoko im Arm halte, empfinde ich gar nichts Besonderes. Wenn es heiß ist, spazieren wir fast nackt in der Wohnung herum, wir baden zusammen, und manchmal schlafen wir auch in einem Bett ... aber es passiert nichts. Ich empfinde nichts. Sie hat einen schönen Körper, das sehe ich, aber mehr nicht. Einmal haben wir gespielt, wir wären Lesben, Naoko und ich. Möchten Sie davon hören?«

»Ja, erzählen Sie nur.«

»Als ich Naoko die Geschichte mit dem Mädchen erzählt habe – wir erzählen uns alles –, hat Naoko mich probeweise gestreichelt. Wir haben uns nackt ausgezogen, aber es funktionierte nicht, es hat nur gekitzelt, und wir wären vor Lachen fast gestorben. Wenn ich nur daran denke, juckt es mich, so unbeholfen war sie. Sind Sie jetzt erleichtert?«

»Ehrlich gesagt, ja«, erwiderte ich.

»Tja, und das war auch im großen und ganzen meine Geschichte.« Reiko kratzte sich mit dem kleinen Finger an der Augenbraue. »Nachdem das Mädchen gegangen war, saß ich eine Zeitlang wie benommen im Sessel und wußte nicht, was ich tun sollte. Tief in meiner Brust pochte dumpf mein Herz, meine Arme und Beine fühlten sich unendlich schwer an, mein Mund war so trocken, als hätte ich eine Motte verspeist. Meine Tochter würde bald nach Hause kommen, zuvor wollte ich unbedingt ein Bad nehmen und meinen Körper, den das Mädchen gestreichelt und geleckt hatte, wieder reinigen, doch sosehr ich mich auch mit Seife schrubbte, ich wurde das schleimige Gefühl nicht los. Ich wußte, ich bildete es mir wohl nur ein, aber das half nichts. In der folgenden Nacht bat ich meinen Mann, mich zu lieben, weil ich hoffte, auf diese Weise die Beschmutzung loszuwerden. Natürlich konnte ich ihm nichts erzählen – ausgeschlossen. Statt dessen bat ich ihn, mich in die Arme zu nehmen und sich mehr Zeit zu lassen als sonst. Er war unglaublich zärtlich zu mir und nahm sich sehr viel Zeit. Und ich kam so heftig, daß Blitze mich durchzuckten, so wie ich es während unserer ganzen Ehe noch nie erlebt hatte. Und warum? Weil ich noch immer die Finger dieses Mädchens auf meinem Körper spürte, nur darum. Uff, ist das peinlich, von Sex und Orgasmen zu erzählen. Mir ist richtig der Schweiß ausgebrochen.« Reiko lächelte verlegen. »Aber es half alles nichts. Zwei, drei Tage vergingen, und ich spürte ihre Berührungen immer noch, und ihre letzten Worte hallten unaufhörlich durch meinen Kopf.

Am folgenden Samstag tauchte sie nicht auf. Mit Herzklopfen hatte ich mir den ganzen Tag den Kopf darüber zerbrochen, wie ich mich verhalten sollte, wenn sie nun doch noch käme. Ich war zu nichts zu gebrauchen. Aber sie kam nicht. Natürlich nicht, denn sie war sehr stolz, und ich hatte sie zurückgewiesen. Auch in der nächsten und übernächsten Woche ließ sie sich nicht blicken. So verging ein Monat. Ich hatte gehofft, ich würde die ganze Sache mit der Zeit vergessen, aber ich konnte es nicht. Wenn ich allein zu Hause war, spürte ich ihre Gegenwart und war außerstande, mich zu entspannen oder zu konzentrieren. Nicht einmal Klavier spielen konnte ich. Ich wußte nichts mehr mit mir anzufangen. Und dann fiel mir auf, daß mit den Nachbarn irgend etwas nicht stimmte. Sooft ich das Haus verließ, schienen sie mich so eigenartig zu beäugen – distanziert. Zwar grüßten sie mich noch, aber ihr Ton und ihr Verhalten mir gegenüber hatten sich verändert. Selbst eine Nachbarin, die mich gelegentlich besucht hatte, begann mich zu schneiden. Ich versuchte, das alles nicht zu beachten. Aber wenn man solche

Dinge bemerkt, hat man bereits die ersten Symptome der Krankheit.

Eines Tages suchte mich unangemeldet eine befreundete Dame auf. Sie war in meinem Alter, unsere Mütter kannten sich, unsere Kinder gingen zusammen in den Kindergarten, wir standen uns also recht nahe. Ob ich von den widerlichen Gerüchten wisse, die über mich im Umlauf seien?

›Was für Gerüchte denn?‹ fragte ich.

›Es fällt mir sehr schwer, Ihnen das zu sagen.‹

›Jetzt, wo Sie schon so viel angedeutet haben, müssen Sie mir auch alles sagen.‹

Es war ihr spürbar unangenehm, aber sie erzählte es mir doch, denn im Grunde war sie ja deswegen gekommen. Den Gerüchten zufolge sei ich schon mehrfach in einer Nervenheilanstalt gewesen und homosexuell. Ich hätte eine Klavierschülerin nackt ausgezogen, um sie zu befummeln. Als sie sich wehrte, hätte ich sie so geschlagen, daß ihr Gesicht angeschwollen sei.

Natürlich hatte das Mädchen die ganze Geschichte verdreht. Aber wie hatte sie erfahren, daß ich in einer Nervenklinik gewesen war? Das erschreckte mich am meisten.

›Ich habe diesen Leuten sofort widersprochen‹, berichtete meine Bekannte. ›Ich sei seit langem mit Ihnen bekannt und es müsse sich um eine Verwechslung handeln. Aber die Eltern des Mädchens glauben ihrer Tochter und verbreiten die Geschichte in der ganzen Nachbarschaft. Zudem haben sie Nachforschungen über Sie angestellt und herausgefunden, daß Sie unter psychischen Störungen leiden.‹

Konkret hatte meine Bekannte folgendes gehört: Das Mädchen sei in Tränen aufgelöst vom Klavierunterricht gekommen, und ihre Mutter habe ihr jedes Wort einzeln aus der Nase ziehen müssen. Ihr Gesicht war geschwollen, die Lippe blutig geschlagen. An der Bluse fehlten Knöpfe, und sogar die Unterwäsche war zerrissen. Können Sie sich das vorstellen? Natürlich hatte das kleine Biest sich selbst so hergerichtet, um ihre Geschichte zu untermauern: ihre Bluse absichtlich mit Blut beschmiert, die Knöpfe abgerissen, die Spitze am BH zerfetzt, sich die Augen rot geweint und die Haare zerwühlt, um zu Hause das Blaue vom Himmel herunterzulügen. Ich sehe es förmlich vor mir.

Ich kann es den Leuten gar nicht übelnehmen, daß sie die Geschichte geglaubt haben. An ihrer Stelle hätte ich es auch getan, wenn dieser puppengesichtige Teufelsbraten mit versagender Stimme geschluchzt hätte: ›Nein, nein, ich kann's nicht sagen, ich schäme mich so.‹ Sie hätte jeden überzeugt. Daß ich ja wirklich wegen psychischer Probleme im Sanatorium gewesen war und ihr wirklich eine schallende Ohrfeige verpaßt hatte, machte alles noch schlimmer. Wer sollte mir da noch glauben, außer meinem Mann?

Nachdem ich ein paar Tage mit mir gerungen hatte, erzählte ich ihm die ganze Geschichte, und er glaubte mir tatsächlich. Ich verschwieg ihm auch die sexuellen Berührungen nicht mehr und daß ich das Mädchen geohrfeigt hatte. Meine Gefühle dabei behielt ich selbstverständlich für mich. Wie hätte ich ihm bei aller Ehrlichkeit etwas davon sagen können?

›Das soll wohl ein Witz sein!‹ rief er wütend. ›Na, die werden sich wundern! Schließlich bist du eine verheiratete Frau und hast ein Kind. Wie fällt denen ein, dich lesbisch zu nennen? Eine Unverschämtheit. Das lasse ich nicht auf uns sitzen.‹

Glücklicherweise gelang es mir, ihm eine Auseinandersetzung mit den Leuten auszureden, denn das hätte alles nur noch schlimmer für uns gemacht. Mir war klar, daß das Mädchen krank war, denn ich hatte schon viele kranke Menschen gesehen und kannte mich aus.

Dieses Mädchen war durch und durch verdorben. Hätte man ihr die schöne Haut abgezogen, wäre das verdorbene Fleisch zum Vorschein gekommen. Das hört sich grauenvoll an, aber so ist es. Ich wußte jedoch auch, daß niemand das begreifen würde, daß wir also nicht die geringste Chance hatten. Das Mädchen war sehr erfahren darin, die Gefühle von Erwachsenen zu manipulieren, und wir hatten keinerlei Beweise in der Hand. Wer würde schon glauben, daß ein dreizehnjähriges Mädchen versucht hatte, eine einunddreißigjährige Frau homosexuell zu mißbrauchen? Wir konnten sagen, was wir wollten, und die Leute würden doch glauben, was sie wollten. Jeder Versuch, die Sache aufzuklären, würde alles nur verschlimmern.

Ein Umzug war die einzige Rettung. Ich bemühte mich, das meinem Mann klarzumachen. Bliebe ich diesem entsetzlichen Druck noch länger ausgesetzt, bestünde die Gefahr, daß ich wieder durchdrehte. Es finge bereits an. Wir müßten irgendwohin weit weg, wo mich niemand kannte. Aber mein Mann war dazu nicht bereit, er hatte einfach noch nicht erkannt, wie kritisch mein Zustand war. Er fühlte sich wohl an seinem Arbeitsplatz, wir hatten endlich ein kleines Eigenheim, auch wenn es nur ein Fertighaus war, und unsere Tochter hatte sich im Kindergarten gut eingelebt. Er bat mich, Geduld zu haben, wir könnten doch nicht so mir nichts dir nichts umziehen. Wie sollte er so schnell eine neue Stelle finden? Das Haus müßte verkauft werden und die Kleine in einen anderen Kindergarten gehen. Im allergünstigsten Falle bräuchten wir mindestens zwei Monate dazu.

So lange könne ich nicht warten, erklärte ich ihm. Ein weiteres Mal würde ich mich nicht erholen, und das sei keine leere Drohung, sondern die bittere Realität. Schließlich kannte ich mich. Es fing schon an, daß mir die Ohren dröhnten, daß ich Stimmen hörte und nicht mehr schlafen konnte. Mein Mann schlug mir vor, erst einmal allein umzuziehen. Er würde nachkommen, sobald alles geregelt sei.

Aber das wollte ich nicht. Einmal von ihm getrennt, wäre ich sofort zusammengebrochen, so sehr brauchte ich ihn. Als ich ihn anflehte, mich nicht allein zu lassen, nahm er mich in die Arme und redete mir gut zu. Ich solle noch ein bißchen durchhalten, nur einen Monat. In dieser Zeit wollte er alles erledigen: kündigen, das Haus verkaufen, einen neuen Kindergarten für unsere Tochter und einen neuen Arbeitsplatz für sich ausfindig machen. Er hatte sogar Aussicht auf eine Stelle in Australien. Nur einen Monat. Was hätte ich da noch sagen können? Jeder Protest hätte mich nur noch mehr von ihm entfernt.«

Reiko seufzte und richtete den Blick zur Deckenlampe.

»Aber ich hielt keinen Monat mehr durch. Eines Tages rastete etwas in meinem Kopf aus – *Peng*. Es war wieder soweit, nur diesmal kam es noch viel schlimmer. Ich nahm Schlaftabletten und drehte den Gashahn auf. Statt im Jenseits fand ich mich jedoch in einem Krankenhausbett wieder. Das war das Ende. Als ich mich nach ein paar Monaten ein wenig erholt hatte, bat ich meinen Mann um die Scheidung. Ich fand, es sei das Beste für ihn und unsere Tochter, aber natürlich wollte er nichts davon wissen.

›Wir fangen noch einmal von vorne an‹, sagte er. ›Wir gehen irgendwo anders hin, nur wir drei, und machen einen ganz neuen Anfang.‹

›Es ist zu spät‹, erklärte ich ihm. ›Alles war in dem Moment entschieden, als du von mir verlangt hast, noch einen Monat zu warten. Hättest du wirklich neu anfangen wollen, hättest du damals auf mich hören müssen. Ganz gleich, wohin und wie weit wir fortgehen, es wird immer wieder geschehen. Und ich werde dich immer wieder um das gleiche bitten müssen und euch unglücklich machen. Das will ich nicht.‹

Also ließen wir uns scheiden. Oder vielmehr, ich ließ mich scheiden. Er hat vor zwei Jahren wieder geheiratet, und ich bin immer noch sehr froh über meinen Entschluß. Mir war klar geworden, daß mein Zustand sich niemals bessern würde, und ich wollte niemanden mit in mein Unglück hineinreißen. Niemand sollte gezwungen sein, in ständiger Angst vor meiner Krankheit zu leben.

Mein Mann war sehr gut zu mir gewesen. Ich hatte ihm vertrauen können, er war treu, stark und entschlossen, der ideale Ehemann. Er hatte sich mit aller Kraft um meine Heilung bemüht, und ich hatte alles dafür getan, um seinetwillen und um unseres Kindes willen. Sechs Jahre hatten wir eine glückliche Ehe geführt. Er hatte es zu neunundneunzig Prozent geschafft, aber das eine fehlende Prozent reichte, um mich in den Abgrund zu schieben. *Peng*! Alles, was wir aufgebaut hatten, brach mit einem Schlag zusammen, alles wurde zunichte. Wegen dieses Mädchens.«

Reiko sammelte ihre ausgetretenen Kippen ein und warf sie in die Blechdose.

»Es ist eine entsetzliche Geschichte. Wir hatten uns solche Mühe gegeben, in kleinen Schritten etwas aufzubauen, und dann fiel mit einemmal alles in sich zusammen.«

Reiko stand auf und vergrub die Hände in ihren Hosentaschen.

»Gehen wir ins Haus. Es ist schon spät.«

Der Himmel war dunkler geworden, die Wolken hatten sich verdichtet, vom Mond war nichts mehr zu sehen. Jetzt nahm auch ich den Geruch nach Regen wahr. Er mischte sich mit dem Duft der Trauben in der Tüte, die ich trug.

»Darum kann ich nicht von hier fortgehen«, sagte Reiko. »Ich habe Angst davor, diese Umgebung gegen die Welt da draußen einzutauschen. Angst, neuen Menschen und neuen Gefühlen zu begegnen.«

»Das verstehe ich«, sagte ich. »Aber ich glaube trotzdem, daß Sie es könnten.«

Reiko lächelte, sagte jedoch nichts.

Naoko saß im Schneidersitz, die Hand an der Schläfe, auf dem Sofa und las. Ihre Haltung erweckte den Anschein, sie würde jedes einzelne Wort, das in ihren Kopf eindrang, betasten und sich seiner so vergewissern. Regentropfen begannen, auf das Dach zu trommeln. Wie feiner Staub umfing das elektrische Licht Naokos Gestalt. Als ich sie nach meinem langen Zwiegespräch mit Reiko wiedersah, wurde mir ganz neu bewußt, wie jung sie noch war.

»Entschuldige, daß es so spät geworden ist.« Reiko strich ihr übers Haar.

Naoko hob den Kopf. »War's schön?« fragte sie.

»Natürlich«, antwortete Reiko.

»Was habt ihr beide denn gemacht?« fragte mich Naoko.

»Darf ich nicht verraten.«

Kichernd legte Naoko ihr Buch aus der Hand, und wir aßen unsere Weintrauben, während draußen der Regen rauschte.

»Wenn es so gießt, habe ich das Gefühl, wir drei wären allein auf der Welt«, sagte Naoko. »Ich wünschte, es würde immer so weiterregnen und wir drei könnten für immer zusammenbleiben.«

»Klar«, sagte Reiko. »Und während ihr beide euch amüsiert, fächere ich euch als eure arme schwarze Sklavin Kühlung zu oder klimpere Hintergrundmusik auf der Gitarre. Nein, danke.«

»Ach, ich würde ihn dir schon ab und zu leihen«, sagte Naoko lachend.

»Das wäre nicht schlecht«, erwiderte Reiko. »Herr, laß es regnen!«

Und es regnete. Von Zeit zu Zeit zerriß ein Donnerschlag die Luft. Nachdem wir die Trauben aufgegessen hatten, zündete sich Reiko eine Zigarette an, zog ihre Gitarre unter dem Bett hervor und begann zu spielen – *Desafinado* und *Girl from Ipanema*, dann ein paar Titel von Barachach und von Lennon/McCartney. Reiko und ich tranken wieder Wein, und als es keinen mehr gab, teilten wir den restlichen Brandy. Wir unterhielten uns in einer so gelösten und vertrauten Stimmung, daß auch ich mir wünschte, der Regen würde niemals aufhören.

»Kommst du mich wieder besuchen?« fragte Naoko und sah mich an.

»Natürlich«, sagte ich.

»Und schreibst du mir auch?«

»Jede Woche.«

»Auch ein paar Zeilen an mich?« bat Reiko.

»Sicher, gern«, erwiderte ich.

Gegen elf richtete mir Reiko wieder mein Bett auf dem Sofa. Wir sagten gute Nacht, löschten das Licht und gingen schlafen. Da ich nicht einschlafen konnte, holte ich meine Taschenlampe und den *Zauberberg* aus meinem Gepäck, um noch ein bißchen zu lesen. Kurz vor zwölf öffnete sich leise die Schlafzimmertür. Naoko kam heraus und kroch zu mir ins Bett. Im Gegensatz zu der vergangenen Nacht verhielt sie sich ganz natürlich. Ihr Blick war überhaupt nicht abwesend, und sie bewegte sich mit der Geschmeidigkeit eines normalen jungen Mädchens. Sie könne nicht schlafen, flüsterte sie mir ins Ohr. Mir geht's genauso, sagte ich, legte das Buch weg, machte die Taschenlampe aus, nahm Naoko in die Arme und küßte sie. Weich umfingen uns die Dunkelheit und das Rauschen des Regens.

»Und Reiko?« fragte ich.

»Keine Sorge, sie schläft ganz fest. Und wenn sie einmal schläft, kann nichts und niemand sie wecken.«

»Kommst du mich wirklich wieder besuchen?«

»Ganz bestimmt.«

»Obwohl ich dir nichts zu geben habe?«

Ich nickte. Im Dunkeln spürte ich Naokos weiche Brüste an meiner Brust; ich folgte mit der flachen Hand den Konturen ihres Körpers unter ihrem Nachthemd, von der Schulter über den Rükken bis zur Hüfte, und prägte mir seine sanften Kurven ein. Nachdem wir eine Weile so in zärtlicher Umarmung dagelegen hatten, küßte Naoko mich auf die Stirn und schlüpfte aus dem Bett. Ich sah ihr hellblaues Nachthemd schimmernd wie einen Fisch durch das Dunkel gleiten.

»Auf Wiedersehen«, sagte sie ganz leise.

Das gleichmäßige Rauschen des Regens im Ohr, fiel ich in einen ruhigen Schlaf.

Am nächsten Morgen regnete es immer noch, doch statt der heftigen Güsse der vergangenen Nacht ging jetzt ein kaum sichtbarer, feiner, herbstlicher Nieselregen nieder. Daß es regnete, war überhaupt nur an den Wasserringen in den Pfützen und am Ton der Tropfen zu erkennen, die von den Dachrinnen fielen. Als ich aufgewacht war, ballte sich milchiger Dunst vor dem Fenster, doch mit dem Aufsteigen der Sonne blies der Wind die Nebelschwaden fort, und Wald und Bergkämme kamen allmählich wieder zum Vorschein.

Wie am Tag zuvor machten wir uns nach dem gemeinsamen Frühstück auf den Weg zum Vogelhaus. Naoko und Reiko trugen gelbe Regencapes mit Kapuzen; ich hatte mir einen wasserdichten Anorak über den Pullover gezogen. Die Luft war feucht und kühl. Auch die Vögel schienen vor dem Regen geflüchtet zu sein und hockten dicht aneinandergedrängt ganz hinten in der Voliere.

»Bei Regen wird's hier ganz schön kalt«, sagte ich zu Reiko.

»Ab jetzt wird es nach jedem Regen ein bißchen kälter, bis er dann irgendwann in Schnee übergeht. Die Wolken, die vom Japanischen Meer herüberziehen, bringen massenweise Schnee.«

»Was passiert denn im Winter mit den Vögeln?«

»Wir holen sie natürlich rein. Glauben Sie, wir frieren sie ein und buddeln sie dann wieder aus dem Schnee, wenn es Frühling wird?«

Ich rüttelte an den Käfigmaschen, worauf der Papagei empört aufflatterte und »Scheiße«, »Danke« und »Spinner« krächzte.

»Den würde ich ganz gern einfrieren«, sagte Naoko düster. »Wenn man das jeden Morgen zu hören kriegt, kann man doch wirklich zum Spinner werden.«

Nachdem wir die Vögel versorgt hatten, gingen wir in die Wohnung zurück, und während die beiden sich für die Gartenarbeit umzogen, packte ich meine Sachen. Wir brachen gemeinsam auf und trennten uns kurz hinter dem Tennisplatz, wo sie nach rechts abzweigten und ich weiter geradeaus ging. Wir verabschiedeten uns, und noch einmal versprach ich wiederzukommen. Naoko lächelte, dann war sie auch schon hinter der Biegung verschwunden.

Auf dem Weg zum Tor begegnete ich mehreren Leuten, die alle die gleichen gelben Regencapes mit Kapuze wie Naoko und Reiko trugen. Im Regen schienen alle Farben eine besondere Leuchtkraft zu entfalten. Die Erde war tiefschwarz, die Kiefernzweige glänzten sattgrün, und die Leute in ihren gelben Kapuzen, die sich mit ihren Gartenwerkzeugen, Körben und Säcken lautlos auf den Pfaden bewegten, wirkten wie ganz besondere Geister, denen es nur im morgendlichen Regen gestattet war, auf der Erde zu wandeln.

Der Wachmann am Tor erinnerte sich noch an meinen Namen und strich ihn vorschriftsgemäß von der Besucherliste, bevor ich das Gelände verließ.

»Wie ich sehe, kommen Sie aus Tōkyō«, sagte der alte Mann, als er meine Adresse las. »Ich war nur einmal dort, aber ich muß schon sagen, Sie haben da ganz köstliches Schweinefleisch.«

»Wirklich?« antwortete ich etwas verunsichert.

»Das meiste von dem, was ich in Tōkyō gegessen habe, hat mir nicht geschmeckt. Aber das Schwein war vorzüglich. Wahrscheinlich züchtet man dort eine besondere Rasse?«

Darüber wisse ich leider nichts, bedauerte ich. Es war auch das erste Mal, daß mir der Geschmack des Tōkyōter Schweinefleischs als besonders delikat gepriesen wurde. »Wann waren Sie denn in Tōkyō?« fragte ich ihn.

»Wann war das doch gleich?« Der Alte legte den Kopf schief. »Um die Zeit, als Seine Majestät der Kronprinz geheiratet hat.* Mein Sohn war damals in Tōkyō, und ich habe ihn dort besucht.«

»Ja, damals war das Schweinefleisch bestimmt noch ganz köstlich«, sagte ich.

»Wie sieht's denn heute damit aus?«

Ich sei mir nicht sicher, sagte ich, ich hätte aber nichts Bemerkenswertes darüber gehört. Über diese Antwort war der Alte offenbar ein wenig enttäuscht, machte aber ein Gesicht, als hätte er unser

* 1959.

Gespräch gern fortgeführt, so daß ich ihn mit dem Hinweis, ich müsse zum Bus, unterbrechen mußte, ehe ich mich in Richtung Straße aufmachen konnte. Wo der Weg am Bach entlangführte, hingen noch Nebelfetzen in der Luft, doch der Wind war schon dabei, sie hinüber zu den steilen Berghängen zu treiben. Hin und wieder blieb ich stehen, wandte mich um und seufzte ohne bestimmten Grund. Ich hatte das Gefühl, mich plötzlich auf einem Planeten mit einer etwas anderen Anziehungskraft zu befinden. So ist es wohl draußen in der Welt, dachte ich melancholisch.

Als ich um halb fünf im Wohnheim ankam, stellte ich nur mein Gepäck ab und zog mich gleich für meine Arbeit im Plattenladen in Shinjuku um, wo ich von sechs bis zehn benommen die Vielfalt der Menschen betrachtete, die draußen unaufhörlich vorbeiströmten: Familien, Paare, Betrunkene, Ganoven, muntere Mädchen in kurzen Röcken, bärtige Hippies, Bardamen und Personen, die ich nicht einordnen konnte. Wenn ich Hard Rock auflegte, versammelten sich Hippies und Gammler vor dem Laden und tanzten, schnüffelten Farbverdünner oder hingen einfach so rum. Spielte ich Tony Bennett, trollten sie sich wieder.

Nebenan verkaufte ein Mann in mittleren Jahren mit schläfrigem Blick sogenanntes Spielzeug für Erwachsene. Auch wenn mir rätselhaft blieb, wieso irgend jemand solche Sachen haben wollte, lief sein Geschäft anscheinend recht gut. In der Passage schräg gegenüber übergab sich ein Student, der einen über den Durst getrunken hatte. In der Spielhölle auf der anderen Seite spielte der Koch von einem benachbarten Imbiß Bingo um Geld. Unter dem Vordach eines schon geschlossenen Ladens kauerte reglos ein Obdachloser mit schwärzlichem Gesicht. Ein Mädchen mit blaßrosa Lippenstift, gerade mal ein Teenager, kam in meinen Laden und bat mich, *Jumping Jack Flash* von den Rolling Stones zu spielen. Als ich die Platte auflegte, begann sie, mit den Fingern zu schnippen und mit den Hüften zu wackeln. Schließlich schnorrte sie mich um eine Zigarette an. Ich gab ihr eine Lark aus dem Päckchen meines Chefs, die sie mit Genuß rauchte. Als die Platte zu Ende war, verschwand sie wort- und grußlos. Etwa alle Viertelstunde ertönte eine Krankenwagen- oder Polizeisirene. Drei etwa gleich betrunkene Büroangestellte schrien einem hübschen langhaarigen Mädchen in einer Telefonzelle »Hallo, Pflaume« zu und lachten sich halbtot.

Je länger ich zusah, desto verwirrter wurde ich. Was sollte das alles nur? Was hatte es zu bedeuten?

Mein Chef kam vom Abendessen zurück. »He, Watanabe«, sagte er. »Weißt du was? Vorgestern abend hab ich's mit der Tussi aus der Boutique getrieben.« Er hatte schon seit längerem ein Auge auf ein Mädchen geworfen, das in einer Boutique in der Nähe arbeitete. Ab und zu hatte er ihr eine Platte aus dem Laden geschenkt.

»Aha, Glückwunsch«, sagte ich, worauf er mir sein Abenteuer bis in alle Einzelheiten schilderte. »Wenn du es auf eine wirklich abgesehen hast«, riet er mir stolz, »mußt du ihr Geschenke geben und sie ganz allmählich besoffen machen. Und dann kannst du's mit ihr treiben. Ganz einfach, oder?«

Immer noch verstört, stieg ich in die Bahn und fuhr zum Wohnheim. Dort zog ich die Vorhänge zu und löschte das Licht. Als ich im Bett lag, hatte ich das Gefühl, Naoko könnte sich jeden Augenblick neben mich legen. Mit geschlossenen Augen spürte ich die weiche Schwellung ihrer Brüste, hörte ihr Flüstern und glitt mit meinen Händen über ihren Körper. Im Dunkel meines Zimmers kehrte ich noch einmal in ihre kleine Welt zurück, roch den Duft des Grases und lauschte dem nächtlichen Rauschen des Regens. Ich sah Naokos nackte, ausdrucksvolle Schönheit im Mondlicht vor mir, stellte mir vor, wie sie in ihrem gelben Cape das Vogelhaus säuberte und im Garten arbeitete. In meinen Gedanken ganz bei Naoko, umfaßte ich meinen eregierten Penis und masturbierte. Danach hatte sich meine Anspannung etwas gelegt, aber trotz meiner Müdigkeit konnte ich noch immer nicht einschlafen.

Ich stellte mich ans Fenster und betrachtete eine Weile gedankenverloren den Fahnenmast. Im Dunkeln hatte der weiße Mast ohne die Flagge Ähnlichkeit mit einem riesigen Knochen. Was wohl Naoko gerade tat? Wahrscheinlich schlief sie. Schlief tief und fest, in das Dunkel ihrer wundersamen kleinen Welt gehüllt. Hoffentlich träumt sie nichts Schlechtes, dachte ich noch.

7. Kapitel

Am Donnerstagmorgen hatten wir Sport, und ich schwamm mehrere Fünfzigmeter-Bahnen. Nach der körperlichen Anstrengung fühlte ich mich viel frischer und bekam sogar Appetit. Nachdem ich mir in einem Lokal, das für seine großen Portionen bekannt war, ein Mittagessen genehmigt hatte, war ich gerade unterwegs zur literaturwissenschaftlichen Bibliothek, als mir Midori Kobayashi über den Weg lief. Sie war in Begleitung eines zierlichen, bebrillten Mädchens, kam aber, als sie mich sah, allein auf mich zu.

»Wo willst du gerade hin?« fragte sie mich.

»In die Fachbereichsbibliothek.«

»Laß das doch sausen und geh mit mir mittagessen.«

»Ich hab schon gegessen.«

»Na und? Dann ißt du eben noch mal.«

Schließlich entschieden wir uns für ein Café in der Nähe, wo sie ein Currygericht aß und ich nur Kaffee trank. Sie trug ein langärmliges weißes Hemd unter einer gelben Wollweste, in die ein Fisch eingestrickt war, eine dünne Goldkette und eine Disney-Uhr. Mit sichtlichem Genuß verspeiste sie ihr Currygericht und trank drei Gläser Wasser dazu.

»Du warst länger weg, oder? Ich hab x-mal bei dir angerufen«, sagte Midori.

»Wegen was Bestimmtem?«

»Eigentlich nicht, ich wollte dich nur mal anrufen.«

»Verstehe.«

»Und was verstehst du?«

»Nichts offenbar«, sagte ich. »Hat wieder mal was gebrannt?«

»Das war lustig, oder? Es gab ja keinen großen Schaden, aber der viele Rauch hat's irgendwie gebracht. Klasse.« Midori schüttete noch ein Glas Wasser hinunter, rang kurz nach Luft und starrte mich an. »Was ist denn los mit dir? Du siehst irgendwie rammdösig aus. Dein Blick ist so verschwommen.«

»Ich bin gerade erst von einer Reise zurückgekommen und noch ein bißchen müde. Nichts Besonderes.«

»Du machst ein Gesicht, als hättest du ein Gespenst gesehen.«

»Aha.«

»Hast du heute nachmittag Unterricht?«

»Deutsch und Religionswissenschaft.«

»Kannst du schwänzen?«

»Deutsch nicht. Wir schreiben einen Test.«

»Bis wieviel Uhr dauert die?«

»Bis zwei.«

»Wollen wir danach zusammen in die Stadt gehen und was trinken?«

»Um zwei Uhr nachmittags?«

»Warum denn nicht? Du siehst wirklich abgedreht aus. Komm doch, wir trinken was zusammen, das muntert dich auf – und mich auch. Ja?«

»Also gut«, sagte ich seufzend. »Geh'n wir einen trinken. Ich warte um zwei auf dich im Institut.«

Nach dem Deutschunterricht fuhren wir mit dem Bus nach Shinjuku und gingen in eine unterirdische Kneipe hinter der Buchhandlung Kinokuniya. Wir nahmen jeder einen Wodka Tonic.

»Hier komme ich öfter mal her«, sagte Midori. »Weil sie einem kein schlechtes Gewissen machen, wenn man schon nachmittags Alkohol bestellt.«

»Trinkst du oft am Nachmittag?«

»Na ja, manchmal.« Sie ließ das Eis in ihrem Glas klirren. »Wenn mir das Leben schwer wird, trinke ich hier einen Wodka Tonic.«

»Ist das Leben schwer für dich?«

»Ab und zu schon. Ich hab so meine kleinen Probleme«, sagte sie.

»Zum Beispiel?«

»Familienprobleme, schwierige Freunde, unregelmäßige Periode, so was eben.«

»Nimmst du noch einen?«

»Klar.«

Ich gab dem Kellner ein Zeichen und bestellte noch zwei Wodka Tonic.

»Sag mal, weißt du noch, wie du mich an dem Sonntag geküßt hast?« fragte Midori. »Ich habe oft daran gedacht, es war so schön.«

»Das freut mich.«

»›Das freut mich‹«, wiederholte Midori. »Wirklich sonderbar, wie du redest.«

»Findest du?«

»Egal, jedenfalls hätte ich es toll gefunden, wenn das mein erster Kuß gewesen wäre. Wenn ich mein Leben umarrangieren könnte, würde ich ihn unter allen Umständen zu meinem ersten Kuß küren, damit ich mich dann für den Rest meines Lebens fragen könnte, was wohl aus dem jungen Mann namens Watanabe geworden sein mag, von dem ich auf der Wäscheterrasse meinen ersten Kuß bekam – er müßte jetzt ungefähr achtundfünfzig sein. Fändest du das nicht auch toll?«

»Ganz toll«, sagte ich und knackte eine Pistazie.

»Ich frage dich jetzt noch mal: warum bist du so geistesabwesend?«

»Wahrscheinlich habe ich mich noch nicht wieder an die Welt gewöhnt«, sagte ich nach kurzem Nachdenken. »Ich habe das Gefühl, daß das hier nicht die wirkliche Welt ist. Die Menschen und die Szenen um mich herum kommen mir nicht real vor.«

Den Ellbogen auf die Theke gestützt, musterte mich Midori. »So was Ähnliches kommt doch auch in einem Lied von Jim Morrison vor, oder?«

»*People are strange when you are a stranger.*«

»Peace«, sagte Midori.

»Peace«, erwiderte ich.

»Es wäre toll, wenn du mit mir nach Uruguay gehen würdest«, sagte Midori, den Ellbogen immer noch auf die Bar gestützt. »Freundin, Familie, Uni – laß alles sausen.«

Ich lachte. »Gar keine schlechte Idee.«

»Fändest du es nicht klasse, alles hinter dir abzubrechen und irgendwohin zu gehen, wo dich keiner kennt? Manchmal würde ich das unheimlich gern machen. Wenn du mich also Knall auf Fall irgendwohin mitnehmen würdest, ganz weit weg, würde ich dir eine Menge Babys schenken, stark wie kleine Stiere. Und wir würden uns alle zusammen vor Vergnügen auf dem Boden wälzen und wären immer glücklich.«

Ich lachte und trank meinen dritten Wodka Tonic aus.

»Wahrscheinlich willst du im Augenblick noch keine Stier-Babys, oder?«

»Trotzdem würde es mich interessieren, wie sie wohl aussehen«, entgegnete ich.

»Macht doch nichts. Du mußt sie nicht wollen.« Midori knabberte an einer Pistazie. »Ich sitze hier, lasse mich am Nachmittag vollaufen und sage, was mir gerade einfällt – daß ich am liebsten mir nichts dir nichts abhauen würde. Was soll ich eigentlich in Uruguay? Da ist ja doch nur alles voller Eselskacke.«

»Kann schon sein.«

»Überall nur Eselskacke, wo man auch hingeht. Die ganze Welt ist voll Eselskacke. Hier, die ist zu hart.« Midori hielt mir eine Pistazie hin. Mit einiger Anstrengung kriegte ich sie auf. »Aber letzten Sonntag, das war wirklich eine Ausnahme. Als wir vom Wäschedach aus den Brand beobachtet, getrunken und gesungen haben. Seit langem habe ich mich nicht mehr so befreit gefühlt. Alle setzen mich ständig unter Druck. Kaum sehen sie mich, geht es schon los. Wenigstens du setzt mich nicht unter Druck.«

»Dazu kenne ich dich noch nicht gut genug.«

»Heißt das, du würdest mich unter Druck setzen, wenn du mich besser kennen würdest? Wie alle andern?«

»Möglich wär's«, sagte ich. »So ist das Leben. In der Realität setzen sich die Menschen unentwegt gegenseitig unter Druck.«

»Ich glaube, du machst das nicht. Das weiß ich irgendwie. Ich bin nämlich Expertin im Unter-Druck-Setzen und Unter-Druck-Gesetzt-Werden. Du bist nicht der Typ dazu. Deswegen fühle ich mich auch so wohl, wenn ich mit dir zusammen bin. Es gibt massenweise Leute auf der Welt, die gern Druck ausüben oder sich unter Druck setzen lassen. Anschließend machen sie ein großes Geschrei und genießen es so richtig. Aber ich genieße es nicht, ich mache nur mit, weil ich muß.«

»Womit setzt du denn die Leute unter Druck und sie dich?«

Midori schob sich ein Stück Eis in den Mund und lutschte daran.

»Möchtest du mehr über mich erfahren?«

»Doch, schon.«

»Ich habe dich gerade gefragt, ob du mehr über mich erfahren möchtest. Was ist denn das für eine Antwort?«

»Ja, ich möchte mehr über dich erfahren«, verbesserte ich mich.

»Wirklich?«

»Ja, wirklich.«

»Auch wenn du dann am liebsten gleich wieder die Flucht ergreifen würdest?«

»Ist es denn so schlimm?«

»In gewisser Hinsicht schon«, sagte Midori mit gerunzelter Stirn. »Ich trinke noch einen.«

Ich rief den Kellner und bestellte zum vierten Mal das gleiche. Bis die Getränke kamen, saß Midori, stumm das Kinn in die Hand gestützt, an der Theke. Auch ich schwieg und hörte der Musik zu, *Honeysuckle Rose* von Thelonius Monk. Außer uns saßen noch fünf, sechs Gäste in der Bar, aber wir waren die einzigen, die Alkohol tranken, und der Kaffeeduft verlieh dem halbdunklen Lokal eine nachmittäglich gemütliche Atmosphäre.

»Hast du nächsten Sonntag Zeit?« fragte Midori.

»Ich hab dir ja schon gesagt, daß ich sonntags immer Zeit habe. Nur ab sechs muß ich arbeiten.«

»Wollen wir uns dann nächsten Sonntag treffen?«

»Gut.«

»Ich hole dich vormittags im Wohnheim ab, um wieviel Uhr, kann ich aber noch nicht genau sagen. Macht das was?«

»Nein, kein Problem.«

»Du, Tōru, weißt du, was ich jetzt gern machen würde?«

»Keine Ahnung.«

»Auf einem großen, weichen Bett liegen«, sagte Midori. »Mich ganz gemütlich betrinken, keine Eselskacke in Sicht, du neben mir. Dann würdest du mich ganz langsam ausziehen. Unheimlich zärtlich. Wie eine Mutter ihr kleines Kind, so behutsam.«

»Hmm«, machte ich.

»Ich fühle mich wohl und ganz entspannt. Doch auf einmal ... ›Tōru, hör auf‹, rufe ich. ›Ich hab dich sehr gern, aber ich bin mit jemand anderem zusammen. Ich kann das nicht. Das wäre nicht anständig, also hör auf. Bitte!‹ Aber du hörst nicht auf.«

»Aber ich würde aufhören«, wandte ich ein.

»Weiß ich doch. Aber in meiner Phantasie ist es anders«, erklärte Midori. »Dann zeigst du ihn mir, also, deinen Ständer. Ich halte mir sofort die Augen zu, aber ich sehe ihn trotzdem ganz kurz. ›Hör auf, hör auf, ich will so ein großes, hartes Ding nicht!‹ rufe ich.«

»Er ist gar nicht so groß. Eher Durchschnitt.«

»Egal, das hier ist doch Phantasie. Also weiter. Nun machst du ein so niedergeschlagenes Gesicht, daß ich Mitleid bekomme und dich trösten will. ›Ist ja gut, du armer Kerl.‹«

»Und das würdest du jetzt gern machen?« sagte ich ziemlich entgeistert.

»Genau.«

»O, Mann.«

Nachdem wir jeder fünf Wodka Tonic getrunken hatten, verließen wir das Lokal. Als ich zahlen wollte, gab mir Midori einen Klaps auf die Finger, zog einen völlig unzerknitterten Tausend-Yen-Schein aus dem Portemonnaie und beglich die Rechnung. »Ist schon gut. Ich hab gerade mein Honorar vom Verlag gekriegt. Und ich hab dich eingeladen«, sagte Midori. »Aber wenn du natürlich so ein eingefleischter Chauvinist bist, der sich von einer Frau nicht einladen lassen kann ...«

»Nein, wirklich nicht.«

»Außerdem habe ich dir ja auch nicht erlaubt, ihn reinzustekken.«

»Weil er so groß und hart war«, sagte ich grinsend.

»Genau.«

Ein bißchen angetrunken, verfehlte Midori eine Stufe, und fast wären wir die Treppe rückwärts wieder runtergefallen. Als wir ins Freie traten, hatte sich der Himmel, der bedeckt gewesen war, aufgeklärt, und die Straßen waren vom milden Licht der Abendsonne beschienen. Midori und ich schlenderten durch die Stadt. Irgendwann sagte Midori, sie wolle jetzt auf einen Baum klettern, aber leider gab es in Shinjuku keine geeigneten Bäume, und der Kaiserliche Garten war bereits geschlossen.

»Schade, Bäumeklettern ist meine Leidenschaft«, sagte sie.

Also machten wir einen Schaufensterbummel, und bald kam mir das Großstadttreiben schon nicht mehr so unwirklich vor wie noch vor ein paar Stunden.

»Gut, daß ich dich getroffen habe«, sagte ich. »Dadurch habe ich mich wieder ein bißchen an diese Welt gewöhnt.«

Midori blieb stehen und sah mir in die Augen. »Stimmt, dein Blick ist wieder klar. Siehst du? Es tut dir gut, mit mir zusammen zu sein.«

»Zweifellos.«

Um halb sechs sagte Midori, sie müsse allmählich nach Hause, um das Abendessen vorzubereiten. Ich wollte mit dem Bus zurück ins Wohnheim fahren und brachte sie zur U-Bahn-Station.

»Weißt du, was ich jetzt gern machen würde?« fragte Midori, bevor wir uns trennten.

»Ich hab nicht die blasseste Ahnung.«

»Du und ich, wir müßten von Piraten gefangengenommen

werden. Dann würden sie uns nackt aneinanderfesseln, Brust an Brust.«

»Warum denn das?«

»Es wären eben perverse Piraten.«

»Selber pervers«, gab ich zurück.

»In einer Stunde werfen wir euch ins Meer, also amüsiert euch, solange ihr könnt, würden sie sagen, und uns in den Lagerraum werfen.«

»Und dann?«

»Dann amüsieren wir uns eine Stunde. Wälzen uns umher und machen alle möglichen Verrenkungen.«

»Und das würdest du jetzt am liebsten machen?«

»Genau.«

»O Mann«, sagte ich kopfschüttelnd.

Midori holte mich am Sonntagmorgen um halb zehn ab. Ich war gerade erst aufgewacht und hatte mir noch nicht einmal das Gesicht gewaschen, als jemand gegen meine Tür hämmerte und schrie: »He, Watanabe, eine Frau für dich!« Ich ging runter in die Halle, wo Midori in einem unglaublich kurzen Jeansrock mit übereinandergeschlagenen Beinen saß und gähnte. Alle, die auf dem Weg zum Frühstück an ihr vorbeikamen, starrten auf ihre schlanken, langen Beine. Sie hatte wirklich sehr hübsche Beine.

»Bin ich zu früh?« fragte sie. »Du bist wohl gerade erst aufgestanden.«

»Könntest du eine Viertelstunde warten, bis ich mir das Gesicht gewaschen und mich rasiert habe?«

»Ich warte gern, aber jeder starrt hier auf meine Beine.«

»Was hast denn du gedacht? Wenn du in so einem kurzen Rock in ein Wohnheim für Männer kommst, glotzen natürlich alle.«

»Macht nichts. Wenigstens hab ich heute ein ganz süßes Höschen an – rosa mit Spitzen. Und mit Rüschen.«

»Auch das noch«, seufzte ich. Ich rannte in mein Zimmer zurück, wusch mir in aller Eile das Gesicht und rasierte mich. Dann zog ich ein blaues Button-down-Hemd und ein graues Tweedjakkett an, rannte wieder nach unten und bugsierte Midori unbeschadet zum Tor hinaus. Mir stand der kalte Schweiß auf der Stirn.

»Sag mal, holen die sich hier alle gelegentlich einen runter?« fragte Midori mit einem Blick auf die Wohnheimfenster.

»Wahrscheinlich.«

»Und denken sie dabei immer an Frauen?«

»So wird's wohl sein. Jedenfalls bezweifle ich, daß einer dabei an die Börse, an Verbkonjugationen oder an den Suezkanal denkt. Eher schon an Frauen.«

»An den Suezkanal?«

»Das war nur ein Beispiel.«

»Dann denken sie wohl an bestimmte Mädchen?«

»Wär's nicht besser, du würdest deinen Freund danach fragen?« sagte ich. »Warum muß ausgerechnet ich dir an einem Sonntagmorgen solches Zeug erklären?«

»Es interessiert mich eben. Außerdem wird er sauer, wenn ich ihn so was frage. Er würde sagen, solche Fragen stellt ein Mädchen nicht.«

»Eine ganz vernünftige Ansicht.«

»Aber ich möchte es eben wissen. Aus reiner Neugier. Denken Männer beim Masturbieren an ein bestimmtes Mädchen?«

»Ich glaube schon. Ich zumindest. Was die anderen machen, weiß ich nicht.«

»Du, Tōru, hast du dabei schon mal an mich gedacht? Antworte ehrlich, ich bin auch nicht beleidigt.«

»Ehrlich gesagt, nein.«

»Warum nicht? Findest du mich nicht attraktiv?«

»Doch, du bist sehr attraktiv und sehr hübsch. Und dieser sexy Look steht dir sehr gut.«

»Und? Warum denkst du dann nicht an mich?«

»Erstens betrachte ich dich als gute Freundin, und das möchte ich nicht mit meinen sexuellen Phantasien vermischen. Zweitens ...«

»Gibt es eine andere, an die du denken solltest.«

»Genau so ist es.«

»Sogar in solchen Dingen hast du gute Manieren«, sagte Midori. »Das mag ich so an dir. Trotzdem, könntest du mir nicht mal einen kurzen Auftritt gönnen? In deiner sexuellen Phantasie oder deinen Tagträumen? Ich käme gern darin vor. Ich bitte dich darum, weil wir Freunde sind. Zu wem könnte ich denn sonst sagen: Wenn du heute abend masturbierst, denk doch bitte mal kurz an mich? Und ich möchte, daß du mir danach erzählst, wie es war. Was du gemacht hast und so.«

Ich stieß einen Seufzer aus.

»Du darfst ihn aber nicht reinstecken. Weil wir bloß Freunde sind. Ja? Du kannst alles tun und denken, was du willst, nur reinstecken darfst du ihn nicht.«

»Ich weiß nicht, mit so vielen Einschränkungen hab ich's noch nie gemacht.«

»Wirst du aber an mich denken?«

»Na gut, ich denke an dich.«

»Du, Tōru? Ich will nicht, daß du glaubst, ich bin nymphoman oder frustriert oder ich will dich provozieren. Ich interessiere mich nur so für diese Dinge, weil ich doch auf einer Mädchenschule war, immer nur unter Mädchen. Was denken Männer und wie funktionieren ihre Körper? Das möchte ich rauskriegen, und zwar nicht aus der Sonderbeilage einer Frauenzeitschrift. Ich muß Fallstudien betreiben.«

Ich stöhnte auf. »Fallstudien?«

»Aber wenn ich mal was wissen oder ausprobieren möchte, wird mein Freund sauer. Und nennt mich eine Nymphomanin oder nicht ganz richtig im Kopf. Nicht mal Fellatio läßt er mich machen. Dabei würde ich das so gern ausprobieren.«

»Hmm«, machte ich.

»Haßt du Fellatio auch?«

»Nicht direkt.«

»Würdest du sagen, du magst es?«

»Ja, könnte man sagen. Aber könnten wir dieses Gespräch vielleicht ein anderes Mal fortsetzen? Es ist so ein schöner Sonntagmorgen, und wir sollten ihn nicht mit diesem ganzen Gerede über Onanie und Fellatio verderben. Laß uns über etwas anderes sprechen. Ist dein Freund auch auf unserer Uni?«

»Nee, auf einer anderen. Kennengelernt haben wir uns bei einer Schulveranstaltung. Ich war auf einer Mädchenschule, er auf einer Jungenschule, die haben manches gemeinsam veranstaltet, Konzerte und so. Da sind wir uns begegnet. Aber richtig zusammen sind wir erst seit dem Schulabschluß. Du, Tōru?«

»Was denn?«

»Kannst du nicht wenigstens ein einziges Mal dabei an mich denken?«

Ich warf das Handtuch. »Also gut, ich versuch's demnächst.«

Wir fuhren mit der Bahn nach Ochanomizu. Da ich noch nicht gefrühstückt hatte, kaufte ich, als wir in Shinjuku umstiegen, an einem Stand ein dünnes Sandwich und trank einen Kaffee dazu, der wie aufgekochte Druckerschwärze schmeckte. An diesem Sonntagmorgen waren die Bahnen voller Paare und Familien, die Ausflüge unternahmen. Eine Gruppe von Jungen mit Baseballschlägern und einheitlichen Trikots tobte durch den Zug. Viele Mädchen in der Bahn trugen kurze Röcke, aber keine einen so kurzen wie Midori. Ab und zu zupfte sie daran. Es machte mich nervös, daß ein paar Männer auf ihre Oberschenkel stierten, aber sie schien es nicht zu stören.

»Weißt du, was ich jetzt gern machen würde?« flüsterte Midori mir in der Höhe von Ichigaya zu.

»Keine Ahnung«, sagte ich. »Aber bitte sprich hier in der Bahn nicht von solchen Sachen. Die Leute können dich hören.«

»Schade. Diesmal wär's eine ziemlich wilde Geschichte geworden«, sagte Midori, sichtlich enttäuscht.

»Was wollen wir denn überhaupt in Ochanomizu?«

»Das wirst du dann schon sehen.«

Wegen der vielen Paukschulen in Ochanomizu wimmelte es dort sonntags von Mittel- und Oberstufenschülern auf dem Weg zum Nachhilfeunterricht und zu ihren Probeklausuren. Wir drängelten uns durch die Scharen von Schülern, wobei Midori mit der linken Hand den Riemen ihrer Schultertasche festhielt und mit der rechten meine Hand.

»Du, Tōru? Kannst du mir den Unterschied zwischen dem Konjunktiv Präsens und dem Konjunktiv Imperfekt im Englischen erklären?« fragte sie mich unvermittelt.

»Ich glaub schon«, sagte ich.

»Dann kannst du mir sicher auch die Frage beantworten, wozu so was im Alltagsleben nützt.«

»Zu nichts. Im Alltag mag es zwar zu nichts Konkretem dienen«, erwiderte ich. »Aber es gibt einem Gelegenheit, sich im systematischen Denken zu üben, finde ich.«

Darüber dachte Midori anscheinend eine Weile ernsthaft nach. »Du bist wirklich gescheit«, sagte sie. »So habe ich das noch nie betrachtet. Ich habe solches Zeug wie Konjunktiv oder Differentialrechnung oder chemische Formeln immer für völlig sinnlos gehalten. Und es ignoriert, weil's mir zu kompliziert war. Vielleicht war das ein großer Fehler.«

»Du hast das alles ignoriert?«

»Klar, als wäre es nicht vorhanden. Ich habe keinen Schimmer, was Sinus und Cosinus bedeutet.«

»Aber du hast doch die Schule abgeschlossen und bist auf der Uni!« Ich war fassungslos.

»Sei nicht albern«, sagte Midori. »Dazu braucht man doch nichts zu wissen. Die Uni-Aufnahmeprüfung kann man mit Intuition bestehen, auch wenn man keine Ahnung hat. Ich habe eine Menge Intuition. Wenn da steht ›Wählen Sie die korrekte Antwort aus den folgenden drei‹, weiß ich sofort, welche die richtige ist.«

»Ich habe nicht so eine gute Intuition wie du, drum muß ich bis zu einem gewissen Grad systematisch denken lernen. Wie eine Krähe in einem Astloch Glasscherben sammelt.«

»Nützt das etwas?«

»Das ist die Frage. Vielleicht fällt einem dadurch manches leichter.«

»Was zum Beispiel?«

»Metaphysisches Denken oder mehrere Sprachen zu erlernen.«

»Und was hat man davon?«

»Kommt auf die Person an. Für manche Leute hat es einen Zweck, für andere nicht. Hauptsächlich dient es jedoch der Übung. Ob es zu etwas nützt, ist eine andere Frage, wie gesagt.«

»Hmm«, machte Midori, offenbar beeindruckt. Hand in Hand gingen wir bergab. »Du kannst wirklich gut erklären, Tōru.«

»Findest du?«

»Und wie! Ich hab alle möglichen Leute gefragt, zu was der englische Konjunktiv gut ist, aber niemand hat es mir so einleuchtend erklärt. Nicht einmal mein Englischlehrer. Alle, denen ich die Frage gestellt habe, waren entweder verwirrt, haben sich geärgert oder sich über mich lustig gemacht. Niemand hat mir je eine ordentliche Antwort gegeben. Wenn jemand wie du mir das richtig erklärt hätte, hätte ich mich vielleicht sogar für den Konjunktiv interessiert.«

»Hm«, machte ich.

»Hast du *Das Kapital* gelesen?« fragte Midori.

»Ja. Natürlich nicht ganz, nur Teile davon. Wie die meisten.«

»Hast du's verstanden?«

»Manches ja, manches nein. Man muß sich die zugrundeliegenden Denkstrukturen aneignen, um ein Buch wie *Das Kapital* richtig lesen zu können. Aber ich glaube, die Grundideen des Marxismus habe ich einigermaßen verstanden.«

»Meinst du, jemand im ersten Semester, der solche Bücher noch nicht gelesen hat, könnte das *Kapital* einfach so verstehen?«

»Fast ausgeschlossen, würde ich sagen.«

»Weißt du, als ich mit dem Studium angefangen habe, bin ich in eine Volksmusik-Gruppe eingetreten, weil ich singen wollte. Das war vielleicht ein Schwindel – mir graut jetzt noch, wenn ich daran denke. Als erstes haben sie mir gesagt, ich solle Marx lesen. Von Seite sowieso bis Seite sowieso vorbereiten. Dann gab's einen Vortrag über die Beziehung von Volksliedern zur Gesellschaft und zur radikalen Bewegung. Also blieb mir nichts anderes übrig, als nach Hause zu gehen und fleißig Marx zu lesen. Natürlich verstand ich kein Wort. Noch weniger als den Konjunktiv. Nach drei Seiten gab ich auf. Beim nächsten Treffen sagte ich ganz tapfer, daß ich die Seiten zwar gelesen, aber nicht verstanden hätte. Von da an war ich das Dummerchen. Mir fehle jedes gesellschaftliche Problembewußtsein. Im Ernst! Nur weil ich einen Text nicht verstanden hatte. Ist das nicht fürchterlich?«

»Doch.«

»Und ihre Diskussionen waren genauso fürchterlich. Alle machten kluge Gesichter und benutzten schwierige Wörter. Wenn ich etwas nicht verstand, fragte ich. ›Was bedeutet imperialistische Ausbeutung? Hat das was mit der Ostindischen Kompanie zu tun?‹ oder ›Heißt Zerschlagung des industriellen Ausbildungssystems, daß wir nach der Uni nicht für eine Firma arbeiten dürfen?‹ Und so. Aber niemand ließ sich dazu herab, mir was zu erklären. Im Gegenteil, sie wurden richtig sauer auf mich. Kannst du dir das vorstellen?«

»Kann ich«, sagte ich.

»Wie man nur so blöd sein und trotzdem weiterleben könne, schrie mich einer an. Da reichte es mir, das wollte ich mir nicht gefallen lassen. Na schön, dann bin ich eben nicht besonders intelligent. Ich stamme aus dem Volk. Aber es ist das Volk, das die Welt am Laufen hält, und es ist das Volk, das ausgebeutet wird. Mit Worten um sich schmeißen, die das Volk nicht versteht – das soll eine Revolution sein? Kann man damit die Gesellschaft verändern? Ich würde auch gern die Welt verbessern. Wenn jemand wirklich ausgebeutet wird, dann müssen wir das abstellen. Davon bin ich überzeugt, und deshalb stelle ich ja auch Fragen. Hab ich da recht?«

»Ja.«

»Damals wurde mir was klar. Heuchler waren das, die ganze Bande. Sie hatten nichts anderes im Sinn, als mit ihrem wichtigtuerischen Gerede die neuen Mädchen zu beeindrucken und ihnen unter den Rock zu greifen. Im achten Semester schneiden sie sich dann die Haare kurz und gehen auf Stellensuche bei Mitsubishi, IBM oder der Fuji-Bank. Dann heiraten sie eine Frau, die nie Marx gelesen hat, und kriegen Kinder, denen sie zum Kotzen widerwärtige, neumodische Namen geben. ›Zerschlagung des industriell monopolisierten Ausbildungssystems‹! Zum Totlachen! Die anderen neuen Gruppenmitglieder waren genauso blöd. Von denen hat auch keiner ein Wort verstanden, die haben aber so getan, mich ausgelacht und mir geraten, doch einfach immer nur ja zu sagen, auch wenn ich nichts verstünde. Ach, da fällt mir noch was ein, willst du's hören?«

»Klar.«

»Einmal setzten sie für spätabends eine politische Versammlung an, und jedes Mädchen sollte für den Mitternachtsimbiß zwanzig gefüllte Reisbällchen mitbringen. Ohne Witz! So viel zur Gleichberechtigung. Zur Abwechslung hielt ich mal den Mund und machte brav zwanzig Reisbällchen, gefüllt mit sauren Pfläumchen und mit Seetang umwickelt, wie's sich gehört. Und weißt du, was sie dazu sagten? Sie haben gemeckert, daß meine Reisbällchen nur mit Umeboshi gefüllt waren und ich keine Beilage mitgebracht hatte! Die anderen Mädchen hatte ihre mit Lachs oder Dorschrogen gefüllt und dicke, gerollte Omeletts dazu mitgebracht. Vor Wut blieb mir die Spucke weg. Wie kommen diese Sonntagsrevoluzzer dazu, sich über Reisbällchen in Seetang zu beschweren! Dankbar sollten die sein für Seetang und Pfläumchen – an die hungernden Kinder in Indien denken.«

Ich mußte lachen. »Und wie geht die Geschichte weiter?«

»Im Juni bin ich ausgetreten, so gingen die mir auf die Nerven. Die meisten Typen von der Uni sind komplette Heuchler. Sie machen sich fast in die Hose vor Schiß, jemand könnte herausfinden, daß sie irgendwas nicht wissen. Sie lesen alle die gleichen Bücher, benutzen die gleichen Wörter, hören John Coltrane und sehen Pasolini-Filme. Und das soll revolutionär sein?«

»Keine Ahnung. Mich darfst du nicht fragen, ich hab noch nie eine echte Revolution gesehen.«

»Wenn das die Revolution ist, können sie sie sich an den Hut stecken. Wahrscheinlich würden sie mich sowieso erschießen, weil ich Reisbällchen mit sauren Pfläumchen fülle. Dich auch, weil du den Konjunktiv kapierst.«

»Könnte passieren«, sagte ich.

»Ich weiß jedenfalls, wovon ich rede. Weil ich aus dem Volk stamme. Revolution hin oder her, das Volk muß es ausbaden und weiter mühselig für seinen Lebensunterhalt schuften. Und was ist das denn, eine Revolution? Doch ganz sicher nicht bloß was, wo sich die Namen im Rathaus ändern. Aber davon haben diese großmäuligen Typen keine Ahnung. Sag mal, Watanabe, bist du schon mal einem Steuerprüfer begegnet?«

»Noch nie.«

»Ich schon oft. Sie kommen frech ins Haus und spielen sich auf. ›Wozu dient dieses Kassenbuch?‹ ›Sie führen ja ziemlich lässig Buch.‹ ›Das nennen Sie Betriebsausgaben?‹ ›Dann zeigen Sie mir sämtliche Quittungen, und zwar sofort.‹ Die ganze Zeit darf man sich nicht mucksen, nur wenn es Zeit zum Essen wird, muß man beim teuersten Restaurant Sushi für sie bestellen. Dabei hat mein Vater kein einziges Mal Steuern hinterzogen. Ehrlich. So ist er eben, altmodisch und kerzengerade. Aber erzähl das mal so einem schleimigen Steuerprüfer. ›Ihre Einnahmen sind auffällig gering, finden Sie nicht?‹ Klar sind die Einnahmen gering, wenn man nichts verdient. Es ist nicht zum Anhören. Am liebsten hätte ich den Kerl angeschrien, er soll doch hingehen, wo's was zu holen gibt. Glaubst du, die Steuereintreiber würden sich nach der Revolution anders benehmen?«

»Das bezweifle ich schwer.«

»Damit ist's für mich also gelaufen. Ich glaub an keine Revolution. Ich glaube nur noch an die Liebe.«

»Peace«, sagte ich.

»Peace.«

»Wohin gehen wir überhaupt?« fragte ich.

»Ins Krankenhaus. Meinen Vater besuchen. Ich bin heute dran, den Tag bei ihm zu verbringen.«

»Deinen Vater?« fragte ich verdutzt. »Ich dachte, der ist in Uruguay.«

»Ach, das war gelogen«, sagte Midori ungerührt. »Er hat früher ewig damit gedroht, aber das hätte nie geklappt. Er schafft es ja kaum, aus Tōkyō rauszukommen.«

»Geht's ihm sehr schlecht?«

»Es ist nur noch eine Frage der Zeit.«

Wir gingen eine Weile wortlos nebeneinander her.

»Ich weiß es, weil er die gleiche Krankheit wie meine Mutter hat. Einen Gehirntumor. Unglaublich, was? Vor kaum zwei Jahren ist meine Mutter daran gestorben, und jetzt hat er einen.«

In den Gängen der Universitätsklinik sorgten Besucher und Patienten mit leichteren Erkrankungen für reges sonntägliches Treiben. Der unverwechselbare Krankenhausgeruch, ein Gemisch aus Desinfektionsmitteln, mitgebrachten Blumensträußen, Urin und Matratzen, hüllte alles ein, und das trockene Geklapper der Schuhe der Krankenschwestern hallte durch alle Gänge. Midoris Vater lag in einem Zweibettzimmer an der Tür, und seine Gestalt erinnerte auf den ersten Blick an ein schwer verwundetes kleines Tier. Der magere, zierliche Mann, der den Eindruck erweckte, daß er von nun an immer mehr zusammenschrumpfen würde, lag regungslos und geschwächt auf der Seite, sein linker Arm, in dem eine Infusionsnadel steckte, hing herunter. Sein Kopf war mit einem weißen Verband umwickelt, und seine bleichen Arme waren von Einstichen übersät, die von Spritzen oder künstlicher Ernährung herrührten. Er starrte mit halbgeschlossenen, blutunterlaufenen Augen in den Raum, richtete aber, als wir das Zimmer betraten, langsam den Blick auf uns. Nach zehn Sekunden wanderten seine Augen ermattet wieder zurück zu jenem Punkt im Raum.

Daß er bald sterben würde, sah man seinen Augen an. Überhaupt war sein ganzer Körper, in dem kaum noch eine Spur von Leben zu sein schien, vom Tod gezeichnet. Er glich einem verfallenen Haus, aus dem man alles Mobiliar herausgeräumt hat und das nur noch auf seinen endgültigen Abriß wartet. Um seine ausgetrockneten Lippen sprossen wie Unkraut vereinzelte Barthaare. Verwundert nahm ich zur Kenntnis, daß der Bart eines Mannes, aus dem alle Lebenskraft gewichen ist, noch immer wächst.

Midori begrüßte den rundlichen Mann, der in dem Bett am Fenster lag. Er nickte lächelnd, anscheinend konnte er nicht sprechen. Nachdem er ein paarmal gehustet hatte, nahm er einen Schluck Wasser aus einem Glas neben seinem Kissen und drehte sich zum Fenster, vor dem außer Strommasten und Kabeln nichts zu sehen war. Nicht einmal Wolken am Himmel.

»Wie geht's dir, Papa?« fragte Midori ins Ohr ihres Vaters, als teste sie ein Mikrophon. »Wie geht's dir heute?«

»Nicht gut«, formte ihr Vater mit den Lippen. Er schien seine Worte mittels trockener Luft hervorzuhauchen. »Kopf«, hauchte er.

»Hast du Kopfschmerzen?« fragte Midori.

»Ja.« Mehr als eine Silbe brachte er anscheinend nicht heraus.

»Da kann man nichts machen. Schließlich wurdest du gerade

operiert. Du Armer, kannst du es noch ein bißchen aushalten?« fragte Midori. »Das ist Tōru Watanabe, ein Freund von mir.«

»Freut mich«, sagte ich. Der Vater öffnete halb die Lippen, um sie sofort wieder zu schließen.

»Setz dich doch da hin.« Midori zeigte auf einen runden Plastikhocker am Fußende des Bettes. Ich gehorchte. Sie gab ihm etwas Wasser zu trinken und fragte ihn, ob er vielleicht etwas Obst oder Götterspeise essen wolle. »Nein«, wisperte der Vater. Als Midori ihn drängte, doch etwas zu essen, brachte er mühsam hervor, er habe schon gegessen. Neben seinem Bett stand in Höhe des Kopfkissens ein Tischchen mit einer Wasserflasche, einem Glas, einem Teller und einem kleinen Wecker. Aus einer großen Papiertüte darunter holte Midori einen frischen Schlafanzug, Unterwäsche und dergleichen, strich die Sachen glatt und räumte sie in einen Spind neben der Tür. Ganz unten in der Tüte lagen Lebensmittel für den Kranken: zwei Grapefruits, Götterspeise und drei Gurken.

»Gurken?« wunderte sich Midori. »Was meine Schwester sich wohl dabei gedacht hat? Wo ich ihr doch am Telefon genau gesagt habe, was sie einkaufen soll. Von Gurken habe nichts gesagt.«

»Vielleicht hat sie dich falsch verstanden?« sagte ich.

»Kann sein. Aber wenn sie ein bißchen mitgedacht hätte, wäre sie darauf gekommen, daß ein Kranker keine Gurken ißt. Oder möchtest du ein Stück Gurke, Papa?«

»Nein.«

Midori setzte sich zu ihrem Vater ans Bett und plauderte mit ihm. Das Bild von ihrem Fernseher zu Hause hatte sich plötzlich verschlechtert, und sie hatte die Reparaturwerkstatt angerufen; eine Tante aus Takaido wollte ihn in zwei oder drei Tagen besuchen kommen; und Herr Miyawaki, der Apotheker, war mit dem Rad gestürzt. Ihr Vater antwortete mit umhm, umhm.

»Willst du wirklich nichts essen, Papa?«

»Nein.«

»Möchtest du eine Grapefruit, Tōru?«

»Nein, danke.«

Anschließend gingen Midori und ich in den Fernsehraum, damit sie rauchen konnte. Drei Patienten saßen dort in ihren Schlafanzügen, rauchten und sahen sich eine politische Diskussion im Fernsehen an.

»Psst«, machte Midori vergnügt. »Der Alte mit den Krücken stiert mir schon die ganze Zeit auf die Beine. Der mit der Brille und dem blauen Schlafanzug.«

»Kein Wunder, bei dem Rock.«

»Ist doch nett. Denen ist bestimmt langweilig, und es tut ihnen gut, wenn sie ein junges Mädchen zu sehen kriegen. Vielleicht hilft ihnen die Erregung sogar, schneller gesund zu werden.«

»Wenn nicht der gegenteilige Effekt eintritt«, sagte ich.

Midori beobachtete eine Weile den gerade aufsteigenden Rauch ihrer Zigarette.

»Weißt du, mein Vater ist gar kein so übler Kerl. Manchmal nervt er mich, weil er üble Sachen sagt, aber im Grunde ist er ein ehrlicher Mensch, und er hat meine Mutter wirklich geliebt. Er hat sein Bestes getan. Vielleicht ist er ein bißchen charakterschwach, nicht geschäftstüchtig und nicht besonders beliebt, aber im Vergleich zu diesen raffinierten Schlawinern, die mit allem durchkommen, ist er ein wirklich guter Kerl. Ich bin genauso stur wie er, deshalb streiten wir uns oft, aber im Grunde ist er kein übler Kerl.«

Midori griff nach meiner Hand, als höbe sie etwas auf, das sie auf der Straße hatte fallen lassen, und legte sie auf ihren Schoß. Die Hälfte meiner Hand lag auf ihrem Rock, die andere Hälfte auf ihrem Oberschenkel. Sie sah mir lange in die Augen.

»Du, Tōru? Es ist zwar nicht schön hier, aber bleibst du noch ein bißchen mit mir hier?«

»Ich kann bis fünf bleiben«, sagte ich. »Ich bin gern mit dir zusammen. Außerdem habe ich sonst nichts zu tun.«

»Was machst du denn normalerweise am Sonntag?«

»Waschen. Und dann bügeln.«

»Du möchtest mir wohl nicht mehr über deine Freundin erzählen?«

»Eigentlich nicht. Es ist zu kompliziert, und ich könnte es dir nicht richtig erklären.«

»Ist schon in Ordnung. Du brauchst mir nichts zu erklären. Soll ich dir mal erzählen, was ich vermute?«

»Ja, nur zu. Was du so vermutest, ist bestimmt höchst interessant.«

»Also, ich glaube, deine Freundin ist verheiratet.«

»Ach ja?«

»Sie ist zweiunddreißig oder dreiunddreißig, reich und schön, trägt Pelzmäntel, Schuhe von Charles Jourdan und seidene Dessous. Außerdem ist sie völlig ausgehungert nach Sex und tut gern richtig unanständige Dinge. Ihr trefft euch nachmittags an Wochentagen und verschlingt einander. Am Sonntag ist ihr Mann zu Hause, und ihr könnt euch nicht sehen. Hab ich recht?«

»Sehr, sehr interessant.«

»Du mußt sie fesseln und ihr die Augen verbinden und sie dann am ganzen Körper lecken. Dann mußt du alles mögliche abartige Zeug in sie reinstecken, sie nimmt akrobatische Stellungen ein, und du fotografierst sie mit einer Polaroidkamera.«

»Klingt verlockend.«

»Sie ist so ausgehungert, daß sie alles machen will. Sie denkt sich jeden Tag von morgens bis abends Dinge aus, die ihr beim nächsten Mal tun könnt. Und wenn ihr im Bett seid, probiert sie alle möglichen Stellungen aus und kommt immer dreimal hintereinander. Und dann sagt sie zu dir: ›Bin ich nicht aufregend? Junge Mädchen könnten dich gar nicht mehr befriedigen. Oder kann dir das etwa ein junges Mädchen bieten? Oder das – wie fühlt sich das an? Aber halt, noch nicht kommen!‹«

»Du siehst zu viele Pornofilme«, sagte ich lachend.

»Meinst du wirklich? Aber ich liebe Pornofilme. Wollen wir uns nicht nächstes Mal zusammen einen anschauen?«

»Klar«, sagte ich. »Wenn du wieder Zeit hast.«

»Im Ernst? Au ja. Wir gehen in einen Sado-Maso-Film, ja? Mit Peitschen. Und wo das Mädchen vor allen pinkeln muß. Darauf steh ich besonders.«

»Machen wir.«

»Du, Tōru? Weißt du, was mir an Pornokinos am besten gefällt?«

»Keinen Schimmer.«

»Immer wenn eine Sexszene kommt, hört man, wie alle Leute schlucken müssen. Dieses ›Schluck‹ mag ich so gern. Es ist irgendwie so süß.«

Als wir wieder im Krankenzimmer waren, erzählte Midori ihrem Vater wieder alles mögliche, und er gab zustimmende Grunzlaute von sich oder er schwieg. Gegen elf kam die Frau des Mannes im Nebenbett, zog ihm einen anderen Schlafanzug an und schälte Obst für ihn. Sie war eine freundliche Dame mit rundem Gesicht, die sich angeregt mit Midori unterhielt. Eine Krankenschwester kam und brachte eine neue Infusionsflasche. Nachdem sie sich kurz mit Midori und der Frau des Bettnachbarn unterhalten hatte, ging sie wieder. Einstweilen ließ ich meine Blicke durchs Zimmer schweifen und schaute aus dem Fenster auf die Stromkabel, auf denen sich von Zeit zu Zeit Spatzen niederließen. Midori sprach mit ihrem Vater, wischte ihm den Schweiß von der Stirn, ließ ihn in ein Taschentuch spucken, sprach mit der Frau des Nachbarn, der Krankenschwester oder mit mir und überprüfte den Tropf.

Um halb zwölf begann die Visite, und wir warteten im Flur. Als der Arzt aus dem Zimmer kam, erkundigte sich Midori bei ihm nach ihrem Vater.

»Tja, so kurz nach der Operation ist er ziemlich erschöpft. Wir haben ihm auch Schmerzmittel verabreicht«, erklärte der Arzt. »In zwei, drei Tagen kann ich Ihnen über das Ergebnis der Operation mehr sagen. Wenn sie gut verlaufen ist, wird er gesund. Wenn nicht, müssen wir uns etwas anderes ausdenken.«

»Müssen Sie dann seinen Kopf noch einmal aufmachen?«

»Das kann ich im Augenblick nicht vorhersagen«, sagte der Arzt. »Hui – Sie tragen aber heute einen kurzen Rock.«

»Hübsch, oder?«

»Und was machen Sie, wenn Sie eine Treppe hinaufsteigen?«

»Nichts Spezielles. Sollen sie doch gucken«, sagte Midori. Hinter uns kicherte eine Krankenschwester.

»Vielleicht sollten *Sie* sich mal von uns in den Kopf gucken lassen«, sagte der Arzt. »Und benutzen Sie bitte hier im Krankenhaus den Aufzug. Noch mehr Patienten können wir nicht gebrauchen. Ich bin so schon überlastet.«

Bald nach der Visite begann die Mittagszeit, und die Schwester schob das Essen für die Patienten auf einem Wagen in die Zimmer. Midoris Vater bekam eine Suppe, Obst, gekochten Fisch ohne Gräten und püriertes Gemüse. Midori half ihrem Vater, sich umzudrehen, und richtete das Bett mit Hilfe einer Kurbel auf. Sie flößte ihm ein paar Löffel Suppe ein, aber nach fünf, sechs Löffeln wandte er den Kopf ab und hauchte »genug«.

»Du mußt noch ein bißchen essen.«

»Später«, flüsterte der Vater.

»Wenn du nicht ißt, kannst du nicht gesund werden. Mußt du auf die Toilette?«

»Nein.«

»Du, Tōru? Wollen wir nicht unten in der Cafeteria was essen gehen?«

Ich nickte zwar, aber eigentlich hatte ich keine große Lust, etwas zu essen. In der Cafeteria drängten sich Ärzte, Krankenschwestern und Besucher. Lange Reihen von Tischen und Stühlen füllten den fensterlosen, unterirdischen Saal. Alle unterhielten sich beim Essen – wahrscheinlich über Krankheiten –, und die Stimmen hallten wie in einem Tunnel wider. Ab und zu unterbrach eine Lautsprecherdurchsage das Stimmengewirr; ein Arzt oder eine Schwester wurde gerufen. Während ich einen Tisch freihielt, holte Midori auf einem Aluminiumtablett zwei Mittagsmenüs. Die Speisen – Kroketten, Kartoffelsalat, Krautsalat, gekochtes Gemüse, Reis und Misosuppe – wurden in dem gleichen weißen Plastikgeschirr serviert, das auch die Patienten bekamen. Ich aß nur etwa die Hälfte und ließ den Rest stehen. Aber Midori schien es zu schmecken, denn sie aß alles auf.

»Hast du keinen Hunger, Tōru?« fragte sie und trank ihren heißen Tee.

»Nicht besonders.«

»Das liegt am Krankenhaus.« Sie blickte im Speisesaal umher. »Das geht allen so, die nicht daran gewöhnt sind. Der Geruch, die Geräusche, die abgestandene Luft, die Gesichter der Kranken, Anspannung, Nervosität, Verzweiflung, Erschöpfung – das alles schlägt auf den Magen und verdirbt den Appetit. Wenn man sich einmal daran gewöhnt hat, macht es einem nichts mehr aus. Außerdem kann man einen Kranken nur pflegen, wenn man selbst richtig ißt. Stimmt wirklich. Ich weiß, wovon ich rede, ich habe vier Personen gepflegt: meinen Großvater, meine Großmutter, meine Mutter und nun meinen Vater. Es kann immer passieren, daß man eine Mahlzeit überspringen muß. Darum sollte man essen, solange es möglich ist.«

»Ich verstehe«, sagte ich.

»Wenn Verwandte zu Besuch kommen und hier mit mir essen, lassen sie genau wie du immer die Hälfte stehen und sagen: ›Midori hat aber einen gesunden Appetit. Ich könnte nicht so essen, mir geht das alles zu nah.‹ Dabei bin ich diejenige, die den Kranken pflegt. Die anderen kommen nur kurz vorbei, um ihn zu bedauern. Ich bin diejenige, die die Scheiße wegmacht, den Schleim abwischt und ihn abtrocknet. Wenn man allein mit Mitleid Scheiße wegputzen könnte, hätte ich fünfzigmal mehr Mitleid als alle anderen! Trotzdem gucken sie mich schief an, wenn ich mein Essen aufesse. Wofür halten die mich wohl, für einen Esel, der den Wagen zieht? Eigentlich müßten sie alt genug sein, um zu wissen, wie's auf der Welt so läuft. Den Mund aufreißen kann jeder, aber worauf es ankommt, ist, ob die Scheiße weggeräumt wird oder nicht. Weißt du, ich bin auch nicht unverwundbar. Und manchmal so kaputt, daß mir zum Heulen zumute ist. Da schneiden die Ärzte unentwegt jemandem den Kopf auf und stochern darin herum, obwohl es nichts hilft, jedesmal wird es nur schlimmer, und er wird immer verrückter. Das sollten die mal jeden Tag vor Augen haben. Wie soll ich das aushalten? Unsere ganzen Ersparnisse werden aufgebraucht. Wer weiß, ob ich mir überhaupt noch dreieinhalb Jahre Studium und meine Schwester sich ihre Hochzeit leisten kann.«

»Wie viele Tage in der Woche kommst du denn her?« fragte ich.

»Ungefähr vier. Hier wird zwar angeblich rund um die Uhr gepflegt, aber die Krankenschwestern schaffen es einfach nicht. Sie tun ihr Bestes, aber es gibt zu viel Arbeit für zu wenig Personal. Also muß bis zu einem gewissen Grad die Familie einspringen. Meine Schwester kümmert sich ums Geschäft, ich muß zur Uni. Trotzdem kommt sie drei Tage her und ich vier. Ab und zu gönnen wir uns eine Verabredung. Glaub mir, wir haben ein volles Programm.«

»Aber wieso triffst du dich mit mir, wo du so beschäftigt bist?«

»Weil ich gern mit dir zusammen bin.« Midori spielte mit ihrem leeren Plastikbecher.

»Du machst jetzt zwei Stunden einen Spaziergang in der Umgebung«, sagte ich. »Und ich kümmere mich solange um deinen Vater.«

»Warum?«

»Du mußt mal ein bißchen raus aus dem Krankenhaus und für dich sein – mit keinem sprechen und einen klaren Kopf bekommen.«

Midori überlegte einen Moment, dann nickte sie. »Vielleicht hast du recht. Aber weißt du denn, was du tun mußt? Bei meinem Vater, meine ich.«

»Ich glaub schon, ich hab dir gut zugeguckt. Den Tropf kontrollieren, ihm zu trinken geben, ihm den Schweiß abwischen, ihm beim Ausspucken helfen. Die Bettpfanne steht unter dem Bett, und wenn er Hunger bekommt, gebe ich ihm den Rest vom Mittagessen. Wenn ich etwas nicht weiß, kann ich ja die Schwester fragen.«

»Du weißt schon ganz gut Bescheid«, sagte Midori lächelnd. »Nur eins noch – er wird jetzt ein bißchen merkwürdig im Kopf und sagt manchmal sonderbare Sachen, die man nicht versteht. Kümmere dich einfach nicht darum.«

»Ich komme schon zurecht«, sagte ich.

Im Zimmer sagte Midori ihrem Vater, daß sie etwas zu erledigen habe und ich ihn einstweilen betreuen würde. Den Vater schien das nicht sonderlich zu berühren. Möglicherweise verstand er auch nicht, was Midori ihm sagte. Er lag nur da und starrte an die Decke. Hätte er nicht ab und zu geblinzelt, hätte man ihn für tot halten können. Seine Augen waren rot gerändert, als wäre er betrunken. Wenn er tief Luft holte, bewegten sich ganz sacht seine Nasenflügel, aber sonst blieb er völlig reglos und machte keine Anstalten, Midori zu antworten. Was in den trüben Tiefen seines Bewußtseins vorging, ließ sich nicht annähernd erahnen.

Als Midori fort war, überlegte ich, ob ich ihren Vater ansprechen sollte, aber da ich nicht wußte wie, schwieg ich schließlich. Bald darauf schloß er die Augen und schlief ein. Ich setzte mich auf den Stuhl am Kopfende und beobachtete das Beben seiner Nasenflügel. Hoffentlich würde er nicht gerade jetzt sterben. Wie seltsam es doch wäre, wenn dieser Mann seinen letzten Atemzug täte, während ich an seiner Seite saß. Immerhin war ich ihm erst vor kurzem begegnet, und meine einzige Verbindung zu ihm war Midori, die ich auch nur aus Theatergeschichte II kannte.

Aber er starb nicht. Er schlief nur ganz fest. Wenn ich mein Ohr seinem Gesicht näherte, hörte ich seine schwachen Atemzüge. So konnte ich mich in aller Ruhe mit der Frau des Nachbarn unterhalten, die Midori anscheinend für meine Freundin hielt und unentwegt nur von ihr sprach.

»Sie ist so ein gutes Kind«, schwärmte sie. »Sie kümmert sich so liebevoll um ihren Vater, sie ist so zärtlich, so fürsorglich, so zuverlässig und obendrein noch hübsch. Sie müssen sehr gut zu ihr sein. Lassen Sie sie nicht entwischen. So ein Mädchen finden Sie nie wieder.«

»Ich merk's mir«, antwortete ich unverbindlich.

»Unsere Tochter ist einundzwanzig und unser Sohn siebzehn, aber glauben Sie, die würden sich einmal im Krankenhaus blicken lassen? Kaum haben sie Ferien, gehen sie surfen, treiben sich mit ihren Freunden herum oder amüsieren sich sonstwie. Schrecklich. Sie quetschen das Taschengeld aus mir heraus, und weg sind sie.«

Um halb zwei verließ die Dame das Zimmer, um Einkäufe zu machen. Beide Patienten schliefen fest. Die milde Nachmittagssonne schien ins Zimmer, und fast wäre ich auf meinem Hocker selbst eingeschlafen. Auf dem Tisch am Fenster stand eine Vase mit weißen und gelben Astern, die den nahenden Herbst ankündigten. Im Zimmer schwebte noch der süßliche Geruch des Kochfischs, der unberührt geblieben war. Die Krankenschwestern klapperten weiter den Flur auf und ab und riefen einander mit lauten, klaren Stimmen Anweisungen zu. Mitunter warf eine von ihnen einen Blick ins Zimmer, lächelte mir zu und verschwand, wenn sie sah, daß beide Patienten ruhig schliefen. Ich hätte gern etwas zu lesen gehabt, aber im Krankenzimmer gab es keine Bücher und Zeitschriften, nicht mal eine Zeitung. Nur ein Kalender hing an der Wand.

Ich dachte an Naoko. An Naoko nackt, nur mit ihrer Haarspange. Ich dachte an den Schwung ihrer Hüften und den Schatten ihres Schamhaars. Warum nur hatte sie sich mir nackt gezeigt – war sie da schlafgewandelt? Oder hatte alles nur in meiner Phantasie stattgefunden? Je mehr Zeit verging und je mehr sich Naokos kleine Welt von mir entfernte, desto weniger war ich mir sicher, ob die Ereignisse jener Nacht real gewesen waren. Daß sie real gewesen waren, erschien mir ebenso plausibel wie die Möglichkeit, daß es sich um ein Gespinst meiner Phantasie gehandelt hatte. Naokos Körper im Mondlicht – für ein Phantasiegebilde hatte er zu deutlich und detailliert gewirkt, für die Wirklichkeit wiederum zu traumhaft.

Das Husten von Midoris Vater, der plötzlich aufgewacht war, riß mich aus meinen Tagträumen. Ich ließ ihn in ein Taschentuch spucken und wischte ihm mit einem Handtuch den Schweiß von der Stirn.

»Möchten Sie ein bißchen Wasser?« fragte ich, worauf er ein Nicken von etwa vier Millimetern zustande brachte. Als ich ihn winzige Schlucke aus der kleinen Wasserflasche nehmen ließ, zitterten seine trockenen Lippen, und seine Kehle bewegte sich krampfhaft, aber er trank das gesamte, anscheinend lauwarme Wasser, das in der Flasche war.

»Möchten Sie noch mehr?« fragte ich. Ich brachte mein Ohr an seinen Mund, denn er schien etwas sagen zu wollen.

»Nein, danke«, hauchte er, noch leiser und rauher als zuvor.

»Wie wäre es mit etwas zu essen? Sie müssen doch Hunger haben.« Wieder ein kaum merkliches Nicken. Wie ich es mir bei Midori abgeguckt hatte, kurbelte ich sein Bett hoch und fütterte ihn abwechselnd mit Gemüsepüree und Fisch. Es dauerte unheimlich lange, bis er auch nur die Hälfte gegessen hatte und mir durch eine winzige Bewegung seines Kopfes signalisierte, es sei genug. Offenbar schmerzten ihn größere Bewegungen. Ob er noch etwas Obst wolle? Er lehnte es ab. Ich wischte ihm mit dem Handtuch den Mund ab und ließ das Bett wieder hinunter, dann brachte ich das Geschirr auf den Flur.

»Hat es Ihnen geschmeckt?« fragte ich.

»Ekelhaft«, hauchte er.

Ich lachte. »Stimmt, so sah es auch aus.« Midoris Vater sah mich schweigend an; er schien sich nicht entscheiden zu können, ob er die Augen schließen oder weiter öffnen sollte. Ich fragte mich, ob der Mann wußte, wer ich war. Er wirkte entspannter als in Midoris Gegenwart. Möglicherweise hielt er mich auch für jemand anderen. Wenn es so war, hatte ich nichts dagegen.

»Es ist schön draußen heute.« Ich setzte mich auf den Hocker und schlug die Beine übereinander. »Bei schönem Herbstwetter ist es sonntags überall unheimlich voll. An solchen Tagen ist es am angenehmsten, im Zimmer zu bleiben und sich zu entspannen. Die Menschenmassen sind zu anstrengend. Außerdem ist die Luft schlecht. Ich mache sonntags meistens meine Wäsche. Morgens wasche ich, hänge die Sachen auf dem Dach von meinem Wohnheim auf, hole sie wieder rein, bevor es dunkel wird, und bügle sie ordentlich. Bügeln macht mir überhaupt nichts aus. Ich finde es sogar befriedigend, zerknitterte Sachen zu glätten. Außerdem kann ich ganz gut bügeln. Am Anfang konnte ich es natürlich überhaupt nicht, hab überall Falten reingebügelt. Aber nach einem Monat hatte ich es raus. Jedenfalls ist der Sonntag mein Wasch- und Bügeltag. Heute ging das natürlich nicht. Schade, so ein prima Waschtag.

Macht aber nichts. Dafür stehe ich morgen ein bißchen früher auf und erledige das. Machen Sie sich deswegen keine Gedanken. Sonntags habe ich nie etwas vor.

Wenn ich morgen die Wäsche aufgehängt habe, gehe ich um zehn zu einer Vorlesung. Midori nimmt auch daran teil – Theatergeschichte II. Wir sprechen gerade über Euripides. Kennen Sie Euripides? Er ist ein alter Grieche; neben Aischylos und Sophokles nennt man ihn einen der drei Großen der griechischen Tragödie.

Angeblich ist er in Mazedonien an einem Hundebiß gestorben, aber das ist wohl eine Legende. Sophokles gefällt mir besser, aber das ist wohl Geschmackssache. Eigentlich kann ich nicht sagen, welcher der bessere ist.

Seine Stücke zeichnen sich dadurch aus, daß alles immer verworrener wird, bis die Charaktere weder ein noch aus wissen. Verstehen Sie? Alle möglichen Leute treten in Erscheinung, und jeder ist in einer bestimmten Lage und hat seine Gründe und Ausreden, alle sind sie auf der Jagd nach ihrer jeweiligen Vorstellung von Gerechtigkeit und Glück. Deshalb bringt im Endeffekt keiner etwas zustande. Kein Wunder. Ich meine, im Grunde ist es doch unmöglich, daß *jedem* Gerechtigkeit widerfährt und am Ende *jeder* glücklich und siegreich dasteht. Also entsteht Chaos. Und was glauben Sie, was dann passiert? Ganz einfach, zum Schluß erscheint ein Gott und regelt den Verkehr. Du gehst dorthin, du kommst hierher, du heiratest sie, und du wartest eine Weile hier. Der Gott ist so etwas wie ein Reparateur, und am Ende läuft alles wie am Schnürchen. Das bezeichnet man als *Deus ex machina*. In den Stücken von Euripides tritt fast immer ein *Deus ex machina* auf, und in diesem Punkt gehen die Meinungen über ihn auseinander.

Wäre es nicht praktisch, wenn es einen *Deus ex machina* auch in der Realität gäbe? Kaum sitzt man in der Klemme, schon kommt ein Gott von oben, und ruckzuck sind alle Probleme gelöst. Das ist Theatergeschichte II. So ungefähr sieht unser Stoff an der Uni aus.«

Während ich sprach, sah mich Midoris Vater stumm und unverwandt an. An seinen Augen konnte ich natürlich nicht erkennen, ob er überhaupt verstand, wovon ich redete.

»Peace«, sagte ich.

Nach meinem Vortrag hatte ich plötzlich mächtig Hunger. Ich hatte fast nichts gefrühstückt und nur die Hälfte meines Mittagessens verzehrt, was ich bereute, aber das nützte mir nun nichts. Ich suchte in einem Schränkchen nach etwas Eßbarem, fand aber nur eine Dose mit Seetang, Wick-Hustenbonbons und Sojasoße. In der Papiertüte waren noch die Gurken und Grapefruits.

»Ich hab ziemlich Hunger – macht es Ihnen etwas aus, wenn ich etwas von Ihrer Gurke esse?« fragte ich.

Midoris Vater antwortete nicht. Ich wusch die drei Gurken, goß ein wenig Sojasoße auf einen Teller, wickelte eine Gurke in Seetang, tunkte sie in die Sojasoße und verschlang sie genüßlich.

»Hmm, prima«, sagte ich. »Einfach und frisch, schmeckt nach Leben. Ausgezeichnete Gurken. Viel handfester als das meiste Obst.«

Nachdem ich die erste verzehrt hatte, machte ich mich an die nächste. Mein wohliges Schmatzen erfüllte den Raum. Erst nach der zweiten Gurke legte ich eine Pause ein, um mir auf dem Gaskocher im Flur Wasser für einen Tee zu erhitzen.

»Hätten Sie gern etwas zu trinken, Wasser oder Saft?« fragte ich Midoris Vater.

»Gurke«, flüsterte er.

Ich lächelte. »Mit Seetang?«

Er nickte sein kleines Nicken. Ich richtete das Bett wieder auf, schnitt ein mundgerechtes Stück Gurke ab, wickelte es in Seetang, tunkte es auf einem Zahnstocher in die Sojasoße und steckte es ihm in den Mund. Mit kaum verändertem Gesichtsausdruck kaute Midoris Vater lange darauf herum, bevor er es runterschluckte.

»Schmeckt's?« fragte ich.

»Gut«, sagte er.

»Appetit zu haben ist ein gutes Zeichen. Es zeigt, daß man lebendig ist.«

Er aß tatsächlich die ganze Gurke auf. Anschließend bat er um

Wasser, und ich gab ihm aus der Flasche zu trinken. Kurze Zeit später mußte er auf die Toilette, und ich holte die Bettflasche unter dem Bett hervor und legte ihm den Penis hinein. Danach leerte ich die Flasche in die Toilette und wusch sie aus. Dann ging ich zurück ins Krankenzimmer und trank meinen Tee zu Ende.

»Wie fühlen Sie sich?« fragte ich ihn.

»Mein Kopf«, wisperte er.

»Ihr Kopf tut weh?«

Er nickte mit leicht gerunzelter Stirn.

»Wahrscheinlich ist das normal, so kurz nach einer Operation. Allerdings bin ich noch nie operiert worden, also kenne ich mich nicht aus.«

»Fahrkarte«, sagte er.

»Fahrkarte? Was für eine Fahrkarte?«

»Midori«, flüsterte er. »Fahrkarte.«

Da mir völlig schleierhaft war, wovon er redete, hielt ich lieber den Mund. Auch er schwieg eine Weile, dann sagte er etwas, das wie »bitte« klang. Dabei starrte er mir mit weitaufgerissenen Augen ins Gesicht. Anscheinend wollte er mir etwas mitteilen, aber was?

»Ueno«, sagte er. »Midori.«

»Bahnhof Ueno?«

Er nickte schwach.

»Fahrkarte, Midori, bitte, Ueno«, faßte ich zusammen, konnte aber keinen Zusammenhang herstellen. Vielleicht war sein Bewußtsein gestört, und er brachte etwas durcheinander, aber der Ausdruck seiner Augen war im Vergleich zu vorher ganz klar. Er hob den Arm, der nicht mit dem Tropf verbunden war, und streckte ihn nach mir aus, was eine große Anstrengung für ihn bedeuten mußte, denn seine Hand zitterte in der Luft. Ich stand auf und ergriff seine zerknitterte Hand, und er erwiderte mit seinen schwachen Kräften den Druck und flüsterte noch einmal »bitte«.

»Ich kümmere mich um die Fahrkarte und um Midori, seien Sie unbesorgt.« Ich schien das Richtige getroffen zu haben, denn er ließ seine Hand aufs Bett zurückfallen und schloß die Augen. Als seine Atemzüge regelmäßig wurden und er eingeschlafen war, überzeugte ich mich wieder, daß er nicht gestorben war, bevor ich wieder auf den Flur ging, um mir Tee zu machen. Auf einmal wurde mir bewußt, daß ich eine gewisse Zuneigung zu diesem sterbenden kleinen Mann gefaßt hatte.

Kurz darauf kam die Frau des Nachbarn zurück und erkundigte sich, ob alles in Ordnung sei, was ich bejahte. Ihr Mann schlief noch immer und atmete friedlich.

Midori kam um kurz nach drei zurück.

»Ich hab im Park gefaulenzt und deinen Rat befolgt«, erzählte sie, »mit keinem geredet und an gar nichts gedacht.«

»Und wie war's?«

»Danke. Ich fühle mich richtig befreit. Noch ein bißchen schlapp, aber viel besser als vorhin. Wahrscheinlich war ich erschöpfter, als ich dachte.«

Da ihr Vater fest schlief, gab es für uns nichts zu tun, und wir holten uns am Automaten Kaffee und tranken ihn im Fernsehraum. Ich berichtete Midori, was sich in ihrer Abwesenheit zugetragen hatte. Daß er geschlafen hatte und nach dem Aufwachen die Hälfte seines Mittagessens gegessen und um Gurke gebeten hatte, als er mich eine essen sah; daß er uriniert hatte und eingeschlafen war.

»Tōru, du bist genial«, sagte Midori beeindruckt. »Wir reißen uns fast die Beine aus, um ihn dazu zu kriegen, daß er ein winziges bißchen ißt, und bei dir verputzt er gleich eine ganze Gurke. Unglaublich!«

»Nicht mein Verdienst. Er hat einfach gesehen, daß es mir schmeckt.«

»Ich glaube, du hast einen beruhigenden Einfluß auf andere Menschen.«

»Bestimmt nicht«, erwiderte ich lachend. »Da würde dir so mancher widersprechen.«

»Wie findest du meinen Vater?«

»Er ist mir sympathisch. Natürlich haben wir uns nicht groß unterhalten, aber ich mag ihn irgendwie.«

»Hat er sich ruhig verhalten?«

»Ganz ruhig.«

»Vor einer Woche war er noch schrecklich«, sagte Midori kopfschüttelnd. »Er ist durchgedreht, hat ein Glas nach mir geworfen und geschrien, hoffentlich bist du bald tot, du Hexe. Bei dieser Krankheit passiert das manchmal. Man weiß nicht warum, aber die Patienten können plötzlich bösartig werden. Bei meiner Mutter war das auch so. Weißt du, was sie einmal zu mir gesagt hat? ›Du bist nicht meine Tochter, ich hasse dich.‹ Mir wurde einen Augenblick lang schwarz vor Augen, obwohl ich wußte, daß das ein Symptom dieser Krankheit ist. Die Patienten werden aggressiv und sagen die gemeinsten Sachen, weil irgendwas auf einen bestimmten Teil ihres Gehirns drückt. Trotzdem tut so was weh. Ist ja auch kein Wunder. Ich rackere mich hier ab, und sie werfen mir Gemeinheiten an den Kopf.«

»Das kann ich gut nachvollziehen«, sagte ich. Da fielen mir die unverständlichen Äußerungen von Midoris Vater wieder ein.

»Fahrkarte? Ueno?« Midori überlegte. »Was das wohl zu bedeuten hat? Keine Ahnung.«

»Dann sagte er noch ›bitte‹ und ›Midori‹.«

»Vielleicht sollte es heißen, ›bitte kümmere dich um Midori‹.«

»Oder er möchte, daß du am Bahnhof Ueno eine Fahrkarte kaufst. Die Reihenfolge der vier Wörter ist so beliebig, daß man fast alles daraus lesen kann. Verbindest du irgend etwas mit dem Bahnhof Ueno?«

»Ueno ...« Midori dachte eine Weile nach. »Dazu fällt mir nur ein, daß ich zweimal von zu Hause abgehauen bin, in der dritten und in der fünften Klasse. Beide Male bin ich mit dem Zug von Ueno nach Fukushima gefahren. Das Geld dafür hatte ich aus der Kasse geklaut. Ich war wegen irgendwas sauer und wollte mich rächen. In Fukushima wohnte eine Tante von mir, die ich sehr mochte. Zu der bin ich gefahren. Mein Vater hat mich wieder abgeholt, ist eigens nach Fukushima gekommen. Im Zug zurück nach Ueno haben wir unseren Reiseproviant gefuttert, und mein Vater hat mir von allem möglichen erzählt – vom Großen Kantō-Erdbeben 1923, vom Krieg, von der Zeit, als ich geboren wurde – von Dingen, über die er normalerweise nicht sprach. Wenn ich's mir recht überlege, waren das die beiden einzigen Male, bei denen mein Vater und ich uns einmal länger allein unterhalten haben. Mein Vater ist während des Großen Kantō-Bebens mitten durch Tōkyō geradelt und hat nichts davon gemerkt. Kannst du dir das vorstellen?«

»Unmöglich«, sagte ich.

»Doch, das stimmt. Er ist mit Fahrrad und Anhänger durch Koishikawa gefahren und hat nichts gespürt. Als er zu Hause ankam, waren alle Ziegel von den Dächern gefallen, und die ganze Familie klammerte sich noch mit klappernden Zähnen an irgendwelche Pfosten. Er kapiert immer noch nicht, was passiert ist, und fragt: ›Was ist denn hier los?‹ Das sind die Erinnerungen meines Vaters an das Große Erdbeben.« Midori lachte. »Alle alten Geschichten von meinem Vater haben diesen Tenor. Kein bißchen Dramatik, nur etwas schräg. Wenn man ihn reden hört, könnte man meinen, in den letzten fünfzig oder sechzig Jahren hat sich in Japan nichts von Bedeutung ereignet. Man kriegt das Gefühl, der Aufstand der jungen Offiziere von 1936 und sogar der Pazifikkrieg waren läppische Nebensächlichkeiten. Komisch, was?

Auf unserer Rückfahrt von Fukushima nach Ueno erzählte er mir lauter solche Geschichten, eine nach der anderen. Und am Schluß sagte er jedesmal: ›Siehst du, Midori, es ist überall das gleiche.‹ Als Kind hat mich das ziemlich überzeugt.«

»War das deine Erinnerung an Ueno?«

»Ja. Bist du auch mal von zu Hause weggelaufen?«

»Nie.«

»Warum nicht?«

»Ich bin einfach nicht auf die Idee gekommen.«

»Du bist wirklich merkwürdig.« Midori legte sichtlich erstaunt den Kopf schief.

»Kann sein.«

»Ich glaube, mein Vater wollte dich bitten, auf mich aufzupassen.«

»Meinst du?«

»Ja. Ich erfasse solche Dinge intuitiv. Was hast du ihm denn geantwortet?«

»Ich hab ihn ja nicht verstanden, also habe ich gesagt, er solle sich keine Sorgen machen, ich würde mich um dich und die Fahrkarte kümmern.«

»Das hast du meinem Vater versprochen? Daß du dich um mich kümmerst?« Midori sah mir mit todernstem Blick in die Augen.

»Na ja, nicht ganz so«, beeilte ich mich zu sagen. »Ich wußte ja nicht, was er meint …«

»Schon gut, ich wollte dich nur ein bißchen aufziehen.« Midori lachte. »Du bist wirklich süß.«

Wir tranken unseren Kaffee aus und gingen zurück ins Krankenzimmer, wo ihr Vater noch immer fest schlief. Ging man nah an ihn heran, konnte man seine schwachen, regelmäßigen Atemzüge hören. Der Nachmittag verging, und das Licht vor dem Fenster nahm eine milde, herbstliche Tönung an, die alle Farben weicher erscheinen ließ. Ein Schwarm Vögel ließ sich auf einem der Stromkabel nieder, um gleich wieder davonzufliegen. Midori und ich setzten uns nebeneinander in eine Ecke des Zimmers und unterhielten uns leise. Sie las mir aus der Hand: ich würde hundertfünf Jahre alt werden, dreimal heiraten und bei einem Verkehrsunfall ums Leben kommen. Kein schlechtes Leben, fand ich.

Als ihr Vater gegen vier aufwachte, setzte Midori sich zu ihm, wischte ihm den Schweiß ab, gab ihm zu trinken und erkundigte sich nach seinen Kopfschmerzen. Die Krankenschwester kam, maß seine Temperatur, notierte, wie oft er Wasser gelassen hatte, und kontrollierte den Tropf. Ich saß derweil auf dem Sofa im Fernsehzimmer und guckte ein bißchen Fußball.

»Allmählich wird es Zeit für mich«, sagte ich gegen fünf zu Midori. »Ich muß jetzt zur Arbeit«, erklärte ich ihrem Vater. »Von sechs bis halb elf verkaufe ich Schallplatten in einem Geschäft in Shinjuku.«

Er sah mich an und nickte.

»Du, Tōru? Ich weiß nicht, wie ich's sagen soll, aber vielen Dank für das, was du heute getan hast«, sagte Midori, als wir uns in der Eingangshalle verabschiedeten.

»Ich hab doch gar nicht viel getan. Aber wenn es dir hilft, komme ich nächste Woche wieder mit. Ich würde deinen Vater gern wiedersehen.«

»Wirklich?«

»Im Wohnheim ist nichts los, und hier kriege ich wenigstens Gurken.«

Midori verschränkte die Arme und tappte mit dem Absatz auf den Linoleumboden.

»Und ich würde gern wieder mit dir einen trinken gehen«, sagte sie und legte den Kopf ein bißchen zur Seite.

»Und was ist mit dem Pornofilm?«

»Nach dem Film betrinken wir uns«, sagte sie. »Und reden wie üblich Schweinkram.«

»Das bin nicht ich. Du machst das«, protestierte ich.

»Egal, wir reden über so was und betrinken uns dabei, und dann schlafen wir zusammen.«

»Ich kann mir genau vorstellen, was dann passiert«, sagte ich mit einem Seufzer. »Wenn ich gerade in Fahrt komme, läßt du mich nicht, stimmt's?«

Sie kicherte.

»Na ja, hol mich jedenfalls am kommenden Sonntagmorgen wieder ab. Dann fahren wir zusammen her.«

»Soll ich einen etwas längeren Rock anziehen?«

»Gute Idee.«

Es kam jedoch am folgenden Sonntag nicht dazu, daß wir ins Krankenhaus gingen. Midoris Vater starb am frühen Freitagmorgen.

Sie rief mich morgens um halb sieben an, um mir seinen Tod mitzuteilen. Als der Summer in meinem Zimmer mir anzeigte, daß ich einen Anruf hatte, zog ich mir eine Jacke über den Schlafanzug und ging runter ans Telefon. Draußen fiel lautlos ein kalter Regen. »Mein Vater ist gerade gestorben«, sagte Midori mit leiser, gefaßter Stimme. Ich fragte sie, ob ich etwas für sie tun könne.

»Danke, es geht schon. Wir sind an Beerdigungen gewöhnt. Ich wollte es dir nur sagen.«

Ein kleines Seufzen war zu hören.

»Und bitte, komm nicht zur Beerdigung. Ich hasse so was. Ich möchte dich da nicht sehen.«

»In Ordnung«, sagte ich.

»Gehst du wirklich mit mir in einen Pornofilm?«

»Natürlich.«

»In einen ganz säuischen?«

»Ich werde mich kundig machen.«

»Gut, ich melde mich wieder.« Sie legte auf.

Nach einer Woche hatte sie sich noch immer nicht gemeldet. An der Uni hatte ich sie nicht gesehen, angerufen hatte sie auch nicht. Immer wenn ich ins Wohnheim zurückkam, hoffte ich, eine Nachricht von ihr vorzufinden, aber nie hatte jemand für mich angerufen. Eines Abends versuchte ich mein Versprechen zu halten und beim Masturbieren an sie zu denken, aber es klappte nicht. Ich wechselte zu Naoko, aber auch ihr Bild wollte nicht helfen. Schließlich kam ich mir so lächerlich vor, daß ich es aufgab und statt dessen einen Whiskey trank, mir die Zähne putzte und schlafen ging.

Am Sonntagmorgen schrieb ich Naoko einen Brief, in dem ich ihr von Midoris Vater erzählte.

»Ich habe den Vater einer Kommilitonin im Krankenhaus besucht und dort Gurken gegessen. Als er hörte, wie ich sie aß, wollte er auch eine. Fünf Tage später ist er jedoch gestorben. Ich erinnere mich noch sehr lebhaft an das leise Krachen, mit dem er die Gurke gegessen hat. Die Menschen lassen seltsame kleine Erinnerungen

zurück, wenn sie sterben.
Wenn ich morgens aufwache und noch im Bett liege, denke ich an Reiko und Dich im Vogelhaus. An den Pfau, die Tauben, den Papagei, den Truthahn und auch an die Kaninchen. Und ich erinnere mich an die gelben Regencapes mit den Kapuzen, die Ihr am Morgen meiner Abreise getragen habt. Ich fühle mich sehr wohl, wenn ich in meinem warmen Bett liege und von Dir träume. Als würdest Du zusammengerollt neben mir schlafen. Ich fände es schön, wenn das wahr wäre.
Manchmal fühle ich mich schrecklich einsam, aber meistens bin ich ganz munter. So wie Du jeden Morgen die Vögel versorgst und auf dem Feld arbeitest, ziehe ich jeden Morgen meine Feder auf. Bis ich aus dem Bett gesprungen bin, mir die Zähne geputzt, mich rasiert, mich angezogen habe, gefrühstückt, das Wohnheim verlassen habe und an der Uni angekommen bin, habe ich meinen Schlüssel zum Aufziehen ungefähr sechsunddreißigmal gedreht. Heute wird wieder ein guter Tag, sage ich mir. Ich habe es selbst noch nicht bemerkt, aber angeblich rede ich in letzter Zeit viel mit mir selbst. Wahrscheinlich murmele ich vor mich hin, wenn ich die Feder aufziehe.
Daß wir uns nicht sehen können, ist schwer für mich. Allerdings wäre mein Leben hier in Tōkyō viel trister, wenn es Dich gar nicht gäbe. Nur meine Gedanken an Dich halten mich aufrecht und helfen mir über den Alltag hinweg. Ich muß eben hier mein Bestes geben, so wie Du dort Dein Bestes tust.
Aber heute ist Sonntag, ein Morgen, an dem ich meine Feder nicht aufziehe. Ich habe meine Wäsche gewaschen, und nun schreibe ich auf meinem Zimmer diesen Brief an Dich. Wenn ich ihn zu Ende geschrieben, frankiert und zum Briefkasten gebracht habe, bleibt mir bis zum Abend nichts zu tun. Sonntags lerne ich auch nicht. Ich arbeite in der Woche zwischen den Vorlesungen immer in der

Bibliothek und brauche darum sonntags nichts zu tun. Meine Sonntagnachmittage sind ruhig, friedlich und auch einsam. Ich lese oder höre Musik. Ab und zu denke ich an die Routen, auf denen wir beide früher immer sonntags Tōkyō durchquert haben. Ich erinnere mich ganz deutlich an jedes Kleidungsstück, das du damals getragen hast. Sonntagnachmittags gehen mir immer viele Erinnerungen durch den Kopf.
Grüß Reiko von mir. Besonders abends vermisse ich ihre Gitarre.«

Nachdem ich den Brief beendet und ihn in den Briefkasten geworfen hatte, der etwa zweihundert Meter entfernt stand, kaufte ich mir in einer Bäckerei in der Nähe ein Sandwich mit Ei und eine Cola, setzte mich damit auf eine Parkbank und aß zu Mittag. Um Zeit totzuschlagen, beobachtete ich im Park eine Jugendmannschaft beim Baseball. Mit fortschreitendem Herbst hatte der Himmel eine tiefblaue Farbe angenommen, und er wirkte irgendwie höher. Als ich einmal zufällig hinaufblickte, sah ich zwei Kondensstreifen, die exakt parallel wie Straßenbahnschienen in westliche Richtung verliefen. Ich warf einen Ball, der in meine Nähe gerollt kam, zurück, und die Kinder zogen artig ihre Mützen und bedankten sich bei mir.

Am Nachmittag kehrte ich in mein Zimmer zurück, um zu lesen, aber statt mich auf mein Buch zu konzentrieren, starrte ich an die Decke und dachte an Midori. Was, wenn ihr Vater mich tatsächlich gebeten hatte, mich um sie zu kümmern? Aber natürlich konnte ich nicht wissen, was er wirklich gemeint hatte. Wahrscheinlich hatte er mich mit jemandem verwechselt. Nun war er an jenem Freitagmorgen, als der kalte Regen fiel, gestorben, und ich würde die Wahrheit nie erfahren. Ob er im Tod wohl noch mehr zusammengeschrumpft war? Es spielte keine Rolle mehr, denn man hatte ihn verbrannt, und er war zu Asche geworden. Viel hinterlassen hatte er auch nicht: einen mickrigen Buchladen in einer mickrigen Einkaufsstraße und zwei Töchter, von denen zumindest die eine etwas merkwürdig war. Was hatte er überhaupt für ein Leben geführt? Was hatte er gedacht, als er dort mit aufgeschnittenem Schädel in seinem Krankenhausbett lag und mich ansah?

Diese Gedanken über Midoris Vater versetzten mich in eine dermaßen elende Stimmung, daß ich die Wäsche vorzeitig vom Dach holte und nach Shinjuku fuhr, um mir dort mit einem Bummel die Zeit zu vertreiben. Das sonntägliche Gewimmel erleichterte mich ein wenig. In der Buchhandlung Kinokuniya, in der es voll war wie in einer U-Bahn zur Hauptverkehrszeit, kaufte ich mir *Licht im August*, ging in das lauteste Jazzcafé, das ich kannte, und las in meinem neuen Buch, während ich Ornette Coleman und Bud Powell hörte und starken, aber miserablen Kaffee trank. Gegen halb sechs klappte ich mein Buch zu, verließ das Café und nahm irgendwo ein leichtes Abendessen ein. Wie viele Sonntage, wie viele Hunderte solcher Sonntage wohl noch vor mir lagen? »Ruhig, friedlich und einsam«, sagte ich laut vor mich hin. Sonntags zog ich meine Feder nicht auf.

8. Kapitel

Mitte der Woche schnitt ich mir mit einem Stück Glas tief in die Handfläche. Ich hatte nicht gesehen, daß eine der gläsernen Trennscheiben in einem der Plattenregale einen Sprung hatte. Erstaunlich viel Blut floß aus der Wunde und färbte den Boden zu meinen Füßen rot. Nachdem mein Chef die Hand fest mit ein paar Handtüchern umwickelt hatte, machte er telefonisch eine Unfallstation ausfindig, die auch nachts geöffnet war. Normalerweise war er ein Trottel, aber in diesem Fall erwies er sich als sehr tatkräftig. Obwohl die Notarztpraxis glücklicherweise ganz in der Nähe lag, waren die Handtücher blutgetränkt, bis ich dort ankam, und das Blut begann schon auf den Asphalt zu tropfen. Die Leute beeilten sich, mir den Weg frei zu machen. Anscheinend nahmen sie an, ich sei bei einer Schlägerei verletzt worden. Ich verspürte keinen nennenswerten Schmerz, nur das Blut wollte nicht aufhören zu fließen.

Der Arzt entfernte völlig ungerührt die blutigen Lappen und stillte die Blutung, indem er mir mit einer Aderpresse das Handgelenk abband, dann desinfizierte und nähte er die Wunde. Mit der Anweisung, am nächsten Tag noch einmal vorbeizukommen, entließ er mich. Mein Chef schickte mich nach Hause, rechnete mir aber den Abend als Arbeitszeit an. Ich fuhr mit dem Bus ins Wohnheim zurück. Da ich wegen des Unfalls noch aufgedreht war und gern mit jemandem gesprochen hätte, klopfte ich bei Nagasawa an, den ich schon eine Zeitlang nicht gesehen hatte.

Er sah sich gerade bei einer Dose Bier einen Spanischkurs im Fernsehen an. Als er meinen Verband sah, erkundigte er sich, was passiert sei. Nur ein Unfall, nichts Schlimmes, versicherte ich ihm. Das Bier, das er mir anbot, lehnte ich ab.

»Hast du noch einen Augenblick Zeit? Das da ist gleich zu Ende«, sagte Nagasawa. Es ging gerade um spanische Ausspracheübungen. Ich erhitzte Wasser und machte mir einen Beuteltee. Die Spanierin im Fernsehen las Beispielsätze vor. »Es hat noch nie so stark geregnet. In Barcelona wurden viele Brücken zerstört.« Nagasawa las die Sätze laut auf Spanisch mit. »Blöde Sätze«, sagte er schließlich. »Aber so sind Sprachkurse nun mal.«

Als der Spanischkurs beendet war, schaltete er den Fernseher ab und nahm sich aus seinem kleinen Kühlschrank noch ein Bier.

»Störe ich dich auch nicht?« fragte ich.

»Überhaupt nicht. Mir war sowieso langweilig. Willst du wirklich kein Bier?«

»Nein, danke.«

»Ich hab neulich meine Prüfungsergebnisse erhalten. Bestanden!«

»Die Prüfung fürs Auswärtige Amt?«

»Genau, offiziell das ›Staatsexamen Erster Klasse zur Aufnahme in den Dienst des Auswärtigen Amtes‹. Idiotisch, was?«

»Herzlichen Glückwunsch«, sagte ich und streckte ihm die linke Hand entgegen.

»Danke.«

»Nicht, daß ich überrascht wäre.«

»Nein, ich auch nicht.« Nagasawa lachte. »Aber es ist trotzdem ganz gut, es schwarz auf weiß zu haben.«

»Gehst du gleich ins Ausland, wenn du anfängst?«

»Nee, zuerst kommt ein Jahr Ausbildung in Japan. Erst danach wird man für eine Weile ins Ausland geschickt.«

Ich schlürfte meinen Tee, und er trank mit offenkundigem Genuß sein Bier.

»Wenn ich hier ausziehe, kriegst du meinen Kühlschrank«,

verkündete Nagasawa. »Wenn du ihn willst. Dann kannst du jederzeit ein kaltes Bier trinken.«

»Natürlich, gern, aber brauchst du ihn nicht selbst? Wenn du in ein eigenes Apartment ziehst oder so?«

»Quatsch. Wenn ich hier ausziehe, kaufe ich mir einen großen Kühlschrank und lebe im Luxus. Vier Jahre habe ich jetzt hier rumgeknickert. Ich will das Zeug, das ich hier habe, nicht mehr sehen. Du kannst alles haben – den Fernseher, die Thermosflasche, das Radio.«

»Ich nehme alles dankend an, was du nicht mehr brauchst«, sagte ich. Ich betrachtete das Spanischbuch auf seinem Schreibtisch. »Du hast angefangen, Spanisch zu lernen?«

»Ja, je mehr Sprachen ich kann, desto besser. Sprachen liegen mir auch. Französisch habe ich mir selbst beigebracht, und ich bin fast perfekt. Es ist wie ein Spiel. Kennt man die Regeln einer Sprache, hat man auch die der anderen intus. Das ist wie mit den Frauen.«

»Eine ziemlich ichbezogene Lebensweise«, sagte ich.

»Wollen wir nicht mal zusammen essen gehen?«

»Du meinst, Mädchen aufreißen?«

»Nein, richtig gut essen gehen. Du, Hatsumi und ich, um meine Prüfung zu feiern. In ein teures Restaurant – mein Vater spendiert nämlich.«

»Würdest du nicht lieber mit Hatsumi allein gehen?«

»Mit dir würde es mir mehr Spaß machen. Und Hatsumi auch.«

O nein, dachte ich. Die Geschichte mit Kizuki, Naoko und mir wiederholt sich.

»Danach übernachte ich dann bei Hatsumi. Aber essen können wir doch zu dritt.«

»Gut, wenn ihr beide mich wirklich dabeihaben wollt. Aber

sag mal, Nagasawa, was wird das eigentlich mit dir und Hatsumi? Nach der Ausbildung gehst du ins Ausland und bleibst wahrscheinlich jahrelang weg. Was passiert dann mit ihr?«

»Das ist Hatsumis Problem, nicht meines.«

»Kapiere ich nicht.«

Die Füße auf dem Schreibtisch, trank Nagasawa sein Bier und gähnte.

»Nun, ich habe nicht vor zu heiraten, das habe ich Hatsumi deutlich gesagt. Wenn sie also jemand anderen heiraten möchte, kann sie das jederzeit tun. Ich hindere sie nicht daran. Wenn sie lieber auf mich warten will, soll sie's eben tun. Das habe ich gemeint.«

»Ach so«, sagte ich etwas bestürzt.

»Du findest das unanständig von mir?«

»Ja.«

»Die Welt an sich ist eben ungerecht. Dafür kann ich nichts, sie war schon immer so. Ich habe Hatsumi nie etwas vorgemacht, sondern ihr immer klar und deutlich gesagt, daß ich ein Schwein bin und sie mich jederzeit verlassen kann, wenn es ihr reicht.«

Nagasawa trank sein Bier aus und zündete sich eine Zigarette an.

»Gibt es denn gar nichts in deinem Leben, was dir angst macht?« fragte ich ihn.

»So blöd bin ich nun auch wieder nicht«, erwiderte er. »Natürlich beängstigt mich mein Leben manchmal. Aber ich nehme diese Angst nicht als ein Naturgesetz oder als Gegebenheit hin. Ich will mein Leben leben, indem ich meine Energie zu hundert Prozent einbringe und so weit komme, wie ich nur kann. Ich nehme mir alles, was ich will, und lasse fallen, was ich nicht will. Wenn etwas schief geht, werde ich es neu überdenken. Wenn du's dir recht überlegst, ermöglicht eine ungerechte Gesellschaft es dir, deine Fähigkeiten voll auszuschöpfen.«

»Ziemlich egozentrisch, oder?« sagte ich.

»Vielleicht, aber ich gucke nicht bloß in die Luft und warte darauf, daß mir die gebratenen Tauben ins Maul fliegen. Auf meine Art arbeite ich ziemlich hart. Zehnmal härter als du.«

»Das stimmt wahrscheinlich.«

»Wenn ich mich so umschaue, könnte ich manchmal kotzen. Warum unternehmen diese Idioten denn bloß nichts? Sie tun keinen Streich, aber dann meckern sie.«

Entgeistert starrte ich Nagasawa an. »Ich habe eigentlich den Eindruck, daß die meisten Leute auf der Welt durchaus hart arbeiten. Oder sehe ich das völlig falsch?«

»Das ist nicht Arbeiten, nur Schufterei«, sagte Nagasawa. »Die harte Arbeit, die ich meine, ist viel selbstbestimmter und zielgerichteter.«

»Wie zum Beispiel Spanisch zu lernen, nachdem man die Zeit, in der man sich bewirbt, erfolgreich hinter sich gebracht hat und alle anderen Ferien machen? Meinst du das?«

»Genau. Bis zum Frühjahr werde ich fließend spanisch sprechen. Englisch, Deutsch und Französisch habe ich schon abgehakt, beim Italienischen bin ich nah dran. Glaubst du vielleicht, so etwas geht ohne harte Arbeit?«

Nagasawa rauchte, und ich dachte an Midoris Vater. Der hatte wahrscheinlich nie auch nur im Traum daran gedacht, im Fernsehen Spanisch zu lernen. Und vermutlich hatte er auch nie über den Unterschied zwischen Arbeit und Schufterei nachgedacht. Dazu war er zu beschäftigt gewesen, mit Geldverdienen und damit, eine Tochter heimzuholen, die nach Fukushima davongelaufen war.

»Um auf unser Essen zurückzukommen, paßt es dir am nächsten Samstag?« fragte Nagasawa.

»Einverstanden.«

Nagasawa hatte ein schickes französisches Restaurant in einer Seitenstraße von Azabu gewählt. Am Eingang nannte er seinen Namen, und wir wurden in ein Separée geleitet. An den Wänden des kleinen Raumes hingen etwa fünfzehn Drucke. Während wir auf Hatsumi warteten, tranken wir einen köstlichen Wein und unterhielten uns über die Romane von Joseph Conrad. Nagasawa trug einen teuer wirkenden grauen Anzug, ich einen gewöhnlichen marineblauen Blazer.

Nach einer Viertelstunde erschien auch Hatsumi, in einem hinreißenden dunkelblauen Kleid und eleganten roten Pumps. Sie war sorgfältig geschminkt und trug goldene Ohrringe. Als ich ihr ein Kompliment zur Farbe ihres Kleides machte, erklärte sie mir, man nenne sie Mitternachtsblau.

»Ein tolles Restaurant«, sagte sie.

»Mein Vater ißt immer hier, wenn er nach Tōkyō kommt. Ich war schon einmal mit ihm hier, aber im Grunde habe ich für solche großkotzigen Schuppen nicht viel übrig.«

»Ach, manchmal ist es doch ganz nett, in einem zu essen, oder? Findest du nicht, Tōru?«

»Klar. Solange ich nicht bezahlen muß.«

»Mein alter Herr hat in Tōkyō eine Geliebte, die er immer hierhin ausführt«, erzählte Nagasawa.

»So?« sagte Hatsumi.

Ich trank meinen Wein und tat, als hätte ich nichts gehört.

Kurz darauf kam der Kellner, um unsere Bestellung aufzunehmen. Nach der Suppe und den Hors d'oeuvres wählte Nagasawa als Hauptgericht Ente, während Hatsumi und ich uns für Flußbarsch entschieden. Da die einzelnen Gänge in gebührendem Abstand serviert wurden, hatten wir Zeit, uns ausgiebig beim Wein zu unterhalten. Zuerst erzählte Nagasawa von seiner Prüfung für das Auswärtige Amt. Die meisten Kandidaten seien Schrott gewesen, den man ebensogut in eine bodenlose Grube hätte schmeißen können, erklärte er, auch wenn vielleicht ein paar darunter gewesen seien, die etwas auf dem Kasten hatten. Ich fragte ihn, ob er den Anteil von Guten und Schlechten für höher oder niedriger halte als in der Gesellschaft insgesamt.

»Natürlich genauso«, sagte er, als verstünde sich das von selbst. »Es ist überall das gleiche – ein unveränderliches Naturgesetz.«

Als wir die Flasche Wein geleert hatten, bestellte er eine weitere und für sich einen doppelten Scotch.

Hatsumi begann wieder einmal über ein Mädchen zu reden, mit dem sie mich bekannt machen wollte. Ein ewiges Thema zwischen uns. Ständig wollte sie mir »eine ganz süße Studentin aus meinem Club« vorstellen, und ich fand jedesmal eine Ausrede.

»Aber sie ist wirklich sehr lieb. Und sie sieht klasse aus. Nächstes Mal bring ich sie mit. Du mußt wenigstens einmal mit ihr reden. Sie gefällt dir bestimmt.«

»Kommt nicht in Frage«, sagte ich. »Erstens bin ich zu arm, um mit Mädchen von deiner Uni auszugehen. Und zweitens wüßte ich nicht, was ich mit ihnen reden sollte.«

»Ach, hab dich nicht so. Sie ist ein ganz natürliches, unkompliziertes Mädchen. Überhaupt nicht hochnäsig.«

»Komm schon, Watanabe, einmal kannst du dich doch mit ihr treffen«, sagte Nagasawa. »Du mußt es ja nicht mit ihr treiben.«

»Allerdings nicht!« sagte Hatsumi. »Sie ist noch Jungfrau.«

»Wie du früher.«

»Genau – wie ich früher«, sagte Hatsumi lächelnd. »Aber Tōru, hör doch mal, das hat doch alles nichts mit Geld zu tun. Natürlich gibt es immer ein paar arrogante Ziegen, aber wir anderen sind völlig normal. Wir essen für zweihundertfünzig Yen in der Mensa zu Mittag …«

»Hatsumi, bitte«, unterbrach ich sie. »Bei uns in der Mensa gibt es drei Menüs – A, B und C. A kostet hundertzwanzig Yen, B hundert Yen und C nur achtzig. Und wer sich C nicht leisten kann, ißt Ramen-Nudeln zu sechzig Yen. So ist das an meiner Uni. Verstehst du jetzt?«

Hatsumi lachte sich fast kaputt. »Das ist ja billig! Ich sollte auch in eurer Mensa essen. Aber, Tōru, mal im Ernst. Du bist so ein netter Kerl, ihr würdet euch bestimmt verstehen. Vielleicht mag sie sogar das Menü zu hundertzwanzig Yen!«

»Ausgeschlossen«, sagte ich lachend. »Das schmeckt keinem. Wir essen es nur, weil wir uns nichts anderes leisten können.«

»Du solltest nicht so sehr nach Äußerlichkeiten urteilen. Wir gehen zwar auf diese Uni für betuchte höhere Töchter, aber die meisten dort sind ganz seriöse Mädchen, die das Leben ernst nehmen. Nicht alle sind auf der Suche nach einem Freund mit Sportwagen.«

»Das weiß ich doch«, sagte ich.

»Allerdings ist Watanabe schon verliebt«, mischte sich Nagasawa ein. »Aber kein Wort kommt über seine Lippen, er schweigt wie ein Grab. Sehr mysteriös, das Ganze.«

»Stimmt das?« fragte Hatsumi.

»Es stimmt, aber mysteriös ist es nicht. Nur kompliziert und schwer zu erklären.«

»Eine hoffnungslose Liebe? Da kann ich dich beraten.«

Ich nahm einen Schluck Wein, um mich vor einer Antwort zu drücken.

»Da siehst du's! Seine Lippen sind versiegelt«, rief Nagasawa, der inzwischen beim dritten Whiskey war. »Wenn der einmal beschlossen hat zu schweigen, ist nichts aus ihm rauszukriegen.«

»Wie schade.« Hatsumi schnitt ein kleines Stückchen von ihrer Pastete ab und führte es zum Mund. »Wir hätten uns so schön zu viert treffen können!«

»Ja, und uns betrinken können und die Partner tauschen.«

»Hör auf, so sonderbares Zeug zu reden.«

»Was heißt da sonderbar? Watanabe mag dich.«

»Das ist etwas ganz anderes«, sagte Hatsumi ruhig. »Er ist nicht so einer. Er ist ein ernsthafter, anständiger Mensch, das weiß ich. Darum hätte ich ihn auch gern mit einem Mädchen bekanntgemacht.«

»Trotzdem haben Watanabe und ich schon mal die Mädchen getauscht, stimmt's oder hab ich recht?« sagte Nagasawa mit blasierter Miene, trank seinen Whiskey aus und bestellte einen neuen.

Hatsumi legte ihr Besteck nieder und tupfte sich mit der Serviette den Mund ab. »Ist das wahr?«

Da ich nicht wußte, was ich sagen sollte, schwieg ich.

»Erzähl's ihr schon. Ist doch egal«, befahl Nagasawa. Langsam wurde es eklig. Manchmal wurde Nagasawa aggressiv, wenn er getrunken hatte. Das Dumme war, daß sich seine Aggressionen an diesem Abend gegen Hatsumi statt gegen mich richteten. Am liebsten hätte ich mich aus dem Staub gemacht.

»Ich würde die Geschichte gern hören. Scheint ja hochinteressant zu sein«, sagte Hatsumi.

»Wir waren betrunken.«

»Ist schon gut, Tōru. Ich mach dir doch keinen Vorwurf. Ich bin nur neugierig, was passiert ist.«

»Nagasawa und ich haben in einer Bar in Yotsuya was getrunken und uns mit zwei Mädchen angefreundet. Sie gingen auf eine Frauen-Uni und waren auch schon ziemlich blau. Am Ende sind wir in einem Hotel in der Nähe gelandet. Unsere Zimmer lagen direkt nebeneinander. Mitten in der Nacht hat Nagasawa an meine Tür geklopft und gefragt, ob wir die Mädchen tauschen könnten. Also ging ich in sein Zimmer und er kam in meines.«

»Und die Mädchen waren nicht sauer?«

»Sie waren so betrunken, daß ihnen alles egal war.«

»Es gab aber einen Grund«, sagte Nagasawa.

»Was für einen Grund?«

»Die beiden Mädchen waren zu verschieden. Die eine war hübsch und die andere reizlos. Das fand ich ungerecht – ich hatte die hübsche und Watanabe die häßliche. Deshalb haben wir getauscht. Stimmt's nicht, Watanabe?«

»Doch, doch«, erwiderte ich. In Wirklichkeit aber hatte ich mich mit dem nicht hübschen Mädchen sehr gut verstanden. Ich konnte mich gut mit ihr unterhalten, und sie war ein nettes Ding. Nach dem Sex waren wir gerade dabei gewesen, es uns im Bett gemütlich zu machen und zu schwatzen, als Nagasawa auftauchte und tauschen wollte. Ich fragte sie, ob ihr das recht sei, und sie sagte ja. Wahrscheinlich glaubte sie, ich sei darauf aus, noch eine Nummer mit der Hübscheren schieben.

»Hat es denn Spaß gemacht?«

»Der Tausch?«

»Die ganze Sache.«

»Nicht sonderlich«, sagte ich. »Wir haben es eben einfach gemacht. Eigentlich habe ich keinen besonderen Spaß daran, auf diese Art mit Mädchen ins Bett zu gehen.«

»Und warum tust du's dann?«

»Weil ich ihn dazu auffordere«, sagte Nagasawa.

»Ich habe Tōru gefragt«, fauchte ihn Hatsumi an. »Warum tust du so was?«

»Manchmal habe ich eben das dringende Bedürfnis, mit einem Mädchen zu schlafen.«

»Aber wenn du doch ein Mädchen hast, kannst du denn nicht mit ihr schlafen?« fragte Hatsumi nach kurzem Nachdenken.

»Das ist eine komplizierte Sache.«

Hatsumi seufzte.

Die Tür ging auf, und der Hauptgang – Ente für Nagasawa und Flußbarsch für Hatsumi und mich – wurde serviert. Nachdem die Kellner uns vorgelegt hatten, zogen sie sich zurück. Nagasawa säbelte sich ein Stück Ente ab, aß mit Appetit und trank Whiskey dazu. Ich nahm einen Happen Spinat, aber Hatsumi rührte ihr Essen nicht an.

»Weißt du, Tōru, ich habe ja keine Ahnung, warum deine Situation so ›kompliziert‹ ist, aber ich finde, diese Sauftouren passen nicht zu dir. Was meinst du?« Hatsumi legte die Hände auf den Tisch und sah mich an.

»Kann sein«, entgegnete ich. »Ich denke das manchmal selbst.«

»Warum hörst du dann nicht damit auf?«

»Manchmal sehne ich mich nach Wärme«, antwortete ich ehrlich. »Ohne die Wärme menschlicher Haut fühle ich mich oft unerträglich einsam.«

»Ich fasse zusammen, wie ich die Sache sehe«, unterbrach Nagasawa. »Watanabe hat ein Mädchen, aber aufgrund eines nicht näher spezifizierten Problems kann er es nicht mit ihr treiben. Da sagt er sich eben, Sex ist ja nur Sex, und läßt sich von anderen befriedigen. Na und? Ist doch ganz in Ordnung. Er kann ja schließlich nicht ständig nur auf seiner Bude hocken und sich einen runterholen, oder?«

»Aber wenn du sie wirklich liebst, Tōru, kannst du dich dann nicht zurückhalten?«

»Na ja, ich könnte es versuchen«, sagte ich und schob mir ein Stück Flußbarsch mit Sahnesauce in den Mund.

»Du verstehst nichts von den sexuellen Bedürfnissen eines Mannes«, sagte Nagasawa zu Hatsumi. »Nimm mich zum Beispiel. Ich bin seit drei Jahren mit dir zusammen und habe in der Zwischenzeit mit vielen anderen Mädchen geschlafen. Aber ich erinnere mich an nichts mehr, weder an ihre Namen noch an ihre Gesichter. Mit jeder habe ich nur einmal geschlafen. Ich habe sie angesprochen, mit ihnen geschlafen, sie nie wieder gesehen. Damit hatte es sich. Was soll daran falsch sein?«

»Ich finde deine Arroganz unerträglich«, sagte Hatsumi ruhig. »Ob du nun mit anderen Frauen schläfst oder nicht, ist nicht das Problem. Habe ich dir deine Eskapaden mit anderen Frauen auch nur ein einziges Mal vorgeworfen?«

»Das kann man ja nicht mal Eskapaden nennen. Es ist ein Spiel, bei dem niemand verletzt wird.«

»Doch, mich verletzt es«, sagte Hatsumi. »Warum genüge ich dir nicht?« Nagasawa schwieg für einen Moment und spielte mit seinem Whiskeyglas. »Es liegt nicht daran, daß du mir nicht genügst. Es geht um etwas völlig anderes. Ich habe diesen unstillbaren Durst in mir. Wenn dich das verletzt, tut es mir leid. Aber es hat nichts damit zu tun, daß du mir nicht genug wärst. Ich bin ein Mann, der ohne dieses Verlangen nicht leben kann – es macht mich aus. Ich kann nichts dagegen tun.«

Endlich griff Hatsumi nach Messer und Gabel und begann zu essen. »Wenigstens solltest du Tōru da nicht mit hineinziehen.«

»Watanabe und ich, wir sind gar nicht so verschieden«, entgegnete Nagasawa. »Beide gehören wir zu den Menschen, die sich im Grunde nur für sich selbst interessieren. Na gut, der eine ist arrogant und der andere nicht, beide aber interessieren wir uns ausschließlich für unsere eigenen Gedanken, Gefühle und Handlungen. Deswegen können wir die Welt auch völlig unabhängig von allen anderen Menschen betrachten. Das mag ich an ihm. Leider hat er es selbst bis jetzt noch nicht begriffen, darum ist er noch zaghaft und leidet.«

»Aber welcher Mensch ist denn nicht zaghaft und leidet nicht?« fragte Hatsumi. »Willst du etwa behaupten, daß du nie so empfunden hast?«

»Natürlich kenne ich Empfindungen, nur habe ich mir durch Disziplin die Fähigkeit antrainiert, sie auf ein Minimum zu reduzieren. Sogar Ratten entscheiden sich für den am wenigsten schmerzhaften Weg, wenn man sie lang genug mit Elektroschocks traktiert.«

»Aber Ratten verlieben sich nicht.«

»Ratten verlieben sich nicht«, wiederholte Nagasawa und wandte sich mir zu. »Klasse! Da fehlt nur noch die musikalische Untermalung. Ein komplettes Orchester mit zwei Harfen ...«

»Mach dich nicht über mich lustig, ich meine es ernst.«

»Wir sind beim Essen«, sagte Nagasawa, »und Watanabe sitzt bei uns. Die Höflichkeit sollte es uns gebieten, unsere sogenannten ernsten Gespräche zu verschieben.«

»Ich kann auch gehen«, sagte ich.

»Bleib bitte noch. Es ist besser, du bist dabei«, sagte Hatsumi.

»Wenn du schon einmal da bist, bleib wenigstens bis zum Dessert.«

Schweigend aßen wir weiter. Ich ließ von meinem Flußbarsch nichts übrig, während Hatsumi sich mit der Hälfte begnügte. Nagasawa hatte seine Ente längst verspeist und war beim x-ten Whiskey.

»Der Flußbarsch war ausgezeichnet«, sagte ich probeweise, aber niemand antwortete mir. Als hätte ich einen winzigen Kiesel in einen abgrundtiefen Schacht geworfen.

Nachdem die Kellner unsere Teller abgeräumt hatten, wurden Zitronensorbet und Espresso aufgetragen. Nagasawa ließ beides fast unberührt und zündete sich sofort eine Zigarette an. Auch Hatsumi ließ ihr Sorbet stehen. O Mann, dachte ich, während ich mich an Sorbet und Espresso gütlich tat. Hatsumi starrte auf ihre Hände auf dem Tisch; wie alles an ihr waren sie von erlesener Eleganz. Ich dachte an Naoko und Reiko. Was sie wohl gerade taten? Vielleicht lag Naoko auf dem Sofa und las, während Reiko auf der Gitarre *Norwegian Wood* spielte. Auf einmal sehnte ich mich heftig danach, wieder bei ihnen in ihrer kleinen Wohnung zu sein. Was hatte ich überhaupt hier verloren?

»Watanabe und ich ähneln uns darin, daß es uns völlig egal ist, ob uns jemand versteht oder nicht«, dröhnte Nagasawa gerade. »Darin unterscheiden wir uns grundlegend von allen anderen. Die kennen kein größeres Glück, als von ihrer Umgebung verstanden zu werden. Aber Watanabe und ich pfeifen darauf. Ich bin ich, und andere sind andere.«

»Stimmt das?« fragte mich Hatsumi.

»Nicht die Spur. So souverän bin ich nicht. Natürlich wünsche ich mir, von bestimmten Menschen verstanden zu werden. Andererseits bin ich überzeugt, daß nur wenige mich verstehen können, und die nur bis zu einem gewissen Grad, aber Nagasawas Ansicht, daß es keine Rolle spielt, kann ich nicht teilen.«

»Ach, das ist doch gehüpft wie gesprungen.« Nagasawa nahm seinen Kaffeelöffel in die Hand. »Wir meinen faktisch das gleiche. Der Unterschied ist so groß wie der zwischen einem späten Frühstück und einem frühen Mittagessen. Die Zeit ist die gleiche, nur nennt man die Mahlzeit anders.«

»Ist es dir auch egal, ob ich dich verstehe oder nicht?« fragte Hatsumi ihn.

»Du ziehst die falschen Schlüsse. Jemand versteht einen anderen, weil der Moment der richtige ist und nicht, weil der andere sich wünscht, verstanden zu werden.«

»Also mache ich einen Fehler, wenn ich mir wünsche, von jemandem – zum Beispiel von dir – verstanden zu werden?«

»Nicht gerade einen Fehler«, antwortete Nagasawa. »Durchschnittliche Menschen würden dein Bedürfnis, mich zu verstehen und von mir verstanden zu werden, Liebe nennen. Mein Lebenssystem unterscheidet sich aber sehr klar von dem eines Durchschnittsmenschen.«

»Das heißt, du liebst mich nicht?«

»Nun, mein System und deines …«

»Ach, laß mich doch in Ruhe mit deinem System«, schrie Hatsumi. Das war das erste und letzte Mal, daß ich sie schreien hörte.

Nagasawa drückte den Klingelknopf neben dem Tisch, und ein Ober brachte die Rechnung, worauf Nagasawa ihm seine Kreditkarte gab.

»Wir haben einen schlechten Tag erwischt«, sagte er. »Ich bringe Hatsumi heim und überlasse dich dir selbst.«

»Kein Problem. Das Essen war vorzüglich«, entgegnete ich, wieder antwortete niemand.

Als der Ober die Karte zurückbrachte, warf Nagasawa einen Blick auf den Betrag und unterschrieb mit einem Kugelschreiber. Wir standen auf und gingen hinaus. Nagasawa trat auf die Straße, um ein Taxi anzuhalten, aber Hatsumi hielt ihn zurück.

»Danke, aber ich möchte heute nicht mehr mit dir zusammen sein. Du brauchst mich nicht nach Hause zu bringen. Vielen Dank für das Abendessen.«

»Wie du willst«, sagte Nagasawa.

»Ich möchte, daß Tōru mich nach Hause bringt.«

»Wie du willst«, wiederholte Nagasawa. »Aber Watanabe ist genau wie ich. Ein netter Mensch, der aber im Grunde seines Herzens nicht lieben kann. Irgendwo in seinem Innern ist er immer auf der Hut, und auch er hat diesen unstillbaren Durst in sich. Ich weiß, wovon ich rede.«

Ich winkte ein Taxi heran und ließ Hatsumi als erste einsteigen. Ich brächte sie sicher nach Hause, sagte ich zu Nagasawa.

»Tut mir leid«, entschuldigte er sich, aber es war deutlich zu sehen, daß er in Gedanken schon wieder mit etwas ganz anderem beschäftigt war.

»Wohin fahren wir? Nach Ebisu?« fragte ich Hatsumi. Ihr Apartment lag in Ebisu. Sie schüttelte den Kopf.

»Sollen wir noch irgendwo etwas trinken?«

Sie nickte. »Ja.«

»Nach Shibuya«, sagte ich dem Fahrer.

Mit verschränkten Armen und geschlossenen Augen kuschelte sich Hatsumi in ihre Ecke der Rückbank. Ihre kleinen goldenen Ohrringe blitzten auf, wenn das Taxi schaukelte, und ihr mitternachtsblaues Kleid schien wie geschaffen für das Halbdunkel und das Wechselspiel von Licht und Schatten im Wagen. Ihre schönen, pastellfarben geschminkten Lippen bebten von Zeit zu Zeit, als hätte sie beinahe laut mit sich selbst gesprochen. Als ich sie so ansah, wußte ich, warum Nagasawa sie zu seiner besonderen Gefährtin auserkoren hatte. Bestimmt gab es hübschere Frauen als Hatsumi, und Nagasawa konnte die meisten davon haben. Aber Hatsumi hatte etwas an sich, das einen innerlich erbeben ließ. Diese Kraft, die von ihr ausging, bedrängte einen nicht. Es war eine unaufdringliche Kraft, die etwas im Herzen anderer Menschen in Schwingung versetzte. Während der ganzen Fahrt nach Shibuya beobachtete ich sie, um zu erforschen, woher die emotionale Resonanz rührte, die sie in meinem Herzen auslöste, doch ich fand keine Antwort.

Es wurde mir erst zwölf oder dreizehn Jahre später klar. Ich saß in Santa Fé in Neu-Mexiko, wo ich ein Interview mit einem Maler machen wollte, in einer Pizzeria, trank Bier, aß Pizza und wurde Zeuge eines märchenhaft schönen Sonnenuntergangs. Alles war in strahlendes Rot getaucht, meine Hände, die Teller, die Tische. Mitten in diesem überwältigenden Sonnenuntergang mußte ich plötzlich an Hatsumi denken. In diesem Augenblick verstand ich, warum sie mein Herz zum Beben gebracht hatte. Es fühlte sich an wie eine Kindheitssehnsucht, die unerfüllt geblieben war und immer unerfüllt bleiben würde. Eine reine, makellose, längst vergessene Sehnsucht, die irgendwann auf der Strecke geblieben war und von der ich nicht gewußt hatte, daß es sie in meinem Innern noch gab. Etwas, das lange Zeit in mir – in einem Teil von mir – geschlummert und das Hatsumi in mir geweckt hatte. Als mir das bewußt wurde, ergriff mich eine solche Traurigkeit, daß ich fast in Tränen ausgebrochen wäre. Hatsumi war eine ganz besondere Frau gewesen. Jemand hätte sie retten sollen.

Doch weder mir noch Nagasawa hätte das gelingen können. Als Hatsumi einen bestimmten Punkt in ihrem Leben erreicht hatte, machte sie diesem Leben – wie so viele andere, die ich gekannt habe – ganz abrupt ein Ende. Zwei Jahre, nachdem Nagasawa nach Deutschland gegangen war, heiratete sie einen anderen Mann, und wiederum zwei Jahre später schnitt sie sich mit einer Rasierklinge die Pulsadern auf.

Natürlich war Nagasawa derjenige, der mich von ihrem Tod unterrichtete. Er schrieb mir einen Brief aus Bonn. »Mit Hatsumis Tod ist etwas erloschen. Er ist unerträglich traurig und schwer. Sogar für mich.« Ich zerriß den Brief und warf ihn fort. Danach habe ich ihm nie wieder geschrieben.

Hatsumi und ich gingen in eine kleine Bar und tranken ein paar Gläser. Dabei kriegten wir kaum den Mund auf. Wir saßen einander gegenüber wie ein altes Ehepaar, tranken, aßen Erdnüsse und schwiegen uns an. Als die Bar sich allmählich füllte, machten wir einen Spaziergang. Hatsumi wollte die Rechnung übernehmen, aber ich bestand darauf zu bezahlen, denn es war mein Vorschlag gewesen, noch etwas trinken zu gehen.

Die Nachtluft war ziemlich kühl. Hatsumi hängte sich ihre hellgraue Strickjacke um; ich vergrub die Hände in den Hosentaschen. Stumm und ziellos schlenderten wir durch die nächtlichen Straßen. Es kam mir fast vor wie mit Naoko.

»Tōru, weißt du, wo man hier irgendwo Billard spielen kann?« fragte Hatsumi unvermittelt.

»Billard? Du spielst Billard?«

»Ja, und gar nicht mal schlecht. Und du?«

»Ich spiele Karambolage. Aber nicht besonders gut.«

»Also dann los.«

Wir entdeckten einen Billardsalon ganz in der Nähe, eine kleine Kneipe am Ende einer Gasse. Hatsumi in ihrem eleganten Kleid und ich in marineblauem Blazer und Krawatte fielen dort sehr auf, aber Hatsumi suchte sich ungerührt ein Queue aus und rieb es mit Kreide ein. Dann nahm sie aus ihrer Handtasche eine Spange und steckte sich das Haar an der Seite fest, damit es sie beim Spiel nicht behinderte.

Wir spielten zwei Partien Karambolage, die Hatsumi haushoch gewann. Sie war tatsächlich unschlagbar, und mich behinderte meine bandagierte Hand.

»Du spielst ja phantastisch«, sagte ich voller Bewunderung.

»Stille Wasser sind tief, nicht wahr?« sagte sie lächelnd und visierte eine Kugel an.

»Wo hast du das denn gelernt?«

»Mein Großvater väterlicherseits war ein alter Lebemann und hatte einen Billardtisch in seinem Haus. Als Kind habe ich dort immer mit meinem älteren Bruder geübt. Als ich größer wurde, hat mir mein Großvater dann alle Tricks beigebracht. Er war ein toller Mann, schneidig und gutaussehend. Leider ist er nun tot. Er gab gern damit an, daß er in New York einmal Deanna Durbin begegnet war.«

Sie versenkte drei Bälle nacheinander und verfehlte den vierten Stoß. Mir gelang ein Treffer, aber dann verpatzte ich einen ziemlich leichten Stoß.

»Das liegt an deinem Verband«, tröstete mich Hatsumi.

»Nein, das kommt, weil ich so lange nicht gespielt habe, das letzte Mal vor zwei Jahren und fünf Monaten.«

»Wieso weißt du das denn noch so genau?«

»Es war das letzte Spiel mit einem Freund, der am selben Abend gestorben ist.«

»Und danach wolltest du nie wieder Billard spielen?«

»Nein, so war's eigentlich nicht«, erwiderte ich nach kurzem Nachdenken. »Ich hatte seit damals nur keine Gelegenheit mehr. Das ist alles.«

»Wie ist dein Freund gestorben?«

»Bei einem Verkehrsunfall«, sagte ich.

Sie stieß noch mehrere Bälle, ernst und präzise zielend, geschickt den Effet der Bälle kalkulierend. Ihre glanzvolle Erscheinung – das sorgfältig frisierte, zurückgesteckte Haar, die funkelnden goldenen Ohrringe, die Pumps, die sie fest auf den Boden stemmte, ihre schlanken, schönen, auf den grünen Filz gepreßten Finger –

schien den schäbigen Billardsalon in einen eleganten Club der besseren Gesellschaft zu verwandeln. Ich war zum ersten Mal mit ihr allein, aber es war eine phantastische Erfahrung; durch das bloße Zusammensein mit ihr fühlte ich mich auf eine höhere Daseinsebene gehoben. Nach drei Partien – auch bei der dritten hatte sie mich natürlich geschlagen – begann meine Wunde zu schmerzen, und wir beschlossen aufzuhören.

»Das tut mir leid«, sagte sie, offenbar ehrlich bestürzt. »Ich hätte das nicht vorschlagen sollen.«

»Kein Problem. Ist ja keine ernsthafte Verletzung. Außerdem hat es mir Spaß gemacht.«

Als wir den Billardsalon verließen, sagte die Wirtin, eine dünne Frau in mittleren Jahren, zu Hatsumi: »Sie stoßen eine flotte Kugel, Kleine.« »Danke«, sagte Hatsumi mit einem freundlichen Lächeln. Dann bezahlte sie die Rechnung.

»Tut's noch weh?« fragte sie mich, als wir ins Freie traten.

»Kaum.«

»Meinst du, die Wunde ist aufgegangen?«

»Nein, wahrscheinlich ist alles in Ordnung.«

»Hoffentlich. Komm mit zu mir, ich schaue mir die Wunde an und wechsle den Verband. Desinfektionsmittel habe ich auch. Ich wohne gleich in der Nähe.«

Ich versuchte, sie zu beruhigen, aber sie bestand darauf nachzusehen, ob die Wunde aufgegangen war.

»Oder bist du ungern mit mir zusammen? Und kannst es nicht erwarten, wieder in dein Wohnheim zu kommen?« fragte sie neckisch.

»Quatsch«, sagte ich.

»Dann also keine Widerrede. Wir können zu Fuß gehen.«

Hatsumis Apartment lag fünfzehn Minuten entfernt von Shibuya in Richtung Ebisu. Das Gebäude war vielleicht nicht gerade luxuriös, aber schon sehr gediegen, mit einer kleinen Lobby und einem Fahrstuhl. Hatsumi ließ mich am Küchentisch ihres Apartments Platz nehmen und ging ins Schlafzimmer, um sich umzuziehen. Sie kam in einem Sweatshirt mit der Aufschrift »Princeton University« und Baumwollhosen wieder heraus. Die goldenen Ohrringe hatte sie abgelegt. Sie holte einen Erste-Hilfe-Kasten, stellte ihn auf den Tisch und wickelte meinen Verband ab. Nachdem sie sich überzeugt hatte, daß die Wunde sich nicht geöffnet hatte, desinfizierte sie sie und legte fachgerecht einen neuen Verband an.

»Wie kommt es, daß du das so gut kannst?« fragte ich sie.

»Früher habe ich ehrenamtlich im Krankenhaus gearbeitet, sozusagen Krankenschwester gespielt. Daher weiß ich das noch.«

Als sie mit dem Verband fertig war, nahm sie zwei Dosen Bier aus dem Kühlschrank. Sie trank ihre zur Hälfte aus, ich trank meine leer und dann noch ihre. Dann zeigte sie mir Fotos von den Erstsemestern in ihrem Club, von denen einige wirklich sehr hübsch waren.

»Falls du mal eine Freundin brauchst, sag mir Bescheid. Ich mache dich jederzeit mit einem Mädchen bekannt.«

»Jawohl, Gnädigste.«

»Tōru, sag's mir ganz ehrlich: findest du, daß ich eine alte Kupplerin bin?«

»Ein bißchen«, antwortete ich ehrlich und lachte. Hatsumi lachte zurück. Es stand ihr sehr gut, wenn sie lachte.

»Und was hältst du von Nagasawa und mir?«

»Wie meinst du das?«

»Was würdest du mir raten?«

»Auf meine Meinung kommt es nicht an.« Ich nahm einen Schluck von dem gutgekühlten Bier.

»Trotzdem möchte ich sie gern hören.«

»An deiner Stelle würde ich mich von ihm trennen. Du solltest jemanden mit einer etwas normaleren Einstellung zum Leben finden, der dich glücklich macht. Auch wenn man's sehr wohlwollend betrachtet – die Beziehung zu ihm wird dich niemals glücklich machen. Der Mann denkt ja nicht mal an sein eigenes Glück, geschweige denn an das von anderen. Wenn du mit ihm zusammenbleibst, kriegst du höchstens eines Tages einen Nervenzusammenbruch. Für mich grenzt es schon an ein Wunder, daß du es drei Jahre mit ihm ausgehalten hast. Auf meine Weise habe ich ihn natürlich sehr gern, denn er hat viele gute Eigenschaften. Er besitzt Fähigkeiten und Stärken, mit denen ich nie konkurrieren könnte. Aber seine Ansichten und seine Lebensweise sind nicht normal. Wenn wir uns unterhalten, habe ich mitunter das Gefühl, mich im Kreis zu drehen. Der gleiche Prozeß, der ihn immer höher steigen läßt, läßt mich auf der Stelle treten, und ich fühle mich wie ausgebrannt. Kurz, wir funktionieren völlig verschieden. Verstehst du, was ich sagen möchte?«

»Ja, sehr gut.« Hatsumi brachte mir ein frisches Bier aus dem Kühlschrank.

»Außerdem geht er, wenn er das eine Jahr Ausbildung beim Auswärtigen Amt hier fertig hat, sowieso nach Übersee. Und was machst du in der Zeit? Auf ihn warten? Er hat nicht die Absicht, jemals zu heiraten.«

»Ich weiß.«

»Mehr fällt mir dazu nicht ein.«

»Ich verstehe«, sagte Hatsumi.

Langsam goß ich mir mein Bier ein und trank.

»Als wir vorhin Billard gespielt haben, ist mir plötzlich etwas eingefallen«, sagte ich. »Ich bin als Einzelkind aufgewachsen, aber ich habe mich nie einsam gefühlt oder mir Geschwister gewünscht. Ich war gern allein. Doch als wir beide vorhin zusammen Billard gespielt haben, habe ich mir plötzlich gewünscht, eine ältere Schwester wie dich zu haben. Eine kluge, elegante ältere Schwester, die in mitternachtsblauen Kleidern und goldenen Ohrringen phantastisch aussieht und noch dazu eine Billardkönigin ist.«

Hatsumi lächelte mich erfreut an. »Das ist das Netteste, was ich seit mindestens einem Jahr zu hören bekommen habe. Ganz ehrlich.«

»Und deshalb wünsche ich mir auch sehr, daß du glücklich wirst«, sagte ich und errötete. »Aber es ist schon irgendwie mysteriös. Allem Anschein nach könnte ein Mensch wie du mit fast jedem glücklich werden. Wie bist du nur ausgerechnet an einen Mann wie Nagasawa geraten?«

»So was geschieht wohl einfach, ohne daß man etwas dagegen tun kann. Nagasawa würde sagen, das sei meine Verantwortung und nicht seine.«

»Das würde er ganz bestimmt sagen.«

»Weißt du, Tōru, ich gehöre nicht gerade zu den intelligentesten Frauen. Eigentlich bin ich eher dumm und altmodisch. Mit Begriffen wie System und Verantwortung kann ich nicht viel anfangen. Ich möchte heiraten, nachts in den Armen meines Mannes liegen und Kinder bekommen. Mehr will ich gar nicht.«

»Was er sucht, ist etwas ganz anderes.«

»Menschen können sich ändern, oder?«

»Du meinst, sie gehen hinaus ins feindliche Leben, stoßen sich die Hörner ab und werden erwachsen? So etwa?«

»Genau. Und könnte es nicht sein, daß sich seine Gefühle für mich ändern, wenn er einmal längere Zeit von mir getrennt ist?«

»So funktionieren normale Menschen. Aber er ist kein normaler Mensch. Seine Willenskraft übersteigt unsere Vorstellungen, und Tag für Tag wird sie stärker. Wenn ihn etwas umhaut, macht ihn das nur noch stärker. Er frißt lieber lebende Schnecken, als daß er einen Rückzieher macht oder eine Schwäche eingesteht. Was erwartest du von so einem Mann?«

»Ach, Tōru, im Augenblick bleibt mir gar nichts anderes übrig, als auf ihn zu warten«, sagte Hatsumi, das Kinn in die Hand gestützt.

»Liebst du ihn so sehr?«

»Ja, ich liebe ihn«, erwiderte sie prompt.

»O Mann«, seufzte ich und trank mein Bier aus. »Es muß wunderbar sein, jemanden mit solcher Überzeugung zu lieben.«

»Ich bin eben ein naives, altmodisches Mädchen«, sagte Hatsumi. »Möchtest du noch ein Bier?«

»Nein, danke. Ich muß mich allmählich auf den Weg machen. Danke für den Verband und das Bier.«

Als ich mir an der Tür die Schuhe anzog, klingelte das Telefon. Hatsumi sah mich an, sah das Telefon an, sah wieder mich an. »Gute Nacht«, sagte ich und öffnete die Tür. Als ich sie hinter mir zuzog, sah ich noch flüchtig, wie Hatsumi den Hörer abhob. Das war das letzte Mal, daß ich sie sah.

Gegen halb zwölf war ich wieder im Wohnheim und marschierte schnurstracks zu Nagasawas Zimmer. Nach dem zehnten Klopfen fiel mir ein, daß ja Samstag war. Und samstags hatte Nagasawa immer die Erlaubnis, außerhalb des Wohnheims – angeblich bei seinen Verwandten – zu übernachten.

Also ging ich auf mein Zimmer, nahm meine Krawatte ab, hängte Jacke und Hose auf einen Bügel, zog meinen Schlafanzug an und putzte mir die Zähne. Der Gedanke an den morgigen Sonntag deprimierte mich. Irgendwie kam es mir so vor, als wäre alle vier Tage Sonntag. Noch zwei Sonntage bis zu meinem zwanzigsten Geburtstag. Ich legte mich ins Bett und starrte auf den Wandkalender. Düstere Gefühle überkamen mich.

Am Sonntagmorgen saß ich am Schreibtisch, um meinen allwöchentlichen Brief an Naoko zu schreiben. Dabei trank ich Kaffee aus einer großen Tasse und hörte alte Miles-Davis-Platten. Vor dem Fenster nieselte es, und in meinem Zimmer herrschte die Kühle eines Aquariums. In dem dicken Wollpullover, den ich gerade aus einem Karton genommen hatte, hing noch der Geruch von Mottenpulver. Oben an der Fensterscheibe saß reglos eine fette Fliege. Da kein Lüftchen wehte, hing das Banner der aufgehenden Sonne so schlaff am Flaggenmast wie die Toga an einem römischen Senator. Ein ängstlicher, magerer brauner Hund, der sich auf das Gelände geschlichen hatte, beschnüffelte jede Blume im Blumenbeet. Ich hatte nicht die leiseste Ahnung, aus welchem Grund ein Hund an einem regnerischen Tag wie diesem Blumen beschnupperte.

Wenn mir vom Schreiben die Verletzung an meiner rechten Hand zu wehtat, starrte ich gedankenverloren aus dem Fenster in den Regen.

Ich schrieb Naoko, daß ich mir bei der Arbeit im Plattenladen die Hand aufgeschnitten hatte und daß Nagasawa, Hatsumi und ich zu dritt am Samstagabend Nagasawas bestandene Prüfung gefeiert hatten. Ich beschrieb Naoko das Restaurant und die Speisen. Das Essen sei vorzüglich gewesen, aber im Laufe des Abends habe die Atmosphäre sich zum Unguten entwickelt. Ich war mir nicht sicher, ob ich in Verbindung mit dem Billardsalon meine Erinnerung an

Kizuki erwähnen sollte. Schließlich entschied ich mich, Naoko davon zu schreiben. Ich fand, ich sollte es tun.

»Ich erinnere mich noch deutlich an Kizukis letzten Stoß an jenem Tag – dem Tag, an dem Kizuki starb. Es war ein sehr schwieriger Stoß hart an der Bande, und ich hätte nie gedacht, daß er ihn hinkriegen würde. Vielleicht war es ja auch Zufall, aber der Stoß gelang ihm hundertprozentig. Die weiße und die rote Kugel gaben nur das leiseste Klacken von sich, als sie sich auf dem grünen Filz berührten und ihm den letzten Punkt sicherten. Der Stoß war so schön und eindrucksvoll, daß er mir jetzt noch ganz klar im Gedächtnis ist. Fast zweieinhalb Jahre habe ich kein Queue mehr angefaßt.
An dem Abend, an dem ich mit Hatsumi spielte, habe ich bis zum Ende der ersten Partie gar nicht an Kizuki gedacht. Aber dann traf es mich wie ein Schock. Ich hatte mir immer eingebildet, daß ich mich jedesmal, wenn ich Billard spielte, an Kizuki erinnern würde. Doch erst, als ich mir am Automaten eine Pepsi zog und zu trinken anfing, fiel mir Kizuki ein, weil es nämlich in unserem Billardsalon auch einen Pepsi-Automaten gab und wir öfter um die Getränke gespielt hatten.
Ich hatte ein schlechtes Gewissen, weil ich nicht sofort an Kizuki gedacht hatte. Es kam mir vor, als hätte ich ihn im Stich gelassen. Zu Hause habe ich dann lange darüber nachgedacht. Zweieinhalb Jahre sind seit seinem Tod vergangen, aber Kizuki ist noch immer siebzehn Jahre alt. Das bedeutet nicht, daß meine Erinnerungen an ihn verblaßt sind. Besonders die Dinge, die mit seinem Tod in Verbindung stehen, habe ich noch ganz klar vor Augen, vielleicht sogar klarer, als sie es damals waren. Damit will ich Folgendes sagen: Ich werde bald zwanzig. Ein Teil der Gemeinsamkeiten, die

Kizuki und ich als Sechzehn- oder Siebzehnjährige hatten, ist bereits verschwunden, und keine Trauer dieser Welt kann sie mir zurückbringen. Ich kann das nicht gut erklären, und du bist wahrscheinlich die einzige, die meine Gefühle und das, was ich sagen will, bis zu einem gewissen Grad versteht.
Ich denke mehr an dich denn je. Heute regnet es, und verregnete Sonntage bringen mich immer ein bißchen durcheinander, denn bei Regen kann ich keine Wäsche waschen und darum auch nicht bügeln. Ich kann weder spazierengehen noch auf dem Dach liegen. Ich kann nichts anderes tun, als am Schreibtisch sitzen und zusehen, wie draußen der Regen fällt, während ich zum x-ten Mal »Kind of Blue« höre, weil ich den Plattenspieler auf Autorepeat gestellt habe. Wie gesagt, sonntags ziehe ich meine Feder nicht auf. Deshalb ist der Brief auch so lang geworden. Jetzt mache ich Schluß und gehe in die Kantine zum Mittagessen.
Bis bald.«

9. Kapitel

Am folgenden Montag tauchte Midori wieder nicht zur Vorlesung auf. Was war los mit ihr? Seit unserem letzten Telefongespräch waren nun bereits zehn Tage vergangen. Ich überlegte, ob ich sie zu Hause anrufen sollte, entschied mich aber dagegen. Sie hatte ja gesagt, sie würde sich mit mir in Verbindung setzen.

Am Donnerstag traf ich Nagasawa in der Kantine. Er setzte sich mit seinem vollen Tablett zu mir und entschuldigte sich für den peinlichen Auftritt beim letzten Mal.

»Kein Problem. Ich muß mich bei dir für die Einladung zum Essen bedanken. Auch wenn es eine etwas sonderbare Examensfeier war.«

»Kann man wohl sagen.«

Eine Weile aßen wir schweigend.

»Ich habe mich wieder mit Hatsumi versöhnt.«

»Hab ich mir gedacht.«

»Zu dir war ich auch ziemlich fies, wenn ich mich recht erinnere«, sagte er.

»Was ist los mit dir? Du entschuldigst dich ja. Bist du krank?«

»Schon möglich«, sagte er und nickte zwei-, dreimal kurz. »Übrigens, du hast Hatsumi geraten, sich von mir zu trennen?«

»Selbstverständlich.«

»Du hast recht.«

»Sie ist ein wunderbarer Mensch«, sagte ich und schlürfte meine Misosuppe.

»Ich weiß.« Nagasawa seufzte. »Ein bißchen zu wunderbar für jemanden wie mich.«

Ich schlief wie ein Toter, als der Summer in meinem Zimmer mich zum Telefon rief. Aus dem Tiefschlaf gerissen, war ich völlig desorientiert; ich fühlte mich, als hätte ich mit dem Kopf im Wasser geschlafen und als wäre mein Gehirn aufgeweicht. Die Uhr zeigte viertel nach sechs an, aber ich hatte keine Ahnung, ob morgens oder abends. Mir fiel nicht einmal ein, welches Datum oder welchen Wochentag wir hatten. Ein Blick aus dem Fenster ergab, daß die Flagge nicht gehißt war, also war es wahrscheinlich viertel nach sechs am Abend. Anscheinend war die Flagge doch zu etwas nütze.

»Hallo, Tōru, hast du jetzt Zeit?« fragte Midori.

»Was ist heute für ein Tag?«

»Freitag.«

»Abend?«

»Natürlich. Spinnst du? Es ist ... sechs Uhr achtzehn.«

Es war also wirklich Abend! Genau, ich hatte auf dem Bett gelesen und war eingeschlafen. Freitag – ich brachte mein Gehirn auf Touren. Freitags mußte ich nicht arbeiten. »Ja, ich hab Zeit. Wo bist du?«

»Am Bahnhof Ueno. Ich fahre jetzt nach Shinjuku und warte dort auf dich, ja?«

Nachdem wir einen Ort und eine genaue Zeit verabredet hatten, legten wir auf.

Als ich im DUG ankam, saß Midori bereits mit einem Getränk am äußersten Ende der Theke. Unter ihrem zerknitterten Herrentrench trug sie einen dünnen gelben Pullover und Blue jeans. An ihrem Handgelenk klirrten zwei Armreifen.

»Was trinkst du da?«

»Tom Collins.«

Nachdem ich einen Whiskey Soda bestellt hatte, fiel mir ein großer Koffer zu Midoris Füßen auf.

»Ich war verreist. Bin gerade erst zurückgekommen«, sagte Midori.

»Wo warst du denn?«

»In Nara und Aomori.«

»Auf ein- und derselben Reise?« fragte ich verdutzt.

»Quatsch, so verrückt bin ja noch nicht mal ich, daß ich gleichzeitig in zwei entgegengesetzte Richtungen fahre. Natürlich waren das zwei getrennte Reisen. In Nara war ich mit meinem Freund, nach Aomori bin ich einfach so allein gefahren.«

Ich nahm einen Schluck von meinem Whiskey Soda und gab Midori mit einem Streichholz Feuer. »Du hattest bestimmt allerhand mit der Beerdigung zu tun?«

»Ach, nichts leichter als das. Wir haben darin ja viel Übung. Man braucht nur im schwarzen Kimono mit versteinertem Gesicht dazusitzen, und die anderen kümmern sich um das, was sich gehört. Onkel, Nachbarn und so. Sie kaufen den Sake, bestellen Sushi, trösten, weinen, rumoren, verteilen die Andenken, alles ein Kinderspiel. Das reinste Picknick. Vor allem verglichen mit der täglichen Krankenpflege. Wir waren so ausgelaugt, meine Schwester und ich, daß wir nicht mal weinen konnten. Wirklich. Natürlich haben die Leute sich das Maul zerrissen über die gefühlskalten Töchter, die nicht mal eine Träne um ihren alten Vater vergießen. Also haben wir erst recht nicht geweint. Wir hätten ja so tun können, aber so was kommt nicht in Frage. Schon aus Trotz nicht. Je mehr sie es von uns erwartet haben, desto weniger haben wir geweint. Darin sind meine Schwester und ich uns einig, auch wenn wir sonst ganz verschiedene Charaktere sind.«

Midoris Armreifen klimperten, als sie dem Kellner winkte,

um noch einen Tom Collins und ein Schälchen Pistazien zu bestellen.

»Nach der Beerdigung, als alle weg waren, haben wir bis morgens zusammen Sake getrunken – eine Zweiliterflasche – und sind ausgiebig über alle hergezogen: der ist ein Vollidiot, der ein Scheißer, der sieht aus wie ein räudiger Hund, der ist ein Schwein, der ein Arschkriecher, der ein Gauner – was für eine Erleichterung!«

»Kann ich mir denken.«

»Total blau haben wir uns dann in die Betten geschmissen und wie die Steine geschlafen. Das Telefon konnte klingeln oder sonstwas, wir haben weitergeratzt. Nach dem Aufwachen haben wir uns Sushi bestellt und beschlossen, den Laden für eine Weile zu schließen und zu machen, was wir wollen. Nach den ganzen Anstrengungen haben wir uns das verdient. Meine Schwester wollte ein bißchen mit ihrem Freund ausspannen und ich mit meinem ein paar Tage verreisen und vögeln. Tschuldigung, ist mir so rausgerutscht.« Midori kniff die Lippen zusammen und kratzte sich am Ohr.

»Macht nichts«, sagte ich. »Also seid ihr nach Nara gefahren.«

»Ja, Nara hat mir schon immer gefallen.«

»Und habt ihr?«

»Kein einziges Mal«, stöhnte sie. »Kaum waren wir im Hotel und hatten das Gepäck abgestellt, kriegte ich meine Tage, daß es nur so rauschte.«

Unwillkürlich mußte ich lachen.

»Das ist überhaupt nicht zum Lachen. Eine Woche zu früh. Ich habt geheult wie verrückt. Das kam wahrscheinlich von dem ganzen Streß. Mein Freund wurde unheimlich stinkig. So ist er eben – aufbrausend. Aber schließlich konnte ich ja nichts dafür, ich habe ja schließlich nicht extra meine Tage bekommen. Bei mir ist es sowieso immer ziemlich schlimm, und an den ersten beiden Tagen hab ich zu nichts Lust. Da hält man sich besser von mir fern.«

»Einverstanden, aber woher soll ich wissen, wann?« fragte ich.

»Wie wär's, wenn ich die ersten zwei oder drei Tage eine rote Mütze aufsetzen würde? Dann wüßtest du Bescheid.« Midori lachte. »Wenn du mich dann mit einer roten Mütze auf der Straße triffst, ergreifst du stehenden Fußes die Flucht.«

»Wäre toll, wenn sich alle Frauen der Welt diese Methode zu eigen machen würden. Und was habt ihr ersatzweise in Nara unternommen?«

»Was schon? Wir waren im Hirschpark, sind spazierengegangen und wieder heimgefahren. Grauenhaft. Wir hatten einen Riesenkrach, und seither habe ich ihn nicht mehr gesehen. Danach habe ich zwei, drei Tage in Tōkyō rumgehangen und beschlossen, mir allein eine nette Reise nach Aomori zu gönnen. Zwei Tage hab ich bei einer Freundin in Hirosaki übernachtet und anschließend eine kleine Rundreise nach Shimokita, Tappi und so gemacht. Es ist sehr schön da oben. Ich hab mal eine Landkartenbroschüre über die Gegend geschrieben. Warst du schon mal da?«

»Nein.«

»Jedenfalls«, sagte Midori, nahm einen Schluck von ihrem Tom Collins und schälte eine Pistazie, »habe ich die ganze Zeit an dich gedacht. Wie schön es wäre, wenn du dabei wärst.«

»Warum?«

»Wie ›warum‹?« Midori sah mich verständnislos an. »Was meinst du mit ›warum?‹«

»Na ja, warum du an mich gedacht hast.«

»Weil ich dich gern habe. Darum! Aus welchem Grund denn sonst? Wer würde sich einen Menschen herbeiwünschen, den er nicht leiden kann?«

»Aber du hast einen Freund, also brauchst du nicht an mich zu denken.« Langsam trank ich meinen Whiskey Soda.

»Weil ich einen Freund habe, darf ich nicht an dich denken?«

»Nein, so habe ich es ja gar nicht gemeint ...«

»Jetzt hör mir mal gut zu, Tōru.« Midori hielt mir ihren Zeigefinger unter die Nase. »Ich warne dich. In mir staut sich seit einem Monat alles mögliche an. Reize mich also nicht. Sonst fange ich an zu heulen, und wenn ich einmal angefangen habe, heule ich die ganze Nacht. Willst du das? Und wenn ich heule, werde ich zum Tier, ohne Rücksicht auf die Umgebung. Das kannst du mir glauben.«

Ich nickte und hielt vorsichtshalber den Mund. Statt dessen bestellte ich noch einen Whiskey Soda und aß ein paar Pistazien. Zu den Schüttelgeräuschen eines Shakers, dem Klingen von Gläsern und dem Schaben einer Eismaschine sang Sarah Vaughn ein altes Liebeslied.

»Seit dem Tampon-Zwischenfall hat sich unsere Beziehung sehr verschlechtert«, sagte Midori.

»Dem Tampon-Zwischenfall?«

»Hm. Vor etwa einem Monat waren wir mit fünf oder sechs seiner Freunde verabredet, und ich erzählte ihnen die Geschichte von einer Nachbarin, der bei einem heftigen Nieser der Tampon rausgeflutscht ist. Ist doch lustig, oder?«

»Doch, eigentlich schon.« Ich mußte auch lachen.

»Das fanden alle, außer meinem Freund. Der wurde wütend. Ich solle nicht so einen Dreck erzählen. Warum er nur so verklemmt ist?«

»Hm«, machte ich.

»Er ist wirklich ein netter Kerl, aber in dieser Hinsicht ist er total engstirnig. Es regt ihn schon auf, wenn ich etwas anderes als weiße Unterwäsche trage. Findest du das nicht auch engstirnig?«

»Ist vielleicht Geschmackssache«, sagte ich diplomatisch. Insgeheim wunderte ich mich, daß so ein Typ sich ausgerechnet Midori zur Freundin erwählt hatte, doch diesen Gedanken behielt ich lieber für mich.

»Und was hast du in der Zwischenzeit so gemacht?«

»Nichts, das gleiche wie sonst.« Da fiel mir mein Versprechen ein, beim Masturbieren an Midori zu denken. Mit leiser Stimme, damit niemand etwas hörte, erzählte ich ihr, daß ich es versucht hatte.

Midori strahlte und schnippte mit den Fingern. »Und wie war's? Hat's geklappt?«

»Nee, mittendrin wurde es mir peinlich, und ich mußte abbrechen.«

»Hat er nicht mehr gestanden?«

»Ja, so ungefähr.«

»So ein Mist.« Midori sah mich von der Seite an. »Dir darf nichts peinlich sein. Denk das Schmutzigste, das dir einfällt. Ich bin mit allem einverstanden. Ich hab's – nächstes Mal rufe ich dich an. Wenn ich ›Aah – so ist es gut – ooh, ist das schön – langsam, ich komme – nein, laß das – ah‹ und solches Zeug sage, klappt es bestimmt.«

»Das Telefon steht in der Eingangshalle. Ständig gehen Leute vorbei«, erklärte ich. »Der Wohnheimleiter schlägt mich tot, wenn er mich da beim Masturbieren erwischt. Keine Frage.«

»Schwaches Bild.«

»Macht nichts. Irgendwann versuch ich's wieder allein.«

»Aber gib dir Mühe.«

»In Ordnung.«

»Vielleicht bin ich ja nicht sexy genug?«

»Das ist nicht das Problem«, beruhigte ich sie. »Es ist eher eine Frage der Einstellung.«

»Weißt du, mein Rücken ist sehr empfindlich. Wenn du ihn ganz zärtlich streichelst ...«

»Ich werd's mir merken.«

»Wollen wir uns jetzt nicht den schweinischen Film angucken? Einen richtig schmutzigen Sado-Maso-Streifen?« schlug Midori vor.

Nachdem wir zuerst in einem Aal-Restaurant etwas gegessen hatten, gingen wir in ein Pornokino, in dem drei Filme für Erwachsene hintereinander gezeigt wurden. Wahrscheinlich war es das schmuddligste Kino von ganz Shinjuku, aber wie wir der Zeitung entnommen hatten, war es das einzige, in dem SM-Filme liefen. Im Zuschauerraum herrschte ein undefinierbarer Geruch. Wir hatten Glück, gerade fing ein SM-Film an. Eine Sekretärin und ihre jüngere Schwester, noch ein Schulmädchen, wurden von irgendwelchen Schurken entführt und sadistisch gequält. Mit der Drohung, die jüngere zu vergewaltigen, zwangen die Männer die ältere Schwester zu allen möglichen abartigen Sachen. Dabei wird sie zur vollkommenen Masochistin, während die jüngere wegen dem, was sich vor ihren Augen abspielt, dem Wahnsinn anheimfällt. Die Geschichte war dermaßen unzusammenhängend und trübselig, daß ich mich entsetzlich langweilte.

»Ich würde nicht so leicht den Verstand verlieren wie die jüngere Schwester«, ereiferte sich Midori. »Ich würde hingucken.«

»Glaub ich dir aufs Wort.«

»Aber findest du nicht, daß ihre Brustwarzen für eine Schülerin, noch dazu eine Jungfrau, ziemlich dunkel sind?«

»Allerdings.«

Midori verfolgte den Film mit einer Begeisterung, die ich nur bewundern konnte. Für sie hatte das Eintrittsgeld sich absolut gelohnt. Ab und zu ließ sie mich an ihren Gedanken teilhaben.

»Poah, guck dir das an« oder »Drei auf einmal, das reißt sie entzwei« oder »Mensch, Tōru, das würde ich auch gern mal ausprobieren.« Eigentlich war es viel interessanter, ihr zuzuschauen als dem Film.

Als in der Pause die Lichter angingen, sah ich, daß Midori der einzige weibliche Kinogast war. Ein jüngerer Mann, augenscheinlich ein Student, der in unserer Nähe saß, wechselte fast panisch den Platz, als er Midori entdeckte.

»Du, Tōru?« fragte Midori. »Kriegst du einen Ständer bei so was?«

»Ja, klar, manchmal. Zu diesem Zweck werden solche Filme ja gedreht.«

»Heißt das, daß er bei solchen Szenen allen steht, die hier sitzen? Dreißig oder vierzig Ständer? Das muß man sich mal vorstellen. Findest du das nicht auch ganz erstaunlich?«

»Wenn du das so sagst, schon«, erwiderte ich.

Der zweite Film war ein normaler Porno, also noch langweiliger als der erste. Es gab eine Menge Oralverkehr, und bei jeder Fellatio, jedem Cunnilingus und Neunundsechziger erfüllten laute Schmatz-, Schlürf- und Sauggeräusche das Kino. Das unablässige Geschmatze rief in mir plötzlich Verwunderung über das Leben auf diesem merkwürdigen Planeten hervor.

»Wer sich diese Laute bloß ausdenkt?« fragte ich Midori.

»Ich finde sie toll«, sagte sie.

Auch die Bewegungen eines Penis in einer Vagina gingen mit Geräuschen einher. Bislang war mir nicht einmal bewußt gewesen, daß es solche Töne überhaupt gab. Der Mann keuchte, und die Frau gab das übliche »ja, ja, mehr« von sich, während sie sich wie verrückt unter ihm wand. Man konnte sogar das Bett quietschen hören. Szene folgte auf Szene. Anfangs schien Midori sich noch zu amüsieren, aber nach einer Weile wurde es sogar ihr zu eintönig, und sie wollte gehen. Als wir ins Freie traten, holte ich erst einmal tief Atem. Noch nie war mir die Luft in Shinjuku frisch vorgekommen.

»Das hat Spaß gemacht«, sagte Midori. »Da gehen wir nächstes Mal wieder hin.«

»Aber die machen doch immer dasselbe«, wandte ich ein.

»Was bleibt ihnen denn anderes übrig? Wir machen doch auch immer dasselbe.«

So gesehen, hatte sie nicht ganz unrecht.

Wir suchten uns eine Bar, um noch etwas zu trinken. Ich nahm einen Whiskey Soda, und Midori trank drei oder vier nicht näher bestimmbare bunte Cocktails. Als wir wieder draußen waren, wollte Midori auf einen Baum klettern.

»Hier gibt es keine Bäume, außerdem bist du sowieso viel zu wacklig auf den Beinen«, sagte ich.

»Du bist immer so vernünftig, ein echter Spielverderber. Ich bin blau, weil ich blau sein will. Was ist daran schlimm? Auch in betrunkenem Zustand kann ich auf einen Baum klettern. Auf einen ganz, ganz hohen, und dann pinkle ich auf alle runter.«

»Du mußt nicht zufällig auf die Toilette?«

»Doch.«

Ich brachte sie zu einer Münztoilette im Bahnhof Shinjuku, warf das Geld ein und schickte sie hinein. An einem Kiosk kaufte ich mir eine Abendzeitung und las darin, während ich auf Midori wartete. Aber als sie nach fünfzehn Minuten nicht zurück war, begann ich mir Sorgen zu machen und wollte gerade nach ihr sehen, als sie mit ziemlich blassem Gesicht herauskam.

»Tut mir leid, ich bin im Sitzen eingeschlafen.«

»Wie geht's dir?«

»Nicht so gut.«

»Ich bring dich heim. Zu Hause nimmst du ein schönes heißes Bad und legst dich hin. Du bist erschöpft.«

»Ich will nicht nach Hause. Da ist niemand. Ich will nicht allein da schlafen.«

»Ach herrje«, sagte ich. »Was sollen wir also machen?«

»Wir gehen in eine Absteige, und ich schlafe in deinem Arm. Bis zum Morgen, ganz fest. Dann frühstücken wir hier irgendwo und gehen zur Uni.«

»Das hattest wohl von Anfang an vor, als du mich angerufen hast, oder?«

»Na klar.«

»Dann hättest du nicht mich, sondern deinen Freund anrufen sollen. Das wäre das Normale gewesen. Für so was ist dein Freund zuständig.«

»Aber ich will mit dir zusammen sein.«

»Das geht nicht«, sagte ich unverblümt. »Erstens muß ich um zwölf wieder im Wohnheim sein, sonst überschreite ich die Sperrstunde. Wegen so was hatte ich schon mal unheimlichen Ärger. Zweitens will ich mit einer Frau schlafen, wenn ich schon mit ihr im Bett liege, und nicht die ganze Zeit daliegen und mich beherrschen. Vielleicht mache ich dann irgendeinen Blödsinn.«

»Mich fesseln und von hinten über mich herfallen?«

»Ich meine es ernst.«

»Aber ich fühle mich so allein. Total verlassen. Ich weiß, ich bin unmöglich zu dir. Ich gebe nichts und fordere nur. Ich sage ohne Rücksicht alles, was mir gerade durch den Kopf schießt, habe dich hierherzitiert und dich durch halb Shinjuku geschleift. Aber ich habe doch sonst niemanden, mit dem ich das machen kann. Nicht einmal in den zwanzig Jahren, die auf der Welt bin, durfte ich nur an mich denken. Mein Vater und meine Mutter haben mich überhaupt nicht beachtet, und mein Freund ist auch nicht der Typ dazu. Er wird sofort wütend, wenn ich einmal meinen Willen durchsetzen will. Dann streiten wir uns. Nur mit dir kann ich reden. Jetzt bin ich völlig kaputt und möchte einschlafen, während mir jemand sagt, wie lieb und hübsch ich bin. So einfach ist das. Wenn ich aufwache, bin ich wieder ganz munter und werde dich nie wieder mit meinen Forderungen belästigen. Und ein ganz braves Mädchen sein.«

»Ich verstehe dich, aber ich kann da nichts machen.«

»Ach bitte, sonst setze ich mich hier hin und heule die ganze Nacht. Und schlafe mit dem ersten Typ, der mich anspricht.«

Ratlos rief ich Nagasawa im Wohnheim an und bat ihn, es so aussehen zu lassen, als wäre ich nach Hause gekommen. Es sei wegen eines Mädchens, erklärte ich ihm. Kein Problem, sagte er. Es sei ihm ein Vergnügen.

»Mach dir keine Sorgen, ich schiebe einfach dein Namensschild auf die ›Anwesend‹-Seite. Laß dir nur Zeit. Du kannst morgen durch mein Fenster rein.«

»Tausend Dank. Du hast was gut bei mir«, sagte ich und legte auf.

»Alles klar?« fragte Midori.

»Ja, so einigermaßen.« Ich seufzte tief.

»Toll, aber es ist noch so früh. Komm, wir gehen in eine Disco.«

»Ich dachte, du bist zu Tode erschöpft?«

»Dafür reicht's noch.«

»O Mann«, sagte ich.

Tatsächlich – beim Tanzen in der Disco lebte Midori allmählich wieder auf. Sie trank zwei Whiskey Cola und tanzte, bis ihr der Schweiß in Strömen übers Gesicht lief.

»Das macht solchen Spaß«, sagte sie, als wir uns an den Tisch setzten, um zu Atem zu kommen. »So habe ich schon lange nicht getanzt. Körperliche Bewegung befreit den Geist.«

»Deiner kommt mir immer ziemlich befreit vor.«

»Nee, überhaupt nicht.« Sie schüttelte lächelnd den Kopf. »Jetzt, wo's mir besser geht, kriege ich Hunger. Gehen wir eine Pizza essen?«

Wir gingen in eine Pizzeria, die ich gut kannte, und bestellten Bier vom Faß und eine Sardellenpizza. Ich hatte keinen großen Appetit und aß von den zwölf Pizzastücken nur vier. Midori verputzte den Rest.

»Du hast dich ja ziemlich schnell erholt. Vorhin warst du noch ganz blaß und wacklig in den Knien«, wunderte ich mich.

»Weil ich meinen Willen durchsetzen konnte. Das hat mich geheilt. Aber die Pizza schmeckt auch klasse.«

»Sag mal, ist bei dir wirklich niemand zu Hause?«

»Hm, meine Schwester schläft bei einer Freundin, weil sie vor Angst nicht schlafen kann, wenn sie allein im Haus ist.«

»Dann lassen wir das doch mit der Absteige. So was ist doch eh kein Vergnügen. Gehen wir lieber zu dir. Ihr habt doch bestimmt Bettzeug für mich?«

Midori überlegte kurz und nickte. »Gut, übernachten wir bei mir.«

Wir fuhren mit der Yamanote-Linie bis Ōtsuka und schlüpften unter dem Rolladen der Buchhandlung Kobayashi, an dem ein Zettel ›Vorübergehend geschlossen‹ hing, hindurch ins Haus. Der Laden schien schon länger geschlossen zu sein, und es roch in dem dunklen Raum nach muffigem alten Papier. Die Hälfte der Regale stand leer, und die meisten Zeitschriften waren zu Bündeln verschnürt. Die dumpfe Kälte, die mir bei meinem ersten Besuch schon aufgefallen war, hatte sich verstärkt. Der Laden wirkte wie ein gestrandetes Schiff.

»Ihr wollt das Geschäft wahrscheinlich nicht weiterführen, oder?« fragte ich.

»Nee, wir wollen es verkaufen. Dann hätten wir genug Geld, um eine Zeitlang davon leben zu können. Es sollte reichen, bis meine Schwester nächstes Jahr heiratet und ich in drei Jahren mit dem Studium fertig bin. Ich behalte natürlich meinen Job, und wenn wir das Haus verkauft haben, wollen meine Schwester und ich ein Apartment mieten.«

»Glaubst du, ihr findet einen Käufer?«

»Vielleicht. Eine Dame, die hier ein Kurzwarengeschäft eröffnen möchte, hat sich vor kurzem erkundigt, ob wir verkaufen. Armer Papa. Er hat so hart gearbeitet, um Schritt für Schritt die Schulden abzutragen, und am Ende ist ihm fast nichts mehr geblieben, alles zerronnen wie Schaum.«

»Du bist ihm geblieben.«

»Ich?« Midori lachte amüsiert, aber dann stieß sie einen tiefen Seufzer aus. »Laß uns raufgehen. Es ist so kalt hier.«

Oben bat sie mich, in der Küche Platz zu nehmen, während sie das Bad anheizte. Inzwischen setzte ich den Kessel auf, um Tee zu machen, den Midori und ich am Küchentisch tranken, bis das Bad heiß war. Das Kinn in die Hand gestützt, musterte sie mich forschend. Außer dem Ticken der Uhr und dem Kühlschrank, der in gewissen Abständen brummte, war kein Laut zu hören. Es war fast zwölf.

»Wenn man's genau betrachtet, hast du eigentlich ein sehr interessantes Gesicht«, sagte Midori.

»Kann sein«, erwiderte ich leicht gekränkt.

»Ich lege Wert auf gutes Aussehen, und je länger ich dich anschaue, desto mehr finde ich, daß du gut genug aussiehst.«

»Finde ich auch. Manchmal sehe ich mich an und denke: gut genug.«

»Das war doch nicht bös gemeint. Ich kann mich nur nicht so gut ausdrücken, darum werde ich auch oft mißverstanden. Was ich sagen will, ist, daß ich dich sehr gerne mag. Hab ich dir das schon mal gesagt?«

»Ja, hast du.«

»Mit der Zeit werde auch ich die Männer durchschauen.«

Midori holte eine Schachtel Marlboro und zündete sich eine an. »Wenn man bei Null anfängt, hat man eine ganze Menge zu lernen.«

»Da könntest du recht haben.«

»Ach, übrigens, vielleicht möchtest du ein Räucherstäbchen für meinen Vater anzünden?« Ich ging mit Midori in das Zimmer, in dem der buddhistische Altar stand, zündete vor dem Foto ihres Vaters ein Räucherstäbchen an und legte die Handflächen aneinander.

»Weißt du, vor kurzem habe ich mich vor dem Foto meines Vaters nackt ausgezogen. Splitternackt. Hab ihm alles gezeigt. Im Yogasitz. ›Hier, Papa, das sind meine Brüste, das ist meine Möse‹.«

»Warum denn das?« fragte ich entgeistert.

»Irgendwie wollte ich ihm was zeigen. Schließlich stamme ich zur Hälfte von seinem Samen ab, oder nicht? Warum sollte ich mich ihm dann nicht zeigen? Das ist deine Tochter. Allerdings war ich auch ein bißchen betrunken.«

»Aha.«

»Als meine Schwester reinkam, hat sie fast der Schlag getroffen. Kein Wunder, wo ich doch nackt und mit gespreizten Beinen vor dem Bild unseres Vaters saß.«

»Wirklich kein Wunder.«

»Dann hab ich ihr den Grund erklärt. Komm, Momo, hab ich gesagt, zieh dich auch aus, und wir beide zeigen uns Papa zusammen. Aber sie wollte nicht und ist empört abgerauscht. In solchen Dingen ist sie sehr konservativ.«

»Ich würde eher sagen, relativ normal.«

»Sag mal, Tōru, wie fandest du denn meinen Vater?«

»Ich bin kein besonders guter Menschenkenner und kann Leute beim ersten Mal nicht gut einschätzen, aber es war mir nicht unangenehm, mit ihm allein zu sein. Ich hab mich mit ihm ganz wohl gefühlt, und wir haben uns über alles mögliche unterhalten.«

»Über was denn?«

»Euripides.«

Midori lachte richtig fröhlich. »Du bist wirklich ein komischer Kauz. Wer unterhält sich schon mit einem todkranken Mann, dem er vorher nie begegnet ist, über Euripides?«

»Na und, welche Tochter sitzt schon nackt und mit gespreizten Beinen vor dem Foto ihres Vaters?«

Midori mußte kichern und läutete das Glöckchen am Altar. »Gute Nacht, Papa. Wir amüsieren uns jetzt ein bißchen. Schlaf gut und mach dir keine Sorgen. Du mußt ja nicht mehr leiden, wo du doch jetzt tot bist, oder? Falls du noch Schmerzen hast, mußt du dich bei den Göttern beschweren. Sag ihnen, das wäre gemein. Hoffentlich begegnest du Mama im Himmel, und ihr schiebt eine ordentliche Nummer. Ich hab deinen Pimmel gesehen, wenn ich dir beim Pinkeln geholfen habe. Ganz schön eindrucksvoll. Also streng dich an. Gute Nacht.«

Wir nahmen nacheinander ein Bad und zogen uns Schlafanzüge an, ich einen kaum getragenen von ihrem Vater, der zwar ein bißchen zu klein war, aber besser als nichts. Midori breitete meinen Futon in dem Zimmer aus, in dem der Altar stand.

»Du hast doch keine Angst, vor dem Altar zu schlafen?«

»Nein, ich habe ja nichts Böses getan«, sagte ich und lachte.

»Aber du hältst mich im Arm, bis ich eingeschlafen bin, ja?«

»Ja, versprochen.«

Während ich Midori im Arm hielt, fiel ich fast über die Kante ihres schmalen Betts. Midori drückte ihre Nase gegen meine Brust und hatte die Hände auf meine Hüften gelegt. Ich hielt sie mit dem rechten Arm umschlungen, wobei ich mich mit der linken Hand am Bettrand festhielt, um nicht abzustürzen. Zumindest würde diese Haltung mich nicht gerade zu sexueller Erregung provozieren. Meine Nasenspitze ruhte auf Midoris Kopf, und ihre kurzen Haare kitzelten mich ab und zu.

»Komm, erzähl mir was«, sagte Midori, das Gesicht in meiner Brust vergraben.

»Was denn?«

»Irgendwas, damit ich mich wohl fühle.«

»Du bist sehr hübsch.«

»Midori«, sagte sie. »Du mußt meinen Namen dazu sagen.«

»Du bist sehr hübsch, Midori«, berichtigte ich mich.

»Was heißt ›sehr hübsch‹?«

»So hübsch, daß die Berge einstürzen und das Meer austrocknet.«

Midori hob den Kopf und sah mich an. »Du kannst dich wirklich einmalig ausdrücken.«

»Deine Worte wärmen mir das Herz«, lachte ich.

»Sag etwas noch Netteres.«

»Ich hab dich sehr gern, Midori.«

»Wie sehr?«

»So gern wie ein Frühlingsbärchen.«

»Ein Frühlingsbärchen?« Midori hob wieder den Kopf. »Was ist das, ein Frühlingsbärchen?«

»Du gehst im Frühling allein im Feld spazieren und begegnest einem niedlichen Bärchen mit blanken Augen und einem samtweichen Pelz. Das Bärchen sagt zu dir: ›Hallo, schönes Fräulein, wollen wir nicht ein wenig zusammen herumtollen?‹ Und du tummelst dich den ganzen Tag mit dem Bärchen auf dem kleebedeckten Hügel. Ist das nicht schön?«

»Ja, sehr schön.«

»Und so sehr mag ich dich.«

Midori schmiegte sich an meine Brust. »Mehr geht nicht«, sagte sie. »Wenn du mich so sehr magst, machst du dann auch alles, was ich sage? Und wirst nicht wütend?«

»Nein, natürlich nicht.«

»Und wirst du dich immer um mich kümmern?«

»Natürlich«, sagte ich. Ich streichelte ihr kurzgeschnittenes, jungenhaftes Haar. »Mach dir keine Sorgen. Alles wird gut.«

»Aber ich hab solche Angst«, sagte Midori.

Ich hielt sie sacht im Arm, und bald hoben und senkten sich ihre Schultern im Rhythmus ihrer regelmäßigen Atemzüge. Sie war eingeschlafen. Behutsam schlüpfte ich aus dem Bett und ging in die Küche, um ein Bier zu trinken. Ich war noch überhaupt nicht müde und hätte gern gelesen, konnte aber nichts Lesenswertes entdecken. Die Idee, auf dem Bücherregal in Midoris Zimmer nach einem Buch zu suchen, verwarf ich; ich fürchtete, sie aufzuwecken.

Nachdem ich eine Weile unentschlossen mit meinem Bier herumgesessen hatte, fiel mir ein, daß ich mich ja in einer Buchhandlung befand. Ich ging nach unten, schaltete das Licht ein und durchforstete die Regale mit den Taschenbüchern. Es gab nicht viel, das ich gern gelesen hätte, und das meiste davon kannte ich ohnehin schon. Aber weil ich unbedingt etwas lesen wollte, entschied ich mich für ein ausgeblichenes Exemplar von Hermann Hesses *Unterm Rad*, ein Ladenhüter offenbar, und legte das Geld dafür neben die Kasse. Es sollte mein kleiner Beitrag zur Auflösung der Buchhandlung Kobayashi sein.

Ich setzte mich mit einem Bier an den Küchentisch und schlug *Unterm Rad* auf, das ich zum ersten Mal in der siebten Klasse gelesen hatte. Und nun, acht Jahre später, saß ich mitten in der Nacht in der Küche eines Mädchens, im Pyjama ihres toten Vaters, und las es wieder. Eigenartig. Ohne diese besonderen Umstände hätte ich *Unterm Rad* wahrscheinlich nie wieder gelesen.

Das Buch erschien mir ein bißchen überholt, aber es war kein schlechter Roman. Langsam, mit Genuß, las ich Zeile für Zeile in der nächtlichen Stille der Küche. Auf einem Regal stand eine verstaubte Brandyflasche, aus der ich mir in einer Kaffeetasse einen Schluck genehmigte. Der Brandy wärmte mich, aber auch der Alkohol verhalf mir nicht zur nötigen Bettschwere. Kurz vor drei sah ich nach Midori, die wirklich sehr erschöpft gewesen sein mußte, denn sie schlief ganz fest. Die Lichter der Einkaufsstraße warfen ein mildes, weißes, mondscheinartiges Licht durch das Fenster ins Zimmer. Midori schlief mit dem Rücken zum Licht. Sie lag vollkommen reglos da, als wäre sie zu Eis erstarrt. Ich beugte mich über sie und lauschte ihrem Atem. Sie schlief wie ihr Vater.

Neben dem Bett stand noch ihr Koffer, und ihr heller Mantel hing über der Stuhllehne. An der Wand über ihrem ordentlich aufgeräumten Schreibtisch hing ein Snoopy-Kalender. Ich zog den Vorhang ein wenig beiseite und sah hinunter auf die menschenleeren Geschäfte. Alle waren geschlossen, die Metallrolläden heruntergelassen. Nur die Getränkeautomaten vor dem Spirituosengeschäft schienen geduckt und dicht aneinandergedrängt den nahenden Morgen zu erwarten. Das durchdringende Rauschen der Reifen von Fernlastern auf der nahegelegenen Schnellstraße brachte ab und zu die Luft zum Vibrieren. Ich kehrte in die Küche zurück, schenkte mir noch einen Brandy ein und las weiter in *Unterm Rad.*

Als ich das Buch fertig hatte, wurde der Himmel schon hell. Ich machte mir eine Tasse Instantkaffee und hinterließ auf einem Block, der auf dem Tisch lag, eine Nachricht für Midori. »Ich habe von eurem Brandy getrunken und ein Exemplar von *Unterm Rad* gekauft. Inzwischen wird es hell, und ich fahre heim. Bis bald.« Nach einigem Zögern fügte ich hinzu: »Du siehst sehr niedlich aus, wenn du schläfst.« Dann wusch ich meine Kaffeetasse ab, löschte das Licht in der Küche, ging die Treppe hinunter, schob ganz leise den Rolladen hoch und trat ins Freie. Ich fürchtete, einer der Nachbarn könnte mich sehen und für einen Einbrecher halten, aber morgens kurz vor sechs war noch niemand auf der Straße. Nur die Krähen saßen auf ihrem üblichen Posten auf dem Dach. Nachdem ich noch einmal einen Blick hinauf zu den rosa Gardinen von Midoris Zimmer geworfen hatte, machte ich mich zur Straßenbahnhaltestelle auf, fuhr bis zur Endstation und ging von dort zu Fuß zum Wohnheim. Unterwegs nahm ich in einer Garküche ein Frühstück aus Reis, Misosuppe, eingelegtem Gemüse und Spiegeleiern zu mir. Ich schlich mich zur Rückseite des Wohnheims und klopfte leise an Nagasawas Fenster, das im Erdgeschoß lag. Er machte sofort auf, und ich kletterte zu ihm ins Zimmer.

»Willst du einen Kaffee?« fragte er. Ich lehnte ab, bedankte mich bei ihm und ging in mein Zimmer, putzte mir die Zähne, zog meine Hose aus, kroch unter die Decke und schloß die Augen. Endlich überkam mich ein tiefer traumloser Schlaf, der wie eine schwere Bleitür die Welt ausschloß.

Ich schrieb Naoko jede Woche und erhielt auch häufig Briefe von ihr, die aber nie sehr lang waren. Mit fortschreitendem November berichtete sie von den stetig sinkenden Temperaturen am Morgen.

»Deine Rückkehr nach Tōkyō fiel mit dem Beginn des Herbstes zusammen, und so wußte ich eine Zeitlang nicht, ob das Loch in meinem Innern sich aufgetan hatte, weil Du mir fehltest, oder bloß vom Wechsel der Jahreszeit herrührte. Reiko und ich sprechen oft von Dir. Sie läßt Dich herzlich grüßen und ist so lieb zu mir wie eh und je. Ich wüßte nicht, wie ich das Leben hier ohne sie ertragen würde. Ich weine, wenn ich mich einsam fühle. Es ist gut, wenn ich weinen kann, sagt Reiko. Aber die Einsamkeit macht mir wirklich schwer zu schaffen. Wenn ich mich einsam fühle, höre ich nachts Stimmen, die aus der Dunkelheit zu mir sprechen. Sie sprechen auf die gleiche Weise zu mir, wie der Wind nachts in den Bäumen rauscht. Kizuki und meine Schwester, sie sprechen immer so zu mir. Sie sind auch einsam und auf der Suche nach jemandem, mit dem sie reden können.

An solchen einsamen, traurigen Abenden lese ich manchmal in Deinen Briefen. Vieles, was von außen kommt, verwirrt mich, aber Deine Schilderungen dessen, was sich draußen in der Welt ereignet, bedeuten eine Erleichterung für mich. Sonderbar. Woran das wohl liegt? Reiko und ich lesen sie immer wieder. Dann sprechen wir über den Inhalt. Mir hat der Teil, den Du über das Mädchen Midori und ihren Vater geschrieben hast, sehr gefallen. Jede Woche freuen wir uns schon auf Deine Briefe, sie sind eine unserer

wenigen Zerstreuungen. Ja, Briefe gehören hier zur Unterhaltung. Ich bemühe mich, Zeit zu finden, an Dich zu schreiben, aber wenn ich dann vor dem Briefbogen sitze, verläßt mich immer der Mut. Ich muß mich richtig zwingen, diesen Brief zu schreiben. Reiko hat deshalb schon mit mir geschimpft und darauf bestanden, daß ich Dir zurückschreibe. Bitte, versteh mich nicht falsch. Es gibt so vieles, das ich Dir zu sagen hätte, aber ich habe große Schwierigkeiten, meine Gedanken in Worte zu fassen. Darum fällt es mir auch so schwer, Briefe zu schreiben.
Diese Midori scheint ein sehr interessanter Mensch zu sein. Beim Lesen Deines Briefes hatte ich irgendwie das Gefühl, sie könnte verliebt in Dich sein. Als ich Reiko davon erzählte, sagte sie: ›Selbstverständlich ist sie das. Selbst ich bin in Herrn Watanabe verliebt.‹ Wir sammeln jeden Tag Pilze und Kastanien, und demzufolge gibt es jeden Tag Reis mit Maronen oder Reis mit Matsutake-Pilzen, aber das schmeckt so gut, daß wir es nie über bekommen. Reiko ißt aber immer noch wenig und raucht dafür eine nach der anderen. Den Vögeln und den Kaninchen geht es gut.
Bis bald.«

Drei Tage nach meinem zwanzigsten Geburtstag erhielt ich ein Päckchen von Naoko mit einem weinroten Pullover und einem Brief.

»Herzlichen Glückwunsch zum Geburtstag«, schrieb sie, »und alles Gute zum zwanzigsten Lebensjahr. Mein zwanzigstes Lebensjahr wird wohl so traurig bleiben, wie es momentan ist, aber ich wünsche mir, daß Du meinen Anteil am Glück noch dazu bekommst. Das meine ich ganz ernst. Von diesem Pullover haben

Reiko und ich jede die Hälfte gestrickt. Allein hätte ich noch bis zum Valentinstag im nächsten Jahr gebraucht. Die gute Hälfte ist von Reiko, die schlechte von mir. Reiko ist einfach gut in allem, was sie tut. Wenn ich ihr zusehe, hasse ich mich manchmal selbst. Ich kann überhaupt nichts gut.
Mach's gut und bis bald.«

Reiko hatte einen kurzen Brief beigelegt.

»Wie geht's? Für Sie ist Naoko vielleicht der Gipfel des höchsten Glücks, aber in meinen Augen ist sie nichts weiter als ein ungeschicktes Ding. Trotzdem haben wir's geschafft, Ihren Pullover fertigzukriegen. Ist er nicht schön? Die Farbe und den Schnitt haben wir gemeinsam ausgesucht. Herzlichen Glückwunsch zum Geburtstag.«

10. Kapitel

Das Jahr 1969 ist mir als ein unüberwindlicher Morast im Gedächtnis geblieben. Ein schwerer, zäher Morast, in dem bei jedem Schritt, den ich machte, mein Schuh steckenzubleiben drohte. Mit größter Anstrengung versuchte ich, mich durch diesen Sumpf zu arbeiten. Vor mir und hinter mir war nichts zu erkennen. Soweit das Auge reichte, nur schwarzer Morast.

Sogar die Zeit quälte sich im zähen Tempo meiner unbeholfenen Schritte dahin. Die Menschen um mich herum waren längst weitergezogen, während ich noch immer mühsam durch den Morast krauchte. Große Veränderungen schienen bevorzustehen. John Coltrane und viele andere kamen ums Leben. Die Reformen, nach denen alle riefen, schienen schon hinter der nächsten Ecke zu warten. Doch für mich waren all diese Ereignisse nichts weiter als bedeutungslose Projektionen ohne Substanz. Ich hob kaum den Kopf und schleppte mich von einem Tag zum nächsten. Auf meiner Netzhaut zeichnete sich nur die Endlosigkeit des Morastes ab. Ich hob den rechten Fuß, setzte ihn vor den linken, hob den linken, und immer so weiter, einen Fuß vor den anderen. Dabei war ich nicht einmal sicher, wo ich mich befand und ob ich überhaupt die richtige Richtung eingeschlagen hatte. Ich arbeitete mich nur einfach voran, indem ich einen Schritt vor den anderen setzte.

Ich wurde zwanzig, der Herbst wurde vom Winter abgelöst, aber in meinem Leben ergaben sich keine nennenswerten Veränderungen. Voll Desinteresse besuchte ich meine Vorlesungen, arbeitete dreimal in der Woche im Plattenladen, las hin und wieder *Der große Gatsby*, erledigte sonntags meine Wäsche und schrieb an Naoko. Mitunter traf ich mich mit Midori zum Essen, zu einem Zoo-

oder Kinobesuch. Der Verkauf der Buchhandlung Kobayashi ging reibungslos vonstatten, und Midori und ihre Schwester zogen in ein Zweizimmerapartment in der Gegend von Myōgadani. Nach der Hochzeit ihrer Schwester beabsichtigte Midori, in ein eigenes Apartment zu ziehen. Einmal lud sie mich zum Mittagessen in ihre schöne, sonnige neue Wohnung ein, in der sich Midori viel wohler zu fühlen schien als in der alten über der Buchhandlung Kobayashi.

Mehrmals forderte mich Nagasawa zu einer unserer Kneipentouren auf, aber ich schützte jedesmal etwas vor. Es war mir lästig geworden. Nicht, daß ich nicht mehr gern mit einem Mädchen geschlafen hätte, aber der ganze Aufwand – abends in die Stadt zu fahren, mich zu betrinken, passende Mädchen zu finden, ein Gespräch zu beginnen, in ein Hotel zu gehen – war mir zuviel. Ich empfand fast schon Respekt vor Nagasawa, der dieses Ritual anscheinend ohne Überdruß und Ekel unermüdlich wiederholen konnte. Vielleicht lag es an dem, was Hatsumi zu mir gesagt hatte, aber ich fühlte mich viel glücklicher, wenn ich in meinen Träumen mit Naoko zusammen war, statt wahllos mit irgendeinem langweiligen fremden Mädchen ins Bett zu gehen. Das Gefühl, wie sich Naokos Finger damals auf der Wiese um meinen Penis geschlossen hatten, war noch ganz lebendig in mir.

Anfang Dezember fragte ich Naoko in einem Brief, ob es ihr recht sei, wenn ich sie in den Winterferien besuchte. Reiko antwortete, daß sie sich unheimlich freuen würden. Naoko habe momentan Schwierigkeiten zu schreiben, also habe sie diese Aufgabe übernommen. Ich solle mir jedoch keine Sorgen machen, denn es handle sich nur um eine Phase, in der es Naoko eben nicht gut ginge.

Die Ferien hatten kaum begonnen, als ich auch schon meinen Rucksack packte, Schneestiefel anzog und mich auf den Weg nach

Kyōto machte. Der schrullige Arzt hatte recht gehabt, die schneebedeckten Berge waren von wunderbarer Schönheit. Wie beim ersten Mal übernachtete ich in Naokos und Reikos Wohnung, wobei die drei Tage meines Besuchs sich kaum von jenen unterschieden, die ich im Spätsommer dort verbracht hatte. Nach Sonnenuntergang spielte Reiko Gitarre, und wir unterhielten uns. Anstelle eines Picknicks machten wir einen Ausflug auf Langlaufskiern, bei dem wir nach einer Stunde Fahrt durch den Wald verschwitzt und außer Atem waren. Wann immer es sich ergab, halfen wir den anderen beim Schneeschippen. Einmal leistete uns Doktor Miyata im Speisesaal beim Essen Gesellschaft, um zu erklären, warum der Mittelfinger beim Menschen länger sei als die übrigen Finger, während es sich bei den Zehen umgekehrt verhalte. Wachmann Ōmura schwärmte mir wieder etwas vom Schweinefleisch in Tōkyō vor. Mit den Schallplatten, die ich Reiko als Geschenk aus Tōkyō mitgebracht hatte, schien ich ihr eine große Freude zu machen. Sie übertrug die Noten einiger Stücke auf Papier und spielte sie auf der Gitarre nach.

Naoko war noch schweigsamer als bei meinem Besuch im Herbst. Wenn wir drei zusammen waren, saß sie, fast ohne ein Wort zu sagen, mit einem freundlichen Lächeln auf dem Sofa. Dafür war Reiko besonders gesprächig. »Aber mach dir keine Sorgen«, sagte Naoko. »Es ist nur so eine Phase, in der es mir mehr Spaß macht, euch zuzuhören, als selbst zu reden.«

Als Reiko einmal die Wohnung verließ, um Erledigungen zu machen, gingen Naoko und ich ins Bett. Ich küßte sanft ihren Hals, ihre Schultern und ihre Brüste, während Naoko mich wie beim letzten Mal mit der Hand befriedigte. Nachdem ich ejakuliert hatte, hielt ich sie im Arm und erzählte ihr, daß ich die Berührung ihrer Hände in den ganzen zwei Monaten nicht vergessen hatte und immer daran dachte, wenn ich masturbierte.

»Hast du denn mit keinem anderen Mädchen geschlafen?« fragte sie.

»Nein«, entgegnete ich.

»Na gut, dann will ich dir noch etwas zur Erinnerung mitgeben.« Sie glitt nach unten zu meinem Schoß und nahm meinen Penis sanft zwischen ihre Lippen, umschloß ihn mit ihrem warmen Mund und ließ ihre Zunge darübergleiten. Naokos glattes Haar fiel über meinen Bauch und wogte im Rhythmus der Bewegungen ihres Mundes. So kam ich zum zweiten Mal.

»Wirst du daran denken?« fragte mich Naoko.

»Natürlich, das werde ich nie vergessen.«

Ich drückte sie an mich, während ich meine Hand in ihr Höschen schob und ihre Vagina berührte. Sie war ganz trocken. Naoko schüttelte den Kopf und zog meine Hand fort. Eine Weile hielten wir uns schweigend in den Armen.

»Nach diesem Semester will ich aus dem Wohnheim ausziehen und mir irgendwo eine Wohnung suchen«, sagte ich. »Ich hab die Nase voll vom Wohnheim. Wenn ich weiterjobbe, kann ich meinen Lebensunterhalt einigermaßen bestreiten. Wollen wir dann nicht zusammenziehen? Wie wir's letztes Mal besprochen haben?«

»Danke, ich freue mich so, daß du mir das anbietest«, sagte Naoko.

»Nicht daß ich es hier schlecht finde. Es ist ruhig, die Umgebung ist ideal, und Reiko ist unheimlich nett. Aber es ist auch kein Ort, an dem man zu lange bleiben sollte. Dazu ist es hier zu abgeschieden. Je länger du hier bleibst, desto schwieriger wird es für dich fortzugehen.«

Naoko sagte nichts und sah aus dem Fenster. Nichts als Schnee, soweit das Auge reichte. Dicke Schneewolken hingen niedrig und schwer am Himmel, und zwischen ihm und der schneebedeckten Erde bestand nur ein winziger Zwischenraum.

»Überleg es dir in aller Ruhe. Ich ziehe auf jeden Fall spätestens im März um, und du kannst, wann immer du willst, bei mir einziehen.«

Naoko nickte. Ich nahm sie sanft in meine Arme, als hielte ich ein zerbrechliches Kunstwerk aus Glas. Sie schlang die Arme um meinen Hals. Ich war nackt, und sie trug nur ganz knappe weiße Unterwäsche. Ihr Körper war so schön, daß ich mich gar nicht an ihm sattsehen konnte.

»Warum werde ich einfach nicht feucht?« flüsterte Naoko. »Damals an meinem zwanzigsten Geburtstag war das einzige Mal, daß es je passiert ist. Als du mit mir geschlafen hast. Was stimmt mit mir nicht?«

»Das ist rein psychisch, mit der Zeit wird das schon wieder. Wir haben ja keine Eile.«

»Alle meine Probleme sind rein psychisch. Und wenn ich nun mein ganzes Leben lang nie feucht werde, nie Sex haben kann? Wirst du mich dann trotzdem noch lieben? Werden dir meine Hände und Lippen für immer genügen? Oder wirst du das Problem zu lösen versuchen, indem du mit anderen Frauen ins Bett gehst?«

»Ach, ich bin da eher optimistisch«, erklärte ich.

Naoko stand auf, um sich ein T-Shirt überzustreifen. Darüber zog sie ein Flanellhemd; dann stieg sie in ihre Blue jeans. Ich zog mich ebenfalls an.

»Laß mich noch mal in Ruhe darüber nachdenken«, sagte Naoko. »Und du überleg es dir auch noch mal in Ruhe.«

»Wenn ich's mir recht überlege, war das mit den Lippen ziemlich unschlagbar.«

Naoko errötete ein bißchen und lächelte. »Das hat Kizuki auch immer gesagt.«

»Ja, der gute Kizuki und ich hatten immer ganz ähnliche Ansichten und Geschmäcker.« Ich lachte.

Wir setzten uns an den Küchentisch, tranken Kaffee und unterhielten uns über alte Zeiten. Allmählich fiel es ihr leichter, über Kizuki sprechen, und nach den richtigen Worten tastend, erzählte sie von ihm. Hin und wieder schneite es. Während der ganzen drei Tage, die ich dort verbrachte, klärte sich der Himmel kein einziges Mal auf. »Ich glaube, ich kann im März wiederkommen«, sagte ich beim Abschied zu Naoko. Dick eingepackt in meinen Mantel, umarmte und küßte ich sie. »Auf Wiedersehen«, sagte Naoko.

Das Jahr 1970 hatte einen ganz anderen Tenor. Meine Teenagerzeit war nun endgültig vorbei, und ich konnte durch einen neuen Morast stiefeln. Meine Prüfungen bestand ich verhältnismäßig mühelos, was eigentlich keine Kunst war, denn ich hatte ja kaum etwas anderes zu tun, als mich meinem Studium zu widmen.

Zeitweilig gab es im Wohnheim einigen Ärger. Ein paar Typen von der Studentenbewegung hatten Eisenstangen und Helme auf ihren Zimmern versteckt. Als es zwischen ihnen und den Schützlingen der Wohnheim-Administration zu Reibereien kam, wurden zwei Personen verletzt und sechs des Wohnheims verwiesen. Nach diesem Vorfall fanden fast täglich kleinere Auseinandersetzungen statt, und im Wohnheim machte sich zunehmend eine bedrückende und gereizte Atmosphäre breit. Einmal wäre ich beinahe selbst von einem der Wohnheim-Protegés niedergeschlagen worden, hätte Nagasawa nicht eingegriffen und die Wogen geglättet. Auf alle Fälle wurde es höchste Zeit für mich, aus dem Wohnheim herauszukommen.

Nachdem ich die Prüfungen hinter mir hatte, ging ich ernsthaft auf Wohnungssuche. Nach einer Woche fand ich etwas außerhalb, in Kichijōji gelegen, genau das Richtige. Die Verkehrsanbindung war ziemlich mies, aber es war ein ganzes Haus, ein richtiger Glückstreffer. Es handelte sich um ein kleines Gartenhaus, das, durch einen ausgedehnten, ziemlich verwilderten Garten vom Haupthaus getrennt, in einem Winkel eines großen Grundstücks stand.

Meine Vermieter, ein reizendes älteres Ehepaar, betraten ihr Haus von der Vorderseite, während mein Eingang auf der Rückseite des Grundstücks lag, was mir die nötige Privatsphäre sicherte. Mein Haus hatte ein größeres Zimmer, eine kleine Küche, ein Bad, einen unglaublich geräumigen Wandschrank und sogar eine Veranda zum Garten. Die Miete war weit niedriger, als es damals üblich war, unter der Voraussetzung, daß ich mich verpflichtete, möglicherweise schon im nächsten Jahr wieder auszuziehen, falls der Enkel meiner Vermieter sich entschlösse, nach Tōkyō zu ziehen. Alles Weitere würden sie mir überlassen, was bedeutete, daß ich tun und lassen konnte, was mir gefiel.

Nagasawa half mir beim Umzug. Er mietete einen Kleinlaster für den Transport meiner Sachen und überließ mir wie versprochen seinen Kühlschrank, seinen Fernseher und seine überdimensionale Thermoskanne. Für mich waren das sehr nützliche Geschenke. Nagasawa selbst zog zwei Tage später in ein Apartment im Stadtteil Mita.

»Wahrscheinlich werden wir uns längere Zeit nicht sehen. Also mach's gut«, sagte er beim Abschied. »Aber ich hab's dir ja schon oft gesagt: Eines Tages werden wir uns an einem seltsamen Ort wieder über den Weg laufen.«

»Ich freu mich schon darauf«, erwiderte ich.

»Übrigens, damals bei unserem Tausch – die Häßliche war die bessere.«

»Fand ich auch«, sagte ich lachend. »Trotzdem, Nagasawa, paß gut auf Hatsumi auf. Solche Menschen wie sie sind selten. Und sie ist verletzlicher, als sie aussieht.«

»Ich weiß.« Er nickte. »Ehrlich gesagt, ich hatte gehofft, du würdest sie mir später einmal abnehmen. Du und Hatsumi, ihr paßt wunderbar zusammen.«

»Hör auf mit dem Quatsch!«

»War nur ein Witz«, sagte Nagasawa. »Also dann: viel Glück. Da scheint eine Menge auf dich zuzukommen, aber du bist ein sturer Hund und wirst es schon hinkriegen. Darf ich dir noch einen Rat geben?«

»Klar.«

»Bemitleide dich nie selbst. Selbstmitleid ist etwas für Versager.«

»Ich werd's mir merken.« Darauf reichten wir uns die Hände und gingen unserer Wege – er in seine neue Welt, ich zurück in meinen Morast.

Drei Tage nach dem Umzug schrieb ich Naoko von dem neuen Haus und wie erleichtert ich war, den Reibereien im Wohnheim, den miesen Typen mitsamt ihren miesen Ansichten entronnen zu sein. Jetzt konnte ich mit frischem Mut ein neues Leben beginnen.

> *»Vor dem Fenster liegt ein großer Garten, den die Katzen aus dem Viertel als ihren Treffpunkt benutzen. Ich liege gern auf der Veranda und beobachte sie. Wie viele es sind, kann ich nicht sagen, aber es sind jedenfalls eine ganze Menge. Sie nehmen hier gemeinsame Sonnenbäder. Es scheint ihnen nicht recht zu sein, daß ich hier wohne, aber als ich ihnen ein altes Stück Käse hingelegt habe,*

haben doch ein paar davon gefressen. Vielleicht werden wir wider Erwarten bald Freunde. Unter ihnen ist ein gestreifter Kater mit abgebissenen Ohren, der meinem alten Wohnheimleiter so verblüffend ähnlich sieht, daß ich jeden Augenblick damit rechne, daß er im Garten die japanische Flagge hißt.
Zur Uni ist es ein bißchen weit, aber wenn ich erst im Hauptstudium bin, ist das auch kein Problem mehr, denn ich habe dann kaum noch Veranstaltungen am Vormittag. Außerdem kann ich in der Bahn in Ruhe lesen. Jetzt muß ich nur noch einen Job in Kichijōji auftun, den ich drei-, viermal in der Woche machen kann. Dann kann ich meine Feder aufziehen und wieder mit meinem Alltagsleben beginnen.
Ich möchte Dich auf keinen Fall zu einem Entschluß drängen, aber der Frühling scheint mir die geeignete Jahreszeit für einen Neuanfang zu sein. Am besten wäre es, wenn wir im April zusammenziehen würden, dann könntest Du, wenn alles gut geht, Dein Studium wiederaufnehmen. Wenn das Zusammenleben für Dich ein Problem darstellt, könnte ich auch in der Nähe eine Wohnung für Dich suchen. Das Wichtigste ist, daß wir immer zusammen sein können. Natürlich muß es auch nicht unbedingt im Frühling sein. Wenn Dir der Sommer lieber wäre, ist mir das auch recht. Kein Problem. Aber Du schreibst mir doch, was Du dazu meinst?
Ich habe vor, ab jetzt etwas mehr zu arbeiten, um die Umzugskosten wieder reinzuholen. Wenn man einen Hausstand gründet, braucht man ein bißchen Geld, um Töpfe, Geschirr und so was zu kaufen. Aber im März nehme ich mir auf alle Fälle frei, um Dich zu besuchen. Schreib mir, wann es Dir am besten passen würde. Ich freue mich darauf, Dich zu sehen, und erwarte Deine Antwort.«

Während der nächsten Tage kaufte ich mir alles Nötige im Zentrum von Kichijōji und begann, mir einfache Mahlzeiten zu Hause zu kochen. Ich erwarb ein paar Bretter bei einem Holzhändler in der Nähe, ließ sie zuschneiden und baute mir einen Schreibtisch, an dem ich arbeiten, aber auch essen konnte. Ich zimmerte auch ein Küchenregal und kaufte allerlei Gewürze. Inzwischen hatte sich eine weiße, etwa sechs Monate alte Katze entschlossen, ihre Mahlzeiten bei mir einzunehmen, und ich gab ihr den Namen Möwe.

Als ich mich einigermaßen eingerichtet hatte, ging ich in die Stadt und fand für zwei Wochen einen Job als Malergehilfe. Die Bezahlung war zwar gut, aber meine neue Tätigkeit fiel mir wegen der Farbdämpfe, von denen mir öfter schwindlig wurde, nicht gerade leicht. Nach der Arbeit aß ich in einem preisgünstigen Lokal zu Abend, trank ein Bier, ging nach Hause, spielte mit der Katze und schlief wie tot. Die zwei Wochen vergingen, ohne daß ich eine Antwort von Naoko erhielt.

Ich war mitten beim Anstreichen, als mir plötzlich Midori einfiel und daß ich mich schon seit drei Wochen nicht bei ihr gemeldet, ihr nicht einmal meinen Umzug mitgeteilt hatte. Das letzte Mal hatte ich ihr nur erzählt, daß ich allmählich ausziehen wollte.

Von einem Telefonhäuschen aus rief ich bei ihr an. Eine Frau – vermutlich ihre Schwester – hob ab. Als ich meinen Namen nannte, bat sie mich einen Augenblick zu warten, aber Midori kam nicht ans Telefon.

»Es tut mir leid«, sagte die mutmaßliche Schwester. »Aber Midori ist zu sauer. Sie möchte nicht mit Ihnen sprechen. Sie sind einfach umgezogen, ohne ihr Bescheid zu sagen, sang- und klanglos verschwunden sind Sie, stimmt's? Darüber ist sie sehr böse. Und wenn sie einmal sauer ist, bleibt sie es auch. Wie ein Tier.«

»Können Sie sie nicht doch ans Telefon holen? Ich kann ihr alles erklären.«

»Sie will keine Erklärungen hören.«

»Darf ich es Ihnen dann vielleicht erklären? Und Sie richten es Midori aus?«

»Kommt nicht in Frage«, sagte die mutmaßliche Schwester. »Das können Sie ihr selbst erklären. Sie sind doch ein Mann, oder? Also stehen Sie gefälligst zu Ihrer Verantwortung.«

Da war nichts zu machen. Ich bedankte mich und legte auf. Ich konnte es Midori nicht übelnehmen, daß sie sauer war. Völlig mit Umzug, Einrichten und Geldverdienen beschäftigt, hatte ich überhaupt nicht mehr an sie gedacht. Selbst an Naoko hatte ich kaum gedacht. Es passierte mir öfter, daß, wenn ich mit einer Sache beschäftigt war, der Rest der Welt zur Bedeutungslosigkeit zusammenschrumpfte.

Als ich mir aber dann vorstellte, wie ich mich im umgekehrten Fall gefühlt hätte, wenn Midori einfach umgezogen wäre, ohne mir zu sagen, wo ich sie erreichen konnte, und sich drei Wochen nicht gemeldet hätte, verstand ich die Kränkung, die ich ihr zugefügt hatte. Wir waren zwar kein Liebespaar, aber wir hatten einander vielleicht sogar intimere Dinge anvertraut, als Liebende es für gewöhnlich tun. Dieser Gedanke war niederschmetternd für mich: wie abscheulich, jemanden zu verletzen, den man gerne hat, und das auch noch auf so gedankenlose Weise.

Gleich als ich von der Arbeit nach Hause kam, setzte ich mich an den Schreibtisch und schrieb Midori ganz ehrlich, was ich empfand. Ohne Ausreden und Erklärungen bat ich sie für mein gedankenloses Verhalten um Verzeihung. »Ich würde Dich so gern sehen und Dir mein neues Haus zeigen. Bitte gib mir Antwort«, schrieb ich und schickte den Brief per Eilzustellung ab.

Doch es kam keine Antwort.

Dies war der Beginn eines seltsamen Frühlings. Ich verbrachte meine Ferien damit, auf Briefe zu warten. Zu verreisen oder zu meinen Eltern zu fahren schied aus, einen Job konnte ich auch nicht annehmen, denn es konnte ja jederzeit ein Brief von Naoko eintreffen, in dem sie mir schrieb, wann ich sie besuchen sollte. Meine Nachmittage verbrachte ich damit, durch die Einkaufsstraßen von Kichijōji zu streifen, mir eine Doppelvorstellung im Kino anzusehen oder in einem Jazzcafé zu lesen. Weder traf ich mich mit jemandem noch sprach ich mit jemandem. Einmal in der Woche schrieb ich an Naoko, doch nie erwähnte ich, daß ich auf eine Antwort von ihr wartete, da ich sie auf keinen Fall unter Druck setzen durfte. Also schrieb ich ihr von meiner Arbeit als Anstreicher, von Möwe, von den Pfirsichblüten im Garten, von der netten alten Dame aus dem Tōfu-Laden, von der garstigen alten Dame im Gasthaus und von den Gerichten, die ich mir selber zubereitete. Aber Naoko schrieb nie zurück.

Wenn ich keine Lust hatte, zu lesen oder Schallplatten zu hören, widmete ich mich ein bißchen dem Garten. Von meinem Vermieter lieh ich mir einen Rechen, einen Besen und eine Gartenschere, jätete Unkraut und stutzte die Sträucher. Nach ein wenig Arbeit sah der Garten ganz passabel aus, und der Hausbesitzer bat mich auf einen Tee zu sich herüber, den wir auf der Veranda des Haupthauses zu uns nahmen. Dazu aßen wir Reiskräcker und plauderten. Er erzählte mir, daß er nach seiner Pensionierung bei einer Versicherung angefangen, aber dort schon nach zwei Jahren aufgehört hatte und nun ganz im Ruhestand war. Da das Haus und das Grundstück alter Familienbesitz und seine Kinder selbständig seien, könne er sich ein geruhsames Alter ohne Arbeit leisten und häufig mit seiner Frau verreisen.

»Wie schön für Sie«, sagte ich.

»Nein, gar nicht«, entgegnete er. »Ich habe kein Interesse am Reisen. Viel lieber würde ich arbeiten.«

Sie hatten den Garten verwildern lassen, weil es in der Gegend keinen guten Gärtner gab und er selbst so stark zu Heuschnupfen neigte, daß er sich den Garten nicht selbst vornehmen konnte.

Als wir unseren Tee getrunken hatten, zeigte er mir einen Schuppen und erlaubte mir, alles zu nehmen, wofür ich Verwendung hatte, da er mir meine Arbeit nicht angemessen entlohnen könne. In dem Schuppen lag wirklich eine Menge Zeug – eine alte Holzbadewanne, Baseballschläger, ein Kinderplanschbecken. Ich suchte mir ein altes Fahrrad, einen nicht zu großen Eßtisch und zwei Stühle, einen Spiegel und eine Gitarre aus und fragte, ob ich mir die Sachen ausleihen dürfe. Alles, was ich wolle, sagte der Hausbesitzer nochmals.

Ich verbrachte einen ganzen Tag damit, das Rad auf Vordermann zu bringen, kratzte den Rost ab, ölte es, pumpte die Reifen auf, holte mir im Fahrradladen ein neues Kabel für die Gangschaltung und stellte sie wieder richtig ein. Anschließend war das Rad kaum wiederzuerkennen. Den Eßtisch staubte ich ab und verpaßte ihm einen neuen Anstrich. Die Gitarre bekam neue Saiten und mußte geleimt werden. Nachdem ich die Wirbel mit einer Drahtbürste gereinigt hatte, stimmte ich die Gitarre; sie war zwar kein besonders teures Stück, aber immerhin gelang es mir, ihr ein paar Töne entlocken. Seit meiner Schulzeit hatte ich keine Gitarre in der Hand gehabt. Ich setzte mich auf die Veranda, zupfte, so gut ich konnte, *Up on the Roof* von den Drifters und war ganz überrascht, wie viele Akkorde ich behalten hatte.

Als nächstes baute ich mir aus ein paar Brettchen einen Briefkasten, strich ihn rot an, schrieb meinen Namen darauf und plazierte ihn vor meiner Haustür. Doch bis zum dritten April blieb meine einzige Post ein Schreiben, das mir vom Wohnheim nachgeschickt worden war: die Ankündigung eines Klassentreffens. Ein Klassentreffen war das letzte, was mich interessierte. Zu allem Überfluß handelte es sich auch noch um die Klasse, in der ich zusammen mit Kizuki gewesen war. Ohne zu zögern, warf ich den Brief in den Mülleimer.

Am Nachmittag des vierten April lag endlich ein Brief im Briefkasten. Die Absenderin war Reiko Ishida. Sorgfältig schnitt ich ihn mit der Schere auf und setzte mich zum Lesen auf die Veranda. Von Anfang an hatte ich das Gefühl, daß es sich nicht um eine gute Nachricht handelte, und das bewahrheitete sich auch.

Zuerst entschuldigte sich Reiko dafür, daß sie mir nicht schon früher geantwortet habe.

»Naoko hat die ganze Zeit damit gerungen, Ihnen zu schreiben, aber sie hat es einfach nicht geschafft. Mehrmals wollte ich Ihnen schon an ihrer Stelle schreiben und habe ihr gesagt, daß sie ihre Antwort an Sie nicht länger hinausschieben dürfe, aber Naoko fand die Sache so persönlich, daß sie Ihnen unbedingt selbst schreiben wollte. Deshalb mußten Sie so lange warten. Ich hoffe, Sie werden das entschuldigen.
Gewiß war es sehr unerfreulich für Sie, einen Monat auf eine Antwort warten zu müssen, aber auch für Naoko war das ein sehr schwerer Monat. Bitte verstehen Sie das. Ehrlich gesagt, ihr Zustand gefällt mir gar nicht. Sie bemüht sich sehr, aus eigener Kraft wieder auf die Beine zu kommen, bisher leider ohne Erfolg.
Im Nachhinein ist mir klar, daß eines der ersten Symptome der Verlust ihrer Fähigkeit war, Briefe zu schreiben. Das hat etwa

Ende November, Anfang Dezember angefangen. Kurz darauf begann sie, Stimmen zu hören. Sooft sie einen Brief schreiben wollte, haben alle möglichen Leute zu ihr gesprochen und sie daran gehindert, die richtigen Worte zu finden. Bis zum Zeitpunkt Ihres zweiten Besuches war es noch nicht so schlimm, und ich habe diese Anzeichen, ehrlich gesagt, nicht besonders ernst genommen, denn bei uns allen treten die Symptome in sogenannten Schüben auf. Aber nach Ihrer Abreise verschlimmerten sie sich gravierend. Im Augenblick fällt es ihr sogar schwer, ein alltägliches Gespräch zu führen. Die Worte entgleiten ihr, und sie ist äußerst verstört. Verstört und verängstigt. Und die Stimmen, die sie halluziniert, werden ständig lauter.

Wir haben täglich eine Sitzung mit einem Facharzt, während der wir zu dritt herauszufinden versuchen, was in ihrem Innern aus dem Gleichgewicht geraten ist. Ich habe den Vorschlag gemacht, daß Sie möglichst an einer unserer Sitzungen teilnehmen sollten, und der Arzt hat dem zugestimmt, aber Naoko war dagegen. ›Ich möchte ihm mit reinem Körper begegnen‹, hat sie als Grund angegeben, worauf ich versucht habe, ihr zu erklären, daß jetzt ein ganz anderes Problem im Vordergrund steht, nämlich das Problem, wie sie so schnell wie möglich gesund werden kann. Doch obwohl ich sie sehr bedrängt habe, ist sie fest geblieben.

Wie Sie inzwischen wissen, ist dies hier keine Spezialklinik. Natürlich gibt es Fachärzte und wirksame Behandlungsmethoden, aber eine intensive Spezialtherapie würde doch Schwierigkeiten bereiten. Das Ziel dieser Einrichtung ist es, dem Patienten wirksame Mittel zur Selbstheilung an die Hand zu geben, aber eine fachtherapeutische Behandlung ist hier nicht möglich. Sollte sich Naokos Erkrankung also verschlimmern, müßte sie wahrscheinlich in eine Spezialklinik oder in ein besonderes Sanatorium über-

wiesen werden. Für mich persönlich wäre das sehr schwer, aber es könnte sich als unvermeidlich herausstellen. Natürlich bedeutet das keineswegs, daß sie nicht sozusagen besuchsweise zu einer Behandlung hierher zurückkommen könnte. Oder – was noch besser wäre – völlig geheilt werden kann. Jedenfalls werden wir alles tun, was in unserer Macht steht, und Naoko auch. Hoffen Sie bitte weiter auf ihre Heilung und schreiben Sie ihr.

31. März, Ihre Reiko Ishida«

Nachdem ich den Brief gelesen hatte, blieb ich auf der Veranda sitzen und schaute in den Garten, in den der Frühling längst Einzug gehalten hatte und dessen alter Kirschbaum beinahe in voller Blüte stand. Es wehte eine Brise, und das milde Licht ließ die Farben seltsam verschwimmen. Möwe schlenderte heran und kratzte eine Weile an den Dielen der Veranda, worauf sie sich behaglich neben mir ausstreckte und einschlief.

Eigentlich hätte ich jetzt nachdenken müssen, wußte aber nicht so recht wie. Um ehrlich zu sein, ich wollte nicht einmal nachdenken. Bald würde mir allerdings gar nichts anderes übrigbleiben, als nachzudenken, und erst dann wollte ich es ausgiebig und in aller Ruhe tun. Im Augenblick konnte ich mich einfach nicht dazu durchringen.

Ich verbrachte den Tag damit, auf der Veranda zu sitzen, Möwe zu streicheln und in den Garten zu schauen. Alle Kraft schien aus meinem Körper gewichen zu sein. Der Nachmittag verging, die Dämmerung kam, und bald senkte sich die bläuliche Dunkelheit der Nacht über den Garten. Möwe verschwand, aber ich betrachtete weiter die Kirschblüten. Im Abendlicht des Frühlings erschienen sie mir wie aufgeplatzte Haut, durch die sich entzündetes Fleisch drängte, dessen schwerer, süßlicher Verwesungsgeruch den Garten erfüllte. Ich mußte an Naokos Körper denken. Naokos schöne Haut lag vor mir im Dunkel, zahllose Knospen brachen daraus hervor, und diese kleinen grünen Knospen erzitterten leicht in einem Windhauch, der von irgendwoher herüberwehte. Warum mußte ein so schöner Körper krank sein? Warum konnten sie Naoko nicht einfach in Ruhe lassen?

Ich ging ins Haus und zog die Gardinen zu, aber der Duft des Frühlings, zu dem ich im Augenblick nur Tod und Verwesung assoziierte, strömte ungehindert ins Zimmer. Hinter meinen geschlossenen Vorhängen verspürte ich einen heftigen Abscheu vor dem Frühling. Ich haßte die Ahnung dessen, was dieser Frühling für mich bereithielt, und ich haßte den stechenden Schmerz, den er in mir hervorrief. Noch nie in meinem Leben hatte ich so starken Abscheu vor etwas empfunden.

Drei volle Tage verbrachte ich in einer seltsamen Stimmung, als liefe ich auf dem Meeresboden entlang. Wenn jemand etwas zu mir sagte, konnte ich die Worte nicht richtig hören, und für andere war es ebenso schwierig, mich zu verstehen. Mein Körper fühlte sich an wie von einer festen Membran überzogen, die mich von der Außenwelt abschloß und mir den Kontakt zu ihr unmöglich machte. Zugleich konnten die anderen meine richtige Haut auch nicht berühren. Ich war völlig hilflos, und doch jeder Hilfe unzugänglich.

An die Wand gelehnt saß ich da und starrte gedankenverloren an die Decke. Wenn ich Hunger bekam, knabberte ich an irgend etwas in meiner Reichweite oder trank Wasser. Überwältigte mich meine Traurigkeit zu sehr, betrank ich mich mit Whiskey und schlief. Weder badete ich, noch rasierte ich mich. So vergingen drei Tage.

Am 6. April erhielt ich einen Brief von Midori. Sie schrieb, ob wir uns am 10. April, an dem die Belegfrist an der Uni zu Ende ging, treffen und zusammen zu Mittag essen wollten. Sie habe den

Brief so lange wie möglich hinausgezögert, also seien wir jetzt quitt und sollten uns doch wieder vertragen, denn sie habe mich vermißt. Ich las den Brief viermal, konnte aber nicht begreifen, wovon sie sprach. Was bedeutete dieser Brief? Ich war so benebelt, daß ich die Sätze nicht sinnvoll miteinander verknüpfen konnte. Warum waren wir »quitt«, wenn wir uns zur »Belegfrist« trafen? Warum wollte sie mit mir »zu Mittag essen«? Ich hatte den Eindruck, allmählich verrückt zu werden. Mein Bewußtsein erschlaffte wie die kraftlosen Wurzeln einer im Dunkeln gehaltenen Pflanze. Aber selbst in meinem benebelten Kopf war mir klar, daß es so nicht weitergehen konnte. Es mußte etwas geschehen. Da schossen mir plötzlich Nagasawas Worte durch den Kopf. »Bemitleide dich nie selbst. Selbstmitleid ist etwas für Versager.«

Danke, Nagasawa, du bist meine Rettung, dachte ich, holte tief Luft und stand auf.

Seit langem wusch ich wieder einmal meine Wäsche, ging ins öffentliche Bad und rasierte mich, räumte die Wohnung auf, kaufte ein und kochte mir eine Mahlzeit, fütterte die halbverhungerte Möwe, trank nur Bier und machte dreißig Minuten Gymnastik. Als ich beim Rasieren in den Spiegel schaute, entdeckte ich, daß mein Gesicht ziemlich ausgemergelt aussah. In meinen Augen flackerte es beunruhigend, so daß ich mich selbst kaum wiedererkannte.

Am folgenden Morgen drehte ich eine große Runde mit dem Fahrrad. Nach dem Mittagessen las ich Reikos Brief noch einmal. Dann setzte ich mich hin und dachte ernsthaft nach, so wie ich es vorgehabt hatte. Der große Schock, den mir Reikos Brief versetzt hatte, lag in meiner optimistischen Vorstellung begründet, daß Naoko bald gesund sein würde, obwohl Naoko mich selbst gewarnt hatte, daß ihre Krankheit ernster sei, als ich es mir vorstellte, und ihre Wurzeln tiefer lägen. Auch Reiko hatte mir gesagt, man könne nicht voraussehen, was geschehen würde. Trotzdem hatte ich Naoko zweimal besucht und mir eingeredet, sie sei auf dem Wege der Besserung. Ich hatte geglaubt, ihr einziges Problem sei es, genügend Mut aufzubringen, um wieder in die reale Gesellschaft zurückzukehren. Und wenn sie diesen Mut aufbrächte, würden wir es mit vereinten Kräften schaffen.

Nun hatte Reikos Brief die Luftschlösser, die ich auf dieser vagen Vermutung errichtet hatte, zum Einsturz gebracht. Geblieben war nur eine gefühllose, leere Fläche. Ich mußte wieder auf die Füße kommen. Die Zeit, bis Naoko wieder gesund würde, war unabsehbar. Und wenn sie wieder gesund wäre, würde sie bestimmt sehr schwach sein und noch mehr an Selbstvertrauen verloren haben. Ich mußte mich dieser neuen Situation anpassen. Natürlich wußte ich auch, daß ich allein mit meiner Kraft diese Probleme nicht lösen konnte, aber im Augenblick konnte ich nicht mehr tun, als guten Mutes zu bleiben und auf Naokos Heilung zu hoffen.

He, Kizuki, dachte ich, im Gegensatz zu dir habe ich mich entschlossen zu leben, zu leben, so gut es geht. Du hattest es bestimmt schwer, aber ich hab's auch nicht leicht. Wirklich nicht. Alles nur, weil du dich umgebracht und Naoko zurückgelassen hast. Aber ich werde sie nie im Stich lassen, denn ich liebe sie und bin stärker als sie. Ich werde noch stärker werden, als ich es jetzt bin. Und reifer, ein erwachsener Mann, weil ich es werden muß. Bisher habe ich mir immer gewünscht, siebzehn oder achtzehn bleiben zu können, aber jetzt nicht mehr. Ich bin kein Teenager mehr und habe Verantwortungsgefühl. Nein, Kizuki, ich bin nicht mehr der, den du gekannt hast. Ich bin zwanzig geworden und muß den Preis dafür zahlen, daß ich am Leben geblieben bin.

»Huh, Tōru, was ist denn mit dir passiert? Du bist ja ganz ausgemergelt!« rief Midori aus.

»Wirklich?«

»Zuviel mit deiner verheirateten Freundin ge...?«

Lachend schüttelte ich den Kopf. »Seit Anfang Oktober habe ich mit keiner Frau mehr geschlafen.«

Midori stieß einen Pfiff aus. »Das ist ja ein halbes Jahr! Ungelogen?«

»Ungelogen.«

»Und warum bist du dann so dünn?«

»Weil ich erwachsen geworden bin.«

Midori legte mir beide Hände auf die Schultern und musterte mich stirnrunzelnd. Dann lächelte sie. »Stimmt wirklich. Du siehst irgendwie verändert aus. Im Vergleich zu früher.«

»Weil ich eben erwachsen geworden bin.«

»Du bist unschlagbar. Was dir so alles einfällt«, sagte sie beeindruckt. »Komm, wir gehen was essen. Ich bin am Verhungern.«

Wir gingen in ein kleines Restaurant hinter dem Institut für Literatur. Sie bestellte das Tagesmenü, und ich schloß mich ihr an.

»Du, Tōru? Bist du sauer auf mich?« fragte Midori.

»Weswegen denn?«

»Weil ich dir nicht geantwortet habe, um es dir heimzuzahlen. Findest du, das war gemein? Immerhin hattest du dich ja entschuldigt.«

»Es war ja mein Fehler, also mußte ich deine Entscheidung akzeptieren.«

»Meine Schwester hat deshalb mit mir geschimpft. Es wäre nachtragend und kindisch.«

»Aber es hat dir doch geholfen, oder? Ich meine, daß du's mir heimzahlen konntest?«

»Schon.«

»Na also.«

»Du bist wirklich großmütig«, sagte Midori. »Stimmt das, daß du ein halbes Jahr keinen Sex gehabt hast?«

»Ganz recht.«

»Da mußt du doch ganz schön ausgehungert gewesen sein, als du mich ins Bett gebracht hast, oder?«

»Kann schon sein.«

»Aber du hast nichts gemacht.«

»Du bist jetzt meine beste Freundin, ich möchte dich nicht verlieren.«

»Du hättest mich zwingen können. Ich war so erledigt, daß ich mich nicht gewehrt hätte.«

»Aber er war doch zu groß und hart.«

Sie lächelte und berührte meine Hand. »Weißt du, ich hatte auch gerade beschlossen, dir zu vertrauen. Hundert Prozent. Deshalb habe ich auch so gut geschlafen. Ich wußte, daß ich in Sicherheit war, und hab geschlafen wie ein Stein, oder?«

»Das kann man wohl sagen.«

»Aber wenn du gesagt hättest, ›He Midori, komm schon, mach's mit mir. Dann wird alles gut‹, hätte ich vielleicht eingewilligt. Denk jetzt nicht, ich will dich nur verführen oder aufgeilen, ich teile dir nur ganz offen meine Gedanken mit.«

»Verstehe.«

Als wir uns beim Essen unsere Belegscheine zeigten, stellten wir fest, daß wir zwei Seminare gemeinsam hatten. Also würde ich Midori zweimal in der Woche sehen. Schließlich erzählte mir Midori, daß sie und ihre Schwester sich am Anfang mit ihrem neuen Leben im Apartment nicht so recht hatten anfreunden können. Verglichen mit ihren früheren Umständen war es ihnen einfach zu bequem vorgekommen. Sie waren daran gewöhnt gewesen, ständig Kranke zu pflegen, im Laden zu helfen, eben rund um die Uhr beschäftigt zu sein.

»Aber inzwischen gefällt es uns sehr gut«, sagte Midori. »Wir führen zum ersten Mal unser eigenes Leben und können jederzeit alle viere von uns strecken, ohne auf jemanden Rücksicht nehmen zu müssen. Sehr entspannend. Als ob man zwei oder drei Zentimeter über dem Boden schwebt. Am Anfang konnten wir nicht fassen, daß das Leben so einfach sein kann, und hatten Angst, alles könnte plötzlich wieder ins Gegenteil umschlagen.«

»Die sorgenvollen Schwestern«, sagte ich lachend.

»Wir haben es ja auch bis jetzt nicht gerade leicht gehabt. Aber das geht schon in Ordnung. Wir kriegen alles zurück, was wir gegeben haben.«

»Den Eindruck habe ich auch. Was macht deine Schwester denn so den ganzen Tag?«

»Eine Freundin von ihr hat vor kurzem in der Nähe von der Omotesandō einen Laden für Accessoires eröffnet. Dort arbeitet sie dreimal in der Woche. Ansonsten lernt sie kochen, trifft sich mit ihrem Verlobten, geht ins Kino, wurstelt so rum und genießt das Leben.«

Midori fragte mich nach meinem neuen Leben, und ich erzählte ihr von dem Haus, dem großen Garten, von Möwe, der Katze, und meinem Vermieter.

»Geht's dir gut?«

»Hm, nicht schlecht.«

»Du schäumst nicht gerade über vor Begeisterung.«

»Und das im Frühling«, erwiderte ich.

»Und du trägst den tollen Pullover, den deine Freundin dir gestrickt hat.«

Verdutzt warf ich einen Blick auf meinen weinroten Pullover. »Woher weißt du das?«

»Du bist wirklich süß. Ich hab's geraten. Sag schon, was ist los mit dir?«

»Ich bemühe mich ja.«

»Vergiß nicht, das Leben ist wie eine Schachtel Pralinen.«

Kopfschüttelnd warf ich ihr einen fragenden Blick zu. »Vielleicht bin ich zu blöd, aber manchmal verstehe ich nicht, was du meinst.«

»Du kennst doch diese Pralinenschachteln mit verschiedenen Sorten Pralinen drin? Einige davon mag man und andere nicht, stimmt's? Also ißt man als erstes die, die man mag, bis zum Schluß nur noch die übrig sind, die man nicht mag. Daran denke ich immer, wenn ich etwas Unangenehmes vor mir habe. Ich muß das, was ich nicht mag, einfach runterschlucken. So fällt's mir leichter. Deshalb sage ich mir, das Leben ist wie eine Schachtel Pralinen.«

»Das ist vielleicht eine Philosophie!«

»Aber so ist es doch. Das weiß ich aus Erfahrung.«

Wir waren gerade beim Kaffee, als zwei Mädchen aus Midoris Semester das Lokal betraten. Die drei verglichen ihre Belegscheine, wobei ihre Münder keinen Augenblick stillstanden. Wie sie im letzten Deutschkurs abgeschnitten hatten, daß Soundso bei einer Campus-Demo verletzt worden war, und nein, was für tolle Schuhe, wo hast du die denn gekauft? Ich hörte nur mit halbem Ohr zu, und ihr Gespräch schien mir von der anderen Seite des Planeten zu kommen. Während ich meinen Kaffee trank, präsentierte sich mir vor dem Fenster eine typische Universitätsszene im Frühling. Der Himmel war dunstig, die Kirschbäume blühten, die neuen Studenten rannten mit neuen Büchern unter dem Arm umher. Beim Anblick dieser Szenen überkam mich erneut Benommenheit. Ich dachte an Naoko, die dieses Jahr ganz sicher nicht an die Universität zurückkehren würde. Am Fenster stand ein kleines Glas mit Anemonen.

Nachdem die beiden Mädchen an ihren Tisch zurückgekehrt waren, verließen Midori und ich das Restaurant, um einen Spaziergang zu machen. Wir stöberten in ein paar Antiquariaten herum und kauften auch etwas. Anschließend gingen wir noch einmal Kaffeetrinken, flipperten in einem Spielsalon und ließen uns im Park auf einer Bank nieder, um uns zu unterhalten. Die meiste Zeit über redete Midori, und ich murmelte zustimmend. Weil sie Durst hatte, holte ich an einem Kiosk zwei Cola. Als ich zurückkam, war sie gerade dabei, mit Kugelschreiber etwas auf einem linierten Blatt zu notieren. Auf meine Frage, was sie da schreibe, antwortete sie: »Nichts.«

Um halb vier sagte sie, sie müsse gehen, da sie mit ihrer Schwester auf der Ginza verabredet sei, worauf ich sie zur U-Bahn brachte und wir uns trennten. Beim Abschied stopfte mir Midori das gefaltete, linierte Blatt in die Jackentasche. »Lies das, wenn du nach Hause kommst.« Ich las es in der Bahn.

»Lieber Tōru,
ich schreibe diesen Brief, während Du Cola holst. Es ist das erste Mal, daß ich einem Menschen, der neben mir auf der Bank sitzt, einen Brief schreibe, aber mir scheint, anders kann ich Dir nicht mitteilen, was ich zu sagen habe. Du hörst ja kaum zu, wenn ich rede. Stimmt's? Weißt Du überhaupt, daß Du mich heute schrecklich gekränkt hast? Hast Du nicht bemerkt, daß ich eine neue Frisur habe? Mühsam habe ich mir nach und nach die Haare wachsen lassen und endlich letzte Woche eine einigermaßen mädchenhafte Frisur hingekriegt. Und Du hast sie nicht einmal bemerkt! Sie sieht wirklich süß aus, und sie sollte eine Überraschung für Dich sein, wo wir uns

doch so lange nicht gesehen haben. Aber nein, Du hast sie nicht mal zur Kenntnis genommen. Das darf doch wohl nicht wahr sein! Wahrscheinlich weißt Du nicht mal, was ich heute anhatte. Ich bin doch ein Mädchen. Auch wenn Du eine Menge um die Ohren hast, könntest Du mich mal anschauen. Wenn du wenigstens ganz kurz ›tolle Frisur‹ gesagt hättest, hättest Du von mir aus so abwesend sein können, wie's Dir paßt, und ich hätte Dir verziehen.
Deshalb habe ich Dich jetzt auch angelogen. Ich bin gar nicht mit meiner Schwester auf der Ginza verabredet. In Wirklichkeit wollte ich heute bei Dir übernachten. Ich habe sogar meinen Schlafanzug dabei. Ja, wirklich. In meiner Tasche sind mein Schlafanzug und meine Zahnbürste. Ha ha ha, sehr komisch. Dabei hast Du mich noch nicht mal zu Dir eingeladen. Aber ich bin Dir ja anscheinend egal, und Du willst allein sein. Also lasse ich Dich in Ruhe. Dann grüble doch, bis Du schwarz wirst.
Aber ich bin Dir nicht richtig böse. Ich bin nur traurig. Du warst so lieb zu mir, und ich kann jetzt gar nichts für Dich tun. Du bist ganz in Deiner eigenen Welt eingeschlossen, und wenn ich anklopfe – tock, tock, tock, hallo, Tōru – hebst Du kurz den Kopf, aber dann bist Du auch schon wieder weg.
Jetzt kommst Du mit der Cola angestapft, natürlich völlig weggetreten. Ich hoffe, Du stolperst, machst Du aber nicht. Jetzt sitzt Du neben mir und schüttest Dir die Cola rein. Ich hatte noch die leise Hoffnung, Du würdest vom Kiosk zurückkommen und sagen: ›Mensch, du hast ja eine neue Frisur!‹. Dann hätte ich den Brief zerrissen und gesagt: ›Komm, wir gehen zu Dir, und ich koche uns was Feines zum Abendessen. Und danach kuscheln wir im Bettchen. Aber Dein Fell ist ja dick wie eine Eisenplatte.
Adieu.
P. S. Bitte sprich mich auf keinen Fall im Seminar an.«

Vom Bahnhof Kichijōji rief ich bei Midori an, aber es ging niemand an den Apparat. Da ich nichts anderes vorhatte, schlenderte ich auf der Suche nach einem Job, den ich nach der Uni machen konnte, in Kichijōji herum. Zeit zu arbeiten hatte ich am Wochenende sowie montags, mittwochs und donnerstags nach fünf Uhr nachmittags. Es war gar nicht so leicht, einen Job zu finden, der in meinen Stundenplan paßte. Also gab ich es auf und ging nach Hause. Als ich abends einkaufen ging, versuchte ich noch einmal, Midori zu erreichen. Ihre Schwester war am Apparat, wußte aber nicht, wann Midori zurück sein würde. Ich bedankte mich und legte auf.

Nach dem Abendessen versuchte ich, einen Brief an Midori zu schreiben, aber nach mehreren mißglückten Anläufen gab ich es auf und beschloß, lieber an Naoko zu schreiben.

Ich schrieb ihr vom Frühling und dem Beginn des neuen Semesters. Wie sehr ich mich danach sehnte, sie zu sehen und mit ihr zu sprechen. Daß ich mich im Augenblick bemühte, stark zu werden, weil mir das als die einzige Möglichkeit erschien, sie zu unterstützen. »Vielleicht ist es nur für mich wichtig und betrifft Dich gar nicht, aber ich möchte Dir trotzdem sagen, daß ich nicht mehr mit anderen Mädchen schlafe, weil ich das letzte Mal, daß Du mich berührt hast, nicht vergessen möchte. Es hat mir viel mehr bedeutet, als Du vielleicht annimmst. Ich denke unentwegt daran.«

Noch lange danach starrte ich den zugeklebten, fertig frankierten Umschlag auf meinem Schreibtisch an. Der Brief war viel kürzer ausgefallen als sonst, vielleicht konnte ich auf diese Weise besser zu ihr durchdringen. Ich goß mir etwa drei Zentimeter Whiskey in ein Glas, trank ihn in zwei Schlucken aus und ging zu Bett.

Am folgenden Tag fand ich in der Nähe des Bahnhofs von Kichijōji einen Job als Wochenend-Kellner in einem kleinen italienischen Restaurant. Die Konditionen waren nicht überragend, aber immerhin bekam ich zusätzlich Fahrgeld und Essen. Und wenn jemand montags-, mittwochs- oder donnerstagsabends frei nahm, was wohl häufiger vorkam, konnte ich einspringen. Genau das Richtige für mich. Nach drei Monaten würde mein Gehalt erhöht werden, und ich sollte am nächsten Samstag anfangen, erklärte mir der Geschäftsführer. Verglichen mit dem Hampelmann, dem der Plattenladen in Shinjuku gehörte, machte er einen weit seriöseren Eindruck.

Als ich bei Midori anrief, hob wieder ihre Schwester ab. Midori sei gestern nacht nicht nach Hause gekommen. Ob ich denn nicht wüßte, wo sie sein könnte? Sie klang müde und besorgt. Ich wußte nur, daß Midori Schlafanzug und Zahnbürste dabei gehabt hatte.

Am Mittwoch sah ich Midori im Seminar. Sie saß in einem dunkelgrünen Pullover und mit der dunklen Sonnenbrille vom Sommer auf der Nase in der letzten Reihe und unterhielt sich mit dem bebrillten, zierlichen Mädchen, mit dem ich sie schon einmal gesehen hatte. Ich ging auf die beiden zu, um Midori zu sagen, daß ich nach dem Unterricht mit ihr sprechen wolle. Das Mädchen mit der Brille sah mich als erste, erst nach ihr hob Midori den Kopf. Ihre Frisur war wirklich etwas weiblicher als vorher, und sie wirkte dadurch erwachsener.

»Ich bin schon verabredet«, sagte sie mit leicht geneigtem Kopf.

»Ich brauche nicht lange, nur fünf Minuten.«

Midori nahm die Sonnenbrille ab und kniff die Augen zusammen, als betrachte sie ein etwa hundert Meter entfernt stehendes, verfallenes, unbewohntes Haus.

»Aber ich möchte nicht mit dir reden. Tja, so ist es leider.«

Die Augen des Mädchens mit der Brille schienen das gleiche auszudrücken: »Sie will nicht mit dir reden, tja, leider.«

Ich setzte mich rechts in die erste Reihe. Als die Vorlesung (ein Überblick über die Werke von Tennessee Williams und ihre Stellung innerhalb der amerikanischen Literatur) beendet war, drehte ich mich erst um, nachdem ich langsam bis drei gezählt hatte. Von Midori war nichts mehr zu sehen.

Der April ist nicht gerade ein Monat, den man gern ganz allein verbringt. Alle um mich herum wirkten glücklich. Die Leute zogen ihre dicken Jacken aus und plauderten im hellen Sonnenschein miteinander, spielten Ball und waren verliebt. Nur ich war immer ganz allein. Naoko, Midori, Nagasawa – alle hatten sich von mir entfernt. Jetzt gab es niemanden mehr, der mir einen guten Morgen oder einen guten Tag wünschte. Meine Einsamkeit war so groß, daß ich sogar Sturmbandführer vermißte. Den ganzen April verbrachte ich in dieser ausweglosen Isolation. Obwohl ich noch mehrmals versuchte, Midori anzusprechen, blieb ihre Antwort stets die gleiche: sie wolle jetzt nicht mit mir sprechen. An ihrem Ton erkannte ich, daß es ihr ernst damit war. Sie war jetzt meist mit dem Brillenmädchen zusammen, und wenn nicht mit ihr, dann mit einem großen Typ mit kurzem Haar, der wahnsinnig lange Beine hatte und ausnahmslos weiße Basketballschuhe trug.

Der April ging zu Ende, und es wurde Mai, aber der Mai war noch schlimmer als der April. Im Mai, als der Frühling seinen Höhepunkt erreichte, begann ich in meinem Herzen ein ängstliches Zittern wahrzunehmen, das in der Regel gegen Sonnenuntergang auftrat. In der vom Duft der Magnolien erfüllten bleichen Dämmerung schwoll mir plötzlich das Herz an, zitterte und bebte, bis es von einem stechenden Schmerz durchbohrt wurde. In diesen Momenten schloß ich fest die Augen, biß die Zähne zusammen und wartete, bis der Schmerz verebbte. Auch wenn es eine Weile dauerte, so ging er doch immer vorüber, ließ aber ein dumpfes Weh zurück.

In solchen Zeiten schrieb ich meine Briefe an Naoko, in denen ich nur liebliche, angenehme und schöne Dinge schilderte: den Duft der Gräser, das zärtliche Streicheln der Frühlingsbrise, das Mondlicht, Filme, die ich gesehen hatte, Lieder, die mir gefielen, Bücher, die mich beeindruckt hatten. Wenn ich diese Briefe am Ende noch einmal durchlas, fühlte ich mich selbst wunderbar getröstet von ihnen und hatte fast das Gefühl, tatsächlich in einer so unbeschwerten Welt zu leben. Obwohl ich eine Menge solcher Briefe verfaßte, hörte ich von Naoko oder Reiko nichts.

In dem Restaurant, in dem ich arbeitete, lernte ich einen gleichaltrigen Studenten namens Itō kennen, der Ölmalerei an einer Kunsthochschule studierte. Es dauerte eine ganze Weile, bis der ruhige, schweigsame junge Mann sich mir öffnete, aber schließlich tranken wir doch nach der Arbeit in einer Kneipe in der Nähe hin und wieder ein Bier zusammen und unterhielten uns. Er interessierte sich ebenfalls für Literatur und Musik, und so sprachen wir meist über die Bücher und Platten, die uns gefielen. Itō war ein schlanker, gutaussehender junger Mann. Seine Haare waren kürzer und seine Kleidung adretter, als es bei den Kunststudenten jener Zeit üblich war. Er redete nicht viel, hatte aber einen ausgeprägten Geschmack und eindeutige Ansichten. Er mochte französische Romane von Georges Bataille und Boris Vian. Seine Lieblingskomponisten waren Ravel und Mozart. Und wie ich war er auf der Suche nach einem Freund, mit dem er über seine Interessen reden konnte.

Einmal lud er mich in seine Wohnung ein, die sich in einem sonderbaren, flachen Apartmenthaus hinter dem Inokashira-Park befand. Sein Zimmer war vollgestopft mit Utensilien und Leinwänden für seine Malerei. Ich hätte gern ein Bild von ihm gesehen, aber er genierte sich, mir etwas zu zeigen. Wir tranken von dem Chivas Regal, den er seinem Vater stibitzt hatte, grillten Stinte auf seinem Tonöfchen und lauschten einem Klavierkonzert von Mozart, gespielt von Robert Casadesus.

Itō stammte aus Nagasaki, wo er auch eine feste Freundin hatte, mit der er schlief, wenn er nach Hause fuhr. Doch in letzter Zeit lief es anscheinend nicht mehr so gut zwischen ihnen.

»Du weißt ja, wie die Mädchen sind«, klagte er. »Kaum werden sie zwanzig oder einundzwanzig, schon wollen sie Nägel mit Köpfen machen und werden unheimlich realistisch. Und was du einmal süß gefunden hast, wird bitter und deprimierend. Nachdem wir im Bett waren, löchert sie mich seit neustem immer, was ich nach dem Examen vorhätte und so.«

»Und was hast du vor?« fragte ich.

Den Mund voll Fisch schüttelte er den Kopf. »Was soll ich schon groß vorhaben? Ich studiere Ölmalerei. Das ist eine brotlose Kunst. Wenn man Geld verdienen will, darf man mit der Malerei gar nicht erst anfangen. Sie möchte, daß ich in Nagasaki Kunst unterrichte. Sie selber wird Englischlehrerin. Du liebe Güte!«

»Du machst dir nicht mehr so viel aus ihr?«

»Scheint so«, gab Itō zu. »Außerdem will ich nicht Kunstlehrer werden. Soll ich vielleicht bis zu meinem Lebensende kreischenden, halbwüchsigen Affen beibringen, wie man ein Bild malt?«

»Solltest du dann nicht lieber mit ihr Schluß machen? Euch beiden zuliebe?«

»Ganz deiner Meinung, aber ich weiß nicht, wie ich's ihr beibringen soll. Sie möchte mit mir zusammenbleiben. Ich kann doch nicht sagen: ›Los, wir trennen uns, ich liebe dich nicht mehr‹, oder?«

Wir tranken unseren Chivas pur und ohne Eis. Als wir keine Stinte mehr hatten, schnitten wir Gurken und Sellerie in Streifen und stippten sie in Miso. Bei dem krachenden Geräusch, das beim Kauen der Gurken entstand, mußte ich an Midoris Vater denken, was mich wiederum daran erinnerte, wie fad mein Leben geworden war, seit Midori nicht mehr darin vorkam. Meine Stimmung sank. Ohne daß ich es bemerkt hatte, hatte Midori sich einen festen Platz in meinem Leben erobert.

»Hast du eine Freundin?« fragte Itō.

Ich bejahte, fügte aber gleich hinzu, daß wir aufgrund besonderer Umstände zeitweilig getrennt seien.

»Aber ihr versteht euch?«

»Das hoffe ich. Sonst hätte es ja keinen Sinn«, sagte ich.

Er sprach leise über die Größe Mozarts, den er in- und auswendig kannte, wie ein Junge aus dem Gebirge die Bergpfade kennt. Sein Vater liebte Mozart und hatte ihn von seinem dritten Lebensjahr an in Mozarts Musik eingeführt. Ich war nicht so bewandert in klassischer Musik, aber seine tiefempfundenen Bemerkungen zu diesem Klavierkonzert – »Horch! An dieser Stelle …« und »Wie gefällt dir das?« – ließen ein Gefühl der Entspannung in mir aufkommen, wie ich es schon lange nicht mehr erlebt hatte. Wir betrachteten die Mondsichel über den Bäumen des Inokashira-Parks und tranken den Chivas Regal bis zum letzten Tropfen aus. Er schmeckte köstlich.

Itō lud mich ein, über Nacht zu bleiben, aber ich lehnte ab, bedankte mich für den Whiskey und brach noch vor neun Uhr auf. Auf dem Nachhauseweg rief ich von einem Telefonhäuschen Midori an. Sie war sogar am Apparat.

»Entschuldige, aber ich möchte jetzt nicht mit dir sprechen«, sagte sie.

»Ich weiß, ich hab's jetzt oft genug gehört, aber ich möchte nicht, daß unsere Freundschaft so endet. Du gehörst zu den ganz wenigen Menschen, mit denen ich befreundet bin, und es tut mir weh, mich nicht mit dir treffen zu dürfen. Sag mir doch wenigstens, wann ich wieder mit dir reden kann.«

»Wenn ich wieder mit dir reden möchte, dann.«

»Geht's dir gut?« fragte ich sie.

»Ja«, sagte sie und legte auf.

Mitte Mai erhielt ich einen Brief von Reiko.

»Vielen Dank, daß Sie so oft geschrieben haben. Naoko hat sich sehr über Ihre Briefe gefreut und sie mir auch zu lesen gegeben. Das war Ihnen doch hoffentlich recht?

Es tut mir leid, daß ich Ihnen so lange nicht schreiben konnte. Um ehrlich zu sein, war ich zu erschöpft. Dazu kommt, daß ich keine guten Nachrichten für Sie habe. Naokos Befinden hat sich inzwischen nicht gebessert. Kürzlich ist ihre Mutter aus Kōbe eingetroffen, um sich mit dem Facharzt zu beraten. Wir hatten ein langes Gespräch zu viert – sie, Naoko, der Arzt und ich – und sind übereingekommen, daß sie zeitweilig in eine Spezialklinik überwechselt, um sich einer intensiveren Behandlung zu unterziehen, und wenn diese Erfolg haben sollte, wieder hierher zurückkehrt. Naoko wäre nach Möglichkeit gern hier geblieben, um gesund zu werden, und ich werde sie schrecklich vermissen und mir gräßliche Sorgen machen, aber es wird, offen gestanden, immer komplizierter, sie hier unter Kontrolle zu halten. Normalerweise geht es ihr ganz gut, aber mitunter geraten ihre Gefühle derart aus den Fugen, daß man sie nicht aus den Augen lassen darf, denn es könnte ihr etwas zusto-

ßen. Wenn sie diese Stimmen besonders heftig erlebt, schließt sie sich völlig von der Außenwelt ab und taucht unter.
Aus diesen Gründen bin auch ich zu der Ansicht gelangt, daß es besser für Naoko wäre, in einer geeigneten Institution eine reguläre Therapie zu durchlaufen. Leider bleibt uns nichts anderes übrig.
Wie ich Ihnen schon sagte, brauchen wir vor allem Geduld. Wir müssen die Fäden einen nach dem anderen entwirren, ohne die Hoffnung aufzugeben. Wie aussichtslos die Lage auch erscheinen mag, irgendwo werden wir zweifellos einen Anfang finden. Wenn das Licht ausgegangen ist, muß man ja auch erst eine Weile ins Dunkel schauen, bis die Augen sich daran gewöhnt haben.
Wenn Sie diesen Brief erhalten, ist Naoko wahrscheinlich schon in der anderen Klinik. Entschuldigen Sie, daß ich mich erst jetzt melde, wo die Entscheidung schon gefallen ist. Die neue Klinik hat einen ausgezeichneten Ruf, ebenso wie die Ärzte dort. Ich schreibe Ihnen die Adresse unten auf, damit sie Ihre Briefe von nun an dorthin senden können. Man wird mich über Naokos Zustand auf dem laufenden halten. Falls etwas Besonderes geschieht, werde ich es Ihnen mitteilen. Ich hoffe auf gute Nachrichten. Ich weiß, daß das alles schwer für Sie ist, aber halten Sie trotzdem die Ohren steif. Es wäre sehr nett, wenn Sie mir ab und zu schreiben würden, auch wenn Naoko nicht mehr hier ist.
Leben Sie wohl.«

In jenem Frühling schrieb ich eine Menge Briefe. Einmal pro Woche an Naoko, ab und zu an Reiko und dann noch einige an Midori. Ich schrieb Briefe im Hörsaal, an meinem Schreibtisch zu Hause mit Möwe auf dem Schoß und an den leeren Tischen des italienischen Restaurants, wenn ich Pause hatte. Es war, als schriebe ich all diese Briefe, um meinem Leben, das in Fragmente auseinanderzufallen drohte, einen Halt zu geben.

»Ohne Dich war ich im April und im Mai sehr einsam«, schrieb ich an Midori. »Noch nie habe ich ein so einsames und trauriges Frühjahr erlebt. Statt dessen wäre mir sogar dreimal hintereinander Februar lieber gewesen. Auch wenn es jetzt keinen Zweck mehr hat, Dir das zu sagen: Deine neue Frisur steht Dir wirklich gut. Du siehst ganz süß damit aus. Im Augenblick jobbe ich in einem italienischen Restaurant, und der Koch hat mir ein tolles Spaghettigericht beigebracht, das ich gern einmal für dich machen würde.«

Ich ging jeden Tag zur Uni, arbeitete an zwei oder drei Tagen im italienischen Restaurant, unterhielt mich mit Itō über Bücher und Musik, las ein paar Romane von Boris Vian, die er mir geliehen hatte, schrieb Briefe, spielte mit Möwe, kochte Spaghetti, arbeitete im Garten, masturbierte, während ich an Naoko dachte, und sah eine Menge Filme.

Als Midori endlich wieder mit mir sprach, war bereits der halbe Juni vergangen. Seit zwei Monaten hatten wir kein Wort mehr gewechselt. Eines Tages setzte sie sich nach der Vorlesung neben mich in die Bank, stützte das Kinn in die Hand und schwieg. Vor dem Fenster regnete es. Wie häufig in der Regenzeit regte sich kein Lüftchen, und der Regen ging in geraden Fäden nieder und durchtränkte alles. Auch als die anderen Studenten den Hörsaal längst verlassen hatten, blieb Midori weiter schweigend bei mir sitzen. Dann zog sie eine Marlboro aus der Tasche ihrer Jeansjacke, steckte sie in den Mund und hielt mir ihre Streichhölzer hin. Ich zündete ihr die Zigarette an. Naoko spitzte die Lippen und blies mir langsam den Rauch ins Gesicht.

»Wie findest du meine Frisur?«

»Toll.«

»Wie toll?«

»So toll, daß sie alle Bäume in allen Wäldern auf der Welt umwerfen könnte.«

»Wirklich so toll?«

»Ja, wirklich.«

Sie sah mich eine Weile an und streckte mir dann ihre rechte Hand entgegen. Ich ergriff sie. Sie sah noch erleichterter aus, als ich mich fühlte. Dann schnickte sie die Asche auf den Boden und stand auf.

»Komm, wir gehen was essen. Ich hab einen Mordshunger«, sagte sie.

»Wohin?«

»Ins Restaurant vom Kaufhaus Takashimaya in Nihonbashi.«

»Warum gerade dorthin?«

»Ab und zu gehe ich eben gern dorthin.«

Also nahmen wir die U-Bahn nach Nihonbashi. Das Kaufhaus war praktisch leer, was vielleicht daran lag, daß es den ganzen Vormittag geregnet hatte. Es roch nach Nässe, und die Verkäuferinnen hatten sichtlich nicht viel zu tun. Das Restaurant befand sich im Untergeschoß. Nachdem wir die Plastikauslagen in Augenschein genommen hatten, entschieden wir uns für ein traditionelles Mittagsmenü. Trotz der Mittagszeit war es überhaupt nicht voll.

»Es muß ewig her sein, seit ich in einem Kaufhausrestaurant gegessen habe«, sagte ich und trank meinen grünen Tee aus einer dieser blanken weißen Teeschalen, wie man sie nur in Kaufhausrestaurants findet.

»Mir gefällt so was«, sagte Midori. »Man hat das Gefühl, etwas Außergewöhnliches zu tun. Vielleicht erinnert es mich an meine Kindheit. Weil meine Eltern mich ganz selten in ein Kaufhaus mitgenommen haben.«

»Mir kommt's so vor, als hätte ich die Hälfte meiner Kindheit in Kaufhäusern verbracht. Meine Mutter war ganz verrückt danach.«

»Beneidenswert.«

»Wieso? Ich mache mir nichts aus Kaufhäusern.«

»Nein, so meine ich es nicht. Beneidenswert, daß sie sich so um dich gekümmert hat.«

»Ich war ja auch ihr einziges Kind«, sagte ich.

»Als ich klein war, habe ich mir immer ausgemalt, wie ich, wenn ich groß wäre, allein in ein Kaufhausrestaurant gehen und alles essen würde, was ich wollte«, erzählte Midori. »Was für ein Quatsch. Als ob es Spaß machen würde, sich hier ganz allein vollzustopfen. Das Essen schmeckt nicht besonders, der Raum ist zu groß und voll, und die Luft ist schlecht. Trotzdem komme ich ab und zu ganz gern her.«

»Ich war in den letzten beiden Monaten sehr einsam.«

»Ja, das hast du mir geschrieben«, sagte Midori mit ausdrucksloser Stimme. »Los, wir essen, an was anderes kann ich im Moment sowieso nicht denken.«

Wir aßen alles auf, was unsere hübschen halbmondförmigen Lackkästen zu bieten hatten, tranken unsere Brühe und unseren grünen Tee. Midori rauchte. Als sie fertig war, stand sie auf, ohne einen Ton zu sagen, und nahm ihren Schirm. Also erhob ich mich auch und nahm meinen Schirm.

»Wohin möchtest du jetzt?« fragte ich.

»Nach einem Mittagessen im Kaufhausrestaurant geht man als nächstes auf die Dachterrasse.«

Auf dem Dach war kein Mensch. Der Stand für Haustierbedarf war geschlossen, und auch die anderen Verkaufsstände hatten ihre Rolläden heruntergelassen. Sogar der Ticketschalter für die Kinderkarussells hatte dichtgemacht. Mit aufgespannten Schirmen schlenderten wir an triefenden Holzpferden, Gartenstühlen und Ständen vorbei. Erstaunlich, daß ein Ort mitten in Tōkyō so völlig menschenleer sein konnte. Midori wollte durch ein Teleskop sehen, also warf ich eine Münze ein und hielt ihren Schirm, während sie in den Himmel spähte.

Auf einer Seite der Dachterrasse war ein überdachter Kinderspielplatz mit einer Reihe von Automaten. Midori und ich setzten uns nebeneinander auf eine Plattform und schauten zu, wie es regnete.

»Also raus damit«, sagte Midori. »Ich weiß, daß Du mir etwas zu sagen hast.«

»Ich versuche nicht, mich herauszureden, aber ich war an dem Tag damals unheimlich niedergeschlagen und benommen. Völlig benebelt. In meinem Kopf war für nichts mehr Platz«, erklärte ich. »Doch als ich dich nicht mehr sehen durfte, habe ich eins kapiert. Ich hatte die ganze Zeit davor überhaupt nur so einigermaßen überstanden, weil es dich gab. Als du fort warst, war ich grauenhaft einsam.«

»Aber Tōru, kannst du dir nicht vorstellen, wie einsam ich in den letzten beiden Monaten ohne dich gewesen bin?«

»Das hab ich nicht gewußt«, sagte ich verblüfft. »Ich dachte, du wärst sauer auf mich und wolltest mich nicht sehen.«

»Wie kannst du nur so blöd sein? Natürlich hätte ich mich gern mit dir getroffen. Hab ich dir etwa nicht gesagt, daß ich dich mag? Und wenn ich jemanden mag, dann mag ich ihn sehr. Hast du das nicht gewußt?«

»Doch, natürlich, aber …«

»Deshalb war ich so sauer. Ich hätte dir am liebsten hundertmal eine reingehauen. Wir hatten uns ewig nicht gesehen, und du warst in Gedanken so mit diesem anderen Mädchen beschäftigt, daß du mich nicht mal angeguckt hast. Und da sollte ich nicht sauer werden? Außerdem hatte ich schon länger das Gefühl, daß ich mich eine Weile von dir fernhalten sollte, um mir über einiges klar zu werden.«

»Einiges was?«

»Unsere Beziehung. Ich war inzwischen lieber mit dir zusammen als mit meinem Freund. Das ist doch ein unnatürlicher Zustand, findest du nicht? Natürlich hab ich ihn gern, auch wenn er ein bißchen ichbezogen, engstirnig und faschistoid ist, hat er ein paar gute Eigenschaften. Außerdem ist er der erste, mit dem ich etwas Ernsthaftes hatte. Aber du bist etwas Besonderes für mich. Wenn wir zusammen sind, stimmt für mich alles. Ich habe Vertrauen zu dir, ich mag dich, ich möchte dich nicht verlieren. Damals war ich total verwirrt. Also bin ich zu ihm gegangen und habe ihn ganz offen um Rat gebeten. Wenn ich mich weiter mit dir treffen wolle, müsse ich mit ihm Schluß machen, hat er gesagt.«

»Und?«

»Ich habe mit ihm Schluß gemacht, und mir ist ein Stein vom Herzen gefallen.« Sie steckte sich eine Marlboro in den Mund und zündete sie hinter schützend vorgehaltener Hand an.

»Warum?«

»Warum?!« schrie sie. »Spinnst du? Du kapierst den englischen Konjunktiv und Trigonometrie und liest Marx und verstehst nicht einmal das? Wo ist da überhaupt die Frage? Warum muß ein Mädchen dir so was beantworten? Ich hab dich lieber als ihn. Basta. Natürlich hätte ich es vorgezogen, mich in einen etwas besser aussehenden Jungen zu verlieben, aber was soll's. Ich habe mich eben in dich verliebt!«

Ich wollte etwas sagen, aber das Wort blieb mir im Halse stekken.

Midori schmiß ihre Kippe in eine Pfütze. »Jetzt mach doch nicht so ein entsetztes Gesicht. Du machst mich ja ganz traurig. Ist schon in Ordnung. Ich weiß, daß du eine andere liebst, und erwarte nichts weiter von dir. Aber kannst du mich wenigstens mal in den Arm nehmen? Es waren nämlich zwei schreckliche Monate für mich.«

Wir umarmten uns hinter dem Spielplatz unter meinem aufgespannten Schirm. Unsere Körper preßten sich aneinander, und unsere Lippen trafen sich. Ihr Haar und der Kragen ihrer Jeansjacke rochen nach Regen. Wie weich und warm so ein Mädchenkörper doch war! Durch ihre Jacke hindurch spürte ich ihre Brüste. Ich hatte das Gefühl, eine Ewigkeit sei vergangen, seit ich den Körper eines anderen Menschen berührt hatte.

»Am Abend von dem Tag, an dem wir uns zuletzt getroffen haben, habe ich mit ihm Schluß gemacht.«

»Ich habe dich sehr lieb«, sagte ich. »Von ganzem Herzen. Ich will dich kein zweites Mal verlieren. Aber ich kann nichts machen – ich bin gebunden.«

»An sie?«

Ich nickte.

»Sag, hast du mit ihr geschlafen?«

»Nur einmal, vor einem Jahr.«

»Und seit damals habt ihr euch nicht gesehen?«

»Doch, zweimal. Aber wir haben nicht zusammen geschlafen.«

»Aber warum denn nicht? Liebt sie dich nicht?«

»Das ist schwer zu sagen. Es ist eine verworrene Geschichte mit vielen Schwierigkeiten. Und weil das alles schon so lange geht, weiß keiner mehr so richtig, was los ist. Ich nicht und sie auch nicht. Aber eins weiß ich. Ich trage in dieser Geschichte als Mensch eine Verantwortung, der ich mich nicht so einfach entziehen kann. So sehe ich das jedenfalls im Augenblick. Auch wenn sie nicht in mich verliebt ist.«

»Ich bin ein Mädchen aus Fleisch und Blut«, sagte Midori, während sie ihre Wange an meinen Hals drückte. »Ich bin in deinen Armen und habe dir gerade eröffnet, daß ich dich liebe. Schlag vor, was wir machen sollen, und ich tu's. Vielleicht spinne ich ein bißchen, aber eigentlich bin ich ein ehrliches, braves Mädchen, arbeitsam, ganz niedlich, mein Busen ist auch in Ordnung, Kochen kann ich auch, und mein Vater hat mir ein bißchen Geld hinterlassen. Eigentlich eine ganz gute Partie, findest du nicht? Wenn du mich nicht nimmst, tut's bestimmt ein anderer.«

»Gib mir etwas Zeit«, sagte ich. »Zum Nachdenken, Ordnen, Entscheiden. So leid es mir tut, mehr kann ich jetzt nicht sagen.«

»Aber du liebst mich von ganzem Herzen und willst mich nicht verlieren?«

»Hab ich doch gesagt.«

Midori beugte sich zurück und sah mir lächend ins Gesicht. »Also gut, ich warte, weil ich Vertrauen zu dir habe. Aber wenn du mich nimmst, muß ich die einzige sein. Und wenn du mich umarmst, denkst du nur an mich. Verstehst du, was ich meine?«

»Sehr gut.«

»Du darfst alles mit mir machen, aber du mußt aufhören, mich zu verletzen. Ich habe in meinem Leben genug mitgemacht. Mehr als genug. Ich möchte glücklich werden.«

Ich zog sie an mich und küßte sie.

»Tu endlich den blöden Schirm weg und umarme mich richtig!«

»Aber ohne Schirm werden wir ganz naß.«

»Na und? Ich will, daß du mich umarmst, ohne dauernd zu denken. Zwei Monate habe ich darauf gewartet!«

Ich legte den Schirm zu meinen Füßen ab und drückte Midori im Regen fest an mich. Das laute Rauschen der Reifen auf der regennassen Straße hüllte uns ein wie feiner Dunst. Der Regen fiel lautlos und ohne Unterlaß, durchweichte unsere Haare, lief wie Tränen über unsere Wangen, auf ihre Jeansjacke und meinen gelben Nylonanorak und breitete sich in dunklen Bahnen darauf aus.

»Wollen wir uns nicht doch lieber unterstellen?« fragte ich.

»Komm mit zu mir. Es ist niemand zu Hause. Wir erkälten uns sonst noch.«

»Stimmt.«

»Wir sehen aus, als wären wir gerade durch einen Fluß geschwommen.« Midori lachte. »Tolles Gefühl.«

Wir kauften uns ein großes Handtuch in der Wäscheabteilung und gingen nacheinander auf die Toilette, um uns die Haare abzutrocknen. Dann fuhren wir mit der Bahn zu ihrem Apartment in Myōgadani. Midori ließ mich zuerst duschen, dann duschte sie selbst. Während meine Sachen trockneten, zog ich einen Bademantel an, den sie mir lieh. Nachdem sie sich ein Polohemd und einen Rock angezogen hatte, setzten wir uns an den Küchentisch und tranken Kaffee.

»Erzähl mir von dir«, sagte Midori.

»Was denn?« fragte ich.

»Hmm – was kannst du zum Beispiel nicht ausstehen?«

»Hühnchen, Tripper, geschwätzige Friseure.«

»Was noch?«

»Einsame Aprilabende und Telefonschoner mit Spitze.«

»Was noch?«

Ich schüttelte den Kopf. »Sonst fällt mir nichts ein.«

»Mein Freund – das heißt mein Exfreund – haßte alle möglichen Dinge. Daß ich zu kurze Röcke trug oder rauchte oder mich gleich betrank oder schweinische Sachen sagte oder seine Freunde kritisiere. Also, wenn ich etwas an mir habe, das du nicht magst, sag's mir. Dann gewöhne ich es mir ab, wenn ich kann.«

Ich schüttelte den Kopf. »Eigentlich gibt's da nichts«, sagte ich nach kurzem Nachdenken. »Rein gar nichts.«

»Wirklich?«

»Mir gefällt, wie du dich anziehst, was du machst und sagst und wie du gehst und wie du dich betrinkst. Alles.«

»Du meinst, ich kann genau so bleiben, wie ich bin?«

»Ich weiß nicht, was du an dir ändern solltest, also muß mit dir wohl alles in Ordnung sein.«

»Wie sehr liebst du mich?« fragte Midori.

»So sehr, daß alle Tiger auf der Welt zu Butter werden.«

»Uhum«, machte Midori zufrieden. »Nimmst du mich noch mal in die Arme?«

Wir legten uns auf ihr Bett und küßten uns, während draußen der Regen rauschte. Dann sprachen wir über alles, was uns einfiel, angefangen von der Geburt des Universums bis zu unserem bevorzugten Härtegrad gekochter Eier.

»Was Ameisen wohl an Regentagen machen?« fragte Midori.

»Keine Ahnung. Wahrscheinlich ihren Bau aufräumen und ihre Vorräte sortieren. Ameisen sind fleißig.«

»Und wieso haben sie sich nicht weiterentwickelt, wenn sie so arbeitsam sind? Sie sind doch immer Ameisen geblieben.«

»Keine Ahnung«, sagte ich. »Vielleicht eignet sich ihr Körperbau nicht zur Weiterentwicklung – verglichen mit dem von Affen zum Beispiel.«

»Es gibt doch erstaunlich vieles, was du nicht weißt. Und ich dachte immer, du wüßtest alles auf der Welt.«

»Die Welt da draußen ist verflucht groß.«

»Hohe Berge und tiefe Meere«, sagte Midori. Nun schob sie ihre Hand in meinen Bademantel und umschloß meinen eregierten Penis. Sie schluckte und sagte: »He, Watanabe – kein Witz, das geht nicht: auf keinen Fall paßt so ein hartes, großes Ding in mich rein.«

»Ist wohl ein Witz«, sagte ich seufzend.

»Natürlich«, kicherte Midori. »Ich glaub, es geht. Er wird schon reinpassen. Darf ich mal gucken?«

»Tu dir keinen Zwang an.«

Midori tauchte unter den Bademantel und untersuchte meinen Penis von allen Seiten, dehnte die Haut und wog meine Hoden in ihrer Hand. Schließlich tauchte ihr Kopf wieder auf, und sie atmete tief aus ... »Du, ich finde ihn toll. Ohne Schmeichelei – wirklich!«

»Danke«, sagte ich schlicht.

»Aber du willst jetzt nicht mit mir schlafen, stimmt's? Bis du dir über alles im klaren bist.«

»Und ob ich will. Ich will's so sehr, daß ich am Durchdrehen bin – aber es wäre nicht richtig.«

»Was bist du nur für ein Sturkopf! Wenn ich du wäre, würde ich's einfach machen und hinterher darüber nachdenken.«

»Das würdest du tun?«

»Nee, stimmt nicht«, gab Midori leise zu. »Wahrscheinlich würde ich's auch nicht tun, wenn ich du wäre. Das liebe ich ja eigentlich auch so an dir.«

»Wie sehr liebst du mich?« fragte ich. Statt einer Antwort drückte sie sich an mich, nahm meine Brustwarze in den Mund und begann langsam, meinen Penis zu reiben. Als erstes fiel mir auf, wie anders es sich bei Naoko angefühlt hatte. Beide Berührungen waren sanft und wunderschön, aber in irgend etwas unterschieden sie sich stark voneinander, und so hatte ich das Gefühl, eine völlig neue Erfahrung zu machen.

»Du, Tōru? Denkst du jetzt an das andere Mädchen?«

»Nein, gar nicht«, log ich.

»Wirklich nicht?«

»Wirklich nicht.«

»Das würde mir auch gar nicht passen.«

»Ich kann an gar niemand anderen denken.«

»Möchtest du meine Brüste anfassen? Oder da unten?«

»Und ob ich möchte, aber ich tu's lieber nicht. Alles auf einmal wird zu viel für mich.«

Midori nickte und wurstelte sich unter der Decke aus ihrem Höschen, das sie an die Spitze meines Penis hielt.

»Hier, du kannst da hinein kommen.«

»Aber dann ist's versaut.«

»Hör auf, sonst fang ich an zu weinen«, sagte Midori wirklich weinerlich. »Ich kann's doch wieder waschen. Halte dich nicht zurück, spritz nur nach Herzenslust. Du kannst mir ja auch ein neues Höschen schenken. Oder kannst du nicht kommen, weil es meines ist?«

»Quatsch«, sagte ich.

»Dann mach schon, laß locker, komm.«

Als ich ejakuliert hatte, inspizierte Midori mein Sperma. »Das ist ja viel«, sagte sie verwundert.

»Zu viel?«

»Natürlich nicht, Quatschkopf. Komm so viel du willst.« Sie lachte und küßte mich.

Gegen Abend ging Midori einkaufen und kochte dann. Wir saßen am Küchentisch, aßen Tempura mit Erbsenreis und tranken Bier dazu. »Iß nur ordentlich, damit du Sperma produzierst. Dann bin ich ganz lieb und helf dir, es wieder loszuwerden.«

»Danke, sehr freundlich«, sagte ich.

»Ich kenne eine Menge Methoden, die ich aus den Frauenzeitschriften in unserem Laden gelernt habe. Es gab mal eine Sonderbeilage zu dem Problem, wie eine Frau ihren Mann befriedigen kann, damit er nicht zu anderen Frauen geht, wenn sie zum Beispiel schwanger ist und nicht mehr mit ihm schlafen kann. Es gibt da unzählige Methoden. Hast du vielleicht Lust, mal was davon auszuprobieren?«

»Und wie.«

Als ich mich von Midori verabschiedet hatte, kaufte ich mir am Bahnhof für die Heimfahrt eine Zeitung, aber als ich sie lesen wollte, merkte ich, daß ich nicht das geringste Bedürfnis danach hatte und ohnehin nichts verstand. Während ich auf die mir unverständlichen Seiten der Zeitung starrte, fragte ich mich, was nun aus mir werden, was sich um mich herum verändern würde. Gelegentlich spürte ich den Pulsschlag der Welt um mich herum. Ich seufzte tief auf und schloß die Augen. Ich bereute die Geschehnisse dieses Tages in keiner Weise; ich würde mich jederzeit genau so wieder verhalten, wenn sich mir die Gelegenheit dazu böte. Ich würde Midori im Regen auf dem Dach in die Arme schließen; naß bis auf die Haut werden; und mich auf ihrem Bett von ihr mit der Hand befriedigen lassen. Daran bestand kein Zweifel. Ich liebte Midori und war glücklich, sie wieder bei mir zu haben. Mit ihr könnte ich es schaffen, dachte ich. Wie sie selbst gesagt hatte, war sie ein Mädchen aus Fleisch und Blut, das seinen warmen Körper bereitwillig in meine Arme schmiegte. Mit aller Kraft hatte ich das heiße Verlangen unterdrückt, sie nackt auszuziehen, ihren Körper zu öffnen und mich in seine Wärme zu versenken; mehr konnte ich nicht tun.

Als sie meinen Penis mit der Hand umschloß und ihn langsam zu reiben begann, konnte ich mich nicht zurückhalten, ich wollte zu sehr, sie wollte auch, und wir waren verliebt. Wer hätte da bremsen können? Ja, ich liebte Midori. Wahrscheinlich wußte ich das schon längst, nur hatte ich es nicht wahrhaben wollen.

Problematisch war nur, daß ich diese Entwicklung Naoko nie würde erklären können. Schon zu einem anderen Zeitpunkt wäre das schwierig gewesen, aber in ihrem augenblicklichen Zustand konnte ich ihr doch nicht sagen, daß ich mich in ein anderes Mädchen verliebt hatte. Und außerdem liebte ich Naoko noch immer. Wie krumm und schief diese Liebe auch sein mochte, es gab sie noch. In meinem Innern gab es noch immer einen großen, unberührten, freien Platz, der Naoko und niemand anderem vorbehalten war.

Eins aber konnte ich tun – einen Brief an Reiko schreiben, in dem ich alles vollkommen ehrlich darlegte. Zu Hause angekommen, setzte ich mich sogleich auf die Veranda und reihte im Kopf die Sätze aneinander, während ich hinaus in den Regen sah. Dann ging ich an meinen Schreibtisch und schrieb.

»Es ist kaum zu ertragen, daß ich Ihnen nun diesen Brief schreiben muß«, begann ich. Zunächst schilderte ich ihr die Geschichte meiner Beziehung zu Midori und ging erst dann zu den Ereignissen des vergangenen Tages über.

»Ich habe Naoko immer geliebt und liebe sie noch. Aber das, was zwischen mir und Midori besteht, ist eine endgültige Sache und ich spüre eine unwiderstehliche Kraft, die mich von nun an immer schneller mit sich reißen wird. Was ich für Naoko empfinde, ist eine ruhige, zärtliche, reine Liebe; mein Gefühl für Midori ist völlig anderer Art – es steht, geht, atmet ganz von allein und hat sogar

einen eigenen Herzschlag. Und es wühlt mich auf. Nun weiß ich vor lauter Verwirrung nicht, was ich tun soll. Ohne mich loben zu wollen, finde ich, daß ich aufrichtig war, so gut ich es eben vermag, niemanden belogen und mich immer bemüht habe, niemanden zu verletzen. Warum ich dennoch in dieses Labyrinth der Gefühle geschleudert wurde, begreife ich nicht. Was soll ich nur tun? Sie sind die einzige, die ich um Rat bitten kann.«

Ich schickte den Brief noch am selben Abend per Eilboten ab.

Fünf Tage später traf Reikos Antwort ein.

»17. Juni
Lieber Herr Watanabe,
Zuerst die gute Neuigkeit.
Naokos Zustand hat sich viel rascher gebessert, als wir es je zu hoffen gewagt hätten. Ich habe bereits einmal mit ihr telefoniert, und sie hat sich sehr deutlich artikulieren können. Vielleicht kann sie sogar bald wieder hierher zurückkommen.
Nun zu Ihrer Angelegenheit.
Zunächst einmal glaube ich, daß Sie alles viel zu ernst nehmen. Einen Menschen zu lieben, ist etwas Wunderbares, und wenn diese Liebe aufrichtig ist, wird auch niemand in ein Labyrinth geschleudert. Haben Sie Vertrauen zu sich selbst!
Mein Rat ist ein sehr einfacher. Wenn Sie sich von Anfang an so stark zu dem Mädchen Midori hingezogen fühlten, ist es ganz natürlich, daß Sie sich in sie verliebt haben. Vielleicht geht es gut, vielleicht auch nicht. Aber so ist es eben in der Liebe. Wenn man sich verliebt hat, ist es meiner Ansicht nach nur natürlich, sich dieser Liebe ganz hinzugeben. Auch das ist eine Form von Aufrichtigkeit.

Zweitens: Die Frage, ob Sie mit Midori schlafen sollen oder nicht, müssen Sie sich schon selbst beantworten. Dazu kann ich nicht das geringste sagen. Besprechen Sie das mit Midori, und kommen Sie zu ihrem eigenen Schluß.
Drittens: Bitte schweigen Sie gegenüber Naoko über diese Sache. Sollte es irgendwann einmal unvermeidlich werden, es ihr zu sagen, werden wir uns gemeinsam eine geeignete Vorgehensweise überlegen. Deshalb behalten Sie bitte noch alles für sich und überlassen Sie mir das übrige.
Viertens: Sie sind für Naoko ein solcher Born der Kraft, daß Sie noch immer sehr viel für sie tun können, auch wenn Sie nicht mehr ihr Liebhaber sein wollen. Also grübeln Sie nicht allzu ernsthaft über alles nach. Wir sind alle höchst unvollkommene Menschen (und damit meine ich alle – normalen und nicht ganz so normalen – Menschen), die in einer höchst unvollkommenen Welt leben. Schließlich ist es uns nicht gegeben, mit der mechanischen Präzision und Überschaubarkeit eines Bankkontos zu funktionieren und alle unsere Linien und Winkel mit Lineal und Zirkel zu vermessen, oder?
Für mich persönlich klingt es so, als sei Midori ein tolles Mädchen. Allein schon beim Lesen Ihres Briefes ist mir klar geworden, warum Sie sich zu ihr hingezogen fühlen. Ebenso verstehe ich, warum Sie sich zu Naoko hingezogen fühlen. Daran ist ja auch nichts Unrechtes. In unserer großen, weiten Welt passieren solche Dinge andauernd. Es ist genauso, wie wenn man an einem sonnigen Tag mit einem Boot auf einen schönen See hinausfährt und sagt, ach, was für ein schöner Tag, und was für ein schöner See. Hören Sie auf, sich zu martern. Man muß den Dingen ihren natürlichen Lauf lassen. Trotz aller Bemühungen läßt es sich manchmal nicht vermeiden, andere Menschen zu kränken. So

ist eben das Leben. Das soll keine Moralpredigt sein, aber es wird Zeit, daß Sie etwas über das Leben lernen. Sie sind zu sehr bemüht, das Leben nach Ihrer Fasson zu formen. Wenn Sie nicht in einer Nervenheilanstalt landen wollen, sollten Sie sich ein bißchen mehr öffnen und sich dem natürlichen Fluß des Lebens anpassen. Ich bin nur eine hilflose, unfähige Person, aber selbst ich finde das Leben dann und wann herrlich. Glauben Sie mir! Also, werden Sie sehr, sehr glücklich. Strengen Sie sich an, glücklich zu werden!

Natürlich bedaure ich es, daß es für Sie und Naoko kein Happy-End geben wird. Aber wer weiß schon, wozu was gut ist. Deshalb sollten Sie ohne allzu viel Rücksichtnahme nach dem Glück greifen, wenn es sich Ihnen bietet. Aus Erfahrung weiß ich, daß wir nie mehr als zwei oder drei solcher Gelegenheiten erhalten und daß wir es möglicherweise für den Rest unseres Lebens bereuen, wenn wir sie versäumen.

Ich spiele jetzt nur noch für mich Gitarre, was mich ganz schön langweilt. Diese dunklen, regnerischen Nächte mag ich auch nicht. Mein Traum ist es, irgendwann wieder mit Naoko und Ihnen in unserem Zimmer zu sitzen, Trauben zu essen und Gitarre zu spielen.

Bis dahin – Ihre Reiko Ishida.«

11. Kapitel

Nach Naokos Tod schrieb mir Reiko noch mehrere Male. Daß es nicht meine Schuld sei, niemandes Schuld, ebensowenig, wie man jemanden für den Regen verantwortlich machen könne. Doch ich schrieb ihr nicht zurück. Was hätte ich ihr sagen können? Was hätte es genützt? Naoko existierte auf dieser Welt nicht mehr; sie war zu einer Handvoll Asche geworden.

Nach Naokos Beerdigung Ende August in Kōbe kehrte ich nach Tōkyō zurück. Ich erklärte meinem Vermieter und dem Inhaber des italienischen Restaurants, in dem ich arbeitete, daß ich eine Zeitlang fortbleiben würde. An Midori schrieb ich einen kurzen Brief ohne Erklärungen, in dem ich sie bat, noch ein wenig Geduld mit mir zu haben. Dann verbrachte ich drei Tage von morgens bis abends im Kino, bis ich alle neuen Filme in Tōkyō gesehen hatte, packte meinen Rucksack, hob mein ganzes Geld von der Bank ab, fuhr zum Bahnhof Shinjuku und stieg in den erstbesten Expreß.

Ich weiß nicht mehr, an welche Orte es mich auf meiner Reise verschlug. An Ausblicke, Gerüche und Geräusche erinnere ich mich sehr wohl, aber die Namen der Orte sind mir entglitten, ebenso wie die Reihenfolge, in der ich sie besucht habe. Mit Zügen, Bussen oder per Anhalter zog ich von Stadt zu Stadt. Auf unbebauten Grundstücken, in Bahnhöfen oder Parks, an Flußufern oder am Strand rollte ich meinen Schlafsack aus. Einmal ließ man mich in einem Winkel der örtlichen Polizeiwache übernachten, und wieder ein anderes Mal schlief ich an einem Friedhof. Solange man mich unbehelligt ließ und ich in Ruhe schlafen konnte, war mir egal, wohin ich mein müdes Haupt bettete. Erschöpft vom Wandern kroch ich in meinen Schlafsack, trank von meinem billigen Whiskey und schlief sofort ein. In freundlichen Orten schenkten die Leute mir Essen und Moskito-Spiralen, in weniger freundlichen Orten riefen sie die Polizei und ließen mich aus ihren Parks vertreiben. Aber auch das machte für mich keinen Unterschied. Mir ging es einzig und allein darum, in Orten zu schlafen, die ich nicht kannte.

Wenn mir das Geld ausging, arbeitete ich drei, vier Tage, bis ich wieder genug hatte. Arbeit fand ich überall. So zog ich ohne ein besonderes Ziel einfach nur von Ort zu Ort. Die Welt ist groß und voller wundersamer Dinge und sonderbarer Menschen. Einmal rief ich Midori an, denn ich mußte unbedingt ihre Stimme hören.

»Ist dir bewußt, daß das Semester längst angefangen hat?« fragte sie. »Einige Protokolle sind sogar schon fällig. Was hast du überhaupt vor? Seit drei Wochen hast du nichts von dir hören lassen. Wo bist du und was machst du?«

»Tut mir leid. Ich kann jetzt noch nicht zurück nach Tōkyō kommen.«

»Mehr hast du mir nicht zu sagen?«

»Mehr kann ich dir nicht sagen. Vielleicht im Oktober ...«

Ohne ein weiteres Wort legte Midori auf.

So reiste ich weiter. Ab und zu übernachtete ich in einem billigen Gasthaus, um ein Bad zu nehmen und mich zu rasieren. Der Anblick, der sich mir im Spiegel bot, war erschreckend. Meine Haut war von der Sonne ausgedörrt, die Augen lagen tief in den Höhlen, über meine eingefallenen Wangen zogen sich undefinierbare Linien und Schnitte. Ich sah aus wie einer, der gerade aus einer finsteren Höhle gekrochen war, und mußte genau hinsehen, um mein Gesicht noch zu erkennen.

Unterdessen wanderte ich die Nordwestküste etwa bei Tottori und die Nordküste von Hyōgo entlang. Sich am Meer entlangzubewegen war bequem, weil sich am Strand immer ein geeigneter

Schlafplatz finden ließ. Das Treibholz eignete sich gut zum Feuermachen, und von den Fischern kaufte ich mir getrockneten Fisch zum Braten. Zum Nachtisch trank ich Whiskey und dachte an Naoko, während ich dem Rauschen der Wellen zuhörte. Es war unbegreiflich für mich, daß sie tot war und in meiner Welt nicht mehr existierte. Ich konnte die Wahrheit einfach noch nicht fassen. Sie war nicht wirklich für mich, und obwohl ich mit eigenen Ohren gehört hatte, wie man die Nägel in Naokos Sarg schlug, konnte ich mich an die Tatsache, daß sie ins Nichts zurückgekehrt war, nicht gewöhnen.

Ihr Bild war mir einfach noch zu lebhaft im Gedächtnis. Ich sah noch vor mir, wie sie meinen Penis sanft mit ihrem Mund umschloß, während ihr Haar sich über meinen Bauch breitete. Immer noch fühlte ich ihre Wärme, ihren Atem auf meiner Haut, als mich dieser unaufhaltsame Orgasmus überkam. Alles stand mir so deutlich vor Augen, als sei es erst vor fünf Minuten geschehen. Dann hatte ich das Gefühl, daß Naoko neben mir lag, daß ich nur die Hand auszustrecken brauchte, um sie zu berühren. Aber sie war ja nicht mehr da. Ihr Körper existierte nicht mehr.

In meinen vielen schlaflosen Nächten suchten mich die Bilder von Naoko heim. Ich vermochte die Erinnerungen nicht aufzuhalten. Es waren zu viele, die sich in meinem Innern festgesetzt hatten, und kaum hatte eine die geringste Öffnung gefunden, strömten die anderen hinterher in einer Flut, die ich nicht eindämmen konnte.

Ich sah, wie sie an jenem regnerischen Morgen in ihrem gelben Regencape die Voliere saubermachte und den Futtersack schleppte. Ich dachte an den eingesunkenen Geburtstagskuchen und an ihre Tränen, die mein ganzes Hemd durchweicht hatten (auch damals hatte es geregnet). Da war Naoko, wie sie im Winter in ihrem Kamelhaarmantel neben mir ging; wie sie an ihrer allgegenwärtigen Haarspange herumspielte; wie sie mich mit ihren ungewöhnlich klaren Augen ansah; wie sie mit angezogenen Beinen, das Kinn auf die Knie gestützt, in ihrem blauen Nachthemd auf dem Sofa saß.

Eines nach dem anderen überschwemmten mich die Bilder wie die Wellen der Flut und spülten mich hinweg an einen geheimnisvollen Ort, an dem ich mit den Toten lebte. Dort war auch Naoko lebendig, sprach mit mir und ließ sich in die Arme nehmen. An jenem Ort war der Tod nicht das unwiderrufliche Ende des Lebens, sondern nur eines von vielen Elementen, die das Leben ausmachten. Den Tod in sich tragend, lebte Naoko dort weiter. Und ich hörte ihre Stimme sagen: »Es ist alles gut, Tōru. Es ist nur der Tod. Mach dir keine Gedanken.«

An jenem Ort empfand ich keine Trauer, weil der Tod der Tod und Naoko dennoch Naoko war. »Was ist los? Jetzt bin ich eben hier«, sagte sie mit ihrem schüchternen Lächeln, dessen vertrauter Anblick mein verzweifeltes Herz tröstete. Wenn das der Tod ist, dann ist er gar nicht so übel, dachte ich mir. »Stimmt genau«, sagte Naoko. »Sterben ist nichts Besonderes. Es ist eben nur der Tod. Außerdem ist hier alles sehr viel leichter für mich.« Naoko sprach zu mir in den Intervallen, in denen sich die dunklen Wellen am Ufer brachen.

Letzten Endes zog sich die Flut wieder zurück, und ich blieb allein am Strand. Ich war hilflos, wußte nicht wohin, und in der Dunkelheit der Nacht ergriff eine abgrundtiefe Trauer von mir Besitz. Oft mußte ich weinen, doch meine Tränen perlten auf eine mechanische Weise aus meinen Augen, die eher dem Austreten von Schweißtropfen glich.

Aus Kizukis Tod hatte ich etwas gelernt und mich damit abgefunden. Oder redete es mir zumindest ein. »*Der Tod existiert nicht als das Gegenteil des Lebens, sondern ist ein Bestandteil desselben.*«

So lautet die unumstößliche Wahrheit des Lebens. Indem wir leben, züchten wir gleichzeitig unseren Tod heran. Doch in dieser Erkenntnis liegt nur ein Teil der Wahrheit, mit der wir uns abfinden müssen. Aus Naokos Tod lernte ich noch etwas ganz anderes. Ich lernte, daß nicht die wahrste Wahrheit den Schmerz zu lindern vermag, den wir beim Verlust eines geliebten Menschen empfinden. Weder Erkenntnis, noch Aufrichtigkeit, noch Kraft, noch Güte können diesen Kummer heilen. Wir können ihn nur durchleiden und etwas daraus lernen. Doch das, was wir daraus lernen, hilft uns nicht beim nächsten Kummer, der uns ohne Vorankündigung überfällt. Einsam den nächtlichen Wellen und dem Rauschen des Windes lauschend, hing ich Tag um Tag meinen düsteren Gedanken nach. Ich ernährte mich von Whiskey, Wasser und Brot und wanderte mit Sand in den Haaren und meinem Rucksack auf dem Rükken immer weiter die Küste nach Westen entlang.

An einem stürmischen Abend, als ich, in meinen Schlafsack gehüllt, weinend im Schutz eines verlassenen Wracks lag, kam ein junger Fischer vorbei, bot mir eine Zigarette an – meine erste seit ungefähr zehn Monaten – und erkundigte sich nach dem Grund meiner Tränen. Meine Mutter sei gestorben, log ich fast automatisch. Ich könne den Kummer nicht ertragen, deshalb sei ich unterwegs. Sein Mitgefühl kam aus tiefster Seele, und er holte von zu Hause eine große Flasche Sake und zwei Gläser.

Wir tranken, während der Wind über den Sand fegte. Seine Mutter sei auch gestorben, sagte der junge Fischer, als er sechzehn war. Obwohl von zarter Gesundheit, hatte sie sich von früh bis spät abgerackert und war daran gestorben. Das Glas in der Hand, lauschte ich benommen seiner Geschichte und brummte hin und wieder etwas, um meine Aufmerksamkeit zu zeigen. Seine Worte schienen aus einer ganz anderen Welt kommen. Wovon sprach der Mann überhaupt? Plötzlich ergriff mich eine so heftige Wut, daß ich ihn hätte erwürgen können. Was redest du da von deiner Mutter? Ich habe Naoko verloren! Ihr schöner Leib ist von der Erde verschwunden! Und du erzählst mir von deiner Mutter?

Doch ebenso rasch war mein Zorn wieder verflogen. Mit geschlossenen Augen hörte ich geistesabwesend der scheinbar endlosen Geschichte des Fischers zu. Schließlich fragte er, ob ich schon etwas gegessen hätte. Nein, aber in meinem Rucksack seien Brot, Käse, Tomaten und Schokolade. Was ich zu Mittag gegessen hätte? Brot, Käse, Tomaten und Schokolade. Bevor ich ihn noch zurückhalten konnte, forderte er mich auf zu warten, rannte los und verschwand in der Dunkelheit, ohne sich noch einmal umzuschauen.

Mir blieb nichts anderes übrig, als allein weiterzutrinken. Der Sand war mit den Überresten von Feuerwerkskörpern übersät, die Wellen brüllten wie in wildem Zorn und krachten donnernd an den Strand. Ein magerer Hund umschnüffelte schwanzwedelnd mein kleines Feuer nach etwas Eßbarem, gab aber bald auf und trollte sich.

Nach einer halben Stunde kehrte der junge Fischer mit zwei Schachteln Sushi und einer neuen Flasche Sake zurück und riet mir, die eine, die frischen Fisch enthielt, gleich zu verzehren. In der anderen waren nur Seetang-Rollen und fritierter Tōfu, die auch am nächsten Tag noch gut schmecken würden. Nachdem er uns beiden Sake aus der frischen Flasche eingeschenkt hatte, bedankte ich mich bei ihm und verdrückte eine Menge Sushi, die für zwei Personen gereicht hätte. Als wir solange getrunken hatten, bis wir nicht mehr konnten, bot er mir an, in seinem Haus zu übernachten, aber als ich ihm sagte, ich zöge es vor, allein am Strand zu schlafen, drängte er mich nicht weiter. Beim Abschied zog er einen gefalteten Fünftausend-Yen-Schein hervor und stopfte ihn in meine Brusttasche. »Kauf dir was Anständiges zu essen«, sagte er. »Du siehst schauderhaft aus.« Ich protestierte, er habe schon genug für mich getan, so daß ich nicht auch noch sein Geld annehmen könne, aber er weigerte sich strikt, es zurückzunehmen. »Das ist kein Geld, nur mein Gefühl«, sagte er. »Also nimm's schon und denk nicht drüber nach.« Mir blieb nichts weiter übrig, als mich zu bedanken und das Geld zu behalten.

Nachdem der junge Fischer gegangen war, fiel mir unvermittelt das Mädchen aus der zwölften Klasse ein, mit dem ich zum ersten Mal geschlafen hatte. Als ich daran dachte, wie schlecht ich sie behandelt hatte, grauste mir. Ich hatte kaum einen Gedanken an ihre Gefühle verschwendet oder daran, ob ich ihr wehtat. Erst jetzt kam sie mir wieder in den Sinn. Sie war ein sehr liebes Mädchen gewesen, aber ich hatte ihr liebes Wesen als selbstverständlich hingenommen und mich nicht einmal nach ihr umgewandt. Was wohl aus ihr geworden war? Ob sie sich noch an mich erinnerte?

Auf einmal überrollte mich eine Welle von Übelkeit, so daß ich mich neben dem Wrack übergeben mußte. Von dem vielen Sake hatte ich Kopfschmerzen. Außerdem fühlte ich mich hundsmiserabel, weil ich den jungen Fischer angelogen und dann auch noch sein Geld genommen hatte. Es wurde Zeit für mich, allmählich nach Tōkyō zurückzukehren. So konnte es ja nicht bis in alle Ewigkeit weitergehen. Ich rollte meinen Schlafsack zusammen, setzte meinen Rucksack auf und machte mich auf den Weg zum Bahnhof. Am Schalter erklärte ich, daß ich so bald als möglich nach Tōkyō wolle. Der Beamte sah im Fahrplan nach und erklärte mir, ich könne einen Nachtzug nehmen und mit entsprechenden Anschlüssen am Morgen in Ōsaka sein. Von dort sei ich mit dem Superexpreß ruckzuck in Tōkyō. Ich bedankte mich und kaufte mit dem Fünftausend-

Yen-Schein des jungen Fischers eine Fahrkarte nach Tōkyō. Während ich auf den Zug wartete, holte ich mir eine Zeitung, um das Datum zu erfahren: Es war der 2. Oktober 1970. Also war ich seit einem Monat unterwegs. Mir wurde klar, daß ich wieder in die Wirklichkeit zurückkehren mußte.

Die Reise hatte meine Stimmung nicht im geringsten gehoben und auch nicht den Schlag, der Naokos Tod für mich bedeutete, gemildert. Der Zustand, in dem ich wieder in Tōkyō ankam, unterschied sich kaum von meinem vorherigen. Ich schaffte es nicht einmal, Midori anzurufen. Was hätte ich ihr auch sagen sollen? Wie anfangen? »Alles ist vorbei. Jetzt können wir beide glücklich werden«? Das war ausgeschlossen. Wie immer ich es formulieren würde, eine Tatsache blieb letztendlich bestehen. Naoko war tot, Midori lebendig. Naoko war ein Häufchen weißer Asche, Midori das blühende Leben.
Ein Gefühl der Schmach überkam mich. Nun war ich zwar wieder in Tōkyō, verbrachte aber meine Tage allein und eingeschlossen in meiner Wohnung. Meine Gedanken weilten kaum bei den Lebenden, sondern weiterhin bei den Toten. Die Räume in meinem Gehirn, die Naoko vorbehalten waren, blieben verdunkelt, die Möbel mit weißen Tüchern verhängt und die Fensterbretter staubig. Dennoch verbrachte ich den Großteil des Tages darin. Und ich dachte an Kizuki. »He, Kizuki, jetzt hast du's geschafft. Naoko ist bei dir. Sie hat ja sowieso zuerst dir gehört. Also ist sie vielleicht endlich am Ort ihrer Bestimmung angelangt. Aber auf der Erde, in unserer unvollkommenen Welt der Lebenden habe ich mein Bestes für Naoko gegeben. Ich hab mich bemüht, ein neues Leben für uns aufzubauen. Ist schon gut, Kizuki. Ich lasse dir Naoko. Sie hat sich für dich entschieden und sich in einem Wald aufgehängt, so düster wie ihr Herz. Damals vor langer Zeit hast du einen Teil von mir mit dir

ins Reich der Toten gelockt. Und jetzt hat Naoko das gleiche getan. Manchmal komme ich mir vor wie ein Museumswächter, der die leeren Säle eines Museums bewacht, das keine Besucher hat, nur weil er es nicht verlassen kann.«

Am vierten Tag meiner Rückkehr nach Tōkyō erhielt ich einen Eilbrief knappen Inhalts von Reiko: »Ich kann Sie nicht erreichen und mache mir Sorgen. Bitte, rufen Sie mich an. Ich warte um neun Uhr morgens und neun Uhr abends am Telefon.«

Am selben Abend rief ich sie um neun Uhr an. Reiko hob sofort ab.

»Wie fühlen Sie sich?« fragte sie.

»Na ja, es geht so«, erwiderte ich.

»Kann ich mich übermorgen mit Ihnen treffen?«

»Treffen? Hier in Tōkyō?«

»Was denn sonst. Ich möchte mich mal in Ruhe mit Ihnen unterhalten.«

»Verlassen Sie denn das Heim?«

»Sonst könnte ich Sie ja nicht besuchen«, sagte sie. »Es wird auch langsam Zeit, daß ich hier rauskomme. Immerhin bin ich jetzt acht Jahre hier. Wenn ich noch länger bleibe, fange ich an zu faulen.«

Da mir dazu nichts einfiel, schwieg ich.

»Ich komme übermorgen mit dem Superexpreß um 15 Uhr 20 an. Können Sie mich abholen? Wissen Sie überhaupt noch, wie ich aussehe? Oder haben Sie jetzt, wo Naoko tot ist, kein Interesse mehr an mir?«

»Unsinn«, sagte ich. »Also dann bis übermorgen 15 Uhr 20 auf dem Bahnhof.«

»Sie können mich nicht verfehlen. Eine Dame in mittleren Jahren mit Gitarrenkasten.«

Trotz des Gewimmels auf dem Bahnhof entdeckte ich Reiko auf Anhieb. Sie trug ein Herrenjackett aus Tweed, eine weiße Hose und rote Turnschuhe. Ihre kurzen Haare standen wie üblich in alle Richtungen zu Berge. In der rechten Hand trug sie einen braunen Koffer und in der linken ihren schwarzen Gitarrenkasten. Als sie mich erkannte, breitete sich ein so strahlendes, knittriges Lächeln auf ihrem Gesicht aus, daß auch ich unwillkürlich lächeln mußte. Ich nahm ihren Koffer, und wir gingen zur Haltestelle der Chūō-Linie.

»Herr Watanabe, seit wann sehen Sie denn so furchtbar aus? Oder ist das momentan in Tōkyō so Mode?«

»Ich war eine Weile unterwegs und hab mich schlecht ernährt«, erklärte ich. »Wie war's im Superexpreß?«

»Scheußlich! Man kann ja nicht einmal die Fenster öffnen. Ich wollte mir doch einen Imbiß bei einem der Händler auf dem Bahnsteig kaufen.«

»Kriegt man doch jetzt alles im Zug.«

»Sprechen Sie etwa von den überteuerten, ekelhaften Sandwiches, die nicht mal ein halbverhungertes Pferd fressen würde? Mir hat immer die Meerbrasse am Bahnhof von Gotenba so gut geschmeckt.«

»Wenn Sie so reden, könnte man Sie für eine alte Dame halten.«

»Stimmt ja auch, ich bin eine alte Dame!«

In der Bahn nach Kichijōji starrte Reiko neugierig aus dem Fenster.

»Hat sich in den acht Jahren viel verändert?« fragte ich.

»Ach, Herr Watanabe, Sie können sich nicht vorstellen, was ich jetzt empfinde.«

»Nein, das kann ich nicht.«

»Ich könnte vor Angst den Verstand verlieren. Ich habe keine Ahnung, wie ich mich verhalten soll, so ganz allein in diese Welt geworfen. Finden Sie nicht auch, daß ›den Verstand verlieren‹ ein großartiger Ausdruck ist?«

Ich mußte lachen und nahm ihre Hand. »Keine Sorge, alles wird gut werden. Bis hierher haben Sie es auch aus eigener Kraft geschafft.«

»Nein, nicht aus eigener Kraft«, sagte Reiko. »Naoko und Sie haben mich da rausgebracht. Ich hätte es nicht ertragen, ohne Naoko zurückzubleiben, und ich mußte nach Tōkyō kommen, um in Ruhe mit Ihnen reden zu können. Wenn das nicht passiert wäre, hätte ich wahrscheinlich mein ganzes Leben dort verbracht.«

Ich nickte.

»Was haben Sie jetzt vor?«

»Ich ziehe nach Asahikawa! Asahikawa, ist das zu fassen?« sagte Reiko. »Eine Studienfreundin von mir hat dort eine Musikschule und bittet mich schon seit zwei, drei Jahren bei ihr einzusteigen, aber ich habe immer abgelehnt, weil es mir dort oben zu kalt ist. Und nun, was soll ich sagen? Endlich habe ich meine Freiheit wieder und gehe nach Asahikawa. Das ist doch das letzte Loch!«

»So schlimm ist es nun auch wieder nicht«, lachte ich. »Ich war nur einmal dort, aber die Stadt ist nicht übel. Sie hat eine interessante Atmosphäre.«

»Wirklich?«

»Ja, viel schöner als Tōkyō.«

»Ich hab sowieso keine andere Wahl. Mein Gepäck habe ich auch schon vorgeschickt. Herr Watanabe, würden Sie mich mal in Asahikawa besuchen?«

»Natürlich besuche ich Sie. Aber müssen Sie denn gleich wieder abreisen? Könnten Sie nicht zuerst eine Weile in Tōkyō bleiben?«

»Ich hatte an zwei, drei Tage gedacht, wenn ich bei Ihnen übernachten kann. Aber nur, wenn es Ihnen nichts ausmacht.«

»Überhaupt kein Problem. Ich schlafe in meinem Wandschrank im Schlafsack.«

»Das geht doch nicht!«

»Doch, mein Wandschrank ist riesig.«

Reiko trommelte einen Rhythmus auf dem Gitarrenkasten, der zwischen ihren Beinen stand. »Vielleicht muß ich mich ein bißchen anpassen, bevor ich nach Asahikawa gehe. Ich bin ja überhaupt nicht mehr an eine normale Umgebung gewöhnt. Es gibt so viel Unverständliches für mich, und ich bin so aufgeregt. Würden Sie mir ein bißchen helfen? Sie sind der einzige, den ich darum bitten kann.«

»Ich würde alles tun, um Ihnen zu helfen.«

»Aber ich störe Sie doch nicht, oder?«

»Bei was könnte man mich schon stören?«

Reiko sah mich an, verzog die Mundwinkel zu einem Lächeln und sagte nichts mehr.

Nachdem wir in Kichijōji in den Bus umgestiegen waren, der zu meinem Haus fuhr, sprachen wir kaum noch etwas, abgesehen von gelegentlichen Bemerkungen über die Veränderungen, die in Tōkyō stattgefunden hatten, über Reikos Studienzeit und meine Reise nach Asahikawa. Naoko erwähnten wir mit keinem Wort. Seit ich Reiko zuletzt gesehen hatte, waren fast zehn Monate vergangen, aber jetzt neben ihr zu gehen, hatte einen seltsam beruhigenden und tröstlichen Einfluß auf mich. Es war ein vertrautes Gefühl. Als ich darüber nachdachte, wurde mir klar, daß diese Situation mich an meine Wanderungen durch Tōkyō mit Naoko erinnerte. Ebenso wie Naoko und ich den toten Kizuki gemeinsam besessen hatten, teilten Reiko und ich jetzt die tote Naoko. Dieser Gedanke ließ mich plötzlich verstummen. Reiko sprach noch eine Weile allein weiter, aber als sie merkte, daß ich nichts mehr sagte, verfiel auch sie in Schweigen, und wir saßen wortlos im Bus.

Es war ein klarer Herbstnachmittag, genau wie jener, an dem ich vor einem Jahr nach Kyōto gereist war, um Naoko zu besuchen. Die Wolken waren schmal und weiß wie Knochen, und der Himmel erschien unendlich hoch. Der Geruch des Windes, die Farbe des Lichts, die winzigen Blüten der Gräser, der leise Widerhall der Geräusche, alles kündete von der Ankunft des Herbstes. Von nun an würde der Kreislauf der Jahreszeiten meine Distanz zu den Toten ständig vergrößern. Kizuki war siebzehn und Naoko einundzwanzig. Für alle Zeit.

»In dieser Umgebung fühle ich mich richtig erleichtert«, seufzte Reiko, als wir aus dem Bus ausstiegen und sie sich umschaute.

»Weil hier nichts los ist«, erwiderte ich.

Nachdem ich sie durch den hinteren Zugang durch den Garten ins Haus geführt hatte, zeigte sich Reiko von allem sehr beeindruckt.

»Aber das ist ja toll«, rief sie. »Das haben alles Sie gemacht? Die Regale und den Schreibtisch auch?«

»Ja«, sagte ich, während ich Tee aufgoß.

»Sie sind handwerklich sehr geschickt, Herr Watanabe. Und alles ist so sauber!«

»Das verdanke ich Sturmbandführers Einfluß. Er hat mich zum Putzteufel erzogen – zur Freude meines Vermieters.«

»Ach ja, Ihr Vermieter, ich muß ihn noch begrüßen«, sagte Reiko. »Wahrscheinlich wohnt er dort drüben auf der anderen Seite des Gartens?«

»Begrüßen? Den Vermieter? Wieso denn das?«

»Selbstredend. Was soll er sich denn denken, wenn eine seltsame, nicht mehr ganz junge Dame bei Ihnen einzieht und anfängt, Gitarre zu spielen? Dem beugen wir besser gleich mal vor. Zu diesem Zweck habe ich auch eine Schachtel Teegebäck für ihn mitgebracht.«

»Sie denken aber auch an alles.«

»Altersweisheit. Ich werde ihm erzählen, ich sei Ihre Tante mütterlicherseits zu Besuch aus Kyōto, also spielen Sie bitte mit. Das wird leicht, weil der Altersunterschied zwischen uns stimmt. Wer würde da mißtrauisch werden?«

Reiko nahm eine Schachtel mit Süßigkeiten aus ihrem Koffer und ging zum Haupthaus hinüber. Ich setzte mich einstweilen mit meiner Tasse Tee auf die Veranda und spielte mit der Katze. Nach ungefähr zwanzig Minuten kam Reiko zurück und kramte eine Büchse mit Reiskräckern, das Mitbringsel für mich, aus ihrem Gepäck.

»Worüber haben Sie sich denn zwanzig Minuten lang mit ihm unterhalten?« fragte ich, den Mund voller Kräcker.

»Natürlich über Sie.« Reiko nahm die Katze auf den Arm und hielt sie an ihre Wange. »Er sagt, Sie seien ein ernsthafter Student. Er hält eine Menge von Ihnen.«

»Von mir?«

»Zweifellos.« Reiko lachte. Als sie meine Gitarre entdeckte, nahm sie sie zur Hand, stimmte sie und spielte *Desafinado* von Antonio Carlos Jobim. Ihr Spiel, das ich lange entbehrt hatte, wärmte mir genauso das Herz wie damals.

»Sie haben Gitarre geübt?« fragte sie.

»Ich habe sie mir aus dem Schuppen geliehen, um ab und zu ein bißchen darauf zu klimpern.«

»Dann will ich Ihnen nachher gleich mal eine Gratisstunde geben.« Reiko stellte die Gitarre ab und zog ihr Tweedjackett aus. Sie setzte sich auf die Veranda und rauchte gegen einen Pfosten gelehnt eine Zigarette. Sie trug eine kurzärmlige Bluse aus Madraskaro.

»Ist das nicht eine schicke Bluse?« fragte sie mich.

Ich stimmte ihr zu. Es war wirklich eine aparte Bluse.

»Sie hat Naoko gehört. Wußten Sie, daß wir fast die gleiche Größe hatten? Besonders am Anfang, als sie kam. Später hat sie dann ein bißchen zugenommen, aber wir hatten trotzdem immer noch ungefähr die gleiche Größe: Blusen, Hosen, Schuhe, Mützen. Nur unsere BH-Größe war verschieden. Ich habe fast keinen Busen. Wir haben ständig unsere Sachen getauscht. Eigentlich waren sie sogar fast unser gemeinsamer Besitz.«

Ich betrachtete Reikos Körper nun mit anderen Augen. Es stimmte, sie hatte eine ganz ähnliche Figur wie Naoko. Ihr schmales Gesicht und ihre dünnen Arme und Beine hatten in mir den Eindruck erweckt, sie sei kleiner und zierlicher als Naoko, doch auf den zweiten Blick wirkte sie doch kräftiger.

»Die Jacke und die Hose haben auch ihr gehört. Stört es Sie, mich in Naokos Kleidern zu sehen?«

»Gar nicht. Naoko hätte sich gefreut, daß jemand ihre Sachen trägt – besonders wo Sie dieser Jemand sind.«

»Merkwürdig«, sagte Reiko und schnippte leise mit den Fingern. »Naoko hat kein Testament oder so etwas hinterlassen, nur eine Notiz, die ihre Kleider betraf. Auf dem Block, den sie auf ihren Schreibtisch gelegt hat, stand nur eine Zeile. ›Bitte, geben Sie Reiko meine Kleider.‹ Ein seltsames Mädchen, finden Sie nicht? Sie machte sich bereit zu sterben und hat an ihre Kleider gedacht. Warum ausgerechnet an ihre Kleidung? Sie muß doch massenweise andere Dinge im Kopf gehabt haben!«

»Vielleicht auch nicht.«

Rauchend hing Reiko eine Zeitlang ihren Gedanken nach. »Sie möchten nun sicher die Geschichte von Anfang an und in allen Einzelheiten hören?«

»Ja, bitte erzählen Sie.«

»Obwohl die Tests in der Klinik in Ōsaka eine zeitweilige Besserung von Naokos Zustand ergeben hatten, sollte sie länger dort bleiben, um an einer intensiven Therapie teilzunehmen, die allmählich zu ihrer vollständigen Heilung führen sollte. So viel hatte ich Ihnen ja bereits in meinem Brief vom 10. August geschrieben.«

»Ja, den habe ich gelesen.«

»Am vierundzwanzigsten August fragte Naokos Mutter telefonisch an, ob Naoko mich besuchen dürfe. Naoko wolle ihre Sachen abholen und sich noch einmal ganz in Ruhe mit mir unterhalten, da wir uns ja nun eine Zeitlang nicht sehen würden. Vielleicht würde sie auch eine Nacht in unserer Wohnung übernachten. Ich war mit allem einverstanden, denn ich vermißte Naoko schrecklich und wollte sie unbedingt sehen und mit ihr sprechen. Am folgenden Tag, dem fünfundzwanzigsten, kamen Naoko und ihre Mutter in einem Taxi an. Zu dritt packten wir ihre Sachen zusammen und plauderten ganz gelöst über alles mögliche. Am späten Nachmittag sagte Naoko, ihre Mutter könne nun ruhig nach Hause fahren. Also riefen sie ein Taxi, und ihre Mutter fuhr ab. Da Naoko in so guter Stimmung war, hegten wir nicht die geringsten Befürchtungen. Ehrlich gesagt, ich war vorher halb verrückt vor Sorge gewesen und hatte mich schon darauf gefaßt gemacht, daß sie vielleicht ganz verfallen und deprimiert wäre. Ich weiß genau, wie zehrend die Tests und Therapien in diesen Einrichtungen sein können, und war ernstlich beunruhigt. Doch ein Blick überzeugte mich, daß mit ihr alles in Ordnung war. Sie sah viel besser aus, als ich erwartet hatte, lächelte, machte Scherze, sprach wieder ganz normal und war sogar beim Friseur gewesen und präsentierte stolz ihre neue Frisur. Deswegen dachte ich auch, es sei kein Problem, wenn wir beide ohne ihre Mutter zurückblieben. Diesmal wolle sie in der Klinik endgültig gesund werden, sagte Naoko. Und ich ermutigte sie, so gut ich konnte. Wir gingen draußen spazieren, und sie sprach davon, wie schön es wäre, wenn wir beide das Sanatorium verlassen und zusammenleben könnten.«

»Sie und Naoko?«

»Ja.« Reiko zuckte die Achseln. »Mir wäre es recht gewesen. Aber was wird dann mit Herrn Watanabe? fragte ich sie, worauf sie erwiderte, daß sie mit Ihnen schon klarkäme. Mehr nicht. Danach sprach sie nur noch davon, wo wir leben und was wir tun würden. Schließlich gingen wir zur Voliere und spielten mit den Vögeln.«

Ich nahm mir ein Bier aus dem Kühlschrank und trank. Reiko zündete sich die nächste Zigarette an. Die Katze schlief fest in ihrem Schoß.

»Sie muß von Anfang an fest entschlossen gewesen sein. Deshalb war sie so munter und fröhlich und sah so gesund aus. Diese Entscheidung muß eine ungeheure Erleichterung für sie bedeutet haben. Wieder in der Wohnung, sortierten wir weiter ihre Sachen aus und verbrannten das, was sie nicht mehr brauchte, in einer Metalltonne im Garten. Dazu gehörten auch das Heft, in dem sie Tagebuch geführt hatte, und alle Briefe. Auch Ihre Briefe, Herr Watanabe. Das kam mir dann doch etwas merkwürdig vor, und ich fragte sie danach. Bisher hatte sie Ihre Briefe immer sehr sorgfältig aufbewahrt und sie x-mal gelesen. ›Ich lasse alles hinter mir, damit ich ein neues Leben anfangen kann.‹ Ich muß zugeben, daß sie mich mit diesem Argument überzeugte. Es hat ja auch eine gewisse Folgerichtigkeit. Ich habe ihr so gewünscht, daß sie gesund und glücklich wird. Und sie sah so lieblich aus an jenem Tag. Hätten Sie sie doch nur sehen können!

Zum Abendessen gingen wir wie üblich in den Speisesaal. Anschließend nahmen wir unser Bad und machten eine gute Flasche Wein auf, die ich für besondere Anlässe wie diesen reserviert hatte. Wie immer spielte ich ihr auf der Gitarre ihre Lieblingsstücke vor, *Norwegian Wood* und *Michelle*. Wir fühlten uns richtig wohl, schalteten das Licht aus, zogen uns aus und gingen zu Bett. Es war eine sehr schwüle Nacht, und obwohl das Fenster offenstand, rührte sich kein Lüftchen. Die Nacht war pechschwarz, und die Zikaden kreischten ohrenbetäubend. Der Geruch von Sommergras stand erstickend im Zimmer. Auf einmal begann Naoko von Ihnen zu erzählen. Davon, wie Sie mit ihr geschlafen haben. In allen Einzelheiten. Sie schilderte mir ausführlich, wie Sie sie auszogen, ihren Körper berührten, in sie eindrangen, wie naß sie selbst wurde und wie wunderschön es war. Warum sie mir das jetzt auf einmal erzähle, fragte ich sie, denn bis dahin hatten wir eigentlich nie so direkt über Sex gesprochen. Natürlich haben wir innerhalb der Therapie offen über Sexualität gesprochen, aber Naoko hat sich immer geniert, deutlicher zu werden. Es erschreckte mich etwas, daß sie plötzlich so ungehemmt davon sprach. ›Ich möchte einfach darüber sprechen‹, erklärte sie, ›aber wenn es dir nicht recht ist, höre ich auf.‹

›Nein, rede dir nur alles von der Seele. Ich höre dir zu‹, ermutigte ich sie.

›Ich hatte nicht geahnt, daß es so weh tun würde, als er in mich eindrang‹, erzählte Naoko. ›Aber es war ja auch das erste Mal. Ich war zwar so naß, daß er ganz leicht hineinglitt, aber trotzdem verlor ich vor Schmerz fast die Besinnung. Ich dachte, er sei schon ganz drin, aber dann hob er meine Beine an und drang noch tiefer ein. Kalte Schauer liefen mir über den Rücken. Mir war, als ob ich in Eiswasser getaucht würde. Meine Arme und Beine waren wie gelähmt, und eine Eiseskälte durchströmte mich. Ich wußte nicht, wie mir geschah, und dachte, ich würde sterben, aber das war mir auch egal. Doch als er merkte, daß ich Schmerzen hatte, blieb er zwar in mir, hörte aber auf, sich zu bewegen, und nahm mich zärtlich in die Arme und küßte immer wieder mein Haar, meinen Hals und meine Brüste. Allmählich kehrte die Wärme in meinen Körper zurück, und er begann ganz langsam, sich wieder zu bewegen. Ach, Reiko, das war so wunderbar, in meinem Kopf schien etwas zu schmelzen. Ich hätte das ganze Leben so in seinen Armen liegen können! Wirklich.‹

›Aber wenn es so wunderbar war, warum bist du dann nicht bei Herrn Watanabe geblieben und hast jeden Tag mit ihm geschlafen?‹

›Nein, Reiko, ich wußte, daß es für mich das einzige Mal sein würde und es danach nie wieder so werden konnte. Ein unwiederbringliches, einmaliges Erlebnis. So etwas habe ich nie vorher empfunden und werde es auch nie mehr empfinden. Ich habe auch nicht mehr den Wunsch verspürt, es zu tun, und feucht bin ich auch nicht mehr geworden.‹

Natürlich habe ich ihr erklärt, daß so etwas bei jungen Frauen häufig vorkommt und sich mit den Jahren ganz natürlich und von selbst gibt. Zudem hatte es ja auch einmal geklappt, also bestand kein Grund zur Sorge. Zu Beginn meiner Ehe hatte ich selbst alle möglichen ähnlichen Probleme gehabt.

›Nein, das ist es nicht‹, sagte Naoko. ›Deswegen mache ich mir gar keine Sorgen. Ich möchte nur nicht, daß noch einmal jemand in mich eindringt und auf diese Weise von mir Besitz ergreift.‹«

Als ich mein Bier ausgetrunken hatte, war Reiko mit ihrer zweiten Zigarette fertig. Die Katze streckte sich in Reikos Schoß, machte es sich noch einmal bequem und schlief wieder ein. Etwas unentschlossen zündete sich Reiko eine weitere Zigarette an.

»Als Naoko auf einmal anfing zu weinen, setzte ich mich an ihr Bett, streichelte ihren Kopf und tröstete sie, daß alles gut werden würde und daß ein so hübsches junges Mädchen wie sie in den Armen eines Mannes ganz bestimmt ihr Glück finden würde. Es war sehr heiß. Naoko war völlig durchweicht von Schweiß und Tränen. Ich holte ein Handtuch und trocknete ihr Gesicht und ihren Körper ab. Sogar ihre Unterhose war ganz naß, also half ich ihr, sie auszuziehen ... daran war nichts komisch. Wir haben ja auch zusammen gebadet, sie war wie meine kleine Schwester.«

»Ich weiß doch«, sagte ich.

»Naoko wollte von mir in den Arm genommen werden. Ich fand es ein bißchen zu heiß dafür, aber sie sagte, wir würden uns doch zum letzten Mal sehen. Also umarmte ich sie, das Badehandtuch zwischen uns, damit wir nicht aneinander kleben blieben. Als sie sich nach einem Weilchen etwas beruhigt hatte, trocknete ich sie noch einmal ab, zog ihr das Nachthemd an und legte sie zu Bett. Sie schlief sofort ein. Oder vielleicht tat sie auch nur so. Jedenfalls war ihr Gesicht so lieb und unschuldig wie das eines dreizehn- oder vierzehnjährigen Mädchens, dem seit dem Tag seiner Geburt kein Leid geschehen ist. Dieser Anblick ließ mich beruhigt einschlafen.

Als ich am nächsten Morgen gegen sechs aufwachte, war sie nicht mehr da. Ihr Nachthemd lag auf dem Boden, aber ihre Kleider und ihre Turnschuhe sowie die Taschenlampe, die ich immer am Kopfende liegen habe, waren verschwunden. Ich wußte gleich, daß etwas schiefgelaufen war. Daß sie die Taschenlampe mitgenommen hatte, bedeutete, daß sie im Dunkeln aufgebrochen war. Sicherheitshalber sah ich auf ihrem Schreibtisch nach und fand die Notiz ›Bitte geben Sie Reiko meine Kleider‹. Sofort alarmierte ich die anderen, und wir durchsuchten jeden Winkel, angefangen von den Schlafräumen bis zum Wald. Wir brauchten fünf Stunden, um sie zu finden. Sie hatte sogar ihren eigenen Strick dabeigehabt.«

Reiko seufzte und strich der Katze über den Kopf.

»Möchten Sie noch Tee?« fragte ich.

»Ja, bitte.«

Ich goß Tee auf und brachte ihn auf die Veranda. Der Sonnenuntergang näherte sich, das Tageslicht wurde schwächer, und die langen Schatten der Bäume berührten unsere Füße. Während ich meinen Tee trank, betrachtete ich den seltsam unorthodoxen Garten, in dem Ginster, Azaleen und Nandinen wild durcheinandersprossen.

»Schließlich kam ein Krankenwagen und transportierte Naokos Leichnam ab. Ich wurde routinemäßig von der Polizei befragt, obwohl es nicht viel zu fragen gab. Es war eindeutig Selbstmord, denn sie hatte eine Art Abschiedsnotiz hinterlassen, und zudem schienen die Polizisten der Ansicht zu sein, daß Patienten in einer Nervenklinik naturgemäß eben manchmal Selbstmord begehen. Als die Polizei fort war, habe ich Ihnen sofort telegrafiert.«

»Eine erbärmliche Trauerfeier war das«, begann ich. »Totenstill und ganz wenig Leute. Ihre Familie wollte unbedingt wissen, wie ich von Naokos Tod erfahren hatte. Das schien ihre größte Sorge zu sein. Offensichtlich fürchteten sie, es könnte bekannt werden, daß es ein Selbstmord war. Ich hätte gar nicht hinfahren sollen. Danach ging es mir so schlecht, daß ich abgehauen bin.«

»Wollen wir einen Spaziergang machen? Und fürs Abendessen einkaufen? Ich hab einen Bärenhunger.«

»Klar, haben Sie Appetit auf etwas Bestimmtes?«

»Sukiyaki«, sagte Reiko. »Das habe ich seit Jahren nicht gegessen. Ich habe früher oft von Sukiyaki geträumt – mich mit Fleisch, Frühlingszwiebeln, Konnyaku, gebratenem Tōfu und Gemüse vollzustopfen …«

»Einverstanden, aber ich habe keine Sukiyaki-Pfanne.«

»Überlassen Sie das nur mir. Ich leihe uns eine von Ihrem Vermieter.«

Sie lief hinüber und borgte sich eine prima Sukiyaki-Pfanne, einen Gaskocher und einen langen Gummischlauch.

»Und? Wie habe ich das gemacht?«

»Phantastisch«, lobte ich sie.

In der kleinen Geschäftsstraße in der Nähe kauften wir Rindfleisch, Eier, Gemüse und Tōfu und im Spirituosenladen einen recht guten Weißwein. Als ich bezahlen wollte, ließ Reiko mich nicht.

»Die ganze Familie würde mich auslachen, wenn ich meinen Neffen das Essen bezahlen ließe«, sagte Reiko grinsend. »Außerdem bin ich ziemlich reich. Seien Sie also unbesorgt. Ich habe mich doch nicht ohne Geld auf den Weg gemacht.«

Wieder zu Hause, wusch Reiko den Reis und setzte ihn auf. Ich schloß den Gummischlauch an und brachte den Gaskocher und die Zutaten für das Sukiyaki auf die Veranda. Als alles vorbereitet war, nahm Reiko ihre Gitarre aus dem Kasten, setzte sich auf die inzwischen fast dunkle Veranda und spielte langsam und bedächtig eine Bach-Fuge. Schwierige Stellen spielte sie absichtlich langsamer oder schneller, mal schroff, mal sentimental, wobei sie sichtliche Freude an der Vielfalt der Klangfarben empfand, die sie hervorbrachte. Wenn Reiko Gitarre spielte, glich sie einem siebzehn- oder achtzehnjährigen Mädchen beim Anblick eines Kleides, das ihm gefällt. Ihre Augen blitzten, die Lippen waren konzentriert zusammengepreßt, aber von einem zarten Lächeln umspielt. Als sie zu

Ende gespielt hatte, sah sie, gegen einen Verandapfosten gelehnt, gedankenversunken in den Himmel.

»Darf ich mit Ihnen reden?« sagte ich.

»Klar, ich habe gerade nur an meinen Hunger gedacht.«

»Wollen Sie nicht Ihren Mann und Ihre Tochter besuchen? Sie wohnen doch sicher in Tōkyō?«

»In Yokohama. Nein, ich habe es nicht vor. Das habe ich Ihnen aber bestimmt schon einmal gesagt. Für die beiden ist es besser, wenn sie nichts mehr mit mir zu tun haben. In ihrem neuen Leben ist kein Platz für mich. Und mir würde es großen Schmerz bereiten, sie zu sehen. So ist es am besten.«

Sie zerdrückte ihre leere Seven-Star-Schachtel, warf sie weg und holte ein neues Päckchen aus ihrem Koffer, riß es auf und steckte sich eine Zigarette in den Mund, ohne sie jedoch anzuzünden.

»Als Mensch bin ich am Ende. Was Sie hier sehen, ist nicht mehr als der Rest einer Erinnerung an die Frau, die ich einmal war. Der wichtigste Teil von mir ist längst gestorben, und ich funktioniere nur, indem ich meiner Erinnerung folge.«

»Aber ich mag Sie unheimlich gern, so wie Sie jetzt sind, Rest von Erinnerung hin oder her. Und vielleicht spielt es keine Rolle, aber für mich ist es eine große Freude, daß Sie Naokos Sachen tragen.«

Reiko lachte und steckte sich mit einem Feuerzeug die Zigarette an. »Für ihr Alter können Sie schon ganz gut mit Frauen umgehen.«

Ich wurde ein bißchen rot. »Ich sage nur ehrlich, was ich denke.«

»Weiß ich doch«, sagte Reiko lächelnd.

Inzwischen war der Reis gar, ich fettete die Pfanne und fing mit dem Sukiyaki an.

»Das ist doch hoffentlich kein Traum?« rief Reiko und hob schnuppernd die Nase.

»Nein, das ist hundertprozentig echtes Sukiyaki. Ich spreche da aus Erfahrung.«

Wir stellten nun jedes Gespräch ein, aßen schweigend unser Sukiyaki und tranken Bier. Angelockt vom Duft des Essens, schlich Möwe heran, und wir teilten unser Fleisch mit ihr. Als wir satt waren, lehnten wir uns an die Pfosten der Veranda und betrachteten den Mond.

»Hat's geschmeckt?« fragte ich.

»Sehr. Ich platze, so viel habe ich noch nie gegessen«, ächzte Reiko.

»Was möchten Sie jetzt machen?«

»Eine rauchen und ins Bad gehen. Meine Haare sind widerlich, ich muß sie waschen.«

»Kein Problem. Es gibt eins ganz in der Nähe.«

»Sagen Sie mir, Herr Watanabe, aber nur wenn es Ihnen nichts ausmacht: haben Sie inzwischen mit dem Mädchen Midori geschlafen?«

»Ob wir Sex hatten? Nein, wir haben uns entschieden zu warten, bis alles geklärt ist.«

»Nun ist ja alles geklärt.«

Verständnislos schüttelte ich den Kopf. »Sie meinen, jetzt wo Naoko tot ist?«

»Nein, Sie hatten sich ja schon vor Naokos Tod entschieden, sich nicht von Midori zu trennen. Das hatte ja nichts mit Naokos Leben oder Tod zu tun. Sie haben sich für Midori entschieden, und Naoko hat sich für den Tod entschieden. Sie sind jetzt erwachsen und tragen deshalb die Verantwortung für Ihre Entscheidungen. Wenn Sie das nicht schaffen, geht alles den Bach runter.«

»Aber ich kann Naoko nicht vergessen«, sagte ich. »Ich habe ihr versprochen, für immer auf sie zu warten. Aber das habe ich nicht getan. Am Ende habe ich sie im Stich gelassen. Das ist keine Frage von Schuld oder Nicht-Schuld – es ist ein Problem für mich selbst. Wenn ich sie nicht im Stich gelassen hätte, wäre deshalb wahrscheinlich auch nichts anders geworden. Naoko wollte wirklich sterben. Aber das hat mit meinem Problem nichts zu tun. Sie haben mir geschrieben, gegen die natürlichen Regungen des Herzens sei kein Kraut gewachsen, aber Naokos Beziehung zu mir war nicht so einfach. Wenn ich es mir recht überlege, hatte unsere Beziehung von Anfang an etwas mit der Grenze zwischen Leben und Tod zu tun.«

»Den Schmerz, der Naokos Tod Ihnen bereitet, können Sie sich Ihr ganzes Leben lang bewahren. Und wenn es für Sie etwas daraus zu lernen gibt, lernen Sie es. Aber werden Sie glücklich mit Midori. Ihr Schmerz hat nichts mit Ihrer Liebe zu Midori zu tun. Wenn Sie sie noch weiter verletzen, können Sie das vielleicht nie mehr gutmachen. Auch wenn es schwerfällt, Sie müssen stark sein. Und noch erwachsener werden. Nur um Ihnen das zu sagen, habe ich das Heim verlassen und bin den ganzen Weg in diesem Sarg von einem Zug hierhergefahren.«

»Ich begreife sehr gut, was Sie mir sagen wollen. Aber ich bin noch nicht so weit, daß ich Ihrem Rat folgen kann. Diese mickrige Trauerfeier – niemand sollte so sterben.«

Reiko streckte die Hand aus und strich mir über den Kopf. »Wir alle müssen so sterben. Ich und auch Sie.«

Wir gingen den fünfminütigen Weg am Flußufer entlang zum Bad und kehrten erfrischt nach Hause zurück. Wir öffneten den Wein und setzten uns damit auf die Veranda.

»Herr Watanabe, bringen Sie doch noch ein Glas.«

»Natürlich. Aber wozu?«

»Wir beide halten jetzt unsere eigene Totenfeier für Naoko ab. Und die wird kein bißchen traurig.«

Nachdem Reiko das Glas bis zum Rand gefüllt hatte, stellte sie es auf die Steinlaterne im Garten. Dann setzte sie sich mit ihrer Gitarre auf die Veranda und rauchte ihre nächste Zigarette.

»Und wenn Sie dann noch Streichhölzer hätten? Möglichst viele.«

Ich brachte ihr eine Haushaltspackung Streichhölzer aus der Küche und ließ mich neben ihr nieder.

»Jetzt legen Sie bitte für jedes Lied, das ich spiele, ein Streichholz aus. Ich werde jetzt alles spielen, was ich kann.«

Als erstes spielte sie eine weiche, schöne Version von Henry Mancinis *Deep Heart.* »Diese Platte haben Sie mal Naoko geschenkt, oder?«

»Ja, zu Weihnachten vorvoriges Jahr. Sie hat dieses Stück sehr geliebt.«

»Mir gefällt es auch«, sagte Reiko. »Es ist wunderschön und zärtlich.« Sie spielte noch ein paar Akkorde daraus, dann trank sie einen Schluck Wein. »Mal sehen, wie viele Stücke ich hinkriege, bevor ich restlos betrunken bin. Bis jetzt ist unsere Totenfeier wirklich nicht traurig, sondern sogar ganz schön, oder?«

Nun spielte sie *Norwegian Wood*, *Yesterday*, *Michelle* und *Something. Here Comes the Sun* sang sie. Nach *Fool on the Hill* legte ich sieben Streichhölzer aus.

»Sieben Songs«, sagte Reiko, trank von ihrem Wein und rauchte. »Die verstehen was von Melancholie und Güte.«

Mit »die« meinte sie natürlich John Lennon, Paul McCartney und George Harrison.

Nach dieser kurzen Atempause drückte sie ihre Zigarette aus und spielte weiter: *Penny Lane*, *Blackbird*, *Julia*, *When I'm 64*, *Nowhere Man*, *And I love her* und *Hey Jude*.

»Wie viele haben wir jetzt?«

»Vierzehn.«

Reiko seufzte. »Könnten Sie nicht vielleicht auch etwas spielen?«

»Aber ich bin sehr schlecht.«

»Macht nichts.«

Also holte ich meine Gitarre und stümperte *Up on the Roof*, während Reiko sich entspannte, rauchte und trank. Am Ende applaudierte sie mir.

Als nächstes spielte sie ein Gitarrenarrangement von *Pavane pour une infante défunte* nach Ravel und eine wunderschöne, klare Version von Debussys *Claire de Lune*.

»Diese beiden habe ich nach Naokos Tod einstudiert. Am Schluß ging ihr musikalischer Geschmack nicht mehr über sentimentale Stücke hinaus.«

Dazu schienen ein paar Titel von Bacharach zu passen: *Close to You*, *Raindrops Keep Falling on My Head*, *Walk on By Wedding Bell Blues*.

»Zwanzig«, sagte ich.

»Ich bin eine menschliche Musikbox«, rief sie fröhlich. »Meine Lehrer am Konservatorium wären sehr erstaunt, wenn sie mich so sehen könnten.«

Sie schlürfte ihren Wein, paffte eine nach der anderen und spielte. Bossa Novas, Rodgers und Hart, Gershwin, Bob Dylan, Ray Charles, Carole King, Beach Boys, Stevie Wonder, den *Sukiyaki Song*, *Blue Velvet*, *Green Fields*. Mitunter schloß sie die Augen, nickte im Takt und summte eine Melodie mit.

Als der Wein alle war, tranken wir Whiskey. Den Wein im Garten goß ich über die Steinlaterne und füllte das Glas mit Whiskey auf.

»Wie viele haben wir jetzt?«

»Achtundvierzig.«

Neunundvierzig wurde *Eleanor Rigby* und fünfzig noch mal *Norwegian Wood*. Danach schüttelte sie ihre Hände aus und nahm einen Schluck Whiskey. »Ich glaube, das ist genug«, sagte sie.

»Ich auch. Tolle Leistung.«

»Und jetzt, Herr Watanabe, vergessen Sie diese erbärmliche Trauerfeier in Kōbe.« Reiko sah mir in die Augen. »Und erinnern sich nur noch an unsere schöne. Ja?«

Ich nickte.

»Und nun eine Zugabe«, sagte sie und spielte als einundfünfzigstes Stück ihre Lieblingsfuge von Bach.

»Sagen Sie mal, Herr Watanabe, was halten Sie davon, mit mir zu schlafen?« flüsterte sie, als sie zu Ende gespielt hatte.

»Seltsam«, sagte ich. »Gerade habe ich das gleiche gedacht.«

Im dunklen Zimmer hinter den geschlossenen Vorhängen umarmten Reiko und ich uns, als wäre es die selbstverständlichste Sache der Welt. Ich zog ihr Bluse, Hose und Unterwäsche aus.

»Mein Leben ist zwar immer recht merkwürdig gewesen, aber noch nie hat mir ein neunzehn Jahre jüngerer Mann das Höschen ausgezogen.«

»Möchtest du dich lieber selbst ausziehen?«

»Aber nein, mach du das. Aber sei nicht allzu enttäuscht über meine Falten.«

»Ich mag deine Falten.«

»Ich muß gleich weinen«, flüsterte sie.

Ich küßte sie überall und fuhr ihren Falten mit der Zunge nach. Dann liebkoste ich ihre Brüste, die wie die eines jungen Mädchens waren, knabberte an ihren Brustwarzen und ließ einen Finger in ihre warme, feuchte Vagina gleiten.

»Irrtum, Watanabe«, sagte Reiko mir ins Ohr. »Das ist eine Falte.«

»Sogar in einem solchen Moment kannst du es nicht lassen, mich auf den Arm zu nehmen«, sagte ich, fast ein wenig bestürzt.

»Entschuldige, es ist nur die Angst. Es ist schon so lange her. Ich fühle mich wie eine Siebenzehnjährige, die einen Jungen auf seinem Zimmer besucht hat und plötzlich nackt ist.«

»Und ich habe das Gefühl, eine Siebzehnjährige zu schänden.«

Den Finger in ihrer »Falte«, küßte ich ihren Hals bis zum Ohr hinauf und massierte mit der anderen Hand ihre Brustwarze. Als ihr Atem heftiger wurde und ihre Kehle zu zittern begann, spreizte ich ihre schlanken Beine und drang langsam in sie ein.

»Du paßt aber auf, daß ich nicht schwanger werde, ja?« flüsterte Reiko. »Es wäre mir so peinlich, in meinem Alter noch schwanger zu werden.«

»Keine Angst«, sagte ich, »entspanne dich.« Als ich meinen Penis tief in sie hineinschob, zitterte sie und stieß einen Seufzer aus. Während ich ihr zärtlich den Rücken streichelte, bewegte ich meinen Penis in ihr. Plötzlich und ohne Vorwarnung ejakulierte ich. Es war ein unaufhaltsamer, heftiger Samenerguß. Ich hielt sie umklammert, während mein Sperma sich stoßweise in ihre Wärme ergoß.

»Entschuldige, ich konnte mich nicht bremsen.«

»Sei nicht albern.« Reiko versetzte mir einen Klaps auf den Hintern. »Überlegst du immer so viel, wenn du mit einer Frau zusammen bist?«

»Ja, ich glaube.«

»Also, bei mir brauchst du das nicht. Vergiß es. Laß dich einfach gehen. War's denn schön?«

»Toll, deshalb konnte ich mich ja nicht zurückhalten.«

»Zur Zurückhaltung besteht auch kein Anlaß. Für mich war es auch sehr schön.«

»Du, Reiko?«

»Was denn?«

»Du solltest dir einen Liebhaber nehmen. Du bist so wunderbar, und es ist eine solche Verschwendung.«

»Ich werd's mir überlegen. Aber ob es in Asahikawa Sitte ist, sich Liebhaber zu nehmen?«

Kurze Zeit darauf wurde ich wieder steif und drang erneut in sie ein. Mit stockendem Atem wand sie sich unter mir. Langsam bewegte ich meinen Penis in ihr, während wir miteinander plauderten. Es fühlte sich herrlich an, in ihr drin zu sein und zu reden. Wenn ich sie zum Kichern brachte, spürte ich die Vibration an meinem Penis. Lange Zeit hielten wir uns so umschlungen.

»Was für ein wunderbares Gefühl«, schwärmte Reiko.

»Aber etwas Bewegung ist auch nicht schlecht«, wandte ich ein.

»Dann probier mal.«

Ich hob ihre Hüften an, drang tiefer in sie ein und genoß unter kreisenden Bewegungen meine Lust, bis ich schließlich kam.

In dieser Nacht machten wir es viermal. Nach dem vierten Mal lag Reiko mit geschlossenen Augen in meinen Armen und stieß einen tiefen Seufzer aus. Ihr Körper bebte ein wenig.

»Das reicht eigentlich für den Rest meines Lebens«, erklärte sie. »Sag mir, daß ich mich jetzt zur Ruhe setzen kann, weil ich es oft genug gemacht habe.«

»Das kann doch niemand wissen«, anwortete ich.

Ich versuchte Reiko zu überzeugen, daß Fliegen schneller und bequemer sei, aber sie bestand darauf, mit dem Zug nach Asahikawa zu fahren.

»Ich mag die Aomori-Hakodate-Fähre. Außerdem möchte ich nicht durch die Luft fliegen.« Sie wehrte sich solange, bis ich sie zum Bahnhof in Ueno brachte. Sie trug ihren Gitarrenkasten und ich den Koffer. Auf dem Bahnsteig setzten wir uns auf eine Bank, um auf den Zug zu warten. Wie bei ihrer Ankunft in Tōkyō trug sie Naokos Tweedjackett und ihre weiße Hose.

»Du findest Asahikawa tatsächlich nicht so übel?« fragte sie mich.

»Es ist ein nettes Städtchen, und ich werde dich bald dort besuchen.«

»Ganz bestimmt?«

Ich nickte. »Und schreiben werde ich dir auch.«

»Deine Briefe gefallen mir. Schade eigentlich, daß Naoko sie verbrannt hat. Es waren so schöne Briefe.«

»Briefe sind nur Papier. Auch wenn man sie verbrennt, bleibt das im Herzen zurück, was bleiben soll. Und hebt man sie auf, vergeht das, was vergehen soll, trotzdem.«

»Ehrlich gesagt, ich mache mir fast in die Hose vor Angst, ganz allein nach Asahikawa zu fahren. Schreib mir auf jeden Fall. Durch deine Briefe werde ich das Gefühl haben, daß du bei mir bist.«

»Dann schreibe ich dir ganz viele. Aber hab keine Angst, du schaffst es überall.«

»Außerdem habe ich das Gefühl, daß irgend etwas in meinem Körper steckt. Oder bilde ich mir das nur ein?«

»Das kann nur der Rest einer Erinnerung sein«, sagte ich lächelnd. Auch Reiko mußte lächeln.

»Vergiß mich nicht«, sagte sie.

»Ich vergesse dich nicht, nie.«

»Vielleicht sehen wir uns nie wieder, aber ich werde mich immer an Naoko und dich erinnern.«

Ich sah ihr in die Augen. Sie weinte. Unwillkürlich nahm ich sie in die Arme und küßte sie. Die anderen Leute auf dem Bahnsteig starrten uns an, aber solche Dinge machten mir schon lange nichts mehr aus. Wir waren am Leben und mußten uns darum kümmern, daß es auch so blieb.

»Werde glücklich«, sagte Reiko beim Abschied. »Ich hab dir alle Ratschläge gegeben, die ich zu geben hatte. Mir bleibt nichts mehr zu sagen. Nur, daß du glücklich werden sollst. Nimm meinen Teil vom Glück und Naokos dazu und verbinde sie.«

Uns an den Händen haltend, nahmen wir Abschied.

Ich rief Midori an. »Ich muß unbedingt mit dir reden. Es gibt eine Menge zu sagen. Wir müssen reden. Auf der ganzen Welt will ich nichts außer dir. Ich will dich sehen und mit dir reden. Ich will, daß wir beide noch einmal ganz von vorn anfangen.«

Midori blieb eine lange Weile stumm. So stumm, wie aller Nieselregen der Welt auf alle Rasenflächen der Welt fällt. Währenddessen preßte ich mit geschlossenen Augen meine Wange gegen die Scheibe. »Wo bist du jetzt?« fragte sie endlich mit ruhiger Stimme.

Ja, wo war ich überhaupt?

Den Hörer umklammernd, wandte ich mich um und versuchte zu erkennen, was außerhalb des Telefonhäuschens war. *Wo war ich?* Ich hatte keine Ahnung. Nicht den blassesten Schimmer. Wo war ich nur? Vor meinen Augen zeichneten sich die Gestalten der zahllosen Passanten ab, die hierhin und dorthin eilten. Immer wieder rief ich aus der Mitte dieses namenlosen Ortes Midoris Namen.

Lesen Sie vom gleichen Autor!

HARUKI MURAKAMI
MISTER AUFZIEHVOGEL
Roman. Aus dem Englischen von Giovanni Bandini und Ditte Bandini, 684 Seiten, gebunden, 1998

»Manchmal ist es ein Buch, das macht, dass dir die Tränen kommen und dir kitschig wird, weil du etwas fühlst darin, das besser ist als du selbst. *Mister Aufziehvogel* las ich sehr langsam. Ich hatte Angst vor dem Ende. Und als ich irgendwann doch fertig war, wußte ich auch, warum.« Sibylle Berg in Die Zeit

Ein unzufriedener Mann von dreißig Jahren, so einer ist Murakamis Held Toru Okada in diesem geheimnisvoll schillernden Roman. Vor Mister Aufziehvogel tun sich plötzlich Wirklichkeiten auf, von denen er bisher nichts ahnte. Erotische, ökonomische und politische. Unbekannte dringen zu ihm vor: eine kesse, intelligente 16jährige, eine Wahrsagerin, ein alter Offizier, und alle schleppen sie ihre seltsamen Geschichten in Torus stilles Haus – Geschichten, die sich als insgeheim miteinander verbunden erweisen. Selbst über die eigene Ehe, über seine scheinbar so treue Frau drängen sich dem Helden schwindelerregende Vermutungen auf.

»In Japan und den USA ist er bereits ein Star, es ist an der Zeit, dass er auch hier entdeckt wird.« NDR

»In Murakamis Büchern kann man sich wie in wundersamen Träumen verlieren.« Der Spiegel

Neu im Frühjahr 2001

KEM NUNN
WO LEGENDEN STERBEN
Roman. Etwa 400 Seiten, gebunden, 2001

Hoch im Norden an der Küste Kaliforniens liegt ein geheimer Surf-Platz. »Heart Attacks«, ein Ort für Legenden: fremdenfeindliche und heruntergekommene Indianerreservate und von Haien unsicher gemachte Gewässer, in denen sich im Winter die über zehn Meter hohen eisigen Pazifikwellen brechen. An dieser sagenumwobenen Landzunge soll der ehemals berühmte Fotograf Jack Fletcher noch einmal seine Chance zum »hot-shot« bekommen. Drew Harmon, der verschollen geglaubte Surf-Champion, will hier die gigantische Welle seines Lebens reiten. Er lebt in der unwegsamen Wildnis mit der sonderbaren Kendra zusammen. Besessen von dem ungeklärten Mord an einer jungen Frau, durchstreunt sie die Wälder und taucht ein in die Welt der indianischen Magie – auch sie auf der ganz eigenen Suche nach der Wahrheit.
Vor dem faszinierenden Hintergrund unbarmherziger Naturschönheit erzählt *Wo Legenden sterben* von irrlichternd verlorenen Menschen, die in ihren dunklen und starken Gefühlen gefangen sind. Zurück bleiben die großen Fragen nach gut und böse – und Legenden.